KB204572

예루살렘의 지붕 위에서

청소년 소설 _18

예루살렘의 지붕 위에서

글 안냐 로임슈셀 | 옮김 김희상

펴낸날 2024년 10월 24일 초판1쇄
펴낸이 김남호 | 펴낸곳 현북스
출판등록일 2010년 11월 11일 | 제313-2010-333호
주소 07207 서울시 영등포구 양평로 157, 투웨니퍼스트밸리 801호
전화 02)3141-7277 | 팩스 02)3141-7278
홈페이지 http://www.hyunbooks.co.kr | 인스타그램 hyunbooks
ISBN 979-11-5741-418-5 43850

편집 전은남 | 디자인 조한 김영미 | 마케팅 송유근 함지숙

ÜBER DEN DÄCHERN VON JERUSALEM
by Anja Reumschüssel
© 2023 by CARLSEN Verlag GmbH, Hamburg, Germany
Korean Translation © 2024 by Hyunbooks
All rights reserved.
This Korean edition published by arrangement with CARLSEN Verlag GmbH through
Orange Angency, Korea.

이 책의 한국어판 저작권은 오렌지 에이전시를 통해 CARLSEN Verlag GmbH와 독점 계약한 현북스에 있습니
다. 저작권법에 의해 한국 내에서 보호를 받는 저작물이므로 무단전재와 무단복제를 금합니다.

예루살렘의 지붕 위에서

글 안냐 로임슈셀 | 옮김 김희상

현 북스

분쟁 속에서 살아가는 모든 아이에게 바친다,
너희는 부모가 꿈꿔 온 평화를 누리길.

카림-현재

"야, 카림. 얼른 타, 공격 시작이다!" 아흐메드가 목청껏 외쳤다. 낡은 볼보의 조수석 창문으로 몸을 반쯤 내민 아흐메드가 팔을 흔들었다. 한 손에는 가장 중요한 공격 무기를 들고서. 한복판에 가죽이 달린 고무줄은 카림의 키를 훌쩍 넘길 정도로 길다. 그 무기는 바로 새총이다.

카림은 씩 웃었다. 아흐메드가 준비를 잘했네. 난민촌에서 둘째가라면 서러울 정도로 명사수인 카림이다. 새총으로 12미터 떨어진 삽을 정확히 맞춘다. 큰형에게서 첫 새총을 선물 받고서 벌써 몇 년째 새총 쏘는 연습을 했다. "팔레스타인 소년이라면 누구나 새총을 쏠 줄 알아야 해." 새총을 주며 큰형 모하메드는 이렇게 말했다. "우리는 탱크도 폭격기도 기관총도 없어. 우리가 가진 건 오로지 새총 그리고 우리가 이스라엘 탱크에 돌을 던지는 장면을 기자가 찍은 사진뿐이야. 새총과 사진, 우리가 가진 가장 강력한 무기지. 그러니까 너는 새총 쏘는 법을 배워야만 해." 카림은 무슨 말인지 알았다고 고개를 끄덕이고, 틈날 때마다 돌을 모아 새총 쏘는 연습을 했다. 평지에서 낡은 자동차 타이어를 쏘거나, 담장 위로 손가락뼈처럼 삐죽삐죽 솟은 쇠막대기를 맞혔다. 갈수록 실력이 좋아지자, 카림은 하늘을 나는 새를 쏘기도 했다. 새를 아프게 하는 건 싫었지만, 새를 잡아다 달라는 엄마의 말을 거역할 수 없었다. 늘 먹을 게 없어 걱정하는 엄마는 카림이 새를 잡아 오면 어떻게 털을 벗기고 내장을 빼내고 굽는지 가르쳐 주었다. 엄마는 옛날에 외할아버지에게 배운 그대로 카림에게 가르쳤다. 당시 유대인이 이 땅에 몰려왔을 때 팔레스타인 사람들은 피난 가야만 했으며 지독한 굶주림에 시달렸다. 그런데 지금도 여전히 팔레스타인 사람은 난민이고, 유대인이 주인 행세를 한다. 심지어 저들은 국가도 세웠다. 팔레스타인은 여전히 나라가 없는데. 예나 지금이나 돌을 던지거나 새총만 쏘는데. 사실 새는 거의 쏘지 않는다. 대개 군인이나 탱크 또는 담벼락을 향해 쏠 뿐이다. 오늘도 다시 싸움이다. 오늘은 목요일인데도. 아흐메드는 싸우러 가자고 보챈다. 다른 아이들도 분명 오고 있을 거다. 털털거리는 볼보의 엔진은 벌써부터 그르렁거리는 게 빨리 싸움터로 가고 싶어 조바심을 내는 것만 같다.

카림은 새삼 눈을 들어 눈앞에 펼쳐진 풍경을 바라보았다. 카림이 앉은 곳은 구유 거리(Manger Street), 레엠 알바와디 (Reem Al-Bawadi) 카페와 반다크(Bandak) 식료품점 사이 중간 지점의 도로변에 있는 야트막한 담장이다. 이곳에서는 요르단까지 훤히 보인다. 카림의 등 뒤 저 멀리, 서쪽 언덕 위로는 해가 지중해로 잠기며 유대인에게는 약속의 땅, 팔레스타인 사람들에게는 고통으로 물든 땅에 하루의 마지막 빛을 비추었다. 베들레헴 시가를 에워싼 언덕 위의 흰빛을 띤 노란 집들이 노을빛에 반짝이며 측백나무와 올리브나무에 그림자를 드리웠다. 그 뒤로는 더 높은 언덕들이 구불구불 이어진 풍경이 펼쳐진다. 언덕 위에 자리 잡은 마을 한가운데 솟은 교회 첨탑은 꼭 언덕이 쓴 왕관처럼 보인다. 그러다가 풍경은 툭 끊어진 것처럼 시야에서 사라진다. 이 풍경을 보고 있노라면 마지막 첨탑의 뒤가 세상이 끝나는 곳이 아닐지 하는 생각마저 든다. 해가 질 때 살짝 피어오른 안개 사이로 신기루처럼 보이던 옅은 핑크빛 산등성이마저 자취를 감출 때가 특히 그렇다. 요르단의 산들이다.

이따금 안개에 잠긴 산들이 옅은 푸른색 벽처럼 보인다. 그럴 때마다 카림은 그 벽이 거대한 쓰나미 같다고 생각했다. 요르단과 지중해 사이에 자리한 이 땅에 밀어닥쳐 모든 것, 난민과 군인과 장벽 그리고 그 위로 솟은 감시탑까지 모조리 집어삼켜 바다로 만들어 버리는 쓰나미는 이 땅을 햇빛으로 평화롭게 반짝이는 짙푸른 바다로 만들어 주지 않을까.

뒤에서 볼보가 빨리 가자고 불을 뿜어 대는 대포처럼 요란하게 보챈다. "카림, 무슨 생각을 그렇게 해? 꿈꾸냐? 꿈 깨라, 지금 우리는 남자 한 명이라도 더 필요해!" 아흐메드가 닦달했다. 아흐메드는 마침 열세 번째 생일을 맞았는데도 고작 열 살처럼 보인다. 제대로 먹지 못해 몸집이 작은 아흐메드가 남자어쩌고 하며, 그 남자라는 게 자기 자신과 카림을 염두에 두었다는 생각에 카림은 웃음이 터졌다. 오늘 카림은 원래 싸우러 가고 싶은 마음이 별로 없었다. 그래서 일부러 시내의 시장통을 지나가는 길을 골랐다. 곧장 집으로 가는 길은 인파를 헤치고 자동차 사이를 헤치고 밥 엘자카크 사거리를 지난 다음, 칼릴 거리를 따라가야 난민촌과 만난다. 그 길로 가지 않고 카림은 오이와 토마토와 가지가 든 묵직한 비닐봉지를 들고 시내 반대편으로 가서 구유 거리의 야트막한 담벼락 위에 앉아 봉지를 내려놓고 그 풍경을 하염없이 바라보았다.

그러나 이제 카림은 같이 가자는 아흐메드를 뿌리칠 수 없다. 일부러 찾아온 친구를 혼자 싸움터에 가게 할 수는 없으니까. 카림은 담벼락 위에서 풀쩍 뛰어 내려와 봉지를 볼보의 뒷좌석에 던진 다음 차에 올라타 문을 닫았다. 아흐메드의 형이 운전대를 잡고 출발했다.

차는 곧바로 다시 멈췄다.

도로가 자동차로 가득했기 때문이다. 볼보에 중요한 임무를 맡은 투사가 탄 것을 아는지 모르는지, 아무튼 도시의 거의 모든 차가 거리로 몰려나왔다. 모두 집으로 가고 싶어 안달이 난 모양이다. 지금은 목요일 저녁이고, 금요일은 주말의 시작이다. 아흐메드의 형은 거리를 오가는 사람에게 비키라고 빵빵 댔으며, 앞에 가는 차의 운전자에게 빨리 가라고 소리를 질렀다. 앞 차 운전자도 큰소리로 되받아쳤지만, 줄지어 늘어선 차들은 움직일 줄 몰랐다. 카림은 다시금 차창 밖으로 요르단의 산맥을 바라보았다. 볼보가 마침내 덜커덩거리며 앞으로 나아가면서 산들은 레엠 카페 뒤로 모습을 감추었다.

카림은 운전석 쪽으로 몸을 내밀며 물어보았다. "그새 또 무슨 일 있었어? 왜 오늘 이스라엘 놈들을 공격해?"

"몰라서 물어? 저들은 우리 땅을 빼앗고, 아빠들을 죽였으며, 자매들을 욕보였잖아!" 아흐메드는 시끄러운 엔진 소음을 이겨 내려 악을 쓰다시피 하며 말했다. 그는 하필이면 이 3월 저녁에 팔레스타인에서 이스라엘 유대인들을 몰아내겠다는 사명감에 잔뜩 긴장한 표정이었다.

"내 말은 왜 하필 오늘이냐고?" 카림이 다시 물었다. "또 누가 죽었어?"

"아무 소식도 못 들었어?" 아흐메드의 형이 무뚝뚝하게 말했다. "어젯밤 저들이 자말의 가족을 괴롭혔어. 저들은 자말이 돌을 던졌다며 체포하려 했지. 하지만 자말은 어제 집에 있지 않았거든. 꼬마 라일라가 겁에 질려 울었어. 이제 더는 참을 수 없어!"

"라일라는 괜찮아?" 카림이 얼굴을 찡그리며 물었다. 자말은 같은 학교에 다닌다. 카림보다 한 살 더 많은 자말은 난민촌의 카림 집에서 얼마 떨어지지 않은 곳의 작은 집에서 부모와 세 누이와 함께 산다.

카림은 자말을 오랫동안 보지 못했다. 난민촌에서도 학교에서도. 또 카센터에서도 보지 못했다. 그의 삼촌이 하는 카센터에서 자말은 돈 몇 푼 받고 세차를 도왔다.

"아까 말했잖아, 안 들었어?" 아흐메드의 형이 되물었다. "군인들이 라일라에게 겁을 줬다니까! 한밤중에 총을 들고 자말을 찾는다며 군홧발로 방을 짓밟는데 아이가 얼마나 무서웠겠어! 울음소리가 시끄럽다며 아이에게 총을 쐈으면 어쩔 뻔했어?"

"복수해야 해." 아흐메드가 맞장구쳤다.

이스라엘 군인들이 우는 여자아이가 시끄럽다며 총을 쏘았다는 이야기는 들어보지 못했는데, 카림은 아리송한 표정을 지었다. 하지만 그 대신 이스라엘 군인들이 한밤중에 팔레스타인 집을 뒤지고 사람을 잡아간다는 이야기는 숱하게 들었다. 대개 돌을 던졌다거나 테러를 저질렀다는 의심을 받는 청소년과 젊은 남자가 붙잡혀 갔다. 그거 참, 이스라엘 사람의 눈에 팔레스타인 사람은 누구나 테러리스트니까, 카림은 새총을 주먹으로 꼭 쥐었다.

마침내 일행은 분리장벽의 감시탑에 도착했다. 그 망루는 정확히 구유 거리와 헤브론 도로가 만나는 사거리에 있었다. 옛날에 헤브론 도로는 막힘없이 산을 타고 올라 알쿠드스(Al-Quds, 신성한 도시)의 중심부에 이를 수 있게 쭉 뻗은 도로였다. 이 알쿠드스를 유대인은 예루샬라임(Yerushalaim, 평화의 도시)이라 불렀다. 세상 사람들은 이곳을 '예루살렘'이라고 한다. 하지만 지금 헤브론 도로는 9미터 높이의 높다란 콘크리트 장벽으로 막혔다. 이스라엘에 대항해 팔레스타인이 벌인 제2차 인티파다(Intifada, 대규모 저항 투쟁) 이후 장벽이 세워졌다.

카림이 태어나기 몇 년 전에 벌어진 일이다. 베들레헴 북쪽 경계에 세워진 장벽의 바깥쪽은 아이다 난민촌이며, 안쪽은 예루살렘의 동쪽 산기슭이다. 장벽 뒤의 헤브론 도로는 라헬의 무덤을 지나간다. 라헬은 성경에 나오는 유대 민족의 조상 야곱의 두 번째 아내로, 믿음 깊은 유대인이 섬기는 인물이다. 야곱을 아랍인은 '알쿠드스'라고, 유대인은 '이스라엘(원래 뜻은 '야훼와 겨루다')'이라고 부른다. 라헬 무덤에서부터 헤브론 도로는 알쿠드스 구시가지까지 구불구불 이어진다. 카림은 알쿠드스에 한 번도 가 본 적이 없다. 팔레스타인 사람은 이스라엘 쪽으로 넘어가지 못하게 군인이 막기 때문이다. 바로 그래서 장벽에는 100미터마다 감시탑이 솟아 있다.

카림 일행은 이제 그 탑 앞에 섰다. 장벽은 낙서와 알록달록 페인트칠로 어지럽기만 하다. 곳곳에 돌과 총알에 맞아 구멍이 숭숭 뚫렸다. 그 구멍들은 팔레스타인 사람들의 분노가 남긴 흔적이다.

"내려라, 나는 어디 좀 가 봐야 해." 아흐메드의 형이 카림에게 말했다.

"형은 함께 싸우는 거 아냐?" 아흐메드가 놀란 눈을 동그랗게 뜨고 물었다.

"아니, 나는 다른 계획이 있어."

"에이, 형은 여자 친구한테 가려는 거지, 파트마한테!" 아흐메드는 투덜대며 차에서 내려 문을 쾅 소리가 나게 닫았다. 어찌나 세게 닫았는지 낡은 볼보가 덜덜 떨었다.

카림도 차에서 내렸다. 바로 앞에 커다란 마트가 있다. 조명을 환히 밝힌 마트를 보며 카림은 자기도 모르게 오이와 토마토와 가지가 든 봉지를 새삼스럽게 들어 보았다. 아이스크림과 초콜릿이 산더미처럼 쌓였음에도 카림은 이 마트에서 그 흔한 비스킷 하나 사 본 적이 없다. 여긴 너무 비싸다고 엄마는 말했다. 카림은 봉지를 마트와 옆 건물 사이의 틈새에 조심스레 세워 두었다. 넘어져서 쏟아지지 않도록. 감시탑에서 약 40미터 떨어진 이곳이라면 소중한 오이와 토마토와 가지는 돌멩이와 최루 가스에도 안전할 테니까.

"카림, 이제 빨리 총알을 가져와!" 아흐메드가 소리쳤다. 카림은 움찔 놀랐다. 총알이라고? 이게 무슨 소리인가 두리번거리던 카림의 눈에 이내 집을 짓다 만 공사장이 들어왔다. 그곳에는 돌이 무더기로 쌓였다. 카림은 얼른 달려가 돌을 한 아름 주워 아흐메드에게 가져다주었다. 아흐메드는 몇몇 다른 소년들과 함께 작은 담 위에 숨어 돌을 차곡차곡 쌓았다. 카림은 총알을 건네주고 큰형 모하메드에게 인사하고 다른 아이들에게도 고개를 까딱했다. 카림보다 나이가 어린 아이들도 몇 명

보였다. 아이들은 마치 시합이라도 하듯 열심히 돌을 주워 날랐다. 저렇게 뛰다가는 나중에 돌을 멀리 던지거나 새총을 쏠 힘도 남지 않을 텐데 아이들은 아랑곳하지 않았다.

"저기 모퉁이에 서 있는 애들은 누구예요?" 아흐메드가 모하메드에게 물었다. 큰형 모하메드는 16살로 이 싸움의 총사령관이나 다름없다.

"샤히드가 이끄는 특공대야. 쟤들은 저기서 도로를 막아 갑자기 나타나는 자동차가 우리 돌에 맞지 않게 할 거야." 모하메드가 설명했다. 샤히드도 원래 이름은 모하메드이다. 이슬람 가족은 대개 아들에게 모하메드라는 이름을 붙여 준다. 그러나 아이들은 헷갈리지 않게 그를 샤히드라 부른다. 모하메드를 "샤히드"라 부르는 이유는 동생 칼릴을 추모하기 위해서다. 샤히드는 본래 영어의 세인트(Saint)와 같은 뜻으로 안타깝게 목숨을 잃은 순교자를 기리는 명칭이다. 칼릴은 3년 전 물탱크를 살피러 지붕에 올라갔다가 떨어지는 사고로 목숨을 잃었다. 물은 이스라엘 당국이 관리하고 공급하는 데 갑자기 끊어 버렸다. 이스라엘이 물을 끊지만 않았어도 칼릴은 지붕 위로 올라가지 않았으리라. 그럼 떨어지는 사고도 일어나지 않았을 텐데. 칼릴은 이스라엘의 점령에 희생당한 순교자이다. 카림은 칼릴의 장례를 치를 때를 지금도 선명히 기억한다. 칼릴의 시신이 담긴 관은 커다란 팔레스타인 국기로 덮였으며, 여자들은 목놓아 울었다. 남자들은 허공에 대고 총을 쏘았다. 남자애들은 장례가 끝난 뒤 망루에 돌을 던졌다. 이후 모하메드는 순교자의 형이라며 자부심을 느꼈다. 그래서 아이들은 모하메드를 "샤히드"라 부른다.

열심히 쌓은 돌무더기가 허리춤 높이로 올라오자, 아이들은 서로 얼굴을 마주 보았다. 누가 먼저 던질까? "아리프가 1번을 맡자." 모하메드가 말하며 아이들 가운데 한 명을 가리켰다. 잠깐 두 눈을 동그랗게 뜬 꼬마는 이내 일어나 눈빛을 반짝이며 돌을 집어 들었다. 정말 자기더러 던지라고 한 것인지 확인하려 아리프는 모하메드를 올려다보았다. 모하메드는 고개를 끄덕였다. 그러자 아리프, 이제 갓 여덟 살인 아리프는 쏜살처럼 거리를 뛰어 올라갔다. 카림과 아흐메드와 모하메드는 새총에 총알인 돌을 장전했다. 나머지 아이들도 저마다 돌을 들고 기다렸다. 아리프는 그 짧은 다리로 탑을 향해 전속력으로 뛰다가 숨이 차는지 갈수록 느려졌다. 조마조마한 마음으로 지켜보던 카림에게 시간은 마치 멈춘 것처럼 가지 않았다. 다시 힘을 낸 아리프는 마침내 돌을 던져서 맞출 만큼 탑에 가까이 갔다.

거리의 반대편에는 선글라스를 끼고 배낭을 멘 젊은 여자

두 명이 발걸음을 멈추고 서서 소년들을 바라본다. 외국인이 분명하다. 관광객이라면 화들짝 놀라 달아나 호텔로 피했을 텐데, 두 여자는 꼼짝도 하지 않고 스마트폰을 꺼내 들었다. 무슨 인권 단체 회원들인가? 회원이라면 카메라를 꺼냈을 텐데 왜 스마트폰일까? 아무튼 돌을 든 소년들과 두 여인 사이에 이제 마지막 자동차가 곡선 주로를 지나갔다. 구유 거리의 샤바브(Shabaab, 전사戰士)가 더는 차가 지나지 못하게 막은 것이 분명하다. 자동차 운전자들은 이제 다른 길, 이를테면 남쪽으로 내려가 모라데 거리로 돌아가야만 한다. 이곳에는 장벽과 탑과 주유소밖에 없으니까.

아리프가 던진 돌이 탑의 콘크리트벽을 때리는 소리가 허공을 울렸다. 돌이 날아가는 동안 돌아선 아리프는 죽을힘을 다해 뛰었다. 아리프의 뜀박질은 다른 샤바브에게 공격을 시작하라는 신호였다. 구유 거리에서도 새총 사격은 폭죽 터지듯 돌을 쏘아 올렸다. 형들이 쏜 새총의 총알은 쉭쉭 바람을 가르며 날아가 탑의 창문을 직접 때렸다. 카림은 아흐메드와 모하메드와 함께 몸을 숨겼던 담 뒤에서 빠져나와 탑을 향해 전속력으로 달렸다. 거리가 충분히 가까워지자 카림은 한쪽 다리는 무릎을 굽히고 다른 다리는 뒤로 뻗어 안정적인 자세를 취한 다음, 가죽띠에 총알을 얹어 고무줄을 팽팽히 당기고 쏘았다.

돌은 쌩 날아가 탑을 때렸다.

따아악!

돌은 콘크리트를 때리며 박살이 났다. 그러나 탑은 생채기 하나 찾아볼 수 없을 정도로 멀쩡하다. 카림은 탑의 창문 가운데 낮은 데를 올려다보았다. 바닥에서 10미터가 채 되지 않는 높이의 창은 동그라미 모양을 하고 있어서 탑은 마치 두 눈을 흡뜬 로봇처럼 보인다. 화가 잔뜩 난 로봇이 못마땅해 죽겠다는 듯 꼬마 전사를 굽어보면서 새총이라는 가소로운 무기를 비웃는 모양새다. 저 위 망루, 안을 들여다볼 수 없는 간유리 창문 뒤에는 카키색 군복을 입은 이스라엘 군인이 망원경으로 팔레스타인 마을의 집들을 감시한다. 물론 팔레스타인 사람은 불투명한 창 탓에 이스라엘 군인을 볼 수 없다. 그런데도 한밤중에 군홧발로 남의 집에 쳐들어와 쑥대밭을 만들다니 카림은 화가 치솟아 얼굴이 뜨겁게 달아올랐다. 이런 부당함을 생각할 때마다 카림은 얼굴이 붉어졌다. 그리고 이 군인들이 걸핏하면 총부터 들이대는 건방지고 위협적인 태도를 생각하면 더욱 화가 났다.

이스라엘 군인들은 탑 주변에 무리 지어 나타나는 샤바브를 대개 무시하곤 했다. 하지만 이따금 창문을 열고 소년들을 카메라로 촬영했다. 이렇게 찍은 사진은 거리나 검문소에서 불시에 이뤄지는 검문에서 돌을 던진 아이를 잡아내는 증거로 쓰였다. 잡힌 아이는 군인에게 끌려가 꼬치꼬치 묻는 신문에 시달리며 며칠씩 갇혀 있어야만 했다. 아이들은 사진 찍히지 않으려고 얼굴에 수건을 둘렀다. 카림은 수건을 가지고 다니지 않았다. 새총 쏘는 솜씨가 뛰어난 카림은 늘 뒤로 빠지기 때문이다. 그래야 사진이 찍혀도 얼굴이 선명하게 나오지 않는다. 새총을 쏘아 탑을 맞출 정도로만 거리를 맞추는 것이 중요하다. 카림은 다시금 돌을 장전하고 고무줄을 힘껏 당겨 슝 소리가 나게 쏘았다. 거리 반대편의 두 외국인 여자가 스마트폰으로 자신을 촬영하는 것을 본 카림은 우리의 싸움이 외국에 알려지는구나 싶어 가슴이 뜨거워졌다.

갑자기 하늘 높이 저 어딘가에서 스피커의 커다란 소리가 울려 퍼졌다. "알라~~~후 아크바르(신은 가장 위대하다)!" 이 소리는 카림이 지금 싸움을 벌이는 곳의 남쪽으로 좀 떨어진 작은 마을 알아제의 살라 아드딘 모스크에서 방송하는 것이다. 이내 아이다 난민촌의 아부 바크르 아스시드디크 모스크도 같은 방송을 시작했다. 저녁 기도를 올릴 시간이 되었다는 것을 알리는 방송이다. 예배 시간을 알리는 이 소리를 이슬람교는 아잔이라 부른다. 카림은 주변을 돌아보며 벌써 이렇게 어두워졌구나 싶어 깜짝 놀랐다. 엄마가 기다릴 텐데. 장을 봐 오라고 심부름을 시킨 걸 깜빡 잊고 있었다.

　카림은 문득 다른 샤바브가 보이지 않는다는 걸 깨달았다. 홀로 남은 걸 깨달은 카림은 있는 힘을 다해 뛰기 시작했다. 비닐봉지에서 오이가 고개를 내밀고 기다리는 곳으로. 사거리 저 멀리서 팔레스타인 경찰차가 오는 게 보인다. 푸른색 경광등을 켰지만, 사이렌은 울리지 않는다. 경찰차는 이내 이곳에 와서 멈추고, 차에서 내린 경찰관들이 샤바브에게 빨리 집에 가라고 성화를 부리리라. 모든 것이 매일 똑같이 벌어지는 일이다.

　카림의 뒤에서 다시금 돌 하나가 탑을 때리는 소리가 들려왔다. "옜다 먹어라, 이 나쁜 놈들아!" 아흐메드가 고래고래 지르는 소리가 들렸다. 카림은 봉지를 찾아들고 집으로 서둘러 달렸다.

아나트-현재

"재수 없는 아랍 놈들." 길이 투덜거렸다.

"빌어먹을 아랍 놈들." 아나트가 길게 생각할 것도 없이 맞장
구쳤다.

"왜 하필 오늘 난리를 쳐?" 길은 물음이라기보다 혼잣말에
가깝게 중얼거렸다. "아직 금요일도 되지 않았잖아."

"아마도 저쪽 누군가 높은 사람이 꼬마들 데리고 돌팔매질
을 훈련 시켰는데 실력이 별로라고 생각했을 수 있지." 아나트
가 덧붙였다.

"제발 우리 좀 조용히 내버려 두면 좋을 텐데. 어떻게 저 병
아리들을 테러범으로 키울 생각을 해." 길은 얼굴을 잔뜩 찡그
리며 말했다.

아나트는 아무 말도 하지 않았다. 한바탕 소동을 일으키고 거리를 뛰어가는 소년을 아나트는 망원경으로 지켜보았다. 깡마른 체구에 청바지와 쥐색 티셔츠를 입은 소년은 옆머리는 바짝 깎고 긴 윗머리는 단정하게 빗었다. 저 아이들은 거의 똑같아 보였다. 소년은 바로 앞의 마트 옆 작은 담장 틈새에서 커다란 비닐봉지를 꺼냈다. 아나트는 머리를 쭉 빼고 내다봤다. 손은 본능적으로 벽에 세워 둔 총을 잡았다. 저 봉지 안에 뭐가 담긴 거야? 총? 수류탄? 아니면 페인트폭탄? 뭔가 길쭉한 게 봉지에서 튀어나온 것이 보인다. 먼 거리이지만 망원경으로 보니 오이가 분명하다. 아나트는 어처구니가 없었다. 싸우다 말고 오이를 주우러 간다고? 오이 가지고 뭐하게? 오이 폭탄?

아나트는 이 탑의 망루에 우두커니 앉아 아이들에게 공격받는다는 게 어처구니가 없고 모욕적으로 느껴졌다. 우리는 이렇게 앉아서 당하기만 하는데, 저 아이들은 실컷 돌을 던지고 집에 돌아가 엄마가 해 주는 밥을 먹겠지. 아나트는 배에서 나는 꼬르륵 소리에 괜스레 기분이 묘해졌다.

어쨌거나 오이가 폭탄은 아니잖아.

아나트는 소년이 비닐봉지를 손목에 걸고 앞뒤로 흔들어 대며 활기차게 걸어가는 모습을 물끄러미 지켜보았다. 아나트는 할머니가 만들어 주시던 굴라시(Goulash, 손질한 고기를 각종 채소와 함께 푹 끓여 내는 수프)와 샤크슈카(Shakshouka, 매운 토마토소스에 달걀을 풀어 익혀 만든 음식) 그리고 간 파테(빵에 발라 먹는 간을 곱게 간 것)가 떠올라 입에 절로 침이 고였다. 굴라시와 샤크슈카는 이스라엘 국민 음식이다. 저 소년은 이제 곧 엄마가 기다리는 집에 가서 아랍인과 외국인이 "터키 샐러드"라 부르는 것을 먹겠지. 작게 자른 오이, 토마토, 파프리카, 양파에 고수, 올리브유를 넣어 잘 섞어 만드는 음식이다. 그런데 그건 이스라엘 샐러드야. 아나트는 이 한심한 탑에 앉아 시간만 허송하는구나 하고 생각했다.

뒤에서 소리를 질러 대는 샤바브와는 아무 상관도 없는 것처럼 서둘러 거리를 뛰어 내려가는 소년의 뒷모습을 지켜보는 동안 아나트의 배에서는 다시금 꼬르륵 소리가 났다. 저 녀석, 자기도 새총을 쏘았으면서 아무 일도 없었다는 듯 엄마에게 달려가네, 아나트는 피식 웃었다. 저 녀석이 남쪽에서 오는 팔레스타인 경찰을 무서워할까? 경찰은 그저 약간 꾸짖기만 할 뿐, 샤바브를 체포하는 경우를 아나트는 보지 못했다.

아나트는 담벼락 모퉁이를 돌아 사라지는 소년의 모습을 지켜보았다. 저 길이 아이다 난민촌으로 이어진다는 것은 아나트도 잘 알았다. 또 그곳은 이름만 난민촌일 뿐, 이미 오래전부터 그저 평범한 마을일 뿐이다. 대다수 주민은 그곳에서 태어나고 자랐다. 난민이 피난을 온 게 아버지의 할아버지로 거슬러 올라갈 정도로 오래전의 일이다. 그런데도 저 회색 장벽 뒤의 아이들은 난민이라는 소리를 듣는다. 언젠가는 다시 좋아지겠지, 아나트는 생각했다. 아나트 엄마가 늘 입버릇처럼 하는 말이다.

그런데 저 깡마른 팔레스타인 소년은 대체 어딜 가려고 그렇게 빨리 달렸을까? 무슨 다른 꿍꿍이가 있나? 형을 데리러 갔나? 아니면 무기 또는 폭탄? 서둘러 달리면서도 놓칠세라 꼭 잡은 그 봉지 안에는 그저 오이만 들었을까? 혹시 폭발물?

펵!

뭔가 망루 초소의 유리창에 부딪히며 듣기만 해도 불쾌한 소리를 냈다. 아래에서는 아이들이 환호하는 소리가 들려왔다. 페인트 폭탄이 명중했다고 아이들은 손뼉을 치며 신이 나서 소리를 질렀다. 창문에는 붉은 페인트가 피처럼 끈적이며 흘러내렸다. 아나트는 너무 놀라서 심장이 벌떡벌떡 뛰었다. 화가 머리끝까지 치솟았다. 아우 짜증 나. 이 난장판은 우리가 청소해야만 하는데. 아나트는 자신의 지휘관이 뭐라고 할지 익히 알았다. 상관은 늘 여자 부하에게만 청소를 맡겼으니까.

아나트는 창문의 페인트 얼룩을 보며 한숨 쉬다가 거리를 내려다보았다. 여전히 탑의 벽에는 아이들이 던진 돌이 날아와 부딪히는 소리가 들려왔다. 분명 꼬마들이 던진 돌이리라. 아직은 힘이 달려 창문에 닿을 정도로 높이 던질 수 없어 벽에 부딪힐 수밖에 없는 데도 꼬마들은 신이 나서 소리를 질렀다.

그동안 길은 무전기에 대고 소리를 질러 댔다. "저들이 우리를 공격한다, 최루탄 사용 허가해 주기 바람!"

아이들에게 최루탄을 쏜다고? 그건 아니지 싶어 끼어들려다가 아나트는 꾹 참았다. 지금 길과 말다툼하고 싶지는 않았기 때문이다. 이제 조금만 있으면 임무 교대하고, 퇴근이니까.

다른 군인이라면 휴대폰으로 게임이나 하면서, 샤바브가 실컷 떠들고 조용해질 때까지 기다렸으리라. 그러나 길은 성미가 조급한 게 불같았다. 아마도 바로 그래서 그는 검문소가 아니라, 이 망루 초소에서 근무하게 되었으리라. 검문할 때 걸핏하면 흥분해서 사람을 다치게 할 위험이 컸으니까.

"망할 놈의 테러리스트, 아무튼 모두 테러리스트야, 이 빌어먹을 아랍인!" 길은 콧김을 씩씩 뿜으며 욕을 해 댔다. 아나트에게 하는 말이라기보다 혼잣말에 더 가까웠다. "그거 알아? 아브라함 아비누에서는 케이크와 바비큐 고기를 넣은 샌드위치를 선물 받았대."

"누가 선물해? 아랍인들이?"

"에이 아니, 우리 유대인이. 저기 구시가지에서 수천 명의 아랍인들과 함께 살아야만 하는 이스라엘 국민이!"

"아 그 사람들, 나도 알아." 아나트는 말끝을 흐렸다. "그래도 난 여기가 좋아. 헤브론사람들은 모두 광신도잖아."

"아랍인?"

"아니, 우리 국민. 아브라함과 아내 사라의 무덤을 무조건 가까이서 보고 싶어 하는 신앙심 깊은 유대인 말이야. 우리 군인은 그들을 보호해 줘야만 하지. 그런데 이 유대인은 팔레스타인 사람에게 돌을 던져. 우리가 그걸 막으려 하면 이 유대인은 우리 얼굴에 침을 뱉고 난리야. 그러나 아랍인이 이스라엘 사람에게 돌을 던지면, 우리는 아랍인을 체포해야만 해. 나는 다시는 헤브론에 가고 싶지 않아. 아우, 그 스트레스를 어떻게 또 받아."

"뭐라고? 무슨 그런 말도 안 되는 소리야? 너 좀 이상하다, 좌파에 물든 거야, 아니면 그냥 편하게만 지내고 싶어서 그래? 혹시 둘 다?" 길이 못마땅한 표정으로 물었다. 그리고 작은 소리로 이렇게 중얼거렸다. "아무튼 여자는 군대와 안 맞아. 저렇게 물러서야."

아나트는 잠깐 뭐라고 대답해야 좋을지 망설였다. 그러고는 그냥 아무 말도 하지 않았다. 무슨 말을 하든 좌파라고 흥분하는 길과 말씨름해 봐야 기분만 상한다는 걸 잘 알았기에.

아나트는 다시 거리를 내려다보았다. 한바탕 소란이 휩쓸고 간 도로 바닥에 토마토가 하나 떨어져 있다. 그 소년이 흘린 토마토인가? 그럼 그 봉지에는 채소만 들어 있던 것이 분명해. 아나트는 한숨이 절로 나왔다. 이 모든 상황이 지겹기만 하다고 생각했다.

무전기에서 지휘관의 명령이 흘러나왔다. 길은 최루탄을 써도 좋다는 허가를 받았다. 길은 만족한 미소를 지으며, 최루탄을 들고 도로 쪽 창문으로 다가가 창문을 연 다음, 안전핀을 뽑고 샤바브에게 던졌다. 그리고 재빨리 창문을 다시 닫았다. 아나트는 가스를 피해 달아나는 꼬마들을 지켜보았다. 거리를 휩쓰는 바람이 최루 가스를 빠르게 퍼뜨렸다. 한 소년이 재빠르게 달려와 최루탄을 집어 들어 탑으로 다시 던졌다. 십 대 청소년 샤바브가 용기를 뽐내며 자기가 영웅이라는 걸 증명하려 종종 하는 짓이다.

길은 다시 창문을 열고 최루탄 하나를 더 던졌다. 매캐한 가스가 초소 안으로도 들어왔다. 독한 최루 가스 때문에 아나트는 눈물을 흘렸다. "조심해, 그걸 던져 봐야 무슨 소용인데?" 아나트는 콜록콜록 기침을 했다. 길은 웃으며 창문을 다시 닫았다.

아나트는 어금니를 악물었다. 나쁜 놈. 임무 교대까지 아직

5분 남았다. 눈물 젖은 눈으로 아나트는 최루 가스가 샤바브를 쫓아버린 거리를 내려다보았다.

자동차 한 대가 천천히 도로에서 움직인다. 아나트는 눈가의 눈물을 닦으며, 자동차가 도로 위의 토마토, 그 깡마른 소년이 잃어버린 토마토를 뭉개 버리는 장면을 보았다. 아나트는 저 가 없은 토마토가 으깨지며 지르는 비명을 들은 것만 같았다.

1946년 여름_테사

끈적끈적한 과즙이 손가락을 타고 흘러내렸다. 테사는 그런 건 아무래도 좋았다. 과육이 혓바닥 위에서 구르자 입안에서는 토마토의 풍미가 폭발했다. 아 토마토, 그래 바로 이 맛이야. 테사는 그동안 얼마나 간절히 토마토를 그리워했는지 새삼 깨달았다. 6년 동안 토마토는 구경조차 하지 못했다. 해방을 맞이한 게 벌써 1년도 넘은 일이다. 영국군이 오고, 그런 다음 간호사와 의사와 기자가 줄을 지어 이곳에 찾아왔지만, 이들 가운데 토마토를 가져다준 사람은 아무도 없었다. 해방을 맞이한 첫날 온통 진흙이 묻은 갈색 군복을 입은 어떤 군인이 테사의 손에 초콜릿 바 하나를 쥐여 주었을 뿐이다. 군인은 마치 살아 있어 줘 기특하다고 상이라도 주는 것 같았다. 테사는 막사 앞에 쌓인 시체들 가운데 아직 숨이 붙어 있는 유일한 생명체, 아니 더 정확히는 뼈만 앙상한 해골로 남은 생존자였다. 살아남아 보상으로 받은 초콜릿. 테사는 초콜릿을 허겁지겁 입안에 욱여넣었다. 그러나 몇 분 뒤 들것을 든 남자 둘을 데리고 돌아온 군인의 발 앞에 초콜릿을 그대로 토하고 말았다. 영국군이 흑빵과 분유 대신 몸이 쇠약해진 사람이 더 잘 소화할 수 있는 가벼운 음식, 이를테면 건빵과 과일 통조림을 나눠 주기까지 며칠이 걸렸으며, 그동안 많은 사람이 목숨을 잃었다. 감자 껍질이 둥둥 떠 있는 묽디묽은 수프로 몇 달, 심지어 몇 년을 강제수용소에서 근근이 버텨 온 몸은 너무나도 허약했기 때문이다. 그러나 토마토를 주지는 않았다.

"어디 가면 토마토가 많은지 너는 아니?" 여인이 테사에게 물었다. 여인은 전쟁이라고는 전혀 겪어 보지 않은 것이 분명한 말쑥한 얼굴이었다. 수용소, 굶주림, 전염병, 죽음을 옆에서 지켜보기라도 한 사람은 저런 얼굴일 수 없다. "팔레스타인이야. 그곳에는 토마토가 아주 많지. 너는 팔레스타인을 아니?"

"아빠가 팔레스타인에 있어요." 테사가 대답했다.

여인은 얼굴이 환해지며 두 눈을 동그랗게 떴다. 여인의 얼굴을 보며 테사는 놀란 부엉이가 저렇게 생기지 않았을까 하는 생각을 했다. 커다랗고 동그란 눈, 녹색과 푸른색으로 반짝이는 눈동자는 약간 노란 빛까지 감돈다.

"그래? 그거 잘됐구나, 그럼 너는 팔레스타인에 가야 하겠네!" 여인은 탄성을 지르며, 다시금 같은 말을 되풀이했다. "얘야, 너는 팔레스타인에 가야만 해. 네 아빠가 거기 있다며. 거기가 네 미래야! 그곳이 우리 민족의 미래이지!" 여인은 유대인이었다.

테사는 아무 말도 하지 않고 여인이 가진 가방만 넋을 놓고 바라보며, 속으로 그 안에 토마토가 더 있는지, 혹시 하나 더 먹을 수 있는지 튀어나오려는 물음을 꾹 참았다.

"아빠 이름이 뭐니?" 여인은 테사의 간절한 눈빛을 외면하며 물었다.

"슈무엘 프로이만."

여인은 가방을 열었다. 테사는 토마토를 하나 더 주려나 보다 하고 기대했다. 하지만 여인은 메모장과 연필을 꺼냈다.

여인은 테사 아버지의 이름을 메모하고, 다시 그 부엉이 눈으로 테사를 보았다. "네 이름은 뭐야?"

"테사."

여인은 이마를 찡그렸다. "테사? 네 부모님이 정말 너를 테사라고 불렀어? 여권에 적힌 이름은 뭐야?"

"테레제 에밀리에 프로이만. 번호 202500."

순간 여인의 얼굴은 일그러졌다. "사람에게 무슨 번호……."

여인은 더는 말을 잇지 못하고 테사의 팔뚝을 바라보았다. 팔뚝에는 번호가 새겨진 낙인이 꾀죄죄했다. 테사는 그 낙인을 새길 때 바늘이 찌르던 아픔을 지금도 선명하게 기억한다. 아니, 그때 엄마가 흘리던 눈물을 더 선명하게 기억한다. 당시 엄마의 눈물은 강물처럼 넘쳐흘렀다. 테사를 무섭게 하던 모든 것들, 경비병과 총과 개와 철조망을 엄마의 눈물이 깨끗이 쓸어가 버리기만 간절하게 바랐다. 하지만 눈물이 그런 것을 할 수 있을 리 없었다. 눈물이 할 수 있는 건 없었다.

바늘로 테사의 팔뚝에 번호를 새기던 여인도 그 점을 알았다. "울지 마." 여인은 말했다. "넌 번호를 받은 거야. 번호를 못 받은 사람이 울어야지, 번호를 받으면 죽는 것은 아니니까." 번호를 받지 못한 사람은 곧장 샤워장으로 끌려갔다. 그러나 그 샤워장은 물이 나오지 않는 샤워장이었다. 테사는 나중에야 그게 무얼 뜻하는지 알았다. 테사와 엄마는 머리를 박박 깎이고 물이 나오는 샤워장에서 몸을 씻을 수 있었다. 그런 다음 낮에는 강제 노동을 하고 밤에는 막사에서 잠을 잤다.

그것이 첫 번째 수용소였다. 이후 테사와 엄마는 몇 차례 더 다른 수용소로 끌려다녔다. 다행히도 테사와 엄마는 서로 떨어지지 않고 같이 지낼 수 있었다. 엄마는 매일 갈수록 쪼그라들었지만, 테사는 조금씩 더 키가 컸다. 깡마르기는 했지만 키는 컸다. 이제 테사는 15살의 깡마른 소녀이다. 겉보기로는 12살처럼 보이는 15살 테사는 엄마가 죽었을 때 눈물도 나오지 않았다.

그렇지만 아빠는 살아 있다.

어제까지만 해도 잘 알고 지내던 이웃 사람들이 유대교 회당인 시너고그에 불을 지르고, 낯선 사람들이 유대인 노인의 장난감 가게를 약탈했으며, 흠씬 두들겨 맞은 랍비의 아들들이 강물에 떠내려갔을 때, 테사의 아빠는 빈으로 가는 기차를 타고 계속해서 남쪽으로 내려가 항구에서 배를 타고 지중해를 건너 텔아비브나 하이파 또는 예루살렘으로 가서 집을 사고, 그런 다음 가족을 독일에서 데려올 생각이었다. 하지만 그전에 이미 가족은 나치스에 끌려갔다. 그때 이후로 아빠가 팔레스타인에서 기다린다고 테사는 굳게 믿었다. 하지만 테사와 아빠 사이는 많은 나라와 바다로 그리고 영국의 군함으로 가로막혀 있었다.

"저는 아무도 팔레스타인으로 갈 수 없는 줄 알았어요." 테사는 나도 알 만큼은 알아요 하는 표정으로 말했다. "이곳 수용소 사람들은 영국이 아무도 거기 가지 못하게 막는다고 하던데요."

"영국에게 왜 허락을 받아. 그럴 필요 없어." 여인은 이렇게 말하며 미소를 지었다. "팔레스타인으로 가는 길이야 있지, 위험하지 않다고 말할 수 없을 뿐이야. 하지만 너처럼 젊고 강한 사람은 용기를 내 고개를 꼿꼿이 세우고 이 길을 얼마든지 갈 수 있어, 안 그래?" 여인은 기대에 찬 표정으로 테사를 바라보았다.

테사는 고개만 끄덕였다.

"우리는 이미 오래전부터 유럽의 유대인을 팔레스타인으로 보내는 일을 하고 있어." 여인이 계속 말했다. "나치스를 누르고 승리를 거두기 오래전부터. 그리고 이제 이 일은 본격적으로 급물살을 타야 해. 팔레스타인에는 한 사람이라도 더 유대인의 손길이 필요하거든. 그곳에서 우리는 유대 민족이 살아갈 고향을 일굴 거야. 오로지 유대 국가에서만 우리는 살아남을 수 있어. 오로지 유대 국가에서만 너와 너의 아이들 그리고 그 아이들이 낳은 아이들이 안전하게 살 수 있어."

테사는 다시 고개를 끄덕였다. 그런데 아이와 아이의 아이라니 무슨 말도 안 되는 소리야 하고 테사는 속으로 피식 웃었다. 이제 겨우 15살에게 무슨 아이가 어쩌고 하는 거야. 유대인 국가라니, 나보고 뭐 어쩌라고. 하지만 팔레스타인에 갈 수 있다는 이야기에는 귀가 솔깃했다.

"어떻게 해야 팔레스타인에 갈 수 있어요?" 테사가 물었다.

"여기서 기다리렴." 여인의 이 말은 테사가 원했던 답이 아니었다. "나는 〈하가나〉라는 단체에서 일해. 시오니즘 단체지. 시온산은 우리의 신전이 서 있던 곳이고, 언젠가 신전은 반드시 다시 세워질 거야. 유대인을 위한 국가를 만들자는 시오니즘 운동을 하고 투쟁하는 단체가 〈하가나〉야. 시오니즘은 너 같은 젊은이가 필요해. 〈하가나〉는 배를 빌려 유대인을 팔레스타인으로 실어 나르지. 우리는 네게 새 여권도 만들어 줄 거야. 여기서 기다리렴, 더 많은 용감한 젊은이를 모은 다음에 너를 데리러 올게. 그리고 우리는 함께 새로운 조국으로 가는 거야."

"그럼 저는 얼마나 더 오래 이곳에 머물러야 해요?" 부엉이 여인의 더할 수 없이 거창한, 하지만 가장 중요한 것, 곧 언제인지는 알려 주지 않는 말투에 슬그머니 짜증이 난 테사가 물었다.

"정확한 건 아직 뭐라고 말할 수 없어. 영국이 우리 배의 운항을 가로막으니까. 우리는 신중하면서도 지혜롭게 일을 풀어 가야 해. 하지만 그런 걱정은 우리 〈하가나〉의 몫이야. 너는 여기 머무르며 내 소식을 기다리려무나."

여인은 문득 생각난 것처럼 하나 더 물었다. "그런데 독일에서 너를 기다리는 사람은 아무도 없어?"

"없을거예요." 테사가 대답했다. "독일에 친척은 없어요. 그러니까 여전히 난민촌에 남았죠."

"그렇구나, 여기서 기다리렴. 누가 널 입양하겠다고 해도 받아들이면 안 돼."

"누가 저를 입양하겠어요? 저는 벌써 15살이에요."

"좋아, 그게 옳은 태도야. 너는 이미 어엿한 숙녀야. 그리고 우리에게는 너 같은 젊은이가 필요해. 이제 가야겠다. 유월절을 맞이하기 전날 우리가 무슨 말을 하는지는 너도 잘 알지?" 여인이 작별 인사로 손을 흔들며 물었다. 순간 테사는 이 여인이 자신을 시험하는 게 아닌지 의심이 들었다. 테사는 벌써 몇 년째 유월절을 쇠 본 적이 없다. 유대인의 명절인 유월절에 무슨 말을 하더라? 이 물음에 대답 못 하면, 이제 팔레스타인으로 갈 자격을 잃는 걸까? 그러나 여인은 스스로 답했다. "내년은 예루살렘에서!" 말을 마친 여인은 미소를 지으며 자리에서 일어나 젊은이들 몇 명이 모여 있는 쪽으로 걸어갔다. 젊은이들은 아까부터 어떤 집의 벽 그늘에 서서 여인을 기다리고 있었다. 여인의 어깨에는 메모장이 든 가방이 묵직하게 흔들렸다. 분명 저 안에는 더 많은 토마토가 들었으리라.

누가 비명을 질렀나?

테사는 그 소리가 자신이 엄마를 부르며 외친 것임을 깨달았다. 꿈이었나? 혹시 누가 듣지는 않았을까? 이곳에서 잠을 자며 비명을 지르는 사람은 많다. 익숙해진 나머지 비명 소리는 흔히 무시된다. 어두컴컴한 방에서 들려오는 무거운 숨소리가 잠에 빠진 다른 사람의 것인가 했더니, 창밖에서 몰아치는 바람 소리이다. 소나기가 오려는지 거센 바람에 나뭇가지가 휘면서 힝힝 울부짖는 소리가 난다. 곧 굵은 빗방울이 유리창을 때리며 더운 여름 공기를 식혀 주리라. 테사는 더위가 수그러들 걸 생각하니 기분이 좋았다. 천둥 번개 따위야 더는 무섭지 않았다. 예전에는 천둥소리를 무척 무서워했다. 집 앞 계단을 올라오던 육중한 군홧발 소리는 천둥을 떠올리게 했다. 문을 박차고 들어온 군홧발 주인은 방이 쩌렁쩌렁 울리는 큰소리로 채찍을 때리듯 명령했다. "일어서! 짐 챙겨! 나가!" 엄마는 서둘러 가방을 챙겼다. 옷가지, 여권, 몇 푼의 돈, 가족사진과 함께 작은 은촛대, 초를 일곱 개 꽂을 수 있는 가지가 달린 은촛대는 가방 안에 이미 담겨 있었다. 은촛대는 결혼식을 올릴 때 아빠가 엄마에게 준 선물이다. 테사는 담요와 빵 한 조각과 통조림 서너 개가 담긴 가방을 질질 끌어야만 했다. 히틀러 소년단원들이 비웃고 조롱하며 욕하는 동안, 유대인 가족들은 마을 광장으로 끌려가 8월의 뜨거운 뙤약볕 아래 서서 하염없이 다음 명령을 기다려야만 했다. 비 오듯 땀이 흘렀고 목은 갈증으로 타는 것만 같았다. 마침내 도착한 가축 운반용 화물차에 엄마와 아이는 짐짝처럼 채워졌다. 어린아이는 물을 달라고 울었고, 엄마는 아이보다 더 서럽게 울었다. 그런데 그때 구원이 찾아왔다. 적어도 일시적이나마. 번쩍 번개가 치더니, 이내 천둥이 울리며 소나기가 퍼붓기 시작했다. 엄마들은 가방에 싸두었던 잔을 서둘러 꺼내 화물칸에 달린 작은 창을 열고 빗물을 받았다. 그 잔을 차례로 돌려 가며 아이들은 물을 마셨다. 덕분에 아이들은 울음을 그쳤다. 잠시이기는 했지만.

이 구원의 소나기는 이미 오래전 이야기이다. 벌써 4년이라는 시간이 흘렀다. 4년이면 테사 인생 4분의 1이다.

먹구름이 베르겐벨젠 난민 수용소에 한바탕 소나기를 퍼붓고 나자, 테사는 다시 잠에 빠졌다. 이 수용소는 나치스 군대의 막사를 영국군이 난민 수용소로 개조한 곳이다.

아침 식사로 나온 것은 커피와 빵이다. 커피는 쓴맛이 났다. 예전에 테사는 커피를 마시면 안 된다는 말을 귀가 따갑게 들었다. 커피는 아이를 위한 게 아니라고 어른들은 입버릇처럼 말하곤 했다. 아마도 어른들 자신이 마실 커피가 아까워 그런 말을 한 게 아닐까. 커피는 귀했으며, 있는 것마저 곧 바닥이

낳으니까. 엄마와 이웃집 아줌마들이 주방에 모여 앉아 커피가 떨어져 걱정이라고 하던 말을 테사는 여러 번 들었다. 전쟁이 일어나기 전에는 모든 게 풍족하고 좋았다며 눈가가 촉촉해지거나, 이제는 아무것도 없다고 불평하며 분노했다. 이제는 이웃도, 주방도, 집도 없다. 커피? 깨끗이 사라진 지 오래였다.

아무튼 커피는 쓰기만 하다. 이걸 무슨 맛으로 마실까? 그래도 모두 커피를 마신다. 테사도 마셨다. 빵이 목에 걸린다. 배고프지는 않다. 외로움과 지난밤의 어지러웠던 꿈이 목에 걸린 빵조각처럼 좀체 삼켜지지 않는다. 그래도 테사는 빵을 꾸역꾸역 먹었다. 음식은 중요하니까. 이곳 난민들은 뚱뚱해야 화장터 굴뚝으로 잘 빠져나갈 수 없다고 말한다. 먹어야 살 수 있다는 말을 화장터 굴뚝으로 사라지고 싶지 않다고 빙 돌려 말한 농담 아닌 농담이다.

물론 이곳 수용소 화장터의 굴뚝은 벌써 일 년째 아무 연기를 뿜어 내지 않았다. 해방된 뒤부터 화장은 하지 않으니까. 그런데도 살아남은 유대인들은 여전히 이곳 베르겐벨젠에서 살아간다. 이곳 난민촌은 옛 강제수용소에서 멀지 않은, 예전 독일군이 쓰던 막사다. 나치스가 주장하던 "유대인의 최종 해결" 이후 살아남은 이곳 생존자는 세상 사람들에게서 깨끗이 잊혔다. 누구도 이들을 어떻게 할지 신경 쓰지 않았다.

테사는 주위를 돌아보았다. 긴 식탁에 둘러앉은 얼굴들. 세상은 이들을 "난민"이라 부른다. 말이 좋아 난민이지, 정확히는 '쫓겨난 자'이다. 그런데 희한하게도 이들은 쫓겨나지 않았다. 끌려가기는 했다. 베를린의 집에서, 태어나 자란 고향 마을의 집에서 끌려 나와 동쪽의 여러 수용소를 전전한 끝에 여기 첼레(Celle)의 이 난민촌까지 왔다. 검은 군복에 검은 군화를 신은 남자들이 매일 밤 이들 꿈속을 짓밟고 다닌다. 하지만 누구도 이들을 쫓아내지 않았다. 이들은 여전히 독일에, 태어나 자란 고향에 여전히 머무른다.

식탁에는 아홉 명의 아이가 앉았다. 이들은 사실 더는 아이가 아니다. 그저 한두 번의 겨울을 지내고 나면 모두 어른이 될 아이들이다.

라헬과 그 쌍둥이 여동생 이다와 잉게의 얼굴도 보인다. 이들은 기적처럼 나치스 의사의 손아귀를 피할 수 있었다. 이다와 잉게는 이곳에서 가장 어리다. 아마도 열두 살쯤. 두어 살 더 먹은 라헬은 쌍둥이를 엄마처럼 돌보았다. 전날 저녁 라헬은 공동 침실에서 너덜너덜한 담요로 쌍둥이를 정성스럽게 감싸 편안하게 잠을 재운 뒤에야 그 옆에 누워 잠을 청했다. 지금 라헬은 쌍둥이에게 아직 뜨거우니까 조심해서 커피를 마시라고 주의를 주었다. 쌍둥이 가운데 한 명이, 이다로 짐작되는 아이가 콧김을 뿜뿜대며 언니는 자기들을 아기 취급한다며 종 알거렸다.

테사는 언제나 동생이 있었으면 하고 간절히 바랐다. 그러나 지금 보니 혼자인 게 얼마나 다행인가. 칭얼대는 걸 참아 가며 동생을 돌봐야만 한다면 아마 미칠 것 같을 거라고 생각했다. 내가 징징대며 울 줄밖에 모르는데, 누가 누구를 돌볼까. 혼자인 게 차라리 나아, 테사는 마음을 다지며 침을 꿀꺽 삼켰다. 이번에는 눈물이 났다.

라헬 자매와 좀 떨어진 곳에서는 키가 길쭉한 게오르크가 빵의 딱딱한 껍질을 열심히 물어뜯는다. 꼭 뼈다귀에 붙은 살점을 발라 먹는 개를 보는 것 같아 테사는 속으로 큭 하고 웃었다. 키 큰 게오르크는 이미 거의 어른 남자처럼 보인다. 먹지 못해 깡마르지만 않았다면 제법 의젓해 보였을 텐데. 하지만 윗입술 위로 이미 수염이 거무튀튀했으며, 목소리는 굵직한 저음을 자랑했다. 테사는 게오르크가 15살이나 16살쯤이라고 생각했다. 고향 마을에서 늘 엄마의 밭일을 돕던 헤르베르트와 또래로 보였기 때문이다. 헤르베르트는 징집당해 소련군과 싸우는 전선으로 끌려갔다. 그는 무사히 집에 돌아왔을까?

혹시 헤르베르트도 유대인에게 총을 쏘았을까?

"나는 밭일처럼 힘쓰는 일이 좋더라." 불쑥 게오르크가 말했다. 테사는 화들짝 놀라며 귀를 의심했다. 게오르크의 말투가 헤르베르트와 똑 닮았기 때문이다. 헤르베르트 역시 힘쓰는 일을 잘한다고 자랑이 대단했었다. "나는 키부츠로 갈 거야!" 게오르크가 눈빛을 반짝이며 계속 말했다. 모두 평등하게 일하자며 유대인들이 팔레스타인에 세운 농업 공동체인 키부츠에 가겠다는 이 말 역시 전쟁터로 나가는 것을 자랑스러워하던 헤르베르트를 떠올리게 했다. "키부츠에서는 모두 평등하대. 누구나 똑같이 일하고 공평하게 나누어 먹는대. 나는 키부츠 대장이 될 거야!"

그 부엉이 눈의 여인이 게오르크와도 만났던 것이 분명하다.

"키부츠는 땅 파는 지저분한 일뿐이라던데." 한스가 끼어들어서 "그냥 감자 농사짓는 거지." 하면서 눈알을 부라리며 대단한 비밀이라도 이야기하는 것처럼 목소리를 은근히 깔았다. "나는 팔마흐에 갈 거야. 그곳은 청소년을 용맹한 투사로 만들어 준대. 그럼 나는 유대인을 괴롭히는 모든 적에 맞서 싸울 거야!" 팔마흐는 〈하가나〉가 몰래 운영하는 특수부대였다.

"아하, 그들이 너를 기다린다고? 꼬마야." 야콥이 비웃으며 말했다. 야콥은 거의 17살로, 이곳에서 가장 나이가 많을 거라고 테사는 짐작했다. "아랍인과 맞서면 바지에 오줌부터 지릴 놈이!"

"누구랑 맞선다고?" 라헬이 끼어들었다.

"아랍인." 야콥이 힘주어 말했다. "그곳에 사는 사람들이지. 저들은 유대인을 미워해, 모두 유대인을 증오하지."

"무슨 소리야? 거기는 아무도 안 산다던데." 라헬이 눈을 동그랗게 떴다. "어른들이 그랬어. 아무도 살지 않는 땅은 살아갈 땅이 없는 유대 민족의 것이다!"

"팔마흐는 영국군하고만 싸워, 영국을 그 땅에서 몰아내려는 거라고, 알아?" 한스가 흥분한 목소리로 외쳤다. 한스는 항상 모든 걸 자신이 더 잘 안다고 믿었다.

"아니, 우리는 아랍인과 싸워야만 해, 아빠가 분명히 그렇게 말했어!" 야콥이 화가 잔뜩 나서 말했다. 감히 형에게 시비를 거는 한스가 얄미웠기 때문이다.

"누구? 너네 아빠가 그렇게 말했다고? 그런 아빠가 나치의 독가스에 당하지는 않았겠지!"

한스에게 달려드는 야콥을 보며 테사는 마지막 남은 빵조각을 입에 집어넣고 자리에서 일어나 식당을 나갔다. 뒤에서 야콥과 한스는 서로 주먹질을 해 댔다. 화가 잔뜩 난 얼굴로 서로 치고받으며 억, 윽 하고 신음을 질러 댔다. "그만해, 우리끼리 부끄럽지도 않아?" 싸우는 소리를 뚫고 라헬이 날카롭게 외치는 소리가 들렸다.

테사는 빵을 꼭꼭 씹으면서 여자용 공동 침실로 이어지는 복도를 달려내려갔다. 지난밤 소나기 꿈에 시달리며 잠을 설친 탓인지 빨리 잠자리에 들고 싶었다. 테사는 침상에 누워 팔레스타인에 산다는 사람이 누구일까 생각했다. 야콥은 "아랍인"이라고 말했다. 많지는 않겠지, 전 세계 곳곳에서 살던 유대인이 모두 그곳에 국가를 세우러 간다는데, 거기 무슨 많은 아랍인이 살겠어, 테사는 생각했다. 유대인은 그곳에 새로운 삶의 터전을 가꾸어야만 한다. 그래야 히틀러는 물론이고 다른 그 누구에게도 괴롭힘을 당하지 않는다. 팔레스타인은 유대인의 조국이 되어야 한다.

그리고 팔레스타인 어딘가에 이미 아빠가 살고 있지 않은가. 아빠는 투사가 분명하다. 심지어 아빠는 다윗 왕처럼 왕이 아닐까. 유대인 역사에서 민족을 구한 사울 왕처럼. 그럼 나는 공주인가. 테사는 슬그머니 미소를 지었다. 당연히 말이 되지 않는 이야기이지만, 테사는 이런 상상을 하는 것만으로도 즐거웠다. 왕관을 쓰고 망토를 걸친 아빠가 부두에 서서 배를 타고 들어오는 테사를 두 팔 벌려 맞이해 준다. 난간에 선 테사는 손을 흔들며 외친다. "압바!" 압바(Abba)는 아빠를 부르는 히브리어이다. 테사는 히브리어를 잘 모르기는 하지만, 압바만큼은 알았다. "압바!" 테사는 가슴이 터질 것처럼 목놓아 부른다. 그런 다음 아빠가 진짜 테사인 것을 확실하게 알 수 있도록 독일어로 다시금 외치리라.

"파티(Vati)!"

1946년 7월 22일_모

"야바!" 모가 소리쳤다.

모가 아빠를 마지막으로 소리쳐 불렀다. 모는 거리를 뛰어
내려갔다. 아빠는 이미 골목길의 끝자락에 이르렀지만, 모가
부르는 소리를 듣고 등을 돌려 바라보았다. 모의 맨발이 모래
색 자갈이 깔린 길바닥을 착착착 때렸다. 천년이 넘도록 이 길
을 오간 무수한 발길에 길바닥은 반들반들했다. 비가 내리거
나, 누군가 먼지를 쓸어내리려 물을 뿌렸을 때 길바닥은 얼음
보관창고에 넣어 두려 사들인 얼음처럼 미끄러웠다. 모는 이
미끄러운 거리를 넘어지지 않고 달리는 자신이 자랑스러웠다.
넘어지지 않고 뛰려면 맨발은 필수다. 모는 발바닥에 느껴지는
거리의 매끄러움이 좋았다. 심지어 살짝 눈이 쌓인 겨울에도

알쿠드스 거리를 맨발로 달렸다. 엄마가 알면 기침 감기를 막아 주는 쓴맛 나는 세이지 차를 마시라고 성화를 부려 대도 어쩔 수 없었다.

숨을 헐떡이며 아빠에게 달려간 모는 아빠 손에 참깨 빵과 삶은 달걀이 든 작은 자루를 건넸다. "슈크란, 야 이브니." 고마워, 아들, 아빠가 말했다. 장남의 어깨를 다독이고는 아빠는 등을 돌려 모퉁이를 돌아 사라졌다. 아빠는 킹 다윗 호텔에 출근하는 길이다. 근무는 30분 뒤에 시작한다. 점심시간을 알리는 첫 교회 종소리가 울릴 때가 아빠 근무의 시작임을 모는 잘 알았다. 조금 뒤 무에친이 첨탑에서 기도 시간이 되었다고 커다란 소리로 외쳤다. 무에친은 이슬람교 기도 시간을 알리는 사람을 부르는 말이다. 모는 시드나오마르 모스크의 첨탑에서 소리 높여 외치는 무에친이 작은아버지임을 알았다. 작은아버지는 울음이라도 터뜨릴 것 같은 간절한 목소리로 모든 신도는 몸을 던져 기도하라고 외쳤다. 댕댕댕 종들이 앞다투어 울리고, 작은아버지를 비롯해 여러 무에친이 크게 외치는 기도 알림 소리가 한데 뒤섞이며 시끌벅적한 분위기가 도시에 활기찬 생기를 불어넣었다. 마치 모두 함께 흥겹게 춤을 추자고 초대하는 것만 같았다. 그러나 대다수 무에친은 아주 진지하고 경건한 목소리로 예를 갖추었다. 이들은 인간이 아니라,

알라신과 대화를 하듯 절박한 호소를 쏟아 냈다. 기도하라는 외침과 종소리와 신을 우러르는 찬송은 알쿠드스 구도심의 집과 골목과 광장을 이불처럼 덮었다. 경건한 이슬람 신도는 이제 기도 양탄자를 펼치고 그 위에 무릎을 꿇었다. 모의 아빠도 호텔에서 먼저 기도를 올린 다음 근무를 시작하리라. 모는 아직 기도는 하지 않았다. 이미 15살이지만, 모는 저 알쏭달쏭한 종교 이야기가 무슨 허풍처럼 느껴져 별로 흥미를 느끼지 못했다. 아빠도 그런 모에게 뭐라고 하지 않았다. 모의 관심은 다른 더 중요한 것에 있었다.

10분 뒤 모는 자신의 작은 방 침대에 걸터앉았다. 동생 둘은 방 하나를 나누어 쓰지만 모는 혼자서 쓴다. 작은 창으로 한낮의 열기가 밀려 들어온다. 하지만 차가운 벽에 기대면 무더위는 그럭저럭 참을 만하다. 모는 책과 공책을 펼치고 숫자들을 헤아려 가며 수학 문제를 풀었다. 선생님이 수학 시험을 보겠다고 했다. 수학은 모가 역사 다음으로 좋아하는 과목이다.

"모하메드 엄마!"

밖에서 누군가 다급하게 엄마를 불렀다. 그리고 갑자기 한바탕 난장판이 벌어졌다. 모는 흥분한 목소리가 앞뒤 가리지 못하고 주워섬기는 말이 무슨 뜻인지 가려들으려 귀를 쫑긋 세웠다. 대개 아랍어였으며, 몇 마디 영어도 섞여 있었다. 모는 모국어인 아랍어와 확연히 구분되는 영어 단어를 가려들을 수 있었다. 그리고 대낮의 열기에도 모는 두 단어에 얼어붙었다. "폭탄"과 "폭발". 그리고 이어지는 날카로운 비명. 그게 아닐 거라고, 절대 그럴 수 없다고 외치는, 도저히 믿을 수 없는 소식에 온몸으로 맞서는 비명이었다. 그 비명의 주인이 엄마라는 사실을 알아차리기까지 시간은 얼마 걸리지 않았다. 놀란 나머지 굳어 버린 팔과 다리를 움직여 모가 자리에서 일어서기까지 약간 시간이 걸렸다. 마치 배 속에서 얼음처럼 차가운 납덩어리가 일어서지 못하게 온몸을 아래로 잡아당기는 것만 같았다. 몸을 조금만 움직이려 해도 힘이 들었다. 아무 일도 일어나지 않은 것처럼 그냥 앉은 채로 숙제를 계속한다면, 이미 일어난 일이 없던 일로 되돌려질까. 주변의 모든 게 산산조각이 나 버린 인생이 평범했던 일상을 회복할 수 있을까.

집 앞의 이글거리는 열기 속으로 모가 나섰을 때, 엄마의 비명은 이미 흐느낌으로 바뀌어 있었다. 모는 길바닥에 무너진 채 울고 있는 엄마를 보았다. 엄마의 몸집은 쪼그라들었는지 평소보다 훨씬 더 작아 보인다. 두 번 보고서야 비로소 모는 집 밖에서 이제껏 전혀 본 적이 없는 광경을 발견했다. 엄마가 머리쓰개를 두르지 않았다. 현관 옆 벽에 기댄 채 초점이 흐려진 눈으로 울고 있는 엄마의 머리카락이 얼굴을 덮고 어깨까지 내려왔다. 이제 막 걸음마를 배우는 막내 여동생 아말이 엄마의 팔에 매달려 울었다. 이웃집 아주머니가 옆에 무릎을 꿇고 앉아 엄마 팔을 주무르며 위로했다. 동시에 아주머니는 엄마의 머리와 맨살이 드러난 팔을 수건으로 덮어 주었다. 어디서 나타났는지 작은아버지가 모의 옆에 섰다. "모하메드, 엄마를 모시고 안으로 들어가렴. 사람들이 엄마의 저런 모습을 보게 내버려 두어서는 안 돼." 작은아버지가 모에게 속삭였다. "예, 알았어요." 모는 이럴 때 무슨 일을 해야 하는지 알려 주는 작은아버지가 고마웠다. 모는 아주머니와 함께 엄마를 일으켜 세워 현관으로 이끌었다. 뒤에서는 아말이 울면서 아장거리며 따라왔다. 두꺼운 담벼락의 어두컴컴한 그늘 속을 걷는 아말의 모습은 어둠에 사로잡힌 가족의 처지를 고스란히 보여 준다. 엄마는 소파에 그대로 무너져 쪼그린 채로 어깨를 들썩였다. 들썩이는 어깨를 보며 모는 엄마가 울고 있음을 알았다. 그 모습은 비명보다 더 참담했다. 겁에 질린 아말은 자꾸 엄마 품에 파고들었다. 이웃 아주머니들이 집으로 몰려와 엄마 앞에 쭈그리고 앉아 엄마 손을 잡고 같이 울었다.

모는 대체 무슨 일이 일어난 건지 아직 몰랐다. 골목길에서 놀다가 저녁때가 되어야 돌아오는 동생들에게 무슨 사고라도 난 걸까? 혹시 아빠가 다쳤을까?

모는 슬그머니 집을 빠져나왔다. 목놓아 우는 여인들을 지켜보기가 괴로웠다. 바깥 골목에는 남자들, 아빠의 동생인 카더 작은아버지와 이웃 남자들이 모여 서서 심각한 표정으로 뭔가 이야기를 나누었다. 갈수록 더 많은 어른이 합세했다. 뭐라 물어보기도 전에 먼저 모를 발견한 작은아버지가 가까이 오라고 손짓했다. 작은아버지는 모의 귀에 대고 뭔가 속삭였다. 그 말을 들은 모의 얼굴이 하얀 분필처럼 창백해졌다.

모는 달렸다. 구도심을 가로지르는 구불구불 이어진 좁은 골목길을 지나 도시 성벽, 이른바 다윗 성벽 옆으로 난 길을 따라 올라가자, 거대한 자파 성문이 나타났다. 일곱 개의 성문 가운데 하나인 자파 성문은 구약성경에 나오는 요나가 바다 여행을 마치고 돌아온 자파 항구에서 이름을 땄다. 이곳은 성문이라기보다 탑이라고 불러도 될 정도로 높다. 모는 알쿠드스 구도심이 들어선 언덕 아래 거리를 달리고 광장을 가로질러 숨을 헐떡이며 킹 다윗 거리에 도착했다. 킹 다윗 거리 허공으로 재가 흩날렸다. 한여름의 무더운 열기는 숨 쉬기 힘들 정도로 뜨겁다. 경찰 지프와 하얀 바탕에 빨간 십자가가 그려진 트럭이 호텔 앞의 도로변에 줄지어 서 있다. 그 멍청해 보이는 반바지를 입은 영국 경찰이 도로를 봉쇄했다. 경찰의 등 뒤로 폭삭 무너져 잿더미로 변한 호텔 건물의 잔해가 보였다. 이 유서 깊은 건물 남쪽 날개의 사암으로 장식된 정면은 마치 거대한 공룡이 발톱으로 위에서 아래로 할퀸 것처럼 처참한 몰골이었다. 마치 물 위를 걷기라도 하듯 모는 한 발 한 발 조심스레 호텔로 다가갔다. 워낙 긴장했던 탓에 주변의 경찰을 전혀 의식하지 못한 모 앞을 한 경관이 막아섰다. "돌아가렴, 애야." 경관은 영어로 말했다. "여기는 너무 위험해."

"아버지가", 말을 더듬으며 모는, 마찬가지로 영어로 대답했다. "제 아버지가 저 안에 있어요."

"집에 가서 기다려, 네 아버지는 분명 돌아오실 거야."

"아뇨, 그냥 돌아가지 않을 거예요." 모는 작은아버지가 귀에 속삭였던 말이 무얼 뜻하는지, 비록 인정하고 싶지는 않았지만, 확실하게 알았다. 아빠는 이 남쪽 날개 건물에서 근무했다. 벽에서는 나무 기둥이 부러진 갈비뼈처럼 튀어나왔으며, 7층 건물의 각 층 바닥과 천장이 철근에 대롱대롱 매달린 모습은 장례식장의 화환을 보는 것만 같았다. 부서진 건물의 파편과 돌덩이가 2층 높이로 쌓였으며, 7층 건물의 내부는 인형의 집을 보는 것처럼 속이 훤히 드러났다. 이 호텔에는 스페인의 왕, 아비시니아 제국(오늘날의 에티오피아)의 황제, 그리스의 왕을 비롯해 유명한 영화배우, 가수, 스파이가 묵었다고 아빠는 자랑스럽게 말하곤 했다. 그리고 무엇보다도 이 호텔의 남쪽 날개 건물에는 식민지 팔레스타인을 통치하는 영국 정부와 영국군의 사무실이 있었다.

모의 아빠는 오늘 점심때에 이 호텔로 출근했으며, 호텔을 나간 적이 전혀 없다.

곧장 소문은 날개 돋친 듯 퍼졌다. 영국군이 체포한 시오니즘 투사들의 신상 정보가 담긴 서류를 사무실에 보관했으며, 유대인 무장단체 이르군이 이 서류를 없애려고 폭탄 테러를 저질렀다는 소문이었다.

그러나 목격자들은 다른 이야기를 했다. 남쪽 날개 건물 지하실에 묵직한 우유 통을 옮긴 사람은 아랍인 노동자였다고 한결같이 증언했다. 얼마 뒤 보안 요원들이 노동자들을 찾아냈고, 총격전이 벌어졌으며, 두 명의 피의자가 중상을 입었다. 그 가운데 한 명은 이내 사망했다. 테러범이 아랍인이라는 소문은 이내 깨끗이 사라졌다. 두 범인은 유대인이었기 때문이다.

좀 더 시간이 흐르고 나서야 비로소 모는 우유 통에서 폭탄이 터졌다는 사실을 알았다. 1947년 7월 22일 누군가 350파운드의 폭발물을 우유 통 일곱 개에 나누어 호텔의 거래처 납품 통로 입구에 가져다 놓았고, 정확히 12시 37분 폭탄은 91명의 목숨을 앗아 갔다.

영국은 교수형으로 응답했다. 알쿠드스의 한복판, 구도심으로 이르는 새 성문에서 멀지 않은 감옥에 갇혀 유대인 테러리스트는 처형을 기다렸다. 물론 실제 교수형은 팔레스타인 북부의 항구 도시 아크레에서 이뤄졌다. 이곳은 주로 아랍인이 살던 지역이다. 영국은 성지 예루살렘에서 이들을 처형한다면 유대인의 엄청난 분노를 살 것을 두려워했다.

이후 몇 날 몇 주 동안 구도심에서는 계속해서 사람들이 붙들려 갔다는 이야기가 끊이지 않았다. 텔아비브에서 영국 경찰은 아무 때나 검문검색을 했으며, 집들을 뒤져 유대인들을 체포했다. 알쿠드스에서도 테러범을 수색했지만, 다른 곳만큼 철저하지는 않았다. 성지 예루살렘을 뒤지고 다니면 유대인의 강한 반발이 우려되었기 때문이다. 그렇다고 검색이 없었던 것은 아니다. 심지어 이른 새벽 아직 동이 트기도 전에 영국 경찰은 옆집 문을 두드렸다. 그때 모는 방에 누워 옆방의 동생들 그리고 주방 옆방에서 자는 엄마와 아빠를 생각했다. 이제 자신이 무엇을 어떻게 해야 하는지 생각을 거듭할수록 모는 한 가지만큼은 분명하게 깨달았다. 이제 가족을 돌봐야 할 사람은 다른 누구도 아닌 자신이다. 모는 가족을 지켜야 할 가장이다.

1947년 11월_테사

테사는 핏줄의 피가 얼어붙는 느낌이었다. 매서운 바람이 보이지 않는 이빨로 살갗을 물어뜯으며, 뺨을 할퀴었다. 바람에 사납게 헝클어진 머리카락이 얼굴을 사정없이 때렸다.

하지만 추위보다도 더 견딜 수 없는 것은 불확실함이었다. 과연 이런 식으로 잘 될까? 정말 더는 혼자 살지 않아도 될까? 다시 아이로, 아빠의 딸로 살아갈 수 있을까?

만약 뭔가 잘못된다면? 영국이 배를 공격하거나, 저 먼 땅에서 아빠를 찾을 수 없다면 어떻게 되는 거야? 그럼 모든 것이 끝장이다. 그렇다면 외로움이 테사를 집어삼키리라.

여러 명이 몸을 욱여넣은 고무보트의 고무 냄새가 바닷물의 짠 내와 뒤섞인 통에 테사는 어지러웠다. 파도가 고무에 부딪히며 찰싹거리는 가벼운 소리와, 굵은 밧줄을 잡아당기며 고무보트를 앞으로 나아가게 하는 남자들의 무거운 숨소리만 들린다. 밧줄의 한쪽 끝은 부두의 계선주, 곧 밧줄을 걸어 두는 쇠기둥에, 다른 쪽 끝은 배의 난간에 각각 단단히 붙들어 맸다. 어둠 탓에 테사는 배의 희미한 윤곽만 보았다. 테사의 이 여행은 팔레스타인을 찾아가는 후반전이다. 아빠를 만나기 위해 꼭 넘어야만 하는 시련이다. 몇 명의 다른 청소년과 부엉이 여인과 함께 기차를 타고 테사는 프랑스 남부 해안의 항구 도시 방돌로 갔다. 방돌의 공기는 생선과 자유의 냄새를 물씬 풍겼다. 이곳에서 테사는 다른 아이들과 함께 숨어 지냈다. 돈을 내고 빌린 이 집에서 부엉이 여인은 유대인인 것을 주변에 들키지 말라고 신신당부했다. 그렇게 기다린 끝에 드디어 어느 날 밤 여인이 돌아와 아이들을 데리고 항구로 갔다. 테사는 당연히 부두에서 배에 오르는 다리를 지나 지중해를 건너게 해 줄 배에 탈 것이라고 믿었다. 그러나 일행은 자갈과 모래를 밟아 가며 한참 걸은 끝에 밀려오는 파도에 종잇장처럼 흔들리는 고무보트로 갔다. 부엉이 여인은 아이들에게 설명했다. "너희는 이제 마팔림(Ma'apalim)이야, 불법으로 팔레스타인에 가려고 하는 유대인을 '마팔림'이라 부르지. 영국 전함이 팔레스타인 해변을 순찰하면서 유대인이 탄 배가 들어오는 것을 막

아. 그렇게 붙들린 유대인은 키프로스의 수용소로 끌려가." 하지만 수용소는 이미 유대인으로 차고 넘친다고 했다. 그만큼 팔레스타인으로 가려다가 붙들린 유대인은 많았으므로. 그래서 영국은 전략을 바꿨다. 두 달 전인 1947년 9월에 엑소더스(Exodus, 탈출)라는 이름을 단 배가 프랑스 남부에서 4500명이 넘는 유대인을 태우고 출발했다. 처음부터 영국 군함이 엑소더스호의 뒤를 따라왔다. 하이파 항구에서 영국 군인은 목표를 눈앞에 둔 유대인들을 체포해 다른 배로 태우고 곧장 유럽으로 되돌려 보냈다. 다른 곳도 아닌 바로 함부르크로. 유대인 대학살인 '홀로코스트'에서 가까스로 살아남은 유대인이 전쟁이 끝나고 2년 뒤 다시 그 악몽의 땅 독일로 강제로 돌아온 심정은 정말 하늘이 무너지는 것 같았으리라. 유대인은 다시 팔레스타인으로 가지 못하도록 철조망과 감시탑이 있는 수용소에 갇혀야만 했다. 무엇보다도 팔레스타인의 아랍 주민이 몰려오는 유대인 이주민을 보며 갈수록 불안해했다. 그때까지 아무 문제 없이 살아온 고향 땅에 갑자기 몰려와 심지어 국가까지 세우겠다는 유대인을 보며 아랍인은 삶의 터전을 잃을까 두려움에 사로잡혔다. 또 여전히 팔레스타인을 식민지로 지배하던 영국은 갈수록 상황이 불안정해지는 것을 원치 않아, 유대인의 이주를 막으려 했다.

엑소더스호에 탔던 유대인처럼 다시 독일로 끌려가는 운명을 피하고자 〈하가나〉는 규모가 훨씬 작은 배를 빌려 영국의 감시망을 피하려는 새로운 계획을 짰다.

11월 뼈가 시릴 정도로 혹독하게 추운 날 저녁 어둠 속에서 테사를 비롯해 유대인 약 200명은 알리야호로 올라가서 좁은 계단을 비틀거리며 내려가 배의 갑판 아래 깊숙한 선실에 몸을 웅크리고 숨어야만 했다. 선상에는 선원만 오를 수 있었다. 알리야호는 사람을 가득 태운 배라고 믿기 어려울 정도로 작고 평범한 배였다. 갑판 아래 선실에서는 축축하게 젖은 선원의 옷에서 풍기는 퀴퀴한 냄새가 고약했다. 그것은 두려움의 냄새였다. 선실 벽에는 나무로 만든 간이 침상이 마치 선반처럼 겹겹이 만들어졌다. 테사는 배의 가장 깊숙한 곳으로 내려가야만 했다. 그런 다음 다른 사람들과 마찬가지로 가방을 간이 침상에 넣고 침상 위로 올라갔다. 이 딱딱한 나무 침상이 이후 열흘 동안 테사가 지낼 피난처였다. 이곳에서 테사는 자신의 몫으로 받은 돌처럼 딱딱한 비스킷을 씹으며, 하루에 그저 몇 모금 물을 마실 수 있었다. 이런 고생은 팔레스타인에서 새롭게 맞이할 미래를 꿈꾸는 사람이라면 누구나 치러야 하는 대가였다.

배의 바깥쪽 벽을 끊임없이 때리는 파도 소리가 들려온다.

테사의 머리로부터 불과 몇 센티미터밖에 떨어지지 않은 곳에서 철퍼덕거리는 파도 소리는 듣는 것만으로도 머리가 쭈뼛 설 정도로 섬뜩하다. 저 바닥을 가늠할 수조차 없는 바다에서 올라오는 냉기, 나무 침상을 지지해 주는 쇠막대기에 손만 닿아도 쩍쩍 달라붙는 한기, 그러나 진짜 견디기 힘든 것은 끝 모를 외로움이다. 물론 이 배의 선실에 테사가 혼자 있는 것은 아니다. 하지만 이곳에서도 테사는 철저히 홀로였다. 같이 배를 탄 사람의 대다수는 테사와 나이가 같거나, 많다고 해도 한두 살 정도였다. 나무 침상에 누운 동료들은 마치 차곡차곡 쟁여 놓은 정어리나 구덩이에 아무렇게나 던져 놓은 해골 같았다. 아직 숨을 쉬는 것이 차이라고나 할까. 그러나 아예 숨이 멎은 아이도 드물지 않았다.

베르겐벨젠의 난민촌에서 테사는 강제수용소 시절을 거의 생각하지 않았다. 철거된 강제수용소의 불타 버린 막사는 걸어서 한 시간 정도면 충분히 도착할 수 있는 거리였다. 그럼에도 테사는 수용소 시절보다는 팔레스타인에서 열어 갈 미래만 생각하려 애썼다. 하지만 지금, 미래를 찾아가는 길에서 자꾸 떠오르는 과거의 기억을 밀어낼 수 없었다.

테사는 눈을 크게 뜨고 기억이 보여 주는 그림을 지우려 했다. 크게 뜬 눈으로 흐릿한 빛 속의 내부를 돌아보았다. 이곳

어딘가에 꺽다리 게오르크와 땅딸보 한스가 있을 텐데. 한스는 부엉이 여인이 난민촌을 찾아왔을 때 이후 거의 자라지 않았다. 이 배에서 테사가 아는 사람은 게오르크와 한스 둘뿐이다. 라헬과 쌍둥이 여동생들은 입양되어, 지금 미국에서 산다. 미국은 많은 유대인에게 꿈의 땅이었다. 이들의 눈에는 황량한 팔레스타인에서 새로운 국가를 세운다고 고생하느니 현대식 문명을 자랑하는 미국이 더 매력적이었기 때문이다. 난민촌의 고아 가운데 나이가 가장 많았던 야콥은 어느 날 자취를 감추었다. 아마도 언제 올지도 모르는 부엉이 여인을 기다리는 것을 더는 참을 수 없었던 모양이다. 부엉이 여인과 〈하가나〉의 배를 기다리는 대신 야콥은 자신의 힘으로 팔레스타인에 갈 길을 찾아 나섰다.

테사는 〈하가나〉의 배 한 척에 탔다. 부엉이 여인은 몇 주 전에 비로소 난민촌으로 다시 찾아왔다. 토마토는 가져오지 않았지만, 그 대신 위조 여권을 선물했다. 여권에 붙인 사진은 테사와 게오르크와 한스와 조금도 닮아 보이지 않는 아이들이었다. 하지만 이름만큼은 아이들이 일러준 그대로 찍혔다. 테사의 여권에 적힌 이름은 테레제 에밀리에 프로이만이다. 꺽다리 게오르크는 여권을 받은 즉시 길리어드로 불렸다. 다른 아이들도 독일 이름을 히브리어로 바꾸어 불렸다. 이를테면 토바,

알론, 개드 등등. 슈무엘이라는 이름은 없었다. 슈무엘이라는 이름은 팔레스타인에서 테사를 기다리는 아빠만이 가질 수 있으니까. 소매를 걷어붙이고 그 검은 곱슬머리에 유대인 전통 모자 야물커를 쓴 아빠가 하이파 부두에 서서 환하게 웃으며 손짓한다. 어쨌거나 테사는 이런 그림을 머릿속에 그렸다. 두 눈을 감고 상상에 푹 빠진 테사는 털털털 모터 소리를 내면서 알리야호가 방돌 항구를 떠나 망망대해로 나아가기 시작한 것을 알아차리지 못했다. 또 이 고래 배 속과도 같은 시커먼 공간에서 아이들이 소곤거리며 나누던 대화가 끊어지고 쥐 죽은 듯 조용해졌다는 점도.

배에서 보내는 나날은 이 수용소에서 저 수용소로 끌려다니던 고난의 행군을 고스란히 떠올리게 했다. 테사는 지금이 오늘인지 내일인지 구분되지 않았다. 희미한 빛의 이 창고와 다를 바 없는 선실에서 낮과 밤은 오로지 승객의 말과 행동으로만 구별되었다. 밤에 승객은 거의 모두 잠을 잤다. 낮이면 어린 축에 속하는 아이들은 팔레스타인에 가면 이것도 하고 저것도 할 거야 하며 신이 나서 떠들었다. 반대로 조금 더 나이를 먹은 청소년은 신중하게 배가 지금쯤 어디를 지날지 항로를 궁금해했으며, 정치 상황을 두고 토론을 벌였다. 아이들은 대개 희망에 부풀었지만, 형편없는 식사와 부족한 물에는 잔뜩 불만이었다. 출렁이는 파도로 배가 흔들릴 때마다 속이 메스꺼워 힘들어 하는 아이도 많았다.

테사는 아무 불평도 하지 않았다. 이번 겨울은 정말 무서울 정도로 춥다. 100년 만에 가장 추운 겨울이라고 사람들은 말했다. 전쟁을 치르며 겪은 고통과 아픔만으로는 부족하다는 걸까, 겨울은 혹독하게 사람들을 괴롭혔다. 독일인은 굶주림에 시달렸으며, 세상은 그런 독일을 보며 대가를 치른다고 여겼다. 하지만 유대인은 더욱 심하게 굶주렸다. 세상은 정말 공정할까? 어쨌거나 테사는 겨울을 독일에서 보내지 않게 된 것이 기쁘기만 했다. 독일을 벗어날 수만 있다면, 돌처럼 딱딱한 비스킷, 턱없이 부족한 물, 아이들이 멀미로 토한 것과 용변을 담은 양동이에서 나는 악취와 이 비좁은 침상쯤은 아무렇지도 않았다.

하루에 단 한 차례, 오로지 두서너 명만 갑판에 올라갈 수 있었다. 비스킷과 물을 받으면 곧장 내려와야 했기에 갑판에 머무르는 시간은 그저 몇 분밖에 되지 않았다. 테사는 갑판에서 물통에 물을 채운 게 몇 번인지 헤아리는 것조차 잊었다. 아마도 여덟이나 아홉 번쯤. 항해를 시작한 지도 벌써 일주일이 흘렀다. 불안해진 아이들의 수군거림과 말다툼은 갈수록

커졌다. 카디마호가 영국군에게 적발되었다고 누군가 이야기
하는 것을 테사는 들었다. 귀가 쫑긋해지며 머리끝까지 소름
이 돋았다. 지금 탄 알리야호보다 훨씬 더 큰 배 카디마호로 배
를 갈아타고 하이파에 도착할 거라고 들었기 때문이다. 아침
에 테사는 비행기 소리를 들었다. 영국 정찰기였다. 저 정찰기
가 카디마호를 찾아낸 게 분명하다. 그런데 알리야호는 작은
배라서 정찰기의 의심을 피할 수 있을까?

  아이들은 극심한 근심과 두려움에 떨었다. 만약 영국군이
알리야호를 의심해 잡아 세운다면, 어떻게 할까? 맞서 싸울
까? 항복할까? 싸운다면 무얼로? 배에 무기가 있기는 한가?
제대로 싸워 보지도 못하고 키프로스로 끌려가거나 독일로 되
돌려 보내지면 어쩌지? "또 철조망 안에 갇힌다고? 차라리 바
다에 뛰어들고 말겠어." 누군가 이렇게 중얼거렸다. 테사의 위
침상을 차지했던 땅딸보 한스가 아래를 내려다보며 물었다.

  "이제 우리는 어떻게 되는 거야?" 그러나 테사가 무어라 답
할 수 있을까.

  "몰라." 테사는 간단하게 답했다. 항해 이야기는 거의 하지
않았으며, 하고 싶은 생각도 전혀 없었다. 두렵다고 떠들어 봐
야 뭐가 달라질까? 이 고난의 여행이 뜻하지 않은 종말을 맞이
하고 다시금 그 어떤 수용소로 끌려가야 한다면, 그 어떤 말이

이를 바꿀 수 있을까? 유대인의 삶은 오로지 강제로 끌려가 수용소에서 살아가는 것일 뿐일까?

심장이 쿵쿵 뛰었고 피가 끓어오르는 소리가 귀에 들렸다. 위산이 퍼지는지 배 속이 화끈거린다. 테사는 온몸이 두려움으로 녹아내리는 것만 같았다. 꼼짝도 하지 못하고 침상에 누워 무기력하게 앞으로 닥칠 일을 기다리기만 하는 자신이 못마땅하면서도 가여웠다.

얼마나 시간이 흘렀을까. 영원히 끝나지 않을 것만 같은 기다림 끝에 선원 한 명이 아래로 내려왔다. 비스킷과 물을 받으러 갈 때 테사가 얼굴을 보았던 선원이다. 웅성거리던 아이들이 일순 조용해졌다. 테사의 심장은 더욱 빠르게 뛰었다. 선원은 히브리어로 무어라 외쳤다. 테사는 단 한 마디도 알아들을 수 없다. 남자는 영어로 다시 말했다. 테사는 안도의 한숨을 쉬었다. 엄마에게서 영어를 배워 무슨 말인지 알아들었기 때문이다. 2학년 때 독일 학교에서 유대인 학교로 전학 가기 전에 엄마는 테사에게 영어를 집중적으로 가르쳤다.

"잘 들어!" 선원이 외치자, 아이들은 입을 꾹 닫고 귀를 쫑긋 세웠다. "카디마호가 영국 군함에 붙들렸다. 이제 우리는 직접 상륙을 시도할 거야. 몇 분 뒤에 알리야호는 하이파 항구 북쪽 해변으로 접근할 거야. 그곳에서는 버스가 너희를 기다리고 있

어. 버스가 있는 곳까지 있는 힘을 다해 달려. 버스가 너희를
목적지로 데려다줄 거야." 말을 마친 선원은 다시 갑판으로 올
라갔다. 한동안 아이들은 아무 말도 하지 않았다. 하지만 누군
가 말을 시작하기 무섭게 저마다 목청을 높이며 떠드는 통에
시끌벅적한 난장판이 벌어졌다. 그만큼 아이들을 사로잡은 두
려움이 컸다. 테사가 두려움에 굴복하기 직전, 부엉이 여인이
나타나 테사에게 다가왔다.

"우리가 육지에 오르면, 너는 나를 바짝 따라오렴." 부엉이
여인은 테사의 귀에 대고 서둘러 속삭였다. "우리는 곧장 예루
살렘으로 갈 거야. 우리 탐색 팀이 네 아빠를 찾아냈어. 이제
네 아빠에게 갈 거야."

부엉이 여인이 말을 채 마치기도 전에 배가 강력한 충격에
쿵 하고 흔들렸다. 사람들은 누구라 할 거 없이 비명을 질렀
다. 모래와 돌에 강철이 갈리면서 나는 날카로운 쇳소리가 귀
를 찌르다가 차츰 잦아들더니 마침내 가벼운 삐 소리와 함께
주변은 조용해졌다. 배가 해변 모래사장에 올라선 것이다. 갑
판 아래 아이들은 곧장 움직이기 시작했다. 아이들은 저마다
가방과 짐꾸러미부터 챙겼다. 테사는 재빨리 얇은 재킷을 챙
겨 입고, 가방을 든 다음 부엉이 여인을 보았다. 여인은 자기
가방을 계단 쪽으로 끌고 있었다. 테사는 한스를 제치고 여인

의 뒤를 바짝 따라갔다. 갑판에서는 이미 선원들이 승객을 도와 배에서 내려주고 있었다. 대개는 가방과 짐꾸러미를 아래로 던지고 줄사다리를 타고 내려갔지만, 그 흔들거리는 줄사다리를 가방을 꼭 끌어안고 내려가는 아이도 적지 않았다. "팔레스타인에 온 걸 환영해!" 앞서 아이들에게 행동 요령을 알려주었던 선원이 난간을 타고 넘어가는 테사를 도와주며 말했다. "새로운 고향에서 행복하기 바란다." 선원은 미소를 지었다. 테사는 순간 온몸이 따뜻해지는 느낌을 받았다. 누군가 자신에게 미소를 지어준 것이 언제였던가. 정말 오랜만에 보는 미소에 테사는 가슴이 뭉클해졌다.

잠깐 뒤 테사는 전력을 다해 달리며 앞서 뛰는 다른 아이들의 희미한 윤곽을 따라갔다. 오직 모래와 자갈 위를 달리는 발소리와 가쁜 숨소리 그리고 어깨에 멘 가방이 잘그락잘그락 옷에 스치는 소리만 들릴 뿐이었다. 야트막한 언덕 위에 여러 대의 흰색 작은 버스가 서 있다. 테사는 하늘의 별빛과 가느다란 초승달 빛으로 버스를 잘 알아볼 수 있었다. 버스에 올라타자, 시동이 걸리고 전조등이 켜지면서 버스는 출발했다.

테사는 저 위 하늘에서 비행기가 나는 소리를 들었다. 아마도 영국의 스파이 정찰기? 자기도 모르게 테사는 버스 좌석에서 몸을 웅크렸다. 몸을 잔뜩 웅크려야 조종사가 버스와 자신을 보지 못하기라도 할 것처럼. 언제라도 총소리가 들릴 것 같아 테사는 무섭기만 했다. 설마 정말 난민에게 총을 쏠까? 하지만 걱정과 달리 비행기 소리는 갈수록 작아지더니 이내 조용해졌다.

1947년 11월 29일_모

　한밤중에 다시 총격전이 벌어졌다. 자파 성문 쪽 어딘가에서 총성이 들려왔다. 내일은 토요일이다. 학교에 가지 않아도 되는 날이다. 아침 식사를 마친 뒤 엄마는 모를 간절한 눈빛으로 바라보며 물었다. "오늘은 카더 작은아버지에게 가는 게 좋지 않겠니? 여기 구시가지는 너무 불안하구나. 틀림없이 죽은 사람이 또 있을 거야."

　모는 엄마가 무슨 말이 하고 싶은 것인지 잘 알았다. 벌써 1년 반이 넘게 모는 가장으로서 가족을 돌봐야 한다는 책임을 다하려 노력해 왔다. 킹 다윗 호텔에서 벌어진 테러 이후 모는 가족의 크고 작은 문제를 해결하고 가족이 굶주리는 일이 없도록 온갖 아르바이트를 했다. 이 모든 노력은 단 하나의 목적,

돌아가신 아버지가 자랑스러워할 아들이 되려는 것이었다.

"작은아버지에게 가요." 모가 답했다. 사실 모는 작은아버지에게 가는 게 탐탁지 않았다. 작은아버지는 벌써 몇 달째 모만보면 구시가지를 떠나 이사 가라고 성화였기 때문이다. 작은아버지는 너무 불안하다고 걱정했다. 유대인 테러리스트가 언제 다시 집이나 버스를 폭파할지 아무도 모른다고 작은아버지는 걱정했다. 그리고 영국군은 아무 쓸모가 없다고도 했다. 테러를 막지 못할 뿐만 아니라, 계속해서 이 땅으로 몰려오는 유대인을 막기에도 영국은 역부족이라고 작은아버지는 흥분했다. 작은아버지의 말은 틀린 것이 없었다. 두 주 전만 해도 다시금 유대인을 가득 태운 배가 영국군의 해상 봉쇄를 뚫었다. 하이파 항구의 북쪽 나하리자 해변에서 배는 그냥 모래사장에 버려진 채 발견되었다. 물론 배는 영국군이 발견했을 때 텅 비어 있었다. 불법 이민자는 이미 오래전에 잠적해 버려 그 흔적을 찾을 수 없었다. 얼마나 많은 장래의 테러리스트가 배에 타고 있었는지, 이들의 테러로 아랍인이 얼마나 많은 피를 흘리게 될지 누가 알까.

작은아버지가 옳았다. 그래도 모는 작은아버지의 성화가 싫었다. 어떻게 지금까지 살아오던 집을 버리고 떠나란 말인가. 집은 할아버지가 아버지에게 물려주신 것이다. 모가 앞으로 결혼해 아내와 아이들과 살게 될 집이다. 모는 이 집에서 태어나 자랐다. 앞으로 자신이 낳을 아들도 이 집에서 자랄 것이고, 그 장남이 낳은 아이도 이 집에서 크리라. 유대인에게 아빠를 뺏겼는데, 집마저 뺏길 수는 없다!

모의 심장이 가슴 속에서 망치질했다. 분노가 강철 주먹처럼 뭉쳤다. 벌떡 자리에서 일어서는 모를 보고 아말이 흠칫 놀라며 엄마의 무릎 위에서 버둥거렸다. 지난 몇 달 동안 아말은 계속 아빠를 찾았다. 하지만 언제부터인가 아말은 아빠가 어디 있는지 묻지 않았으며, 그 대신 하루 종일 엄마의 아바야(Abaya, 아랍 여인이 입는 전통의상)에 매달려 떨어질 줄을 몰랐다. 엄마 옷에 매달려야 엄마만큼은 지킬 수 있다고 아말은 믿는 모양이었다.

"배고프지 않아요, 아침은 그만 먹을래요." 모는 놀란 아말에게 눈길도 주지 않고 말했다. "바로 출발해요."

라스 알아무드로 가는 길은 멀지 않았다. 아말을 팔에 안고 45분이면 모 가족은 작은아버지 집에 도착할 수 있다. 돌아오는 길이 더 오래 걸리리라. 구시가지로 오려면 산을 타야 하므로.

"좋은 아침이에요!" 작은어머니가 가족을 환영했다. "집안에 빛이 가득하세요." 모가 화답했다.

작은아버지 집에는 라디오가 있다. 저녁 시간이면 동네의 아저씨들이 작은아버지 집 거실에 모여 함께 뉴스와 음악을 들었다. 후다 작은어머니는 뜨거운 김이 모락모락 나는 모카 케이크와 세이지 잎이 들어간 뜨거운 홍차를 대접했다. 커피와 차를 마신 아저씨들은 해바라기씨를 까먹고 작은 접시 위에 껍질을 뱉었다. 작은어머니가 제발 거실 바닥에서 껍질을 치우는 일 좀 하지 않게 해 달라고 큰소리로 불평한 뒤부터 아저씨들은 공손해졌다.

이날 저녁에도 이웃들은 라디오 앞에 모여들었다. 여느 때와 달리 작은아버지는 라디오를 집 바깥에 내놓고 음량을 최대한 키웠다. 이날 저녁은 여인들도 귀를 쫑긋 세우고 라디오를 들었다. 아주 오랫동안, 밤이 깊을 때까지. 밤이 깊었어도 여느 때와 다르게 모와 엄마와 아말은 집에 갈 생각을 하지 않았다. 이번에는 작은아버지 집에서 밤을 지새우리라. 오늘 밤은 어느 쪽으로든 역사가 바뀌는 날이 될 거라고 작은아버지가 설명했다. 그러니까 오늘 밤만큼은 온 가족이 함께 있어야 한다면서.

라디오에서 흘러나올 소식은 이들의 인생을 바꿔 놓을 것이 분명했다.

"아프가니스탄, 반대! 아르헨티나, 기권! 호주, 찬성! 미국, 찬성! 소련, 찬성! 영국, 기권!" 11월의 이 추운 밤 카더 작은아버지 집 앞에서는 3분 동안 라디오에서 흘러나오는 딱딱한 남자 목소리만 울려 퍼졌다. 라스 알아무드, 알쿠드스, 텔아비브, 자파, 하이파, 베들레헴, 라말라, 나블루스 어디라 할 거 없이 라디오가 있는 곳은 어디서든 사람들은 입을 꾹 닫은 채 뉴욕의 생중계를 들었다. 그리고 족히 9000킬로미터는 떨어진 곳에서 마침내 결정이 내려졌다. "팔레스타인 문제 해결을 위한 유엔 임시위원회는 찬성 33표, 반대 13표, 기권 10표로 결의안을 채택하기로 결정했습니다." 1947년 11월 29일, 유엔 총회에서 의장이 투표 결과를 낭독하기 무섭게 회의장에서는 박수갈채가 터져 나왔다. 전 세계의 유대인, 알쿠드스와 로마, 뉴욕과 모스크바, 부에노스아이레스와 테헤란 등지에서 모든 유대인은 라디오 앞에서 환호하고 서로 얼싸안으며 감격의 눈물을 흘렸다. 국제 연합에 가입한 모든 회원국으로 구성된 유엔 총회에서 팔레스타인을 둘로 쪼개는 결정이 막 내려졌다. 유엔은 요르단과 지중해 사이에, 북쪽으로는 아카강과 남쪽으로는 아카바만 사이에 아랍인 국가와 유대인 국가가 공존해도 좋다고 공식 입장을 정리했다. 유대인은 감격에 겨워 덩실덩실 춤을 추었다.

하지만 라스 알아무드는 쇳덩이 같은 침묵에 사로잡혔다. 누군가 슬그머니 라디오를 껐다. 멀리서 다시금 총성이 들린다.

또 총격전일까, 아니면 유대인이 기쁨에 겨워 하늘에 대고 쏘는 축포? 잠시 뒤 알쿠드스 쪽에서 커다란 음악 소리가 들려왔다. 유대인 음악이다.

크고 둥근 달, 조금 이지러지기는 했지만, 여전히 둥근 달이 오늘따라 차갑게 느껴진다.

드디어 작은아버지가 입을 열었다. 어쨌든 라디오 주인은 작은아버지이며, 또 마을의 어른이자, 알쿠드스의 무에친이 아닌가. 그러니까 가장 먼저 발언해야만 하는 사람은 작은아버지였다.

"자네들도 들었지. 저들이 멋대로 우리 조국을 갈가리 찢어놓았어." 작은아버지가 비통한 목소리로 말했다. "와타니! 우리 집! 우리 고향을!" 목소리는 갈수록 커졌다. "저 미국이 우리나라를 무슨 결혼식 케이크 자르듯 갈라놓다니. 우리더러 유대인과 결혼하라고? 유대인을 우리의 신부로 받아들이고 집을 함께 쓰라고? 이 신부는 출신이 천박해! 아무도 신부로 받아들이지 않으려 했다고! 독일이 싫다고, 미국도 아니라고 했다고, 소련도 자기 땅에서 나가라고 내몬 신부가 유대인이야. 그런데 이제 우리더러 이런 비천한 여자와 잠자리를 함께 하라고! 정말 그러고 싶나?"

모는 아저씨들 사이에 앉아 있었다. 마당 한 구석에 담요를 깔고 방석 위에 앉은 여인들과는 좀 떨어진 자리다. 하지만 남자들 사이에 앉아 있음에도 모는 부끄러움으로 얼굴이 벌겋게 달아올랐다. 도대체 신부라니? 잠자리를 함께 한다느니, 작은아버지는 무슨 말을 하는 거야? 작은아버지는 계속 흥분해서 열변을 토했고, 유대 민족에게 거침없이 욕을 해 댔다. 모는 곁눈질로 아주머니들이 자리에서 일어나 아이들을 데리고 집 안으로 들어가는 것을 보았다. 그리고 모는 작은아버지의 분노가 어떻게 다른 남자들에게 옮겨지는지 똑똑히 보았다. 어른들은 격한 공감의 뜻으로 고개를 끄덕이며, "맞다, 맞아!" 하고 외쳤다. "알라의 뜻을 거스른 저들에게 천벌을!"

"처음에는 오스만이 우리를 괴롭혔고, 다음에는 영국이 정복했는데, 이제 유대인에게 무릎을 꿇으라고? 이걸 참으란 말인가?" 작은아버지가 외쳤다.

"말도 안 되지!" 남자들이 화답했다. 모도 함께 외쳤다.

"유대인이 우리 아빠를 죽였어요!" 모는 자신도 모르는 사이에 고함을 질렀다.

"앞으로 나와라, 이브니! 우리 아들아!" 작은아버지가 손짓으로 모를 불렀다. 모는 자리에서 일어나 작은아버지를 에워싼 남자들을 헤치고 앞으로 나아가 라디오 옆에 섰다. "이 친구가 모하메드야, 내 형의 아들이지." 작은아버지는 새삼스레 모를 동네 어른들에게 인사시켰다. 마치 어른들이 모를 걸음마 할 때부터 보지 못한 것처럼. "유대인이 아이 아버지를 죽였어. 어디 그뿐인가, 호텔을 폭파해 우리의 숱한 형제를 죽이기도 했지. 자네들도 알잖아, 바로 그 호텔. 아버지를 빼앗긴 이 아이의 얼굴을 봐. 이런 식으로 유대인은 우리의 고향을 빼앗을 거야. 우리의 아버지이자 어머니인 고향을. 저들은 우리를 고아로, 실향민으로 만들려고 안달이야. 그러라고 내버려 둘 수 없어. 북쪽과 남쪽과 동쪽의 형제들, 레바논, 시리아, 요르단, 이집트, 사우디아라비아 그리고 이라크까지 모든 형제는 우리와 힘을 합쳐 유대인을 그들이 온 바다로 다시 몰아낼 거야!" 작은아버지는 이렇게 고함치며 손으로 모의 어깨를 움켜쥐었다. 유대인을 향한 분노로 손에는 힘이 잔뜩 들어갔다. 모는 아파서 얼굴이 찡그려지는 걸 간신히 참았다. "내일, 형제들아, 무기를 잡자!" 바로 옆에서 고함치는 소리에 모는 귀가 얼얼할 지경이었다. "이제 집으로 돌아가, 무기에 기름칠하게, 총알을 챙겨 놓고 푹 쉬어. 내일 우리의 자유를 위한 전쟁이 시작되니까."

1947년 11월 29일_테사

"자유!" 어느 집 창문에서 누가 외쳤다. "영원하라, 히브리 국가여!" 어떤 여인이 외쳤다. 그러자 여러 창문에서 화답했다. "영원하라, 히브리 국가여!"

나중에야 비로소 테사는 유대 민족의 역사에 아주 중요한 순간을 몸소 지켜보았음을 깨달았다. 당시에도 감격하기는 했지만, 솔직히 뭐가 뭔지 몰라 얼떨떨했었다. 나중에 돌이켜보니 테사 자신의 인생도 중요한 순간을 눈앞에 두고 있었음을 깨달았다.

11월의 추운 날 늦은 시간이었음에도 사람들은 창문을 열어젖히고 환호성을 질렀다. 사람들은 거리로 쏟아져 나왔다. 서로 얼싸안고 덩실덩실 춤을 추며 웃고 노래했다. 시간이 얼마나 지났을까, 테사는 거리가 평소와 뭔가 다른 점을 알아차렸다. 거리에는 페즈(Fez, 이슬람을 상징하는 빨간 원통형 모자)나 머리에 터번을 두른 남자가 단 한 명도 보이지 않았다. 히잡(Hijab)을 두른 여인도 없었다. 이는 곧 거리에 단 한 명의 아랍인도 없음을 뜻한다. 거리에는 온통 유대인이다. 테사는 무슨 말인지 도통 알아들을 수 없는 소리에 얼이 나갈 지경이었다. 나중에 돌이켜보니 그것은 러시아어, 폴란드어, 프랑스어가 왁자지껄 뒤섞인 소리였다. 다른 언어는 테사가 몇몇 단어만 간신히 아는 히브리어와 영어였다. "영국 놈들아, 집에 가라!" 그리고 테사에게 국어와 다를 바 없는 독일어였다. "Dieses Land ist unsere Heimat(이 땅은 우리의 고향이다)!"

테사는 눈을 크게 뜨고 거리의 가로등 불빛 아래 축제를 즐기는 사람들을 살펴보았다. 테사는 이 사람들과 함께 기뻐하며 행복을 나누고 싶었다. 정치가 무엇인지 잘 모르기는 하지만, 어쨌거나 모두 유대 민족이니까. 그러나 부엉이 여인은 빨리 가야 한다고 테사를 잡아끌었다. 여인의 이름은 치피이다. 그동안 부엉이 여인을 따라오며 자연스럽게 이름을 알게 되었다. 정말 어울리지 않는 이름이야, 테사는 속으로 피식 웃었다. 저 둥그런 얼굴에 안경을 쓴 커다란 눈과 가느다란 코에 치피라는 귀여운 이름이라니. 치피는 테사를 아빠에게 데려다줄 소중한 연결고리이다. 테사의 아빠가 어디 있는지 아니까.

테사는 아빠와 다시 만나는 장면을 다르게 상상했었다. 이 상상이 그린 그림은 부두에 선 아빠가 테사를 얼싸안으며 기쁨의 눈물을 흘리는 것이었다. "내 딸 테사야, 이제는 모든 게 잘될 거야. 여기가 너의 집이란다. 드디어 우리는 다시 가족이 되었구나."

그런데 테사는 부두는커녕 하이파 항구에서 떨어진 해변의 모래밭을 그 혹독한 추위와 어둠을 이겨 가며 뛰어야만 했다. 털털거리는 작은 버스를 타고 덜덜 떨며 달린 끝에 어느 키부츠에 도착했다. 그런 다음 치피는 테사를 텔아비브의 한 유대인 가족에게 데려가 묵게 했다. 나중에 테사는 예루살렘의 남서부에 있는 카타몬이라는 동네에 마련된 청소년을 위한 기숙사에 도착했다.

그로부터 두 주가 흘렀다. 테사가 두 주라고 시간을 정확히 알 수 있었던 것은 사바트(Sabbat, 유대 안식일) 덕분이다. 이스라엘 해변에 도착했던 날이 바로 안식일이었으며, 텔아비브의 유대인 가족과 함께 한 번 더 사바트를 보냈으니까. 안식일 전날 저녁 그 집의 어머니는 촛불을 밝혔으며, 아버지는 키뒤시(Kiddush, 축복의 기도)를 했다. 하지만 테사는 그 기도문을 정확히 알아들을 수 없었다. 히브리어 기도문은 아주 오래전, 독일에서 살 때 아빠가 식탁 앞에 서서 포도주가 든 잔을 높이 들고 가족을 바라보며 외웠던 것이라, 기억이 희미하기만 했다. 그래서 테사는 약속의 땅 이스라엘에서 맞이한 첫 사바트에 그저 아무 말도 못하고 빵을 씹으며 렌틸콩 수프만 떠먹었다.

다시 안식일이 찾아왔고, 치피가 테사를 청소년 기숙사에서 데려가려고 왔다. 심지어 치피는 테사의 새 여권까지 가져왔다. 이번에는 테사의 진짜 사진이 붙은 여권이다. 붉은 포도주와 같은 짙은 붉은색에 금색으로 '영국 여권'이라는 글자가 새겨졌으며, 한가운데에는 사자와 유니콘이 그려진 문장이 화려하다. 문장 아래에 '팔레스타인'이라고 써 있다. 그리고 그 아래에는 하얀 바탕 위에 손글씨체로 이렇게 적혔다. 테레제 에밀리에 프로이만.

유니콘? 유치하기는. 테사는 헛웃음이 나왔다. 팔레스타인이 무슨 동화의 나라인가. 테사는 새 여권을 작은 주머니에 담아 스웨터 아래 잘 넣어 두었다. 여권은 중요하다. 이름과 생년월일이 적히고 정부의 공식 스탬프가 찍힌 여권을 가진 사람만이 온전한 인간이다. 신분을 증명할 여권이나 증명 서류가 없이 유럽을 떠돌거나 난민촌에서 하염없이 선처를 기다리는 사람에게 미래는 없다. 테사의 미래는 이제 막 시작되었다. 드디어 성지 팔레스타인에 왔으니까. 여권을 가졌으니까. 그리고 곧 다시 아빠도 가지게 될 거니까.

"오래 걸리지 않을 거야." 치피가 불쑥 말했다. 언덕을 올라가느라 길이 가팔라지기 시작했다. 길 옆 높다란 성벽이 둘을 굽어본다. 성벽의 묵직한 돌이 차가운 달빛에 반짝인다. 하늘 높이 걸린 둥글고 밝은 달은 도시로 가는 길을 비춰 준다. 치피와 테사는 저녁 늦게서야 청소년 기숙사에서 출발했다. 곳곳에서 총성이 들린다. 도시 어딘가에서 유대인과 아랍인이 벌이는 총격전이다. 영국 경찰과 관리는 막사와 사무실에서 그저 고향으로 돌아갈 날만 손꼽아 기다린다. 이 미친 땅은 새 주민이든 옛 주민이든 누가 멋대로 주물러도 아무 상관이 없다는 듯.

치피는 테사를 조금이라도 위험하게 하고 싶지 않다고 했다. 테사를 건강한 모습 그대로 아빠에게 데려다주기 전에 그 어떤 총격전이나 테러에 휘말려서는 안 된다고 치피는 힘주어 말했다. 바로 그 때문에 두 사람은 저녁 늦게서야 길을 나섰다. 밤에는 양측의 전사들도 잠을 자니까. 아니면 적어도 오늘은 라디오 앞에 앉아 있을 테니까.

치피와 테사는 복잡하게 얽힌 골목길과 도로를 지났다. 창문이 열려 있는 어떤 집 창문 아래 서서 두 사람은 안에서 흘러나오는 라디오 방송을 들었다. 테사는 대서양 건너편에서 송출되는 잡음이 섞인 영어를 알아들으려 노력했다. 말소리는 알아듣기가 쉽지 않았다. 갑자기 나라 이름이 줄지어 허공에 울려 퍼졌다. 나라 이름만큼은 똑똑히 알아들을 수 있었다. 호주, 중국, 페루, 이집트. 그리고 이름에 뒤이어 "찬성", "반대" 또는 "기권"이 따라붙었다. "찬성"이라고 할 때마다 창문에서는 짧은 환호가 터져 나왔다. "반대"에는 한숨과 함께 화난 목소리가 들렸다. 치피는 숨도 쉬지 않는 것처럼 보였다. 그런 다음 지직거리는 목소리가 라디오에서 외쳤다. "팔레스타인 문제 해결을 위한 유엔 임시위원회는 찬성 33표, 반대 13표, 기권 10표로 결의안을 채택하기로 결정했습니다." 순간 집마다 탄성과 환호가 터져 나왔다.

치피는 어서 가자며 테사를 재촉했다. 어찌된 일인지 더 서두르는 기색이었다. 시간은 이미 자정을 훌쩍 넘겼다.

이제 두 사람은 도시 성벽 쪽으로 가파른 도로를 따라 올라갔다. "여기가 '자파 성문'이야." 치피는 숨이 턱까지 찬 목소리로 말했다. "이제 얼마 남지 않았어." 높은 탑 모양의 거대한 성문을 통과하면 그 오른쪽에 구도심으로 이르는 도로가 보인다. 한낮에 이곳은 사람들이 매우 바쁘게 오가겠구나 하고 테사는 짐작했다. 아마도 영국인은 자동차를, 아랍인은 낙타를 몰고 다니겠지, 그럼 유대인은? 테사는 저 먼 옛날 거대한 성벽 안에 정말 유대인이 살았을까 하고 자문했다. 모든 게 오래

된 옛날 분위기라 낯설기만 한 풍경은 동양적이라는 게 이런 것이구나 하는 느낌을 주었다. 텔아비브는 잘 정비된 도로가 유럽 같았는데. 예루살렘보다는 차라리 키부츠가 더 현대식이고 더 히브리적이다. 키부츠의 모든 기둥에는 히브리 국기, 곧 하얀 바탕에 두 개의 푸른색 가로줄 무늬가 들어가고 한복판에는 다윗의 별이 그려진 국기가 나부낀다.

야트막한 문을 열고 안으로 들어섰을 때, 두 사람은 기쁨의 환호성과 마주했다. 잠시 테사는 실내의 많은 남녀 어른이 자신을 반기는 걸로, 마침내 집에 돌아온 잃어버린 딸을 환영한다고 생각했다. 하지만 이내 테사는 사람들이 뭔가 다른 일로 기뻐한다는 것을 알아차렸다. 골목길이 어지럽게 얽힌 이 구도심 한복판의 작은 집에서 어른들은 라디오 뉴스를 들으며 환호성을 질렀다.

"이 얼마나 기쁜 날인가!" 어떤 남자가 이렇게 외치자 모여 앉아 있는 사람들의 소리가 잦아들었다. 억센 독일어 억양이 들어간 영어를 쓰는 남자는 테사 눈에 익숙한 모습 그대로였다. 남자는 말을 계속했다. "국제 연합은 팔레스타인 분할 계획안을 승인했다. 우리는 유대인 국가, 히브리 국가를 이 땅 위에 세워 나갈 것이다. 그리고……." 말을 이으며 남자는 문 쪽을 바라보았다. "내 딸이 드디어 고향에 왔구려."

남자는 몸을 돌려 곧장 테사에게 다가왔다. 치피가 아빠 쪽으로 테사의 등을 밀었다. 테사는 달려가 아빠 품에 안기고 싶은 생각이 굴뚝 같았다. 예전처럼 아빠 품에 안겨 머리를 쓰다듬어 주는 손길을 느끼고 싶은 마음은 간절했다. 하지만 처음 보는 낯선 사람들 앞이라 쭈뼛거렸다. 테사는 그동안 많이 컸다. 물론 겉보기로는 12살처럼 보일지라도 거의 16살이다. 하지만 성큼성큼 다가온 아빠는 테사를 힘차게 끌어안았다.

테사의 아빠, 슈무엘 프로이만은 딸 옆에 서서 딸의 어깨 위에 손을 얹고는 사람들을 보며 말했다. "거의 2000년 전에 유대 민족은 이 땅에서 추방당했소. 우리의 신전은 파괴되고 집은 불에 탔지. 도망갈 수 없는 사람은 꼼짝없이 죽임을 당했고. 2000년 동안 우리는 전 세계를 떠돌며 미움받고 박해당하는 시련을 겪어야만 했소. 그러나 이제 우리는 돌아왔소. 나는 딸과 9년을 떨어져 지내야만 했소. 이제는 내 딸도 고향으로 돌아왔군요. 이제 내 딸 테사와 함께 젊고 강한 많은 아들과 딸이 우리와 함께 이곳에 새로운 국가, 히브리 국가를 세우게 될 거요. 우리는 팔레스타인을 지배한 영국을 마침내 이 땅에서 몰아냈소. 영국을 몰아내기 위해 폭탄 공격도 마다하지 않았다오!"

열두어 명 남짓 되는 어른들이 동의한다며 환호성을 질렀다.

테사는 온몸이 오싹했다. 아빠는 테사를 남자 셋과 여자 한 명이 앉은 식탁으로 이끌었다. 아빠가 테사를 의자에 앉히자, 누군가 음식 접시와 달콤한 탄산음료 한 병을 건넸다. 테사 옆자리에 앉은 아빠 얼굴에는 땀방울이 송글송글 맺혔다. 두꺼운 낡은 벽에 달린 작고 낡은 창문으로 11월의 한기가 몰려 들어오는데도 땀을 흘리다니, 아빠는 무척 긴장했던 모양이다.

"먹으렴, 테레제, 우리가 이렇게 다시 만나다니 얼마나 좋으냐."

테레제? 왜 아빠는 옛날처럼 테사라고 부르지 않지?

"마침내 네가 왔구나, 그것도 아주 때를 잘 맞춰서. 오늘 밤은 마음껏 축제를 벌이자꾸나! 너는 지금 시오니즘 역사에서 가장 위대한 순간을 목격한 증인이란다! 아, 아니지, 유대 민족 역사의!"

"네가 알리야호를 타고 왔다며, 맞아?" 식탁의 여인이 물으며 테사를 바라보았다.

테사가 대답하기 전에 아빠가 가로챘다. "그래, 맞아! 영국의 봉쇄를 뚫고 안개 자욱한 한밤중에 뭍으로 올라와 버스를 향해 돌진했지, 안 그러냐?" 아빠는 테사를 잠시 바라보고 계속 말했다. "나는 〈하가나〉가 별로 탐탁지 않아. 그들은 약골인데다가 멍청하지……."

"사무엘, 애 앞에서 못하는 말이 없군요!" 여인이 끼어들었다.

"아냐, 우리 딸은 많이 듣고, 무엇보다도 두 눈으로 직접 보아야 해." 테사의 아빠는 손사래를 쳤다. "거칠고 힘든 시기야. 이럴 때일수록 우리는 마음을 단단히 먹어야 해. 아랍인과 협력하겠다니, 그게 말이 되는 소리인가, 이 〈하가나〉 멍청이들! 평화롭게 아랍인과 어울려 산다고? 아랍인이 너그럽게 평화를 이뤄 준다고? 우리를 지워 버리겠다는 놈들과 평화롭게 살아? 너라면 독일인과 평화롭게 살 수 있겠니?" 아빠는 다시 테사를 보았다.

"어, 음……." 테사는 무어라 답해야 좋을지 몰라 망설였다. 불과 몇 주 전만 해도 소도시 베르겐에서 몇 킬로미터밖에 떨어지지 않은 곳에서 독일인과 함께 살았는데 하며 테사는 머릿속이 복잡했다.

"당연히 안 되지!" 아빠는 힘주어 말했다. "〈하가나〉가 많은 유대인을 데리고 온 것도 아니야, 하지만 어쨌거나 내 딸은 데려왔군."

"그리고 젊은이 하나하나가 우리 민족에게 행운을 가져다줄 거야." 테사 맞은 편에 앉은 묘할 정도로 코가 창백한 둥근 얼굴의 남자가 말했다. "이제 곧 강인한 유대인 아기를 낳아주겠지."

"허튼소리 하지 마." 아빠가 목청을 높였다. "아직 어린애한 테 못 하는 소리가 없어!"

"뭐, 이제 몇 년만 있으면 어엿한 숙녀인데." 식탁의 윗자리에 앉은 남자가 대꾸했다. 작고 깡마른 몸집의 남자 얼굴은 뾰족했으며, 검은 뿔테 안경 뒤의 눈동자 역시 까맸다. 테사는 속으로 저 남자 별명은 분명 펭귄일 거야, 하며 터지려는 웃음을 꾹 참았다. 심지어 펭귄이라는 별명은 남자 이름과 운도 잘 맞았다. "희생양이 되지 말고 우리 같은 투사가 되도록 하라구." 남자는 말을 마쳤다.

테사는 얼굴이 갑자기 달아올랐다. 희생양?

"그럼 물론이지. 내 딸은 온갖 어려움에 굴하지 않고 여기까지 왔으니까. 또래의 다른 아이들은 마치 어린애처럼 입양되어 미국으로 갔어." 아빠가 말했다. "유럽에 사는 유대인은 우리가 국가를 건설하는 데 쓰라며 모금을 하고 있지. 하지만 왜 이곳에 와서 함께 싸우지 않는 거야? 그들은 함께 싸울 생각이 전혀 없어. 이 비겁한 겁쟁이들은 그저 돈 몇 푼으로 조국과 민족을 위해 싸워야 할 의무를 면제받으려는 거야! 하지만 내 딸 같은 젊은 유대인도 있어. 딸은 위험한 항해를 마다하지 않고 영국의 봉쇄를 돌파하면서 팔레스타인으로 왔어. 우리와 함께 싸우겠다는 일념으로."

펭귄은 가소롭다는 듯 혀를 찼다. "말라깽이 소녀가 무슨 투사야. 뭘 할 수 있는데? 얘야, 너 뭘 배웠니? 학교는 다녔어?"

테사는 얼굴이 화끈거렸다. 뭐라고 대답해야 좋을지 몰라 곤란할 때마다 테사는 항상 얼굴이 화끈거렸다.

"대답하렴, 테레제." 아빠가 말하며 팔로 테사의 어깨를 감쌌다. "어디 있었는지 저들에게 말해 줘."

"강제수용소요." 테사가 더듬대며 말했다.

"사봉." 또 다른 남자가 피식 웃었다. 사봉(Sabon), 테사는 이 단어를 이미 들어 그 뜻을 안다. 정확한 뜻은 '비누'이지만, '허약한 겁쟁이'라고 은근히 깔볼 때 쓰는 은어이다. 독일과 유럽에서 벌어진 학살에 저항하지 않고 살아남은 사람을 두고 흔히 '사봉'이라고 한다. 그러나 맞서 싸운 사람은 거의 없다. 유대인은 양처럼 도살장으로 끌려갔을 뿐이다.

"닥쳐!" 아빠가 그 남자를 노려보았다. "테사는 아직 애야! 이 아이더러 히틀러를 왜 쏘지 않았느냐는 거야? 테사는 수용소의 혹독한 시련을 이겨 내고 살아남았고, 혼자 힘으로 팔레스타인까지 왔어. 이것만 봐도 테사는 투사지. 우리의 새로운 조국을 위해 싸울 만큼 강인해, 내 딸 테사는!"

이제 테사의 얼굴은 부끄러움으로 더는 화끈거리지 않았으며, 오히려 자부심으로 빛났다. 테사는 그저 아빠와 단둘이 남기만 바랐다. 그 오랜 시간 동안 얼마나 보고 싶었던 아빠인가. 전쟁 이전처럼 아빠 무릎에 기어 올라가고 싶었다. 팔베개를 해 주며 들려 주던 옛날이야기를 듣고 싶었다. 유대 민족의 역사를 재미있게 풀어주며, 팔레스타인이라는 황무지를 비옥한 논과 밭으로 바꾸려 뱀과 아랍인에 맞서 싸운 선구자를 본받아야 한다고 아빠는 이야기했다.

"우리는 공통점이 있군." 펭귄은 이렇게 말하며 테사에게 슬쩍 윙크했다. "나도 수용소에서 살아남았어. 수용소에서 나온 뒤 나는 적과 싸웠지. 너도 곧 영국인과 아랍인이라는 적과 싸우게 될 거야. 너도 아빠처럼 〈이르군〉에 가담할 거지, 그렇지 않니?"

"에, 음, 그거야 물론이죠." 테사가 다시 더듬거렸다.

"당연하지!" 아빠가 외쳤다. "테사는 여기 있는 것만으로도 우리에게 많은 힘을 줘. 우리 국가가 실제로 건립될 날도 멀지 않았어. 왜 그런지 아나?" 아빠는 사람들을 차례로 돌아보았다. "〈이르군〉이 영국에 두려움이 무엇인지 가르쳐 주었으니까!"

아빠는 테사를 보았다. "킹 다윗 호텔이라고 들어보았니? 거기서 폭탄이 터졌다는 걸? 그게 바로 우리 작품이란다! 영국 점령군에게 안긴 뼈아픈 타격이지. 사건이 벌어지고 영국군이 우리 투사를 체포하고 무기고를 습격해 아주 힘들었단다. 하지만 우리는 그런다고 굴하지 않아. 유대인의 해방 전쟁은 멈추지 않아. 킹 다윗 호텔 이후 전 세계가 마침내 우리를 주목하고 있어. 우리는 그들에게 보여 줄 거야, 우리의 결연함을!"

"심지어 〈유대인 팔레스타인 기구〉는 우리의 공격을 비난하며, 우리더러 범죄 집단이래." 다른 남자가 끼어들었다. "우리가 유대 민족의 적이라더군, 벤 구리온(David Ben-Gurion, 1886~1973, 폴란드 출신 유대인으로 이스라엘 건국에 공헌해 초대 총리를 지낸 인물)과 그의 졸개들이!"

"그들은 영국의 반격이 두려운 게야." 펭귄이 말했다. "또는 아랍인이 무섭거나. 하지만 지금 상황은 완전히 반대로 흘러가 영국은 두려움에 떨면서 본국으로 물러가고 있어. 그리고 아랍인은 빵 부스러기라도 얻어먹을 수 있다면, 장남이라도 팔아먹을 놈들이지."

"나는 킹 다윗에 전화해 경고했어." 여인이 끼어들며 테사를 바라보았다. "저들이 호텔에서 사람들을 빨리 피신시키지 않은 것은 우리 잘못이 아니란다. 우리는 누군가 죽는 걸 원하지 않아. 하지만 이제 더 많은 사람이 죽겠지. 아랍인은 유엔의 팔레스타인 분할안을 결코 받아들이지 못할 거야."

"저들이 안 받으면 어쩔 건데?" 펭귄이 소리쳤다. "전 세계가 우리를 지지하잖아. 오늘 투표 결과를 보라고! 마침내 인류는 우리 민족이 스스로 다스리는 국가가 필요하다는 점을 인정했어. 물론 우리는 평화적으로 할 거요. 유대인은 영국 군대에 들어가 나치스를 상대로 싸웠지. 그러면 영국은 우리에게 감사해야 하는 거 아냐? 그런데도 저들은 우리 투사를 체포하고 목매달았지! 저들은 우리의 형제자매, 유럽에서 갖은 고초를 겪으며 이 땅을 찾아온 형제자매를 유럽으로 다시 되돌려보냈어! 저들은 자기 입으로 한 말을 지키지 않아! 1917년 당시 영국 아서 밸푸어 외무장관이 우리에게 이 땅을 주겠다고 약속했잖아. 그런데 그보다 2년 전 영국은 아랍인에게 똑같은 약속을 했어. 오스만제국과 맞서 싸우는 데 아랍인을 이용하려고 말이야. 영국은 이처럼 모두 속인 거지. 아랍이야 나라가 충분히 많잖아. 우리는 나라 하나가 없다고. 오늘날까지도!"

펭귄은 흥분한 목소리로 계속 뭐라고 주절거렸다. 하지만 테사는 더는 듣지 않았다. 테사는 손으로 턱을 괴고 끄덕끄덕 졸았다.

얼마나 졸았을까. 아빠가 테사를 흔들어 깨웠다. "따라오렴, 여자 침실로 가자. 데보라가 이미 네가 잠을 잘 매트리스를 깔아놓았을 거야." 잠에 취한 테사는 허청거리며 아빠를 따라갔다. 계단을 올라가니 작은 방이 나왔다. 백열전구 빛에, 바닥에 깔린 매트리스가 몇 장 보인다. 아빠는 그 가운데 하나로 테사를 이끌었다. 테사가 옷을 입은 그대로 누워 잠들려 하자 아빠는 다시 테사의 팔을 잡아 흔들었다.

"엄마는 어떻게 된 거야? 누가 엄마를 죽였어?" 아빠는 대뜸 독일어로 물었다.

"아무도 엄마를 죽이지 않았어요." 테사는 이렇게 대답하며 졸린 눈을 감지 않으려고 애썼다. "기침이 너무 심했어요. 기침에 시달리다가 돌아가셨죠."

이후 테사는 수용소에서 엄마의 환영을 자주 보았다. 사실 수용소의 여자는 모두 똑같아 보였다. 박박 깎은 머리, 뼈만 앙상한 팔과 다리, 흐느적거리는 걸음걸이, 엄마의 유령을 본다고 해도 이상하지 않았다.

아빠는 거친 숨소리만 냈다. 아무 말도 하지 않았다. 잠시 뒤 아빠가 물었다. "그럼 예후다는 어떻게 됐어?"

예후다. 아니, 어떻게 그 애를 잊을 수 있지? 정말 오랫동안 동생을 생각하지도 못한 테사는 가슴이 쓰라렸다. 구슬처럼 반짝이던 까만 눈, 목덜미까지 덮던 갈색 곱슬머리, 동생은 참 예뻤다. 뽀송한 뺨은 어찌나 부드럽던지. 하지만 수용소의 추위와 바람으로 그 사랑스럽던 뺨은 푹 꺼졌고, 뼈가 드러났다.

아침에 테사가 예후다를 요람에서 안아 올리면 동생이 까르르 웃곤 했는데. 엄마 아빠는 원래 동생 이름을 이스라엘이라 지으려 했었다. 이스라엘은 본래 '신과 겨룸'이라는 뜻이다. 그러나 독일이 모든 유대인 남자에게 가운데 이름을 '이스라엘', 유대인 여자에게는 '사라'라고 여권에 쓰도록 강제한 탓에 부모는 어쩔 수 없이 아기 이름을 예후다로 지었다.

수용소에서 예후다는 배고파서 울어 댔다. 살아남으려면 아기가 울지 않게 해야 한다고 귀에 못이 박히도록 들었던 테사는 예후다를 달래려 진땀을 흘렸다.

나중에 가서야 테사는 독일군이 예후다를 영원히 울지 못하게 만든 바로 그때 엄마는 이미 세상과 작별했음을 깨달았다. 그러니까 엄마는 몇 달 뒤 테사 바로 옆의 침상에서 아침에 더는 일어나지 못했을 때 죽은 것이 아니다. 엄마는 예후다의 손을 잡고 함께 세상을 떠났다.

아빠는 테사의 얼굴을 바라보며 대답을 기다렸다. "예후다도 죽었어요." 팔을 잡은 아빠의 손에서 맥이 풀리는 걸 테사는 느꼈다.

너무 지쳤던 테사는 더 생각할 것도 없이 잠에 빠졌다. 깊은 잠에 빠진 테사는 아빠가 옆에서 숨죽여 흐느끼다가 간신히 몸을 일으켜 느린 걸음으로 문 쪽으로 가서 불을 끄고 방을 나가 문을 닫는 소리를 듣지 못했다.

1947년 11월 30일_모

집 안은 조용하다. 엄마와 동생과 꼬마 아말은 문이 찰칵 닫
히는 소리에도 깨지 않았다. 맨발로 마당에 나선 모는 신발을
신고 거리로 나섰다. 어른들은 이미 약속 장소에 모여 있었다.
카더 작은아버지는 머리에 쿠피야(küfiyyah, 아랍인이 햇빛과 모
래바람을 막으려 쓰는 두건)를 썼다. 나이 많은 어른은 검은 줄
과 흰 줄무늬 스카프를 아갈이라는 검은 끈으로 묶은 쿠피야
를 썼다. 남자들은 대개는 페즈를 썼는데, 모와 같은 청소년은
아무것도 쓰지 않은 맨머리였다. 어른들은 대개 어깨에 소총
을 멨다. 허리춤에 권총을 찬 사람도 간간이 보인다. 청소년은
몽둥이와 돌을 들었다.
　무리는 서쪽을 향해 거리를 달렸다. 그쪽은 바위의 돔 둥근

지붕이 떠오르는 햇살을 받아 반짝였다. 어젯밤, 그곳에서는 유대인이 불꽃놀이를 벌였다. 구도심을 빙 에워싸는 도로를 따라 계속 가면 알쿠드스의 서쪽에 이른다. 어젯밤 유대인이 음악을 틀고 기쁨의 환호성을 질러 시끌벅적했던 곳이다. 드디어 유대인 상점이 늘어선 곳에 이르자 본격적인 공격이 시작되었다. 우당탕, 쾅, 쨍그랑.

모는 영국 경찰관이 도망가는 모습을 보았다. 그 경찰은 길모퉁이에 잠깐 멈춰 서서 폭동 현장을 지켜보다가 이내 등을 돌려 모퉁이를 돌아 사라졌다. 그 장면을 본 모는 미소를 지었다. 영국은 이제 유대인 편을 들어주지 않는다. 영국은 유대인을 방어해 주지 않는다. 그럴 이유가 없지 않은가? 벌써 몇 년째 유대인 테러리스트는 영국을 공격해 왔다. 경찰서, 철도, 관청은 물론이고 킹 다윗 호텔 역시 공격의 표적이었다. 호텔을 생각하니 모는 가슴에서 뜨거운 것이 치솟으며, 눈물이 났다. 불에 타는 유대인 상점에서 나는 연기 탓일까? 어쨌든 유대인은 그 비열한 공격으로 아빠의 목숨을 뺏어 갔다. 그리고 이제 저들은 나라까지 뺏으려 한다.

"이드바흐 알 야후드— 유대인을 때려잡자!" 유대인을 때려잡자! 모 주위의 사람들이 외쳤다. 모도 함께 소리를 질렀다.

나중에 모는 이날 자신이 정확히 무엇을 했는지 기억하지 못했다. 모는 지금껏 도시의 서쪽으로 이렇게까지 멀리 온 적이 없다. 자파 성문을 지나고 얼마 뒤 모는 작은아버지를 시야에서 놓쳐 버렸다. 모가 휩쓸린 무리는 폭우로 넘쳐흐르는 강물처럼 분노에 차오르는 손길로 닿는 것마다 부숴 버렸다. 군중은 거센 파도가 되어 앞으로 밀고 나갔다. 어느덧 해가 기울었고, 모는 어떤 광장에 자신이 서 있는 것을 깨달았다. 주변에는 발코니가 딸린, 화려한 장식의 높은 집들이 보였다.

모가 잘 아는 광장이었다. 아무래도 군중은 계속 같은 자리를 맴돌았던 것이 분명하다. 구도심의 북서쪽 끝자락의 새로운 성문에서 불과 몇 블록 떨어지지 않은 곳이 이 광장이었기 때문이다.

바로 그때 모는 그 소녀를 보았다. 소녀가 상점 안으로 피신한 건지, 아니면 이전부터 상점 안에 있었는지 모는 알 수 없었다. 진열장에는 옷이 걸려 있다. 최신 영국 유행의 숙녀복 상점이다. 진열장을 깨려고 쇠막대기를 치켜든 모는 마네킹 뒤에 숨어 겁먹은 눈으로 자신을 보는 소녀를 발견했다. 언제부터 쇠막대기를 들고 다녔던 걸까? 모는 어떻게 이 무기를 손에 넣게 되었는지 기억할 수 없었다. 그러나 이후 일어난 일을 모는 평생 잊지 못했다.

모는 고운 금발의 가녀린 얼굴을 보았다. 단정하게 빗은 머리는 이마 뒤로 넘겨 땋았다. 유대인의 축제인 오늘을 위해 한껏 단장한 모습이다. 모는 소녀의 바닷물처럼 푸른 맑은 눈을 보았다. 크고 동그란 눈은 잔뜩 겁에 질려 있었다. 왜 도망가지 않지? 어째서 상점에 홀로 있는 거야? 부모는 어디 갔을까? 아직 어려 보이는데, 아마도 열둘이나 열셋쯤인 모양인데 부모가 있을 거 아냐. 적어도 엄마와 함께 외출했을 텐데, 엄마는 상점 안 깊숙한 곳에 피하고 딸 혼자 분노한 아랍인에게 버려둔다고?

모의 머리는 꼬리를 무는 물음으로 어지럽기만 했다. 하지만 아무렴 어때, 나하고 상관 없잖아 하는 생각도 들었다. 모는 복수를 하고 싶었다. 그래서 오늘 유리창을 깨고 닥치는 대로 물건을 부쉈다. 아마도 유대인과 마주쳤다면 팔, 다리, 등, 머리 할 것 없이 인정사정없이 때렸으리라. 다른 한편으로는 정말 그럴 수 있었을까 하는 생각도 들었다. 모는 자신이 없었다. 그런데 도대체 지금 왜 이런 생각을 하는 걸까? 왜 돌아서서 상점을 나와 쇠막대기로 상점 입구에 서 있던 가로등 기둥을 내려쳤을까? 쇠막대기가 되튕기면서 모는 어깨에 찌르는 것 같은 아픔을 느꼈다. 하지만 아픔 따위는 무시하고, 진열장 뒤를 다시 보지 않고 모는 쇠막대기를 어깨에 걸치고 다시 광장으로 나왔다. 광장은 분노의 파도가 휩쓸며 남긴 쓰레기로 너

저분했다. 깨진 유리 조각, 산산이 부서진 접시 그리고 발에 짓
밟힌 빵이 어지럽게 널렸다.

거리는 사람들로 넘쳐났다. 주로 유대인이 사는 예루살렘 서부 지역의 거리에서 여자는 화려한 드레스를, 남자는 정장을, 어린아이는 깨끗한 셔츠에 다림질한 바지를 입었다. 제복을 입고 거리를 행진하는 사람도 많다. 이들은 두 개의 파란 줄과 하나의 커다란 파란 다윗의 별이 그려진 히브리 국기를 앞세우고 거리를 걸었다. 아이를 목말 태운 어른도 심심찮게 보인다. 사람들은 원을 그리며 호라(유대인 전통춤)를 추면서, 시오니즘 국가인 하티크바를 불렀다. 국가의 가사는 2000년이 넘게 전 세계에 흩어져 살아야만 했던 유대인이 이 디아스포라(Diaspora, 민족이 원래 살던 곳을 떠나 여러 지역으로 흩어흩어져 사는 집단을 뜻하는 말)를 끝내고 조상의 땅으로 돌아가려는 희망을 이야기한다. 테사는 가사에 나오는 단어를 모두 이해하지는 못했지만, 내용은 알았다. 난민촌에서, 알리야호에서, 테사는 이 국가를 불렀기에. 그런데 이제 예루살렘의 거리에서 국가를 부르다니, 이 얼마나 감격스런 순간인가. 처음에는 나직하게, 쭈뼛거리며 망설이던 노래는 갈수록 커지다가 나중에는 열창으로 바뀌었다. "이 마음에 유대인의 영혼이 여전히 갈망하는 한……" 하고 목청껏 노래하며 테사는 자신이 유대인이라는 이유 하나로 수용소에서 그 혹독한 시련을 겪을 때보다 더 뜨겁게 자신이 유대인이구나, 자부심을 느꼈다.

아빠는 아침에 오늘은 유대인의 축제가 벌어진다며 가장 예쁜 옷을 입고 함께 시내로 가자고 말했다. 그러나 테사는 예쁜 옷이 없었다. "괜찮아, 옷이야 사면 되지!" 이렇게 말하는 아빠를 따라 테사는 구도심의 성벽에서 나와 흥에 겨운 사람들이 몰려들기 시작한 자파 거리로 향했다.

"시온 국가여 영원하라!" 옅은 노란색 제복을 입은 한 남자가 외쳤다. 마치 국가가 이미 오래전부터 있기라도 한 것처럼. "시오니즘이여 영원하라!" 아빠가 이렇게 화답하며 남자를 포옹했다. 들뜬 분위기는 식을 줄 모르고 계속되었다. 사람들은 국가를 부르며 시오니즘을 찬양했고, 자유와 독립을 자축했다. 주변에서 서로 얼굴 한 번 본 적 없는 사람들이 서로 얼싸안고 춤을 추며 소리 높여 노래를 불렀다. 테사도 기쁨의 물결에 빠져 함께 흘러갔다. 당장 날아오를 것처럼 경쾌하고 자유로운 기분을 느꼈다. 하늘 높이 올라 예루살렘의 지붕들을 굽어보며, 코텔, 이른바 통곡의 벽을 넘어가 성전산(유대교에서 가장 신성하다고 믿는 산)과 유대인 사막을 가로질러 저기 사해가 햇빛을 받아 반짝이는 요르단 계곡까지 날아갈 것만 같았다. 거기서 내려다보는 세상은 이처럼 아름답기만 하거늘.

테사는 그때 탱크를 보았다. 포탑에 앉은 군인은 영국군이다. 탱크에는 아이와 청소년들이 올라타 손을 흔들며 환호했다. 깃발을 흔드는 아이들을 태우고 탱크는 느긋하게 거리를 지나갔다. 테사는 그 장면을 보며 영국이 이제는 확실하게 유대인 편을 들어주는구나 하고 안심했다. 이제 영국은 유대인에게 이 땅을 넘겨주겠구나. 최소한 유엔이 유대인의 몫으로 정한 땅은 넘겨주겠지. 지중해 연안의 일부와 갈릴리호수의 일부 그리고 팔레스타인 남부까지 이르는 거대한 네게브 사막 거의 전체에 해당하는 곳이 유엔이 정한 규모의 땅이다.

나중에 테사는 이날 자신이 정확히 무엇을 했는지 기억하지 못했다. 그저 이처럼 행복한 날은 난생처음 맛보았다고만 말했다. 테사는 아빠 옆에 바짝 붙어 걸었다. 인파에 밀려 혹시라도 서로 잃어버릴까, 손을 잡을 때도 많았다. 그러나 전혀 서로 모르는, 기쁨에 취한 사람들이 원을 그려 가며 호라 춤을 추며 다리를 번쩍번쩍 드는 무리에 휩싸려 테사와 아빠는 잠시 떨어지기도 했다. 아빠는 안 되겠다 싶었는지, 딸을 목말 태우고 거리를 걸었으며, 가게가 나타나자 튀겨서 초콜릿과 설탕물을 바른 과일을 사 주었다. 오늘이 유대인의 경축일인 양. 사실 오늘은 유대 민족의 역사에 기록될 축일인 것은 분명하다. 유대 민족이 이집트에서 탈출하던 기념비적인 사건과 저 먼 옛날 헤롯왕이 세운 성전이 무너져 다시 세운 것을 기념하는 축일 못지않게 오늘은 유대 민족 역사를 빛내 줄 소중한 날이니까.

예루살렘의 심장부에서 사람들의 행렬은 멈추어 섰다. 옅은 노란색의, 마름돌 모양의 직육면체 건물들이 광장을 중심으로 다닥다닥 붙어 있다. 마치 광장을 건물들이 포옹한 모양새다. 그 중간의 한 건물에 높이 달린 발코니를 각진 모양의 기둥들이 떠받들었다. 그 발코니 앞 광장에 사람들이 깃발을 흔들며 몰려들었다. 사람들은 환호성을 지르며 손을 흔들어 댔다. 그러다가 마치 약속이라도 한 것처럼 조용해졌다. 어떤 남자가 발코니에 나타났다. 그는 여러 명의 남녀에 둘러싸였다. 부드러운 백발이 바람에 날려 나부꼈다. 남자가 손을 들었다. "저 사람이 다비드 벤구리온이야." 아빠가 테사의 귀에 대고 속삭였다. "그는 시오니즘 세계연맹의 의장이자, 〈소치넛〉이라고 유대인 팔레스타인 기구의 회장이야."

"치 하마디나 하이브리트!" 벤구리온이 외쳤다. 영원하라 히브리 국가여! 환호성과 박수갈채와 구호가 울려 퍼졌다. 테사는 이런 열광을 처음으로 목격했다. 다시금 군중은 입을 모아 하티크바를 합창했다. 수천 명이 한마음으로 부르는 합창의 한복판에서 테사도 따라 부르며 심장이 울컥하는 감격을 맛보았다. 고개를 들어 보니 국가를 부르는 아빠의 눈에 눈물이 흐른다. 테사는 가슴 속으로 이 순간이 영원히 끝나지 않기를 간절히 기도했다.

승리감에 취해 들뜬 마음으로 구도심으로 돌아오는 길에 아빠가 갑자기 발걸음을 멈추었다. 아빠는 주의 깊게 주변을 살폈다. 테사 역시 귀를 쫑긋 세우고 경계했다. 하지만 들려오는 건 여전히 사람들의 웃음소리와 음악과 환호성뿐이었다. 그런데 허공에서 연기 냄새가 났다. 에이 아니겠지, 테사는 무시했다. 강제수용소에서 늘 허공에 연기가 자욱하던 모습이 떠올랐기에. 그 기억을 떠올리기만 해도 테사는 몸서리가 쳐졌다. 그러나 이곳은 예루살렘이다. 아빠가 옆에 있다. 이곳에는 화장터도, 연기를 뿜어 내는 굴뚝도, 죽음도 없다. 이곳은 안전하다.

그때 아빠는 어떤 큰 광장에 붙은 옷 가게 하나를 가리켰다.

가게 진열장에는 마네킹 두 개가 서 있다. 한쪽 마네킹은 시오니즘 국기처럼 하얗고 푸른 줄무늬로 장식되었으며 허리 부분이 잘록 들어간 원피스를 입었다. 다른 쪽은 날렵한 흰 옷깃과 마찬가지로 흰 허리띠를 한 빨간색 원피스를 뽐냈다. "좋다, 테레제, 저기로 가자, 저기서 새 옷을 사 줄게." 아빠가 말했다. "바지와 셔츠만 입고 다닐 수는 없잖아. 오늘 같은 날은 멋진 옷을 입어야지."

아버지와 딸은 상점에 들어섰다. 문에 달린 방울이 딸랑딸랑 울렸다. 그런데 상점 안은 아무도 없다.

의아해서 둘러보는데 갑자기 계산대 뒤에서 어떤 남자가 고개를 내밀었다. 뒤에서 뭔가 정리를 했던 모양인지 일어선 남자의 손에는 여러 장의 스카프가 들려 있다. 남자는 머리를 한쪽으로 깨끗이 빗어 넘기고 살짝 웨이브를 주었다. 짙은 검정 콧수염 역시 가지런히 정리를 하고 양쪽 끝을 위쪽으로 살짝 말아 올렸다. 테사는 어째 좀 고리타분해 보인다는 인상을 지우기 힘들었다.

"살람." 안녕하세요, 남자가 인사했다. "샬롬." 안녕하세요, 아빠가 화답했다. 남자의 아랍어 인사에 아빠는 일단 히브리어 인사로 답했다. 아빠가 하는 말 가운데 테사는 '심라'라는 단어는 알아들었다. 이 말은 옷을 뜻한다. 남자는 무슨 말인지 알아들을 수 없다는 어리둥절한 표정을 지었다. 그러자 아빠는 언어를 바꾸어 좀 거칠고 쉰 소리처럼 들리는 말을 했다. 테사는 아빠가 아랍어로 말하고 있다는 것을 몰랐다. 아빠가 테사를 가리키자, 남자는 고개를 끄덕이며 눈대중으로 테사의 체구를 살피더니 옷이 진열된 곳으로 갔다. 한쪽 팔에 여러 벌의 옷을 걸친 남자가 돌아와 옷들을 탈의실 안에 걸었다. 그리고 테사에게 안으로 들어가 입어 보라는 시늉을 했다.

"애야, 마음에 드는 것을 고르렴." 아빠가 말했다. 순간 테사는 옛날로 되돌아간 것만 같았다. 하누카(하나님께 바친다는 봉헌을 기념하는 유대인 축일)를 며칠 앞두고 테사는 아빠와 기차를 타고 베를린에 갔었다. 그곳 장난감 가게에서 아빠는 새 퍼즐과 인형을 사주었지. 아빠가 어서 입어 보라고 탈의실 쪽으로 테사를 밀었다. 그때야 테사의 발길이 떨어졌다. 테사는 아랍인을 이처럼 가까이서 본 적이 없다. 가게 주인인 아랍인을 지나쳐 탈의실로 가면서 테사는 새 옷을 사 본 게 언제던가 기억을 더듬었다. 딱히 떠오르는 것이 없다. 하지만 거의 십 년 만에 느껴 보는 아빠의 따뜻함에 테사는 가슴이 뭉클했다.

옷을 차례로 입어 보고 거울에 옷맵시를 살펴보기까지 시간이 좀 걸렸다. 하얀색의 날렵한 깃이 달린 빨간 옷이 가장 마음에 들었다. 거울 앞에서 테사가 왼쪽과 오른쪽으로 몸을 돌리며 엉덩이를 가볍게 흔들자, 치맛자락이 살랑거렸다. 갑자기 누군가 탈의실 문을 두들겼다. "너는 여기 있어." 아빠 목소리였다. "곧 돌아올게. 아랍인 가게라 너는 안전할 거야." 다급히 외치는 목소리가 말하는 '너'가 테사 자신을 가리켰다는 걸 테사는 나중에야 깨달았다. 당장 압도해 오는 두려움에 상쾌했던 기분은 온데간데없이 사라졌다. 먹구름이 해를 가려 사위가 어두컴컴해지듯.

이제 테사의 귀도 듣기 시작했다. 바깥 광장을 울리던 음악 소리는 깨끗이 사라졌다. 웃음소리와 환호성은 고함과 울부짖음으로 변했다. 바깥의 군중은 좀전의 흥겨움과 신바람을 잃었다. 그 대신 분노가 들끓었다.

테사는 탈의실 문을 빼꼼 열고 바깥을 살폈다. 점원은 어디로 사라졌는지 보이지 않았다. 대체 바깥에서 무슨 일이 벌어진 걸까? 적어도 가게 문은 닫았겠지? 닫혀 있는지 살펴봐야 좋을까? 아니, 열려 있어야 아빠가 빨리 돌아올 수 있지 않을까? 도대체 점원은 어디 있는 거야? 참, 그 사람 아랍인이었지! 무기를 가지러 갔나? 그는 나를 탈의실 안에 가둬 놓은 걸까? 무슨 나쁜 마음을 먹고?

테사는 탈의실 문을 다시 닫았다. 안에서 걸쇠를 건 다음, 작은 간이의자에 앉아 기다렸다. 테사는 숨을 크게 쉬었다.

상점 앞의 소란은 갈수록 커졌다. 테사의 심장도 덩달아 갈수록 빠르게 뛰었다. 테사는 이러다 심장이 튀어나오는 것은 아닌지 무서웠다. 심장 뛰는 소리는 머리까지 울릴 정도로 컸다. 곳곳에서 와장창 유리 깨지는 소리가 요란하고, 쿵쿵거리는 발소리가 땅을 울렸다. 누군가 탈의실 문을 박찬다면 어떻게 하지? 저 작은 걸쇠가 버틸 수는 있을까? 누군가 자신을 끌어내 다시 어떤 수용소로 끌고 가는 건 아닐까? 유대인이라는 이유로, 유대인을 좋아하는 사람은 아무도 없으니까. 저들은 아직은 유대인이 본격적으로 힘을 키우지 못한 지금의 상황을 노려 독일이 끝내 해내지 못한 일을 끝장내려고 들 거야. 앞으로 유대인은 갈수록 더 강해질 테니까. 그 누구와 맞서도 자신을 지킬 힘을 가지고 유대인은 이런저런 까다로운 요구를 할 테니까. 차라리 아직 약한 지금을 노려 유대인을 몰아내야 한다고 저들은 다짐했겠지. 테사처럼 연약한 유대인을 잡아다가 희생양으로 삼을 게 분명하다고 테사는 부르르 떨었다.

안 되겠다 싶어 테사는 일어섰다.

테사는 문의 걸쇠를 풀고 매장으로 나갔다. "야 빈트, 타알리." 뒤에서 점원이 다급하게 속삭였다. 테사는 그게 무슨 말인지 알아들을 수 없었다. 하지만 남자는 손짓하며 자기 쪽으로 어서 오라고 시늉했다. 매장과 맞닿아 있는 그 공간은 아마도 창고이거나 사무실인 모양이다. 남자는 잔뜩 겁에 질린 모습이었다. 왜 그럴까? 저 바깥의 폭도는 그의 동포이지 않은가. 테사는 더는 겁 따위에 지고 싶지 않았다. 테사는 점원 쪽이 아니라, 그 반대쪽, 문과 진열장 쪽으로 갔다. 누군가 가게 안으로 쳐들어와 자신을 잡아간다면, 저항할 힘도 방법도 없었지만, 테사는 주저하지 않았다. 테사는 적어도 상대가 누구든 그 눈을 똑바로 보고 싶었다.

소년의 눈은 칠흑처럼 까맸다. 짙은 눈썹 아래의 눈은 놀랄 정도로 크다. 짙은 눈썹 때문인지 어째 친근해 보인다고 생각하다가 테사는 이내 테디 베어를 떠올렸다. 하지만 그가 치켜든 쇠막대기는 조금도 친근해 보이지 않았다. 테사는 소년을 똑바로 바라보았다. 그가 저 무시무시한 무기로 문을 부순다면, 그 쇠막대기로 자신을 때린다면, 그의 눈을 똑바로 노려봐야지, 테사는 다짐했다.

소년도 소녀를 바라보았다. 소년은 테사보다 나이가 더 많아 보이지는 않았다. 아마도 열여섯쯤. 소년이 쇠막대기를 조금 더 높이 들었을 때 테사는 드디어 저걸로 진열장을 부수고, 예쁜 옷깃이 달린 빨간 옷을 입은 자신을 때리려 하는구나 생각했다. 하지만 소년은 등을 돌려 가게 밖으로 나가더니 쇠막대기로 가로등 기둥을 때렸다. 순간 아픔으로 찡그린 소년의 얼굴을 보며 테사는 그 아픔이 고스란히 전해지는 것 같아 자신도 얼굴을 찡그렸다.

그런데 어찌 된 일인지 소년은 아무렇지도 않다는 듯 다시 쇠막대기를 어깨에 걸치고 광장 쪽으로 달렸다. 마치 진열장과 그 뒤의 소녀에게 생채기 하나 남기지 않으려 했던 일조차 없었던 일 같았다.

갑자기 누군가 뒤에서 테사의 팔을 잡았다. "얄라, 야 빈트(Yalla, ya bint)."−서둘러, 뒤로 가자. 점원이 테사의 팔을 잡아끌었다. 어리둥절한 표정을 짓는 테사를 보며 점원은 영어로 말했다. "여기는 너무 위험해." 팔을 뿌리칠지, 아니면 점원을 따라갈지 잠시 고민하는 사이에 아빠가 가게 문을 거칠게 열고 들어왔다. "아랍인들이 분노로 들끓는구나. 저들은 복수를 외쳐." 아빠는 가쁜 숨을 몰아쉬며 독일어로 말했다. 그런 다음 점원에게 아랍어로 뭐라고 말을 건넸다. 그러자 점원은 따라오라는 시늉을 했다. 그를 따라 계산대 뒤쪽으로 가자, 여러 종류의 상자가 가득 쌓인 공간이 나왔다. 이 공간에 달린 두 개의 창문 가운데 하나를 점원이 열었다. 창문 너머는 건물 뒤의 골목길이었다.

창문을 넘어가려던 아빠는 잠시 멈추고 점원에게 뭔가 물었다. 두 사람은 테사가 입고 있는 빨간 원피스를 보았다. 점원은 아빠에게 손사래를 치며 됐다고 그냥 가라고 했다. 그래도 아빠는 점원의 손에 지폐 몇 장을 쥐여 주었다. 그리고 창문을 넘어간 다음, 테사도 넘을 수 있게 도왔다. 그러고는 다시금 점원을 보며 오른손을 가슴에 얹고 말했다. "슈크란 야 아치!"-감사해요, 형제. 감사하다는 뜻의 슈크란은 테사가 이미 아는 말이었고, 형제를 뜻하는 두 번째 단어는 히브리어와 똑같았다.

집에 도착하니 이미 어두웠다. 치피가 어제 테사를 데려다주었던 바로 그 집이다. 테사는 오늘 하루가 마치 천년은 되는 것처럼 느껴졌다.

매트리스에 누웠을 때 침실에서 멀리 떨어지지 않은 곳에서 무에친의 기도를 알리는 외침이 들렸다. 깊은 잠에 빠지기 직전 가까운 교회에서 종소리가 울렸다. 종소리는 이불처럼 테사를, 도시를, 환호하고 슬퍼하고 분노하는 사람들을 덮어 주었다.

교회 종소리는 길게 이어지며 마치 다음 종소리를 이끄는 것만 같다. 한 교회의 종이 울리면, 다른 교회의 종이 화답하는 모양새다. 각 교회의 탑에서 종이라는 커다란 청동 괴물이 서로 대화를 나누는 걸까. 이에 반해 무에친이 기도 시간을 알리는 외침은 악기가 연주하는 리듬과 멜로디 따위는 무시하고 자기 목소리만 고집하는 합창처럼 들린다. 모는 교회 종소리와 이슬람 회당의 무에친이 외치는 소리가 어우러진 이 한바탕 시끌벅적함이 나쁘지 않았다. 기독교와 이슬람이 서로 예쁘게 봐달라고 앙탈을 부리는 게 귀여웠으니까. 모는 기독교 가정의 아이들과 함께 자랐다. 이웃 동네의 아르메니아 출신 아이들, 기독교를 믿는 아랍인 아이들 그리고 영국 아이들과 함께 구도심의 골목에서 축구하곤 했다. 아이들과 어느 쪽이 진짜 신인지, 저 기묘한 신의 아들과 신의 엄마가 말이 되는 소리인지 말씨름을 했던 기억도 선명하다. 그런데도 기독교인은 오로지 하나의 신만 믿는단다. 셋이나 섬기면서 신은 하나뿐이라니 도대체 무슨 이야기인지 모는 알 수가 없었다. 그러나 기독교인 역시 알 알키타브(ahl al-kitab, 성경을 가진 사람들)라는 아빠의 설명을 듣고 모는 말다툼을 벌였던 아이들과 화해했었다. 그렇다고 해도 저 예수라는 신의 아들 이야기는 여전히 기묘하기만 했다. 모는 그냥 그런가보다 받아들이기로 했다. 결국 저들이나 우리나 모두 같은 인간이니까. 서로 다른 신을 믿기는 하지만, 지구라는 이 땅에서 함께 사니까.

우리는 너 나 할 거 없이 모두 인간이니까.

유대인도? 유대인 역시 단 하나의 유일신을 믿는다. 마찬가지로 성경의 사람들이니까. 또 이 지구에 사는 주민이니까. 하지만 지구에서 왜 하필 이 땅에서 살겠다는 거야? 이슬람이든 기독교든, 이 땅의 주인은 대대손손 이곳에서 살아온 아랍인이다. 물론 대대손손 이곳에서 살아온 몇몇 유대인도 이 땅에 남아도 좋다. 그러나 유럽, 러시아, 심지어 미국에서 막무가내로 이곳을 찾아와 살겠다니, 이 유대인들은 무슨 심보일까? 지구의 그 많은 땅을 놔두고 왜 하필 이 땅이어야 할까? 이 땅이 저들의 조상이 대대손손 아들에게 물려준 땅인가? 저들은 이곳으로 몰려와 야금야금 땅을 사들이며 거대한 메뚜기떼처럼 우리의 고향을 갉아먹었다. 어디 그뿐인가? 저들은 폭탄과 죽음을 이 땅에 가져왔다.

모는 아빠가 유대인을 두고 뭐라고 했는지 기억을 더듬어 보았다. 딱히 기억나는 말이 없다. 심지어 모는 아빠가 어떻게 생겼는지조차 잘 기억나지 않았다. 목소리도 가물가물하기만 하다. 모에게 남은 것은 아빠의 사진 한 장뿐이다. 사진에서 아빠는 말쑥하게 차려입고 페즈를 쓴 채로 엄마 옆에서 웃는다. 아빠와 엄마의 결혼식 사진이다. 엄마와 아빠의 다정한 모습 뒤에는 석양의 찬란한 붉은빛을 받아 빛나는 황금빛 둥근지붕, 바위의 돔 그림이 걸려 있다. 일몰의 붉은빛에 물든 구름은 아랍어로 사랑을 뜻하는 허브(hubb) 글자를 쓴 것만 같은 장관을 보여 준다. 모가 세상에 태어나기 1년 전, 행복한 한 쌍의 신혼부부. 그로부터 불과 몇 년 뒤 아랍인은 점령국 영국에 저항해 봉기를 일으켰다. 영국은 이 봉기를 무력으로 잔인하게 짓밟았다. 그로부터 14년이 흐르고 아빠는 유대인의 폭탄에 목숨을 잃었다.

모는 흐르는 눈물을 삼켰다. 침상에서 뒤척이던 모는 자리에서 일어나 창문을 열고 거기 걸린 사다리를 타고 물탱크가 있는 지붕 위로 올라갔다. 지붕 위에서 굽어보면 다른 집 지붕들이 다닥다닥 붙어 있어 구도심의 위층에 올라간 것만 같은 기분이 든다. 작은 계단과 테라스로 연결된 지붕들은 이따금 좁은 골목길로 끊어지는 통에 주름이 많은 골짜기처럼 보인다. 구도심의 구불구불 이어지는 골목길에서 물건을 팔고 사는 행상과 관광객의 모습을 지켜보는 일은 모가 놀이 삼아 즐기는 소일거리이다.

지붕으로 올라간 모는 그 자리에 완전히 얼어붙었다.

지붕에 그 소녀가 앉아 있다.

분노로 가슴이 활활 불타던 그날 이후 벌써 일주일이 흘렀다. 일주일 동안 모는 쇠막대기를 잊어버리려고, 그날 자신이 무슨 짓을 했는지 기억하지 않으려고 안간힘을 썼다. 팔레스타인의 중앙 정부라 할 수 있는 〈아랍 고등 국가 위원회(Arab Higher Committee)〉는 유엔이 팔레스타인을 유대인과 나누도록 정한 결의안에 항의하는 표시로 사흘 동안 총파업을 벌였다. 이 사흘 동안 모는 방 안에 틀어박혀 지냈다. 나흘째에 아침에 일어나 아르바이트를 하러 갔다. 아니, 가야만 했다. 아빠가 없는 지금, 누가 돈을 벌까? 아르바이트를 하면서 모는 그날의 성난 아랍인 무리를 멀리했다. 그동안에도 팔레스타인 남자들은 계속 알쿠드스 거리를 휩쓸고 다니며, 유대인의 자

동차와 상점에 불을 질렀고, 유리창에 돌을 던졌으며, 유대인
을 때리고, 심지어 죽이기까지 했다. 유대인은 반격했다. 곳곳
에서 총성이 울렸으며, 칼이 소리 없이 몸을 파고들었다. 영국
경찰은 때로는 아랍인을, 때로는 유대인을 체포하기는 했지만,
이런 극심한 혼란을 통제할 수 없었다.

　일주일 동안 모는 소녀를 생각하지 않으려고 안간힘을 썼다.
여성복 판매장 안에서 자신을 쏘아보던 그 눈은 그러나 계속
해서 모의 눈앞에 어른거렸다. 모는 다시 광장으로 쇠막대기를
들고 달리다가 눈길을 돌려 가게의 간판을 살폈다. 가게는 아
랍인 상점이었다. 간판에는 가게 주인의 이름이 쓰여 있었다.
마즈디 후세인 알아와드, 아랍인 이름이다. 모는 이 이름을 머
리에 새겼다.

　진열장에 걸린 옷들은 영국과 유럽 여자가 입는 것이었다.
유대인과 영국인의 아내와 딸이 입는 옷, 다시 말해서 적이 입
는 옷이다. 그러니까 금발을 단정히 빗어 빨간 고무줄로 묶은
소녀는 아랍인이 아니다.

　영국인이거나 유대인이다.

　그리고 그 소녀가 지금 지붕 위에 앉아 있다.

1947년 12월_테사

종소리와 무에친의 외침은 사그라들었다.

종소리는 테사가 독일에서 익히 듣던 것이다. 하지만 무에친이 외치는 소리는 처음이다. 낯설기만 한 소리를 듣다가 테사는 엄마가 해 주던 옛날이야기를 떠올렸다. 엄마는 수용소에서도 예후다의 귀에 이 동화를 들려주곤 했지. 테사는 서늘한 밤공기에 온몸이 오스스해지는 걸 느꼈다. 예루살렘의 11월은 그리 춥지 않고 온화했다. 남자아이들은 아직 대부분 짧은 바지를 입었다. 소녀는 치마 아래 얇은 스타킹을 신었을 따름이다. 그러나 저녁에는 확연히 느낄 정도로 추워졌다. 해가 저문 지 얼마 되지 않았음에도.

추위를 달래 주려는지 동쪽 산등성이에 걸린 달이 약속의 땅과 거룩한 도시를 환히 비춰 준다. 통곡의 벽과 바위의 돔뿐만 아니라, 이슬람 회당에도 달빛은 두루 비춘다. 유대인과 기독교인뿐만 아니라 이슬람교도에게도 달은 공평하기만 하다. 달은 친구와 적을 가리지 않았다. 테사는 이 지붕 위에서 구도심의 다닥다닥 붙은 집들을 내려다보는 것이 좋았다. 천년이 넘는 세월 동안 서로 기대고 보듬어 주면서 살아온 정겨움이 고스란히 와닿기 때문이다. 다만 눈에 보이지 않는 어떤 벽이 이 도시에 사는 사람들을 갈라놓는 것 같아 테사는 안타까웠다. 이곳 지붕 위에서 테사는 증오와 폭력으로부터 자신이 멀리 떨어져 있다는 안도감을 맛보았다. 비록 이따금 멀리서 총성이 들려오고 소방차와 경찰차의 경광등 소리도 심심찮게 들리기는 했지만. 이로 미루어 여전히 도시 곳곳에서 폭력이 계속되는 것만큼은 분명했다.

이 지붕 위는 달과 자신만 있는 듯 평화롭기만 한데.

앗, 그런데 저게 누구지? 그 소년이잖아!

테사는 소스라쳐 놀라며 제 눈을 의심했다. 분명 쇠막대기를 들었던 바로 그 소년이다. 귀가 약간 더 크고, 코가 약간 더 길어 보이기는 한다. 팔과 다리도 예전보다 더 길어 보인다. 그동안 키가 큰 게 분명하다. 몸이 전체적으로 좀 어정쩡해 보이는 게 키가 크느라 균형이 아직 맞지 않아 그런 모양이다. 가르마를 탄 머리는 위는 길고 옆은 짧게 자른 모습이 예전과 같다. 소매가 짧아 보이는 셔츠와 좀 길어 보이는 천 바지에 양말도 신지 않은 맨발이다. 지붕 위에 선 소년의 모습은 저 바위의 돔의 둥그런 지붕을 보는 것만 같다. 바위의 돔 역시 저 오래된 성벽 위에 우뚝 선 것 같으니까.

테사는 소년의 발걸음 소리를 전혀 듣지 못했다. 멀리서 울리는 총소리, 사이렌 소리, 저 아래 골목에서 손수레를 끄는 행상이 파는 향료의 금속 통이 달가닥거리는 소리에 정신이 팔려 있었다. 불현듯 느껴진 인기척에 테사가 등을 돌리자 거기에 소년이 있었다. 칠흑같이 까만 눈동자와 짙은 눈썹을 보며 테사는 바로 그 소년이구나, 확신했다. 단지 쇠막대기를 들지 않았다는 점이 다를 뿐.

테사는 심장이 벌렁벌렁 뛰었다. 갑자기 목이 바짝 마르는 것이 몇 시간째 물이라고는 한 모금도 마시지 않은 것 같았다. 손은 땀으로 흠씬 젖었는데, 몸은 이상하게도 추웠다.

"겁내지 마, 해치지 않아." 소년이 영어로 말했다. 목소리에서는 그 어떤 꾸밈도 느껴지지 않았다. 테사는 소년이 거짓말을 할 사람은 아니구나, 안도했다. 다만 목소리가 좀 쉰 것으로 미루어 울었거나 울기 직전은 아닐까, 짐작했다. 무엇보다도 낮게 깔린 목소리에서 떨림이 느껴졌다.

테사는 소년을 믿기로 했다. 하지만 그래도 불안함은 남았다. 쟤가 정말 나를 해치지 않을까? 겁내지 말라고? 내가 겁이 났는지 아닌지 멋대로 말한다고? 나를 해코지할지 말지 제멋대로 정하겠다는 거야?

"해치지 않겠다고? 하, 고마압네!" 테사는 코웃음을 웃으며 '고맙네'가 되도록 비꼬는 투로 들리게 하려 애를 썼다.

"오, 너 영어 하는구나!" 소년은 반색하며 말했다. 영어를 한다는 것보다 더 중요한 일은 없는 것처럼.

"응." 테사는 대답했다. "너도 영어 하네."

"그런데 네 억양이 좀 다르네, 영국인 같지 않아." 소년이 말했다.

"나는 독일어도 하니까." 테사는 답하며 내심 이게 무슨 말이야 하고 놀랐다. 내가 어떻게 독일이라는 단어를 이처럼 쉽게 입에 올리지? 내가 독일어 한다는 게 무슨 자랑이야? 독일 사람들이 나를 죽이려 들었는데도?

"독일? 그럼 왜 너는 영어를 해?" 소년이 물었다.

"그러는 너는 왜 영어를 해?" 테사가 되받아쳤다. 이 낯선 소년에게 내가 누구이며 어떻게 살아왔는지 왜 시시콜콜 이야기해야 해? 쟤가 나랑 무슨 상관인데? 엄마가 런던에서 유학했다고 소년에게 말해 줄 필요는 전혀 없다고 테사는 생각했다.

엄마는 영어를 좋아했지만, 아빠는 테사가 이디시어(히브리어에 독일어와 슬라브어가 섞인 언어로 유럽에서 미국으로 건너간 유대인이 주로 쓰는 말)를 해야 한다고 고집했다. "왜? 이디시어를 쓰는 남자와 결혼해 안식일마다 남편이 시키는 대로 고분고분하게 생선 요리나 하라고? 아니, 세계 어디를 가나 말이 술술 통하는 강인한 유대인 여성이 되어야 하는 거 아냐? 당신이 그처럼 좋아하는 팔레스타인에서는 무슨 언어를 쓰는데? 이디시어가 아니잖아!" 엄마는 아빠에게 이렇게 따지곤 했다.

"아니지." 아빠는 차분하게 대답했다. "내 말은 테사가 히브리어를 배워야 한다는 뜻이야. 영어는 아니지, 영어는 점령국의 언어잖아."

"아니, 영국은 우리 친구 아냐? 영국은 우리에게 새로운 조국을 세워도 좋다고 약속해 주었잖아?"

"허 참, 새로운 조국? 영국은 우리가 이 조국을 세우는 걸 방해하려는 거야. 그냥 땅이나 조금 줄 테니 그걸로 만족하라는 거지. 결국 우리는 히틀러에게 고마워해야 할 때가 올 거야. 유대인을 많이 추방해 팔레스타인으로 보내 줘서 감사하다고 말이야. 덕분에 우리가 힘을 키울 수 있으니까."

대략 이런 투로 엄마와 아빠가 말다툼을 벌이는 걸 테사는 심심찮게 보았다. 그러던 어느 날 밤 아빠는 테사에게 잘 자라고 뽀뽀를 해 주었는데, 테사는 평소와는 다른 느낌에 뭔가 이상하다는 예감이 들었다. 아니나 다를까, 아침에 깨어 보니 아빠는 멀리 떠났다고 엄마가 말했다. 테사는 히브리어를 배우고 싶은 마음이 굴뚝 같았다. 히브리어를 할 줄 알아야 나중에 팔레스타인에서 아빠를 만나 기쁘게 해 줄 수 있을 테니까. 하지만 독일에서 히브리어를 배울 방법은 없었다. 그 대신 테사는 엄마에게 영어를 배웠다.

"나야 학교에서 영어를 배웠지. 그리고 아빠한테도. 아빠는 영국 회사에서 일했으니까." 소년이 대답했다.

"그래? 지금도 영국 회사 다녀?" 물으면서 테사는 속으로 아차 괜히 그런 걸 물어봤나 걱정했다. 혹시 이 소년의 아빠가 아랍인 저항 운동의 지도자가 아닐까? 아니, 저 유명한 이슬람 최고 지도자 모하메드 아민 알 후세이니(1897~1974, 영국 위임통치령 팔레스타인의 팔레스타인인 아랍 민족주의자이자 무슬림 지도자)가 소년의 아빠가 아닐까?

"우리 아버지는 돌아가셨어." 소년이 말했다.

"우리 어머니도 돌아가셨어." 테사는 깊이 생각하지도 않고 불쑥 말했다.

테사는 소년에게서 눈길을 돌려 구시가지의 지붕들 너머 동쪽 산들 위로 떠오른 달을 바라보았다. 달은 그 동안 많이 기울어 사이좋게 지내라고 실눈을 뜨고 흘겨보는 것만 같다. "나는 모야." 소년이 불쑥 이름을 말했다. "너는?"

"테사."

"그런 이름은 처음 들어봐."

"나도 모란 이름은 처음 듣는데, 그래서 뭐?"

"아, 미안. 기분 나빴다면 사과할게. 내 정식 이름은 모하메드야. 하지만 사람들은 그냥 편하게 모라고 불러."

"베세더, 좋아, 알았어." 테사는 일부러 히브리어를 썼다. 베세더(Beseder, 좋아, 알았어.), 테사는 아직 잘하지는 못하지만 자신이 히브리어를 쓰는 유대인임을, 어쨌든 히브리어를 할 줄 안다는 것을 소년이 알아줬으면 했다. 더욱이 나는 네가 무섭지 않다는 점도. 소년이 해치지 않겠다고 말해서가 아니라, 나는 용감한 유대인이야 하고 보여 주고 싶었다.

"음, 너는 독일에서 왔구나. 나치가 어머니를 죽인 거야?" 소년이 불쑥 물었다. 모는 여전히 지붕 위에, 테사와 몇 걸음 떨어지지 않은 곳에 서 있다. 그리고 갑자기 엉뚱하게도 엄마가 어떻게 죽었느냐고, 나치가 그런 거냐고 물었다. 왜? 나치가 적어도 엄마는 확실히 죽였구나, 알고 싶어서? 아랍인은 유대인이라면 모두 죽이고 싶어서?

"아니, 엄마는 병으로 돌아가셨어." 테사가 대답했다. "병에 걸려 아팠거든."

"아, 저런, 안타까운 일이네."

"네 아빠는?" 테사도 이 아랍 사내아이에게 질세라 고개를 빳빳이 세우고 물었다.

"아빠는 킹 다윗 호텔에서 폭탄이 터지는 바람에 돌아가셨어. 그 사건은 들어봤어?"

뭐라고? 그 사건으로 죽었다고! 테사는 얼굴이 화끈 달아올랐다. 다시 손에서 땀이 나는 바람에 테사는 몸을 부르르 떨었다. 무슨 말을 해야 좋을지 단어를 고르는 동안 몇 차례나 침을 꿀꺽 삼켰다.

"들어봤어." 내 아빠가 그런 거야 하는 말이 하마터면 입에서 튀어나올 뻔했다. 하지만 물론 그런 말을 할 수는 없었다.

"네 옆에 앉아도 돼?" 자신을 모라고 불러 달라던 소년이 물었다.

"음 그거야……. 물론이야, 앉아." 테사가 대답했다. 안 된다고 하면 예의가 아닐 것 같았다. 하지만 불과 며칠 전 자신을 쇠막대기로 위협한 이 녀석에게 예의를 지켜야 할까?

모는 겁에 질린 새에게 다가오듯 혹시라도 날아가 버리지 않을까 걱정하듯 천천히 조심스럽게 테사 곁으로 다가왔다. 달빛 아래 이 지붕 위에서 웅크린 한 마리 작고 깡마른 새가 경계심

에 깃털을 한껏 부풀려 자기 몸집이 조금이라도 더 크게 보이
려 애를 쓰는 모습이 안타깝고도 애처롭게 느껴진다는 듯이.

1947년 12월_모

테사와 모는 거의 같은 아픔을 겪었다. 둘다 부모 가운데 한쪽을 잃었다. 모는 테사에게 아빠에 대해서는 묻지 않았다. 혹시 아빠도 세상을 떠났을 수 있는데, 그런 이야기를 듣고 싶지는 않았다. 아마도 테사 아빠 역시 유대인 저항 투사가 아닐까? 심지어 저 벤구리온이 테사의 아빠가 아닐까? 에이, 아니겠지. 벤구리온은 테사의 할아버지뻘이잖아.

모는 소녀에게 조심스럽게 다가갔다. 그리고 그 옆에 앉았다. 조금 전만 하더라도 방 안에서 온 힘을 다해 눈물을 참으려 이를 악물었던 모는 소녀에게 눈물 젖은 눈을 보이지 않을 수 있어 참 다행이라고 여겼다. 킹 다윗 호텔의 폭발 사건 이후 모는 얼마나 많이 이 지붕에 올라와 울었던가. 징징대는 동생들, 한숨만 푹푹 쉬는 엄마, 칭얼거리는 막내 아말을 피해 마음 놓고 울 수 있는 곳은 이곳 지붕뿐이었으니까. 게다가 모는 돌아가신 아빠를 조문하겠다고 찾아온 문상객들이 커피를 마셔 대는 통에 그 심부름을 하기도 싫었다.

이 소녀가 눈물에 젖은 자기 눈을 볼 수 없어 정말 다행이라고 모는 안도했다.

이 애는 혹시 나를 기억할까? 나를 알아보았을까? 처음 보는 순간 놀란 나머지 두 눈을 커다랗게 뜨고 자신을 바라보던 소녀의 눈길이 모를 불안하게 했다. 그 놀란 눈은 며칠 전 여성복 가게의 마네킹 뒤에 숨어 보던 바로 그 눈이었는데.

"우리 어디서 보지 않았니?" 모는 소녀의 얼굴을 보며 일주일 전의 사건을 기억하는지 살폈다. 흐릿한 달빛 탓인지 소녀의 표정은 알아보기 어려웠다. "우리 이미 한 번 만난 적 있는 거 같지 않아?" 모는 다시금 물으며 소녀가 자신을 아는지 알아내려 했다.

"쇠막대기로 나를 때리려 했잖아." 테사가 대답했다.

순간 모는 얼굴이 붉게 달아올랐다. 부끄러움일까? 아니면, 소녀가 경찰에 신고할까, 두려워서? 물론 신고한다고 해도 경찰이 아랍인인데, 걱정할 일은 없잖아? 이런저런 궁리를 하면서 모는 두려워하지 않는 테사가 놀랍고 신기했다.

"미안했어." 모가 간신히 말했다. 좀 우스꽝스럽게 들리는 말이다. 하지만 거의 공격할 뻔했던 상대에게 달리 무어라 말할까?

"괜찮아, 나는 그것보다도 훨씬 더 끔찍한 일을 겪었거든." 테사가 말했다.

"무슨 일?" 모가 궁금한 표정으로 물었다. 그게 무슨 일인지 정말 알고 싶은 호기심이 일었다.

"너하고는 상관없는 일이야."

모가 침묵했다.

테사가 침묵했다.

오랫동안 둘은 아무 말도 하지 않았다. 그동안 실눈을 뜬 달은 하늘 높이 올라 은혜롭게든 무심하게든 차가운 빛으로 온 땅을 비추었다.

테사

"여기 살아?" 얼마 뒤 모가 침묵을 깨고 물었다. 내심 테사
가 이 물음까지는 퉁명스레 받아치지 않기를 바라면서.

"응, 그러고 보니 우리는 이웃이네." 테사가 망설임 없이 답
했다. 어디 사는지 말한다고 해서 해로울 거야 없지 않나? 아
니야, 저 녀석은 아랍인인데. 어디 사는지 그냥 말해 줘도 괜
찮나? 모도 꼬리를 무는 물음으로 머릿속이 복잡하기만 했다.
이 여자애가 정말 춥고 축축한 옆집에서 살까? 그런 집에서
는 편안하게 쉬기도 어려울 텐데? 그래서 이 애는 며칠마다 저
녁이면 집 뒤쪽의 사다리를 타고 이웃집 지붕으로 올라와 앉
아 하염없이 달과 반짝이는 별을 바라보며 엄마를 그리워한 걸
까? 테사는 허리를 펴고 꼿꼿이 앉아 저 멀리 성전산을 비추

는 불빛이 찬란한 야경을 바라보았다. 성전산 위로 우뚝 솟은 바위의 돔은 잔뜩 웅크린, 원시 시대의 무슨 괴물을 떠올리게 한다.

아무튼 이 지붕 위에서는 모든 것이 멀리 떨어져 있는 것처럼 보인다. 테사의 아빠와 동료들은 다시 모여 다음 계획을 짜느라 여념이 없다. 아랍인들은 유대인의 성전산에서 이슬람 신 알라에게 기도를 올리느라 여념이 없다.

그런데 갑자기 이 남자애가 나타났다. 테사는 엉겁결에 소년에게 자신이 어디 사는지 알려 주고 말았다. 이 애는 바로 옆집에서 무슨 일이 벌어지는지 알기나 할까? 유대인이 산다는 것을 알고 있을까? 이 유대인들이 무슨 일을 벌였으며, 또 앞으로 벌이려 하는지도?

"옆집에 사는데 왜 그동안 우리는 한 번도 마주치지 않았지?" 모가 물었다. "그 집에 사람이 사는지 전혀 몰랐어. 그저 유대인이 끊임없이 들락거리길래 거기 모여 기도를 하나 했지."

"아니야, 기도는 시너고그에 가서 하지."

"그럼 그 집에서는 무슨 일을 하는 거야?"

모는 호기심으로 눈빛을 반짝였다. 순간 테사는 바짝 긴장했다. 이제 정말 조심해야 한다. 집을 드나드는 손님이 신앙심 깊은 유대인이라고 소년이 믿게 만들어야만 한다. 그럼 대체 뭐라고 말해야 좋을까? 아빠와 동료들이 모여서 무슨 일을 한다고 할까? 아빠와 친구들은 지도를 펼쳐 놓고 머리를 맞대고 열심히 속닥이며, 기록하고, 계획을 짰다. 저 호텔 폭탄 공격이라는 끔찍한 일도 이렇게 계획된 것이 아닌가. 테사는 차라리 자세한 것은 몰랐으면 하는 마음이었다. 그냥 아빠와 친구들에게 커피나 차를 끓여 주고, 수프를 끓이거나 빵을 사 오는 심부름이나 하는 편이 마음 편했다. "얼마 지나지 않아 너도 중요한 임무를 받게 될 거야." 언젠가 아빠가 이렇게 말했을 때, 테사는 그 임무가 무엇인지 물어보지 않았다.

"아, 그거야 집에서 뭐 하겠어, 살지." 테사는 짧게 대답했다. "우리는 손님이 많아."

"우리? 우리라니 누가 또 있어?"

"뭐가 그렇게 궁금한데, 호기심이 지나친 거 아냐? 너희 집은 누가 사는데?"

"엄마하고 두 남동생 그리고 막내 여동생. 너는?"

"나는 아빠랑 살지."

"아빠가 친구가 많은가 봐."

"응."

대화가 끊기고 둘 다 아무 말도 하지 않았다.

"친구는 내 아빠도 많았어. 심지어 영국인 친구도 아빠는 사귀었어. 아빠는 킹 다윗 호텔에서 일했으니까."

테사는 소년의 아빠 이야기는 더 듣고 싶지 않았다. 이제는 자기 자신이 물어볼 차례라고 생각했다. 사실 아까부터 혀를 근질거리게 하는 물음은 따로 있었다. "왜 너는 그때 그냥 간 거야? 왜 진열장 유리를 깨지 않았어?" 일단 물꼬가 트이자 질문은 막힘없이 쏟아졌다. "그때 가게 문도 열려 있었잖아. 너는 그냥 들어와 나를 얼마든지 때릴 수 있었는데, 왜 그냥 가 버렸어?"

테사는 질문을 하는 내내 모의 눈을 똑바로 들여다보았다. 테사는 그가 어떤 반응을 보이는지 확인하고 싶었다. 모는 나치스와 폭력적인 아랍인처럼 피에 굶주린 괴물일까, 아닐까?

하얀 달빛 아래서 테사는 모의 얼굴이 빨개지는 것을 보았다고 믿었다. 부끄러운 걸까? 최소한 조금은?

"거기서 너를 봤을 때 너를 조금이라도 다치게 하고 싶지 않았어." 잠시 생각에 잠겼던 모가 이윽고 말했다.

"왜? 내가 여자라서? 혹시 내가 영국 여자라고 생각한 거야? 아니면 그게 아랍인 가게라서 피해 주기 싫어서?"

"아니, 네가 겁에 질려 있어서."

"뭐라고? 내가 겁에 질려? 하, 나는 겁나지 않았어."

"하지만 얼굴에 무섭다고 쓰여 있던데. 두 눈을 크게 뜨고 겁에 잔뜩 질렸던데 뭐."

"나는 겁이라고는 몰라. 나는 얼마든지 나를 방어할 수 있어. 네가 나를 때렸다면 너에게 맞서 싸웠을 거야."

"허." 모는 슬그머니 미소를 지었다. 연약한 여자와 싸운다고? 저렇게 가녀린 몸으로 무슨 싸움을 한다는 거야? 하지만 모는 테사를 자극하고 싶지는 않았다.

"나는 너를 해치고 싶지 않아." 모가 강조했다. "나는 악당은 아니야. 우리는 그저 유엔 결의안에 항의하려던 거야."

"쇠막대기로? 불을 지르고 약탈하면서? 나는 그때 불 냄새를 맡았어. 너희가 유대인 가게에 불을 질렀더라. 그리고 유대인을 공격하고 다치게 했어. 심지어 죽은 사람도 있어!"

"나는 누구도 다치게 하지 않았어." 모는 약간 주춤거리며 대꾸했다.

"하지만 너도 유리창은 깼잖아! 항상 그런 식으로 항의하나 봐!"

"그거야 우리는 이미 오래전부터 유대인과 싸워 왔지. 하지만 먼저 싸움을 건 쪽은 어디까지나 유대인이야. 싸우다 보면 부상자와 사망자는 피할 수 없어."

"가게를 부수고 여자아이를 위협하는 것이 대체 무슨 싸움이야? 내가 무슨 여군처럼 보여?" 속에서 화가 부글부글 끓는 걸 느낀 테사는 용감하게 아랍인에게 보여 주고 싶었다, 나는 아무것도 두렵지 않다고! 테사는 모에게 분노한 목소리로 따졌다.

"나는 너에게 아무 짓도 하지 않았잖아." 모가 볼멘소리로 말했다. "하지만 너도 알아야만 해, 결의안은 공정하지 않아. 우리는 그런 걸 눈 뜨고 받아들일 수 없어."

"뭐가 공정하지 않은데? 땅은 거의 똑같은 크기로 나누었어. 너희 땅이 약간 더 작기는 하지만, 그 대신 우리 땅은 삼분의 이가 사막이야. 아무것도 할 수 없는 삭막한 사막이라고! 너희 는 유대 광야와 사마리아라는 비옥한 땅을, 베들레헴과 헤브론을 가지잖아. 그 땅에는 우리의 조상 아브라함과 사라, 이삭과 레베카, 야곱, 레아, 라헬의 무덤이 있어!"

"아니, 나한테 설교하지 마!" 모가 투덜댔다. "그 대신 너희는 해안과 비옥한 갈릴리 그리고 신선한 물과 풍부한 생선이 나는 타바리야호수를 가지잖아!"

"무슨 호수? 그건 호수가 아니라 바다야. 이름도 킨네렛(갈릴리호수)이야. 그리고 불평을 해야 할 사람은 다른 누구도 아닌 바로 우리야. 네게브사막에는 농사를 지을 수 없어. 그런 사막에서는 아무도 살 수 없어. 우리 유대인은 살아갈 땅이 턱없이 부족하다고."

테사는 요즘 아빠와 친구들을 위해 커피와 차 심부름만 한 게 아니었다. 어른들이 그 계획이라는 걸 짜며 영어로 나누는 이야기를 주의 깊게 들었다. 그냥 심부름만 하는 게 심심하고 지루하기도 했지만, 무엇보다도 테사는 왜 팔레스타인이라는 땅을 놓고 그처럼 다투는지 알고 싶었기에.

"아니, 도대체 너희가 왜 땅을 달라 그래? 여기는 우리 땅이야! 우리는 옛날부터 여기서 살아왔어. 나의 할아버지의 할아버지가 이미 이 집에서 사셨어. 지금 우리가 앉은 지붕의 바로 이 집 말이야. 아빠는 이 집에서 태어나 평생을 살았지. 우리는 대대손손 예루살렘에서 살아왔다고. 그런데 너는? 언제부터 너는 여기 살았어? 며칠? 몇 주?"

"무슨 말이야? 우리는 아주 먼 옛날부터 이 땅에서 살았어. 너희는 아예 없던 그때부터. 우리의 성전은 2000년 전부터 저기 있었어. 성전은 네가 지금껏 본 그 어떤 건축물보다도 더 커. 주님은 저 성전 안에 계셔! 그리고 오로지 대제사장만이 저 안에 들어갈 수 있지. 그런데 저기 너희의 저 작은 회당은 뭐야, 왜 저기 저런 걸…… 지었냐고?"

"예언자 마호메트가 이 바위산에서 승천했으니까."

"바위산에서 우리 유대인의 조상 아브라함은 아들 이삭을 제물로 바치려 했지만, 주님이 안 그래도 된다고 말렸어."

"우리는 아브라함이 아들 이스마엘을 제물로 바치려 했다고 이야기해."

"뭐라고, 말도 안 돼! 그것 봐, 우리가 더 잘 안다니까. 우리 성경이 더 오래되었고, 유대 민족의 역사는 훨씬 더 유구해. 여기만 그런 게 아니라, 전 세계 어디서나!"

"엥? 대체 우리는 어디 살았는데? 우리가 하늘에서 툭 떨어진 거야?"

"내 말은 너희 무슬림은 우리만큼 역사가 오래되지 않았다는 거야. 너희의 그 예언자가 살아 있었을 때, 이미 유대인이 이곳에 살았지. 그리고 기독교도도!"

"기독교와 이슬람을 어떻게 그처럼 잘 알아?"

"학교에서 배웠으니까. 엄마가 나에게 가르쳐 주기도 했고. 아랍 학교는 없어? 너희는 유대인과 기독교를 안 배워?"

"그야 배우지. 너희 역시 경전의 사람들이라는 점도. 알라는 너희에게도 계시를 내렸지. 하지만 신이 세상에 보낸 마지막 예언자는 마호메트야. 마호메트의 말씀은 모두 진리야. 어쨌거나 아빠는 그렇게 믿었어. 우리 작은아버지도 마찬가지야. 작은아버지는 저 위 모스크의 무에친이야." 모는 남쪽을 손으로 가리켰다. 하지만 테사는 모의 삼촌과 그 예언자에는 거의 관심이 없었다.

"그런 거야 나하고 상관없어. 우리에겐 오직 하나의 성전이 있을 뿐이야. 그리고 성전에는 오로지 서쪽 벽만 남았어. 그곳에서 몇천 년이 넘도록 유대인은 기도를 올렸어. 로마제국이 유대 민족을 몰아낸 뒤부터 우리는 그곳으로 돌아갈 수 있기만 간절히 바랐지. 그런데 너희는? 너희의 성지는 다른 데 있잖아, 아니야?"

"메카를 말하는 거야? 마호메트의 묘가 있는 메디나? 맞아, 그곳이 우리의 성지야. 하지만 우리에게는 예루살렘도 중요해."

"우리한테 비길 수야 없지. 우리는 메카도 메디나도 없으니까! 그게 그렇게 이해하기 어려워?" 테사는 화를 참지 못해 갈수록 목소리가 커졌다.

"그러나 지금 여기서 사는 사람은 우리 팔레스타인 국민이야. 팔레스타인 땅 전체에는 아랍인이, 그것도 대대손손 살고 있어! 그런데 한 무리의 유대인이 유럽에서 왔다고 해서 우리가 나가야 해? 히틀러는 죽었잖아, 왜 거기서 살면 안 돼?"

"언제 또 새로운 히틀러가 나타나 우리를 죽이려 할지 모르니까. 2000년이 넘게 모두 우리를 죽이지 못해서 안달이니까."

"대체 왜? 사람들이 너희를 싫어하는 건 너희한테 문제가 있는 거 아냐?"

테사는 머리를 세차게 흔들었다. 그 바람에 머리카락이 나부꼈다. 테사는 모를 노려보았다. 눈동자가 달빛에 번쩍거렸다. 화가 머리끝까지 난 테사가 소리를 질러 잠든 이웃들을 깨우기 전에, 모는 서둘러 선수를 쳤다. "내 말은, 나는 그저…… 그러니까 왜 사람들이 너희를 해치지 못해 안달하냐고."

"우리는 지혜롭고 배움에 힘쓰는 민족이니까. 신이 선택한 민족이 유대인이잖아? 사람들은 그냥 우리를 질투하는 거야."

"우리는 그저 갑자기 이 땅으로 몰려와 우리 땅을 빼앗으려 해서 유대인이 못마땅할 뿐이야."

"뺏어? 뭘 뺏어! 아빠가 그러는데 우리 유대인은 돈을 주고 땅을 샀다고 하던데. 수십 년에 걸쳐서 어디까지나 합법적으로 말이야. 땅을 팔라고 강요받은 아랍인은 없어."

한동안 모는 아무 말도 하지 못했다. 무어라 대꾸해야 좋을지 모르는 게 분명했다. 그것 봐 내 말이 맞지, 테사는 속으로 만족한 미소를 지었다.

"그렇지만……." 모는 망설이는 투로 입을 열었다. "우리 땅을 지키려고 우리가 싸우는 건 이상한 일이 아니야. 그냥 이렇게 쫓겨나지는 않을 거야. 여기는 우리가 사는 땅이야. 사람들은 흔히 팔레스타인이 민족 없는 땅이라고 하지만, 우리는 분명 이 땅의 주인이야. 그리고 우리는……." 모는 잠시 적당한 말을 골랐다. "우리는 인구가 수십만이야. 이 많은 사람더러 그냥 땅을 내놓고 없어지라고?"

"응. 그럼 아무 문제도 없잖아."

모는 입을 떡 벌리며 기가 차다는 표정을 지었다.

"아랍 국가는 아주 많잖아." 테사는 이렇게 말하며 모의 반응을 무시했다. "거기 가서 살면 되잖아."

"이봐, 여기가 우리 집이야, 집을 놔두고 어디로 가라고? 우리가 앉은 이 지붕의 집에서 나는 태어나고 자랐어. 나는 이 집을 떠나지 않아."

"우리더러 어쩌라고? 우리는 돈을 주고 사들인 땅에서 살겠다는 거야. 그리고 너희는 우리를 막을 수 없어. 쇠막대기를 휘두르고 폭탄을 터뜨린다고 우리는 꿈쩍도 안 해."

"폭탄은 너희가 터뜨렸잖아." 모가 짜증 난다는 투로 말했다. 결국 모도 화를 참느라 얼굴이 벌게졌다. 테사는 모를 자극해 화를 돋우려 했던 걸까?

"우리는 그냥 안전하게 살아갈 땅이 필요해." 테사는 흥분을 가라앉히고 차분하게 말했다. 테사는 이 소년이 유대인이 겪은 아픔과 괴로움을 이해해 주기만 바랐을 뿐이다.

"그런데 왜 하필이면 팔레스타인으로 오는 거야?"

테사는 멋쩍은 미소를 지을 수밖에 없었다. 왜 하필 팔레스타인인지 따지는 모의 말에도 일리는 있었기 때문이다.

"그러면 우리가 대체 어디로 가야 해?"

"이곳으로 오는 유대인의 대다수는 유럽인이잖아. 유럽에 땅은 얼마든지 있지 않아? 거기서 살면 되지! 또는 영국으로 가거나. 영국 사람들은 너희를 무척 좋아한다더라."

"하지만 언젠가는 그들도 우리를 더는 좋아하지 않을걸. 우리는 유대인만 사는 독자적인 국가가 필요해. 오로지 유대인 국가에서만 우리는 박해 없는 세상을 살 수 있어."

"그래서 우리더러 나가 달라고?"

"아니, 우리가 너희를 쫓아내려는 건 아냐. 하지만 자발적으로 가지 않는다면……"

"우리가 자발적으로 가지는 않아."

"그럼 나도 몰라, 어떻게 될지."

모

테사와 모가 대화를 마치고 작별했을 때 달은 이미 하늘 높이 떠 있었다.

테사는 이웃집의 지붕 위에서 균형을 잡으려 조심조심 모서리까지 간 다음, 몸을 기울여 엎드린 다음 한쪽 발을 아래로 내려 사다리를 디딘 다음 모에게 다시 눈길조차 주지 않고 뒤뜰로 내려갔다.

모는 자기 집 쪽의 사다리를 타고 내려와 창문을 넘어 자기 방에 들어간 다음 침대에 벌렁 누웠다. 누운 채 팔짱을 끼고 천장을 물끄러미 올려다보았다.

오랜만에 처음으로 가슴이 후련해진 기분이다. 지난 몇 년 동안 정말 많은 사람들이 죽었다. 유대인 테러리스트가 아랍 가족을 습격하거나, 버스와 집을 폭파하기도 했다. 또 영국군이 아랍 독립투사에게 사형선고를 하고 목을 매다는 교수형에 처하기도 했다. 그러나 모의 친구들 가운데, 친구가 많은 것은 아니지만, 어쨌거나 모처럼 아빠를 잃은 친구는 없다. 삼촌, 사촌, 또는 형제를 잃은 경우는 봤어도 아빠 잃은 친구는 없다. 누구도 아빠 없이 자라지 않는다. 또 친구들은 모두 엄마가 있다.

햇살이 뜨거운 7월에 신나게 놀고 있는데 갑자기 발밑 땅이 푹 꺼지며 혹독하게 추운 암흑 속에 빠져 버리는 기분이 어떤 것인지 친구들이 알기는 할까? 눈 떠 보니 세상에 홀로 버려졌다는 기분, 두려움과 외로움의 바다를 헤엄치는 기분을 친구들이 이해할 수 있을까? 더욱이 헤엄치는 팔에 엄마와 동생들이 매달려 살려 달라 아우성을 치는데, 어떻게 해야 바닷물에 빠져 죽지 않고 살아남을 수 있을까?

킹 다윗 호텔의 폭발 사건 이후 모는 동네 친구와 사촌을 거의 만나지 못했다. 골목에서 하던 축구도 그만두었고, 초정통파 유대교를 믿는 남자가 길게 끌리는 검은 외투를 입고 통곡의 벽으로 가느라 종종거리며 걷는 모습을 놀려 대며 돌을 던지던 장난도 이제는 하지 않았다. 골목길 모퉁이 빵집에 숨어들어가 기름이 좔좔 흐르는 맛난 비스킷을 몰래 훔쳐먹던 서

리도 그만두었다. 지금 모는 먼 사촌이 하는 정육점에서 일한
다. 닭을 잡고 털을 뽑고 내장을 뽑아 내서 먹기 좋게 다듬는
일이다. 가끔이기는 하지만 양고기를 다룰 때도 있다. 그런 날
은 하루 종일 일해야만 한다. 고된 하루 일을 마치고 집에 돌
아와 침대에 벌렁 누워 좀 쉬었다가 간신히 일어나 주린 배를
좀 채운다. 엄마와 동생들은 잠자리에 든 지 이미 오래다.

　그런데 이제 모는 자신이 완전히 혼자는 아니로구나 하는 기
분이 들었다.

　옆집에 사는 소녀는 엄마 잃은 아픔과 외로움의 바다에서
허우적거린다. 아빠나 엄마를 잃은 아픔과 외로움은 나만 겪
는 게 아니구나 하는 확인에 모는 묘한 위안을 받았다. 하지만
그 소녀는 유대인이다. 적의 딸이다. 이 땅에서 사라져야 마땅
한 사람 가운데 한 명이다. 유대인 소녀와 이야기를 나누었다
는 것을 작은아버지가 알면 뭐라고 하실까? 내일도 해가 지면
소녀가 지붕에 올라올까? 혹시 이웃이 모와 소녀가 이야기를
나누는 것을 보면 작은아버지에게 이르지 않을까? 작은아버
지는 둘이 마주 앉아 대화해서는 안 된다고 야단치지 않을까?

　유대인과 아랍인.

　소녀와 소년.

　외로운 둘.

소녀와 만나서 안 될 건 뭐야? 누가 그걸 금지했는데?

이런 생각 끝에 모는 자기도 모르게 피식 웃었다. 왜 소녀를 다시 보고 싶은데? 그처럼 쌀쌀맞고 퉁명스러운 계집애를. 부모 가운데 한쪽을 잃었으면 친구가 되는 거야? 아니면 민족이 다르다고, 유대인과 아랍인이라고 반드시 적이 되어야 하나?

모는 꼬리를 무는 물음으로 머리가 어지러웠다.

테사는 머리가 어지러웠다.

"오늘은 집에 있으렴." 아빠가 말했다. 집, 안식처, 고향? 구
도심 한가운데 뚫린 블랙홀처럼 끊임없이 낯선 유대인이 드나
드는 집의 거실에는 매트리스가 여러 장 깔려 있다. 집을 찾아
온 남자 손님이 잠을 잘 수 있게 깔아 둔 매트리스다. 집의 뒤
쪽 골방, 춥고 축축한 작은 방에서 테사는 다른 여인들과 함께
잠을 잤다. 테사는 이런 방에서 지내며 여전히 난민촌의 막사
에 있는 것 같은 느낌을 지울 수 없었다. 게다가 낯선 사람들이
이 집에 끊임없이 드나든다. 그 가운데 많은 어른을 테사는 그
저 스쳐 지나듯 보았을 뿐이다. 이름을 아는 사람은 손꼽을 정
도다. 이 집에서 테사는 엿새째 하누카를 기념하는 촛불을 켰

다. 촛불 켜기는 이 명절에 모든 유대인이 지키는 풍습이다. 하지만 테사는 찬송가는 부르지 않았으며, 이 축일에 드라이델 (나무를 깎아 만든 사각형 팽이 모양의 주사위) 놀이도 하지 않았다. 촛불 켜는 일은 저녁이면 양치질하는 것처럼 익숙한 습관이었을 따름이다. 집의 창문은 모두 검은 커튼으로 꽁꽁 가렸다. 불빛이 새어 나가 이 집에 비밀모임이 있다는 것을 이웃이 알아차리면 안 되니까. 이야기도 속삭이는 듯한 말투로만 했으며, 대개 히브리어를 썼다. 테사는 여전히 히브리어를 할 수는 없었지만, 이미 많은 단어의 뜻을 가려들을 수 있었다. 저항, 폭탄, 죽임과 같은 단어로 테사는 그 내용을 어렴풋이 짜 맞추었다. 그리고 항상 아랍인이라는 단어가 등장했다.

아무튼 제대로된 집이라는 느낌은 전혀 들지 않았다.

그리고 지붕 위의 저 소년은 전혀 아랍인이라는 느낌을 주지 않았다. 아랍인이 거칠고 포악하다는 말은 소년과 맞지 않았다. 유엔 결의안으로 아랍인이 폭력 시위를 벌였던 그날 처음 보았을 때 쇠막대기를 든 모습을 보았음에도 모가 폭력을 일삼는 소년으로 보이지는 않았다. 테사는 다시 지붕 위에 올라가도 좋을지 오랫동안 고민했다. 그 우연한 만남 이후 어느 날 저녁 아빠와 동료들은 다시금 창문에 커튼을 치고 테이블에 둘러앉아 회의를 시작했다. 커피를 가져다주고 나자, 어른들은 테사에게 별로 신경 쓰지 않았다. 그래서 테사는 다시 사다리를 타고 지붕으로 올라갔다. 올라가면서 테사는 갈수록 더 빠르게 뛰는 심장을 느끼며 왜 이러지 적잖이 놀랐다. 모를 다시 만나고 싶은 거야? 하고 테사는 자신에게 물었다. 아니, 그가 차라리 오지 않기를 바라는 마음일까? 홀로 지붕 위에 앉아 저 바위의 돔과 올리브산이 보이는 전망을 즐기려고?

소년은 거기에 있었다. 모는 지붕 위의 우연한 만남 이후 매일 밤 지붕 위로 올라왔었다.

어둑해지자마자 테사는 스웨터를 껴입고 지붕 위로 올라갔다. 오래 기다린 듯 모는 테사를 보고 반색했다.

둘은 나란히 앉아 전망을 지켜보았고, 결의안 이야기는 하지 않았다. 예루살렘, 특히 구도심의 골목길에서조차 벌어지는 싸움, 전국을 뒤덮은 싸움 이야기도 하지 않았다. 테사는 아빠가 하루 종일 대체 무엇을 하는지 모가 물어보면 어떡하지, 너무 두려웠다. 왜 아빠에게 그처럼 많은 손님이 찾아오는지. 1946년 7월 22일 킹 다윗 호텔의 남쪽 날개 건물에서 일곱 개의 우유 통이 폭발했을 때 아빠는 어디 있었는지. 폭탄에 목숨을 잃은 모 아빠를 생각하며 테사는 가슴이 찢어지는 것만 같았다.

모 역시 저 지평선에서 한바탕 죽음의 광풍을 불러올 전쟁

이라는 먹구름을 테사와 이야기하고 싶은 마음은 조금도 없었
다.

둘은 나란히 앉아 엄마와 아빠 이야기를 했다. 알리야호를
타고 바다를 건너던 고난의 여행을 테사는 이야기했다. 둘은
꿈과 희망을 이야기했다. 심지어 테사는 짧게나마 베르겐벨젠
수용소에서 겪은 참혹한 아픔을 털어놓았다. 테사는 지붕 위
에서 모와 함께 있으면서 자신이 지극히 평범한 소녀로 되돌아
간 것 같은 기분이었다. 아니, 더 정확히 말해서, 모와 함께 있
으면 자신이 티 없이 맑은 소녀가 된다고 테사는 믿었다.

며칠이 흘러 1947년 12월 12일이 되었다.

"오늘은 어떤 일이 있어도 샤아르 셰헴에는 근처도 가지 마
라. 집에 머물고 밖에 나오지 마." 아빠가 테사에게 말했다. 어
차피 외출을 거의 하지 않는데 새삼스레 왜 그러시지? 테사는
의아하기만 했다. 테사는 지금껏 혼자서 몇 거리 이상 가 본 적
이 없다. 거미줄처럼 얽힌 골목길에서 비슷비슷해 보이는 집들
을 가려보고 돌아오는 길을 찾을 수 없을 것 같은 두려움은 크
기만 했다. 또 밖에 나갔다가 싸움에 휘말려 아랍인의 공격을
받을 위험도 컸다.

테사는 아빠가 왜 그런 당부를 하는지 이유는 묻지 않았다.
사실 답을 듣게 될까 무서웠다. 분명 아빠의 계획과 관련이 있

지 않을까? 샤아르 셰헴, 영국인들이 다마스쿠스 성문이라고 부르는 곳은 구도심에서 이슬람이 사는 지역에 이르는 성문이다. 왜 그곳에 가지 말라는 것일까? 아랍인의 전통시장이 서며 교외의 농부들이 오렌지와 올리브를 가져와 파는 동안, 낙타는 햇살 아래 끄덕끄덕 조는 광경이 정겨운 곳인데. 순간 테사는 아차 싶었다. 모가 그 시장의 정육점에서 일한다고 했는데. 아빠가 없어 가족을 먹여 살리기 위해서는 일을 해야만 한다고 모는 말하지 않았던가. 폭탄 테러로 목숨을 잃은 아빠를 대신해야만 한다며.

폭탄.

모.

몇 분 뒤 테사는 서둘러 새 옷, 영국의 최신 유행 원피스를 입고 집을 나와 달리기 시작했다.

자신의 영어 실력을 최대한 쥐어짜 가며 테사는 다마스쿠스 성문으로 가는 길을 물어물어 찾아 나갔다. 한 손으로 아이를 안은 여인, 영국 경찰 그리고 정통파 기독교 성직자는 테사의 물음에 친절하게 길을 알려 주었다. 마침내 테사는 행인들로 빼곡한 상가 거리로 들어섰다. 쿠피야를 쓴 남자, 섬세한 문양이 들어간 옷과 긴 천으로 머리와 목을 휘감은 여인이 오가는 번화가이다. 그런데 길 양쪽의 상점은 모두 무거운 셔터로 닫혔다. 그리고 보니 오늘은 금요일이다. 이슬람은 금요일을 공휴일로 정해 놓았다. 그때야 테사는 자신이 괜한 걱정을 했음을 깨달았다. 모는 분명 오늘 일하지 않는다. 신앙심 깊은 아랍인은 오늘 모스크에 간다. 하지만 모는 종교에 불만이 많았다. 틀림없이 모스크에 가지 않았으리라. 그냥 방의 침대에 누워 벽을 노려볼 거야. 아니면 지붕 위에 있거나. 아무튼 모는 안전해.

쾅. 잠깐 테사는 천둥이 치는 줄 알았다.

터지는 비명.

테사는 달렸다. 셔터로 닫힌 상점들이 늘어선 거리에서 빠져나와 가파른 오르막길을 정신없이 달렸다. 모래색의 보도블록이 깔린 길을 달리자 이내 커다란, 아치형의 뾰족한 지붕이 달린 다마스쿠스 성문이 나타났다. 성문 뒤로 검은 구름이 피어오른다. 주변의 사람들은 충격을 받아 얼이 나간 표정을 하거나, 서둘러 자리를 피했다. 연기로 덮인 성문을 들어서서 왼쪽으로 갔다가 이내 다시 오른쪽으로 방향을 잡자, 반달처럼 생긴 광장에 이르는 두 번째 통로가 나온다. 테사는 이제 현장을 더 잘 볼 수 있었다. 혼란에 빠진 사람들이 이리저리 뛰었으며, 사방에는 폭발로 생긴 먼지와 파편이 가득했다. 폭발의 굉음이 잦아든 광장에는 기묘한 정적이 흘렀다. 다친 사람들의 신음과 흐느낌과 비명은 마치 저 어디 먼 세상의 일처럼 느껴졌다. 차츰 테사는 그 소리를 꿈이 아닌 현실의 것으로 깨달았다. 신음과 울부짖음과 비명은 아랍인들의 것이다.

그런데 갑자기 영어가 바로 뒤에서 들렸다. "봤어? 너희 유대인이 우리에게 무슨 짓을 벌이는지?"

그 목소리의 주인은 모였다. 이 무슨 우연인가?

이것이 우연일까?

모는 테사를 따라왔다.

모는 이웃집의 문이 닫히는 소리를 들었다. 창문으로 내다보며 모는 옆집에서 또 무슨 일이 벌어지나 살폈다. 새벽에 여러 명의 남자가 집에서 나가는 걸 보았던 터라 모는 뭔가 일이 벌어지나 싶어 신경이 쓰였다. 그러나 집에서는 테사만 홀로 나왔다. 모는 지금까지 거리에서 테사를 본 적이 없다. 테사는 어디로 가야 할지 몰라 불안해하는 사람처럼 두리번거렸다.

모는 왜 테사를 따라가려 마음먹었는지 자기 자신도 정확히 몰랐다. 모가 소녀와 함께 거리를 가는 모습을 사람들에게 보여 줄 수는 없었다. 테사는 유대인이지 않은가. 하지만 모는 망설임 없이 계단을 달려 내려가 집 문을 열고 밖으로 나섰다. 테사는 막 길모퉁이를 돌아갔다. 모는 소녀의 뒤를 따랐다. 무릎까지 오는 빨간 원피스를 입은 어깨까지 치렁치렁한 금발의 소녀는 영국인으로 보이기에 손색이 없었다. 유엔 결의안 발표로 영국이 팔레스타인에서 물러가겠다고 발표한 지금 영국인은 유대인 테러 단체의 공격 목표가 아니었다. 오히려 유대인 무장단체는 이제 아랍인을 집중적으로 노렸다. 아랍 국가들이 유엔 결의안을 거부하고, 유대인 국가 건설에 반대한다고 밝혔기 때문이다. 영국인처럼 보이는 금발의 소녀는 유대인에게든 아랍인에게든 직접적인 공격 대상이 되지 않는다. 하지만 아랍인이나 유대인이 쏜 총알이 영국인이라고 해서 피해 가지는 않는다.

모는 어느 정도 거리를 두고 테사를 따라갔다. 테사가 아르메니아 출신 이민자들이 사는 동네에서 아이를 안은 어떤 여인에게 길을 묻는 것을 모는 지켜보았다. 여인이 알려 준 대로 걷던 테사는 자파 성문 근처에서 다시 경찰관에게 길을 묻고 왼쪽으로 꺾었다가 오른쪽으로 방향을 바꾸어 마침내, 가끔 기도교 순례자들이 지나며 찬송가를 부르는 비아 돌로로사(예수가 십자가를 지고 걸었다고 해서 고대 로마제국이 '고난의 길'이라는 뜻의 이름을 붙인 거리)에 이르렀다. 프란체스코 수도회의 예배당 앞에서 테사는 마침 예배당 문을 나서던 어떤 성직자에게 또 길을 물었다. 이제 테사는 바브 알아무드(다마스쿠스 성문의 아랍어 이름) 쪽으로 걸었다. 어, 그곳은 아랍인이 사는 동네인데, 거기서 뭘 하려는 거지? 아랍의 전통시장에서? 장을 보러 왔나? 아니, 오늘은 금요일이잖아!

성문에 이르는 거리의 끝에서 다시금 멈춰 선 테사는 주변을 둘러보았다. 바로 그때 이슬람 동네에서 폭발음이 들렸다. 모는 즉각 무슨 일이 일어났는지 알아차렸다. 이런 테러 공격은 알쿠드스에서 처음이 아니다. 물론 지금 모가 폭발음을 현장에서 처음 듣기는 했을지라도. 모는 아빠가 들은 마지막 소리가 이런 것일 거라는 생각에 이를 악물었다.

테사는 뛰기 시작했다. 모는 테사를 따라 달렸다. 아니, 쟤가 미친 거 아냐? 폭탄이 터지거나 총격전이 벌어지면, 사람들은 그 소리 나는 쪽으로 절대 달리지 않는다. 위험에서 벗어나고자 반대 방향으로 뛰는 것이 사람들의 당연한 심리이다. 폭발 현장에서 머뭇거리다가 또 무슨 일이 벌어질지 누가 알까?

모는 바브 알아무드 앞의 계단을 뛰어 올라가며 테사의 뒤를 따랐다. 성문 그늘을 지나 그 앞의 광장에 이르자 테사는 돌연 멈추어 섰다. 그때 모도 보았다. 쓰러진 사람들, 꼼짝도 못하고 서서 울부짖는 사람들, 정신없이 달리는 사람들을. 매캐한 연기가 코를 찔렀다. 신음과 비명이 들렸다. 모는 심장이 얼어붙는 걸 느꼈다. 오늘은 12월치고는 꽤 따뜻했음에도.

테러. 즐비한 아랍인 시체들. 참을 수 없는 분노가 끓어올랐다.

모는 넋을 잃고 테러 현장에서 눈을 떼지 못하고 있는 테사에게 다가갔다.

"봤어? 너희 유대인이 우리에게 무슨 짓을 벌이는지?" 모는 테사의 귀에 대고 속삭였다. 그리고 이렇게 말했다. "따라와, 같이 돕자."

모는 테사의 손을 잡아끌었다. 테사는 모가 이끄는 대로 순순히 따랐다. "물이 필요해, 의사를 불러!" 어떤 남자가 아랍어로 외쳤다. "내 딸, 누가 내 딸 좀 도와줘요!" 어떤 여인이 울부짖었다. "구급차를 불러올게요." 두 청년이 외치며 뛰어갔다. "우리가 뭘 도울 수 있죠?" 모는 어떤 부상당한 여인 앞에 무릎을 꿇고 있는 남자에게 물었다. "셔츠 좀 벗어 줄래? 빨리 출혈을 막아야만 해." 남자가 말했다. "그리고 가서 수건이나 천, 아무거나 좋으니 가져다줄래? 물하고."

모는 셔츠를 벗어 남자에게 준 다음, 테사와 함께 어떤 집으로 달려갔다. 그 집에서는 이미 사람들이 응급약 상자를 들고 뛰어나오고 있었다. 응급처치를 도와준 모는 이번에는 급한 대로 아랍 여성 전통의상 아바야와 빗자루 두 개로 임시 들것을 만들어, 시체는 도시 성벽의 그늘 아래로 옮기고, 부상자는 마침내 도착한 구급차로 실어 날랐다. 테사 역시 부상자와 주변의 집들을 분주히 오가며 수건과 붕대를 구해 오고, 부상자에게 물을 먹였으며, 서럽게 우는 어떤 꼬마를 달래 주었다.

부상자를 모두 구급차에 태워 보내고, 열두 구가 넘는 시체를 성벽 발치 아래 나란히 안치하고 천으로 덮어 주었을 때, 어떤 어른이 모에게 다가와 어깨를 두드렸다. "야아티크 일아피에, 신이 너에게 힘을 줄 거야. 정말 잘했다. 아들아, 알라가 큰 상을 내릴 거야." 모는 그저 고개만 푹 숙였다. 머릿속이 텅 비어, 아무 말도 떠오르지 않았다. 모는 심장이 돌덩어리처럼 굳어져 아무것도 느낄 수 없었다. 테사를 거의 잊을 뻔했다. 아마도 이미 집에 갔겠지 하고 모는 짐작했다. 사망자와 부상자 그리고 슬픔에 젖은 사람을 돌보느라 테사 생각을 하지 못했다. 그때 모는 성문 그늘의 돌 위에 걸터앉은 테사를 보았다. 테사는 두 팔을 무릎 위에 올린 채 두 손으로 얼굴을 감싸고 있었다.

모는 아무 말도 하지 않고 테사를 일으켜 세웠다. 한동안 테사는 멍한 눈으로 모를 바라보았다. 그런 다음 모가 잡아끄는 손길을 예전처럼 뿌리치지 않고 따랐다. 모는 테사를 이끌고 구도심의 골목길을 요리조리 가로지르며 집으로 가는 지름길을 택했다. 모와 테사의 집이 있는 동네는 아랍인과 유대인이 뒤섞인 주택가이다. 모의 집과 테사의 숙소가 벽을 대고 맞닿아 있듯. 얼마나 더 오래 이렇게 살 수 있을까? 아랍인과 유대인이 서로 물어뜯고 싸워 피와 비명의 바다에 모두 빠져 죽기까지 얼마나 더 많은 테러가 벌어져야만 할까?

집이 있는 골목길의 입구에 이르자 모는 테사의 팔을 놓아주었다. "먼저 가." 모는 이렇게만 말했다. 테사는 한 걸음 뗄 때마다 돌아보며 머뭇거렸다. 모는 테사가 집의 문을 열고 들어가 문을 닫을 때까지 기다렸다.

아니, 모는 더 오래 기다렸다. 이웃이 테사와 모가 함께 왔다고 입방아를 찧을 수 없을 정도까지 오래 골목 입구에서 기다렸다.

그믐달이다. 달이 거의 빛을 비추지 못해 칠흑처럼 어두운 밤이다. 모는 달마저 사라지고 별들만 반짝일 때까지 기다렸다. 모스크에서 아잔(Adhan, 이슬람이 기도를 올릴 때 외치는 소리)이 울려 퍼지고, 신앙심이 깊은 이슬람교도가 집에서 양탄자 위에 온몸을 던지며 기도할 때까지. 모의 귀에 기도 소리는 평소보다 더 구슬펐다.

마침내 집에 들어간 모는 손을 씻고 세수를 한 뒤 지끈거리는 머리와 무겁기만 한 다리를 무시하고 곧장 방으로 가서 창문을 열고 지붕으로 올라갔다. 그리고 기다렸다. 아마 테사도 지붕 위로 올라오겠지. 테사를 보면 모는 미안하다고 사과하고 싶었다. 그 끔찍한 공포의 현장에 끌어들인 것, 유대인을 비난하고 테사까지도 같은 눈으로 본 것을 모는 사과하고 싶었다. 유대인을 싸잡아 비난하는 것은 잘못이다. 그건 〈이르군〉이 벌인 테러라고 모는 확신했다. 이 유대인 무장단체는 최근에만 해도 여러 차례 테러를 저질렀다. 아랍이 유엔 결의안을 거부한다는 이유만으로. 이 무장단체가 아빠를 죽게 만들었어, 모는 주먹을 쥐었다. 하지만 테사는 이런 테러와 상관이 없다. 테사가 유대인이기는 하지만, 〈이르군〉은 아니다. 그리고 테사는 이미 너무 끔찍한 일을 겪고, 엄마를 잃었으며, 홀로 팔레스타인까지 오는 고생을 했다. 왜 집에 돌려보내지 않았을까? 어째서 부상자와 사망자를 돌보라고 잡아끌었을까? 유대인이 아랍인에게 무슨 짓을 저지르는지 테사가 두 눈으로 보았으면 해서?

지금 모는 오로지 한 가지만 생각했다. 테사에게 사과해야 한다.

변명이 가능한 일일까? 일단 전후 사정을 명확히 가려보는 설명은 분명 필요하리라. 유대인 테러 단체가 저지른 만행을 사망자의 가족이 용서할 수 있을까? 저들의 테러로 아빠를 잃은 모가 저들을 용서할 수 있을까? 테사부터 아랍인을 겨눈 테러를 벌인 아빠를 용서할 수 있을까?

직접 폭탄을 터뜨리지는 않았다 할지라도, 아빠는 분명 그런 일이 벌어질 것을 알았다. 그 사건이 벌어지던 12월 12일 이전에 아빠는 테사에게 어디를 가지 말라고 한 적이 전혀 없다. 그동안 벌써 3주가 흘렀다.

아빠는 알고 있었다.

테사는 이 문제를 놓고 모와 이야기를 나누고 싶은 마음이 간절했다. 하지만 모는 오지 않았다. 테사 역시 그를 기다리기는 했어도 실제 오리라고 기대하지는 않았다.

처음에 테사는 모가 모든 유대인, 자신까지 포함해 모든 유대인에게 화가 났다고 생각했다. 하지만 그동안 테사는 모가 오지 않는 이유를 알았다. 그는 이 동네에서 사라졌다.

테사는 홀로 지붕 위에 앉아 이런저런 생각에 빠졌다. 밤공기가 차갑다. 테사는 묵직한 군복 점퍼의 앞섶을 꼭 여몄다. 이것은 아빠가 준 점퍼다. 올리브색의 점퍼는 테사에게 너무 크기는 하지만 따뜻했다. 입고 있는 동안 테사의 키가 자라면 점퍼가 맞게 되겠지.

하늘에 뜬 둥그런 달이 차갑게 빛난다. 늘 그렇듯 달은 이 거룩한 도시, 전혀 거룩하지 않은 사람들이 사는 거룩한 도시를 무심하게 비춘다. 이틀 전에 다마스쿠스 성문에서 또 테러가 벌어졌다. 다시금 통에 담긴 폭탄이 터졌다. 보름 전의 테러 역시 통에 든 폭탄이 터진 거라는 사실을 테사는 알았다. 누군가 그 통을 성문 앞으로 굴려서 폭발했다. 그저께 일어난 폭발은 다마스쿠스 성문 앞 버스 정류장에서 택시에 탄 범인들이 통을 굴렸다. 택시의 범인들은 그 직전에 버스를 기다리고 있는 아랍인들을 향해 기관총을 난사하기도 했다.

성난 군중은 택시를 쫓아가 불을 질렀다. 두 명의 범인은 불

에 타 죽었다. 어제 아빠가 테사에게 들려준 이야기이다. 아빠
는 폭탄보다 아랍인이 얼마나 위험한지 말했다. 다마스쿠스 성
문에서 벌어진 첫 테러 이후 아빠는 늘 그런 얘기를 했다. 테사
에게 겁을 주려는 것이 분명했다. 집에만 있고 나가지 말라고,
집에 있어야 안전하다고.

　집. 편안하고 안전하게 쉬어야 할 집.

　그러나 이건 그저 건물일 뿐인 집이다. 여전히 집이라고는
부를 수 없는 집.

　테사는 모와 함께 겪었던 테러 이후 어떻게 집으로 돌아왔
는지 잘 기억하지 못했다. 또 다마스쿠스 성문 앞의 광장에서
무엇을 했는지조차 기억이 가물가물했다. 오로지 사람 살이
불타는 냄새만 기억났다. 베르겐벨젠 수용소에서 늘 허공을
맴돌던 바로 그 냄새였다. 비명과 신음 소리도 생생하게 기억
했다. 총알에 맞은 사람의 비명. 살아서 마지막 기침을 한 엄마
의 신음 소리.

　틀림없이 모가 집에 데려다주었을 거야. 폭발이 일어나던 날
저녁 모는 테사 옆에서 걸었다.

　집에 돌아와 깊은 잠에 빠진 테사는 온몸에서 열이 나고 오
한이 나서 떨었다. 떨면서도 이불을 차 냈다. 속에서 나는 열
불을 이불이 가둬 두는 것만 같았다. 아빠가 머리맡에 앉아 말

을 걸었지만, 테사는 전혀 알아들을 수 없었다. 결국 처음 보는 어른이 와서 청진기를 테사의 갈비뼈에 대고 배를 주물러 보고는 히브리어로 무어라 중얼거렸다. 나중에 어떤 여인이 와서 테사에게 약을 먹였다.

며칠을 그렇게 앓고 나서 테사는 간신히 몸을 추슬렀다. 아직 완전히 낫지 않아 여전히 허청거리는 발로 테사는 다시 사다리를 타고 지붕 위로 올라갔다. 모에게 그동안 아팠다고 말해 주고 싶었다. 그리고 다마스쿠스 성문에서 겪었던 모든 일을 두고 모와 대화를 나누고 싶었다. 내심 테사는 모가 사건 직후 했던 것처럼 차갑게 비난하지 않기만 바랐다. "봤어? 너희 유대인이 우리에게 무슨 짓을 벌이는지?" 그 말을 들었을 때 화끈거리던 얼굴을 테사는 잊을 수 없었다.

하지만 모는 오지 않았다. 다음 날 저녁에도 모는 나타나지 않았다. 매일 낮마다 테사는 힘을 내자고 다짐했고, 저녁이면 슬퍼졌다. 왜 그가 오지 않을까? 그 정도로 나에게 화가 났을까?

그렇게 며칠이 지나고 하누카 축일의 의식을 마친 뒤 여성 침실에서 매트리스에 앉아, 내일은 용기를 쥐어짜 모의 집 문을 노크해야 좋을지 고민하고 있을 때 아빠가 방문을 노크했다. "네 물건들을 챙기렴, 깜짝 선물이 있단다." 아빠가 말했다.

"늦었지만 하누카 선물이다."

아빠는 테사를 데리고 집을 나가 몇 걸음 떨어진 모의 집 문 앞에 섰다. 테사의 심장은 무섭게 뛰었다. 열병이 도진 것처럼 얼굴이 화끈 달아올랐다. 아빠가 눈치를 챈 건가? 테사가 아랍인 소년과 친구가 된 걸 알고 화가 난 걸까? 아니 그런데 무슨 깜짝 선물이라는 거야? 아빠의 말대로라면 뭔가 좋은 일이어야 하잖아!

아빠는 호주머니에서 열쇠를 꺼냈다. 반투명의 빛이 반짝이는 쇠로 만든 무거운 열쇠다.

아빠가 열쇠로 문을 연 순간 테사의 세계는 뒤집혀 버리는 것 같았다. 이 도시에서 살기 시작한 이래 지금껏 봐 온 것과 전혀 다른 아빠의 모습에 테사는 어안이 벙벙해졌다. 바로 옆의 집, 아니 집이라기보다 시온주의 투사들의 아지트라 해야 더 정확한 곳에서 아빠는 딸보다는 동료들과 머리를 맞대고 늘 뭔가 일을 꾸며 대지 않았던가. 모라는 이름의 아랍인 소년과 친구가 되는 걸 받아들일 리 없을 아빠가 아닌가. 그런데 지금 모네 집을 열쇠로 따고 들어간다고?

아빠는 그 집이 모가 사는 곳이 아니라, 자신이 사는 집인 것처럼 자연스럽게 열쇠로 문을 따고 들어갔다. 문고리는 저항하지 않고 부드럽게 돌아갔다. 올리브유와 고수의 향기가 코를 기분 좋게 간질인다. 아빠는 현관 문턱에서 머뭇거리는 테사의 등을 밀며 거실로 들어갔다. 거실 벽 앞에 소파가 있고, 그 앞에 야트막한 테이블 두 개가 놓였다. 바닥에는 두툼한 양탄자가 깔렸다. 벽지에 사각형의 밝은색 테두리가 있는 곳은 사진이 걸려 있었음을 짐작하게 한다.

"새집에 온 것을 환영해." 아빠가 말했다.

테사는 이게 뭐지? 넋이 나간 얼굴로 아빠를 바라보았다. 새집이라고? 모는 어디 가고?

"우리가 모임을 하는 집은 너처럼 아직 어린 소녀가 지내기에 적당하지 않구나." 아빠는 말하며 테사의 얼 나간 표정을 기뻐서 놀란 나머지 짓는 것으로 해석했다. "이 집에 살던 가족은 이사 갔어. 내가 집을 샀단다. 이제 우리, 너와 나는 이 집에 살 거야."

아빠는 테사와 다시 만난 지 4주가 흐른 뒤에야 새삼 깨달은 듯 덧붙였다. "우리는 가족이니까."

테사는 조금도 기쁘지 않았다. 그저 모가 말도 없이 가 버린 것이 속상하고 안타까웠다. 지금부터 모의 집에서 살아야 한다니 기분이 묘했다.

아빠는 원하는 방을 고르라고 말했다. 다른 방들에도 가구가 그대로 있었으며, 식기와 옷가지가 흐트러져 너저분했다.

집 안은 마치 소풍을 간 가족이 언제라도 돌아올 것만 같은 분위기다. 방 하나에는 벽 쪽에 침대머리를 붙인 더블베드가 있고, 그 발치에는 유아용 침대가 놓였다. 이 방이 모의 엄마와 막내 여동생의 침실임이 틀림없다. 2층으로 올라가자 방 두 개가 보인다. 뒤뜰로 창이 난 방은 폭이 좁은 침대 두 개와 커다란 옷장, 책장을 갖추었고, 바닥에는 온갖 잡동사니가 즐비하다. 돌, 공책, 작은 천 조각을 단 막대기는 국기를 본떠 만든 모양이며, 금속으로 만든, 아마도 군인인 모양의 피규어 몇 개가 놓여 있다.

이 방은 모의 두 남동생 방이 분명하다. 어쨌거나 테사는 모가 방바닥에서 피규어로 전쟁놀이를 즐기는 모습은 상상할 수 없었다. 테사는 맞은 편에 있는 방으로 갔다. 나무 문이 닫혀 있었다. 1층에서 아빠가 뭘 만드는지 덜그럭거리는 소리가 들렸다. 문이 닫힌 저 방이 모의 방일 거라는 데에 생각이 미치자 테사는 가슴이 뛰기 시작했다. 긴장한 탓에 손에서 땀까지 났다. 만약 저 안에서 모가 숙제하고 있다면 뭐라고 말하지? 혹시 학교도 안 가고 잠을 자는 건 아닐까?

테사는 문을 열었다. 물론 방 안에는 아무도 없다. 모도 다른 누구도 없다. 구석에 침대가 놓여 있다. 창가에는 책상이 있다. 책장도 보인다. 영어, 역사, 화학 등 주로 교과서다. 침대

위의 벽에는 지도가 한 장 걸렸다. 큰 글씨로 '팔레스타인'이라고 써 있는 지도다.

테사는 집에 몰래 숨어든 침입자가 된 야릇한 기분을 느꼈다. 한동안 모의 책상 의자에 앉아 생각에 잠겼다. 온몸에 힘이 하나도 없는 게 피곤하기만 했다. 열병을 앓은 후유증이다. 테사는 눕고 싶었다. 하지만 모의 매트리스에 누우려니 막상 엄두가 나지 않았다. 테사가 자기 침대에서 잠을 잔 걸 알면, 모가 무어라 할까? 돌아오면 분명 알아차릴 텐데.

하지만 모는 돌아오지 않는다.

테사는 모의 침대에 누웠다.

누우면서 테사는 모의 냄새가 난다고 느꼈다. 냄새를 맡을 정도로 모에게 가까이 간 적이 없던 테사는 참 묘한 일이라고 생각했다. 얼마 뒤 테사는 침대에서 일어나 창문을 열고 밖을 내다보았다. 창문 바로 옆에 지붕으로 올라가는 사다리가 보였다.

"테레제! 너 잠들었니? 내려와라!" 아빠가 계단 아래서 외쳤다. 아빠는 저녁으로 먹을 샌드위치를 준비해 놓았다. 빵에 절인 정어리와 얇게 자른 토마토를 넣었다. 저녁을 먹으며 아빠는 새집이 마음에 드는지 물었다. 테사는 고개를 끄덕였다. 아빠는 자신이 외출하고 없을 때는 창문을 꼭 닫고 문단속을 잘

하라고 테사에게 몇 번이고 다짐했다.

아빠는 외출이 잦았다. 지금 이 땅에서 무슨 일이 벌어지고 있는지 아빠는 그저 대강만 이야기해 주었다. 자세한 이야기를 해 주면 테사가 겁을 먹을까 봐 걱정하는 모양이었다. 팔레스타인과 다른 아랍 이웃 국가 출신의 무장단체가 예루살렘을 비롯해 전국 곳곳마다 도로를 막고 유대인 마을과 키부츠에 사람들이 들고나지 못하게 했다. 이들은 가는 곳마다 파괴하고, 예루살렘에 수돗물을 공급하는 펌프 시설을 폭파했다. 이들은 구도심의 유대인 동네에 이르는 길도 봉쇄했다. 하지만 구도심의 유대인을 공격하지는 않았다. 아랍의 무장단체는 이슬람교를 믿는 종교 성향이 매우 강해, 유대인 국가와 시온주의를 극렬히 반대했다. 이들은 유대인 국가를 세울 수 있는 권한은 오로지 메시아만 가진다고 주장했다. 그러므로 그 어떤 인간도, 아무리 믿음이 좋은 유대인일지라도 메시아를 대신해 유대인 국가를 세우면 종말이 찾아올 거라고 위협했다.

"집 밖에 나가지 마라." 아빠는 틈만 나면 강조했다. "정말 위험해. 내 말을 들으면 아무 일도 일어나지 않을 거야." 아빠는 이렇게 말하고 외출하곤 했다. 그리고 귀가할 때마다 아빠는 유대인 구호단체로부터 식량을 받아오곤 했다. 아빠가 밖에 나가서 어딘가에 폭탄을 심으러 다니는지, 아니면 무슨 다른 일을 하는지, 테사는 알지 못했다.

새집에서 맞이한 첫날 저녁 테사는 다시 지붕 위에 올라갔다. 그리고 이후 매일 저녁 그곳에 올라가 시간을 보냈다. 테사는 차라리, 이대로 모를 보지 않았으면 차라리 좋겠다는 마음을 품기도 했다. 다시 만난들 모에게 무슨 말을 어떻게 해야 좋을지 몰랐다.

그래도 테사는 지붕 위 자리를 지켰다. 모가 다시 나타나기만 바라는 마음이 간절했다.

발걸음 소리. 테사 등 뒤에서 인기척이 났다.

깜짝 놀란 테사는 몸을 돌려 바라보며 자신의 눈을 의심했다. 자리에서 벌떡 일어서려다가 주춤하며 그대로 눌러앉았다. 둥그렇게 뜬 달이 밝아, 일어섰다가는 이웃의 눈에 띌 수 있기 때문이다. 테사와 모 둘이 같이 있는 모습을 사람들에게 보이고 싶지 않았다. 테사는 달빛 속에서 미소 짓는 모를 보았다.

다가온 모가 테사 옆에 앉았다. "어디 있었던 거야?" 모는 테사가 무어라 말하기 전에 먼저 입을 뗐다. 벌써 몇 주째 정말 궁금했던 것을 빨리 물어보고 싶었기 때문이다. "사건이 벌어졌던 날 밤에 나는 여기서 너를 기다렸어. 그런데 오지 않더라."

"아팠어. 며칠 동안." 테사는 답하고는 이번에는 자신이 물었다. "너는 어디 있었어? 지금 어디 사는 거야?"

"엄마가 이 집을 떠나 있자고 성화를 부려서. 엄마 고향은 베들레헴이야. 이곳에서 남쪽으로 6마일 떨어진 곳이지. 6마일이니까, 족히 10킬로미터 정도. 지금 우리는 이모네 집에서 살아. 엄마는 구도심에서 자꾸 테러가 일어나는 게 무서웠나 봐. 그리고 엄마 말이 맞아. 그저께도 또 테러가 일어났잖아. 너도 봤어?"

"아니, 듣기는 했어."

"나는 가고 싶지 않았어. 하지만 나는 동생들을 돌봐야 하잖아. 베들레헴에서 우리는 안전해. 거기는 여기처럼 싸움이 자주 일어나지는 않으니까. 그저 도시 변두리에서 이따금 충돌이 빚어질 뿐이야. 거기 그 뭣이냐, 너희 선조가 묻혔다던데."

"아, 라헬, 유대인의 어머니."

"그래 맞아, 나도 그렇게 들었어. 어쨌거나 거기서도 싸움은 일어나. 하지만 예루살렘보다는 훨씬 더 안전해. 그래서 일단 거기 머무르기로 했어. 싸움이 끝나면 우리는 돌아올 거야."

"돌아온다고? 여기로?"

"집으로 돌아와야지, 그럼 어디겠어?"

테사는 머릿속이 복잡해졌다. 마치 배 속에 돌이 얹힌 것처럼 거북했다. 머리가 텅 비었는지 뭐라고 해야 좋을지 몰랐다.
돌아온다니, 무슨 뜻일까? 이 집으로 돌아온다고? 아빠가 샀
는데? 대체 이게 무슨 상황이지?

"그러니까, 어,······ 이 집으로 돌아온다고?"

"그럼! 어째 물음이 이상하다? 내가 돌아오는 것이 싫어?"

"아니, 당연히 아니지." 테사는 망설였다. 뭔가 앞뒤가 맞지
않는다. 그에게 말해 줘야 좋을까? 테사는 깊이 숨을 들이마
셨다.

"아빠가 너희 집을 샀다던데. 나 지금 이 집에 살아. 네 방에
서 잔다고."

모는 문을 쾅쾅 두드렸다. "문 열어! 배신자야! 개도 이러지는 않을 거야. 문 열어!"

열쇠 돌아가는 소리가 찰칵 들리며 문이 빼꼼히 열렸다. 작은아버지 얼굴이 흐릿하게 보였다. 눈물로 범벅이 된 모의 얼굴을 보며 작은아버지가 말했다. "이 녀석이, 왜 이렇게 소리를 지르고 그래? 이게 무슨 짓이야?"

"우리 집을 돌려줘! 그 집이 어떤 집인데 팔아, 그것도 유대인한테!"

"하람(Haram, 해서는 안 될 짓을 가리키는 아랍어)! 창피한 줄도 모르고! 왜 그렇게 고함을 질러. 누가 작은아버지한테 그따위로 말하지?" 작은아버지가 호통쳤다.

"맞는 말이네, 창피한 줄도 모르고." 흥분한 모는 소리소리 질렀다. "왜 내가 아무 말도 하지 말아야 해? 왜 집을 팔았어? 왜 우리 집을 팔았냐고?"

"네 엄마한테 가려무나." 작은아버지가 냉정하게 말했다. "알쿠드스는 안전하지 않아. 통행금지를 잊지 마, 너는 여기 있으면 안 돼!" 이 말과 함께 문이 닫혔다.

화가 머리끝까지 난 모는 온몸을 부들부들 떨었다.

모는 눈물을 멈출 수가 없었다. 눈물이 줄줄 흐르는 통에 더욱 화가 났다. 이럴 때는 무엇을 어떻게 해야 좋을까? 다시 문을 두드릴까? 계속 소리를 질러 작은아버지가 어쩔 수 없이 집에 들여보내 주게 한 다음, 집 판 돈을 내놓으라고 할까? 시끄러워지면 몰려든 이웃들이 작은아버지가 저지른 배신을 알게 되지 않을까? 그럼, 작은아버지가 가문에 얼마나 부끄러운 짓을 저질렀는지 이웃들이 똑똑히 알 수 있지 않을까? 작은아버지가 지역 사회에서 아무리 명망 높은 지위를 자랑한다고 할지라도 분노한 이웃은 우리 민족의 땅을 유대인에게 팔아 버린 죄를 물어 심판하지 않을까?

모의 목구멍에서는 화가 활활 불타올랐다. 하지만 모는 돌아섰다. 걸어서 베들레헴으로 돌아가려면 적어도 3시간은 걸린다. 밤공기는 너무나 차가웠다. 게다가 아무리 늦어도 새벽까지는 돌아가야만 엄마가 눈물로 녹아 버리는 일을 막을 수 있으리라. 아버지가 돌아가신 이후 엄마는 아이들까지 잃는 게 아닐까 단 한순간도 마음을 놓지 못했다.

언덕을 넘고 옆길로 돌아 뒤뜰을 지나가며 집으로 돌아가는 길에서 모는 화가 차츰 가라앉았다. 그 대신 가슴이 미어지는 절망이 고개를 들었다.

이제 집이 없다. 아버지의 집, 할아버지의 집, 할아버지 아버지의 집. 작은아버지도 그 집에서 자랐지 않은가. 장남이기에 아버지가 물려받았을 뿐인 집. 이 집이 사라졌다. 이제 모네 가족은 어쩔 수 없이 베들레헴의 이모 집에 머물러야만 한다. 이모는 남편과 다섯 명의 아이들과 함께 기독교인들이 예수가 태어났다고 믿는 곳인 예수 탄생 교회의 뒤쪽으로 몇 거리 떨어진 작은 집에 산다. 이모는 모와 엄마와 동생들을 위해 방 하나를 내주었다. 그러나 모는 담요로 몸을 둘둘 감고 지붕 위에서 잠을 자는 편이 마음 편했다. 그리고 잠을 이루지 못할 때마다 모는 북쪽, 곧 알쿠드스 방향을 바라보았다.

이 집에 오래 머무를 수는 없다. 이모부는 못마땅한 표정으로 모에게 대체 얼마나 여기서 살 거냐고 묻곤 했다. 엄마를 설득해 새 남자를 만나 재혼해서 알쿠드스로 돌아가야 하지 않겠냐고 모에게 타이르곤 했다. 혈통에 자부심을 가진 아랍인은 비록 예루살렘 구도심의 뒷마당 딸린 작은 집일지라도 살던 땅을 떠나서는 절대 안 된다면서.

그러나 이제 그 작은 집마저도 없다. 어쨌거나 그 집은 이제 모의 집이 아니다.

순간 모는 자기 방에서 자고 있을 테사에게 걷잡을 수 없이 화가 났다. 그러다 누가 그 집에 사는지는 알고 있다는 사실에 안심이 되기도 했다. 아마도 나중에 테사의 아빠와 합의를 볼 수 있지 않을까? 집을 다시 팔라고 하면 들어주지 않을까? 작은아버지에게 이야기해 집 판 돈을 달라고 하면 집은 얼마든지 다시 살 수 있지 않을까? 그 집에서 사는 동안 잘 좀 지켜달라고 부탁하면, 테사는 얼마든지 이해할 거야. 집이 없어 안타까워하는 마음을 테사도 잘 알 테니까. 어쨌거나 모는 희망을 품었다.

모는 아부 토르 산기슭을 넘어 천천히 탈피요트 마을을 지났다. 기관총을 장착한 영국군 지프차가 순찰 중이어서 성벽 그늘의 앙상한 나무들 사이에 숨어 그들이 지나가기를 기다렸다. 통행금지는 이미 오래전에 시작되었다. 들키면 큰일이다.

베들레헴까지는 아직 한 시간은 더 걸어야 한다.

모는 자갈과 바위로 험한 길을 비틀거리며 걸었다. 멀리서 들리는 총성과 가까이서 번쩍이는 섬광은 애써 무시했다. 쾅,

번쩍 하는 것이 새해맞이 폭죽놀이처럼 보인다.

1947년은 화를 내기라도 하는 것처럼 가 버렸다.

새해는 무엇을 가져다줄까? 마침내 평화? 아니면 더 많은 전쟁, 굶주림과 죽음?

1948년 2월_테사

빵은 이미 오래전에 떨어졌다. 테사는 물과 설탕, 분유, 묵은 밀가루를 섞어 죽을 끓였다. 걸쭉한 죽은 어쨌든 배는 불려 주겠지. 아무것도 먹지 못하는 굶주림보다야 낫지 않겠어.

복도를 따라가자, 수술실로 개조된 작은 방에서 비명 소리가 울려 나온다. 마취제도 떨어진 지 이미 오래다.

조금 전 구급대원 두 명이 피로 범벅이 된 채 울부짖는 남자를 들것에 싣고 지나갔다. 아마도 그 남자가 지금 상체를 꿰매는 치료를 받는 모양이다.

구급약과 붕대도 이제 곧 바닥이 나리라. 테사는 낡은 침대 시트 몇 장을 푹 삶아 소독한 다음, 가위로 오려 붕대로 써야겠다고 생각했다. 하지만 먼저 점심 식사부터 해결해야 한다.

테사는 가스버너에서 끓던 무거운 냄비를 작은 수레에 싣고,
접시와 수저를 그 옆에 수북하게 챙기고, 주방에서 수레를 밀
고 나와 수도원의 식당으로 갔다. 기다란 나무 식탁은 벽 한쪽
에 밀어 놓은 채 있다. 의자는 모두 사라졌다. 아마도 의자는
벽난로 안에서 잿더미로 변한 모양이다. 추운 겨울을 나는데
땔감이 없어 의자는 난로로 직행해야만 했다. 다음 차례는 분
명 식탁이리라. 창문 앞에는 모래주머니를 쌓아 놓았다. 모래
주머니 사이 가느다란 틈새로 비치는 빛만이 이 공간의 유일
한 조명이다. 바닥에는 24장 정도의 매트가 깔렸다. 빈 매트는
거의 찾아볼 수 없다. 부상자가 죽거나, 다른 곳으로 이송되어
야 빈 매트가 나온다.

그나마 상태가 좋은 사람은 베개를 등 뒤에 받치고 앉아 접
시를 들고 뜨거운 죽을 마시다시피 삼켰다. 혼자 힘으로 먹을
수 없는 환자는 기다려야만 한다. 따뜻한 식사는 하루에 한 번
만 제공된다. 아침에 테사는 건빵과 묽은 커피를 나눠 주었다.
죽이 담긴 접시를 나눠 준 테사는 어떤 젊은 남자 곁에 앉았
다. 남자는 생기를 잃어 유리알처럼 보이는 눈으로 테사를 물
끄러미 바라보았다. 테사는 베개와 담요를 그의 등 뒤에 개켜
앉을 수 있게 해 준 다음, 죽을 떠먹여 주었다. "토다." 고맙습
니다, 남자가 중얼거렸다. 테사는 미소만 지었다. 테사는 그가

얼마나 더 오래 살까, 생각하니 가엾기만 했다. 지금 먹여 주는 것이 무슨 소용일까? 차라리 다른 군인 또는 병실 저쪽 끝의 꼬마 여자아이의 배를 채워 주는 편이 더 낫지 않을까? 꼬마는 어제 어떤 남자가 안아서 데려왔는데, 다리에 총알이 박혔다. 젊은 남자는 유대인 군인으로 꼬마 소녀를 자파 거리에서 발견했다며, 이름과 주소는 전혀 알지 못한다고 했다. 이른 아침, 통행금지가 풀리고 얼마 되지 않았을 때, 테사는 꼬마 옆에 누워 머리를 쓰다듬어 주고 있었다. 어떤 노인이 헐레벌떡 수도원으로 달려와 울부짖으며 자기 손녀를 보지 못했냐고 물었다. 한 수녀가 노인을 식당으로 안내했다. 꼬마 아이를 발견한 노인은 한달음에 달려와 그 앞에 그대로 무너졌다. 테사가 옆자리를 비켜 주기 무섭게 노인은 손녀를 안고 목놓아 울며 감사의 기도를 올렸다.

　야전병원으로 개조된 이 수도원의 수녀들은 손이 열두 개라도 모자랄 정도로 바빴다. 부상자를 돌보고, 불안에 휩싸여 걱정만 늘어놓는 일가친척을 집으로 돌려보내며, 사망자의 시신을 일단 지하실로 옮겨 놓아 가족이 수습해 갈 수 있게 하고, 음식을 준비하고, 붕대를 삶고, 요강을 비우며, 침구를 세탁하고 정돈하는가 하면, 완전히 지쳐 떨어져 자기 방에서 졸고 있는 의사를 깨워 환자를 돌보게 하며, 물탱크차에서 물을

길어 오고, 아랍인과 유대인 사이에 벌어지는 싸움을 막고 휴
전을 이끌어 내려 안간힘을 쓰는 유대인 단체 〈소치넛〉에서
공급하는 식료품을 받아 정리하는 등, 수녀들은 정말 눈코 뜰
새 없이 일해야만 했다.

사람들은 끊임없이 수도원의 문을 두들겼다. 대개 여인 또
는 노인인 방문객은 남편과 아들을 찾아 달라고 하소연했다.
그들이 찾는 군인은 이미 사망했다고 원장 수녀가 알릴 때마
다 여인과 노인은 통곡하며 그대로 무너졌다.

밤에 거리에서는 끊임없이 총성이 들렸다. 영국군이 내린 통
행금지는 효력이 전혀 없었다. 아랍인이 언제 공격할지 모른
다는 두려움은 무척 커서 수도원의 문은 낮과 밤을 가리지 않
고 굳게 닫혔다. 오직 2월 22일에만 오랫동안 열려 있었다. 예
루살렘 구도심 서쪽 지역의 번화가 벤예후다 거리에서 영국군
차량 세 대가 폭발했다. 부상자들이 수도원으로 실려 오고,
구급대원으로부터 사건 이야기를 들은 테사는 아빠와 〈이르
군〉을 떠올렸다. 그러나 이번 테러는 유대인이 벌인 것이 아니
었다. 희생자가 주로 유대인이었기 때문이다. 이 테러로 58명의
사망자와 140명의 부상자가 발생했다. 이튿날 이 테러는 자신
들이 벌였다고 하는 편지가 공개되었다. 범인은 아랍인 한 명
과 탈영한 영국 군인 두 명이었다. 아랍인은 〈이르군〉의 테러

로 형을 잃었다고 한다.

이후 며칠이 지나서 다시금 영국군이 공격의 표적이 되었다. 영국군을 가득 태운 열차가 폭발했다. 유대인 무장단체는 다마스쿠스 성문 앞의 아랍인 동네 무스라라(Musrara)에 무차별 총격을 가했다. 아랍인 여럿이 이 테러로 죽었다.

거리와 수도원이 좀 조용해지는 밤이 되면, 테사는 아랍 여인처럼 머리와 목에 수건을 두르고 아바야를 입었다. 아바야는 수도원의 옷장에서 찾아낸 것이다. 이렇게 차려 입은 테사는 수도원을 빠져나와 되도록 집의 벽이 만드는 그늘을 걸어 구도심의 성벽으로 가서 기독교인이 사는 동네를 통과해 비탈길과 계단을 올라 자기 집으로 갔다. 자기 집, 곧 모의 집으로. 집에 도착한 테사는 지붕으로 올라가 기다렸다.

어쩌면 요 며칠 사이에 모가 이곳을 찾아오지 않았을까? 일부러 찾아왔는데 마주치지 못한 게 아닐까. 아냐, 그는 오지 않았을 거야. 저 멀리 베들레헴에 가족과 함께 있잖아. 비교적 안전하다는 이모 집에. 혹시 모 역시 아랍인 무리와 함께 예루살렘을 휘젓고 다니며 유대인을 공격하고 있는 것은 아닐까? 예루살렘 유대인 동네에 사람이 드나들지 못하게 막아 굶주림에 시달린 유대인이 알아서 이곳을 떠나도록? 이번에는 쇠막대기가 아니라, 총을 들고?

아무래도 모르는 그동안 친구가 아니라 적이 되지 않았을까? 아랍인 적이 되어 유대인 테사는 이미 공격 대상이 되지 않았을까.

짧은 시간이지만 그동안 정말 많은 것이 변화했다. 모라고 변하지 않을 이유가 있을까?

테사는 깊은 생각에 잠겼다. 모를 본 지 벌써 6주가 흘렀다. 집이 팔렸다는 말에, 아빠가 너희 집을 샀다는 말에 화들짝 놀란 모는 어디론가 총알처럼 튀어 나갔다. 며칠 뒤 아빠는 테사에게 싸움에 동참할 생각이 있냐고 물었다. "젊은이가 필요해, 여자라도 좋아, 우리 조직은 사람이 부족해." 아빠가 말했다. "너도 알겠지만, 아랍인은 그 날카로운 발톱으로 우리 민족을 할퀴며 목을 조여 와. 텔아비브와 예루살렘을 이어 주는 도로를 그들이 막아 버려서 도시에는 식량이 턱없이 부족해. 다치거나 죽은 우리 쪽 사람이 너무 많아. 우리는 젊은 투사를 키워야 해. 동참할래?" 아빠의 말투는 망설이는 게 역력했다. 하지만 테사는 굳은 결심을 했다. 무기를 손에 잡는 일은 결코 하지 않겠다고. 그동안 죽은 사람을 너무 많이 보았다. 인간을 죽이는 일에 테사는 조금도 관여하고 싶지 않았다. 싫다고 하자, 아빠는 안도의 한숨을 쉬었다. 화를 내고 비난할 줄 알았는데 정반대의 반응이라 테사는 놀랐다. 아마도 아빠는 테사의 안전이 더 중요한 것일까? "좋다." 아빠가 말했다. "그냥 물어봤어."

　며칠 뒤 테사는 주방에서 감자를 깎고 있었다. 어제저녁 아빠가 가져온 감자는 몇 알 되지 않았다. 그런데 그때 옆집에서 요란한 소리가 들렸다. 비명과 함께 유리 깨지는 소리, 뒤뜰에서 지붕으로 올라가는 사다리를 누군가 급히 올라가는 소리였다. 테사는 온몸이 굳어지는 긴장을 느꼈다. 한 손에는 칼을, 다른 손에는 반쯤 깎은 감자를 들고 테사는 속으로 침착하자고 다짐했다. 몇 분 뒤 다시 조용해졌다. 테사는 계속 감자를 깎으며, 벌렁거리는 가슴을 달래려 숨을 크게 몰아쉬었다. 두려움에 떤다고 지금 누군가 문을 박차고 들어와 자신의 멱살을 잡아 끌어내는 걸 막을 수는 없지 않은가.

　하지만 옆집에서 다시 무슨 소리가 들리지는 않는다. 어느 정도 시간이 지나자, 아빠가 돌아왔다. 이웃집의 소동을 이야기하기도 전에 아빠가 먼저 이야기를 꺼냈다. "경찰이 왔었다. 영국 놈들이 아랍인과 결탁했더구나. 우리 아지트를 누군가 밀고했나 봐. 동지들이 붙들려 갔다. 데보라만 지붕을 넘어 도망치는 데 성공했어." 그리고 아빠는 계속해서, 한동안 집을 비우고 다른 곳에 피신해 있는 것이 좋겠다고 덧붙였다. 경찰이 다시 찾아와 이 집까지 뒤지고, 자신은 물론이고 테사까지 잡아갈까, 아빠는 걱정하는 게 분명했다. 심지어 더 무서운 일이 벌어질 수도 있다. 아랍인이 직접 공격해 오면 아빠와 테사는 목숨을 잃을 수도 있다. 영국 경찰없이 아랍인만 찾아온다면, 막을 방법이 없다.

다음 날 아침이 밝기가 무섭게, 통행금지가 해제된 직후, 아빠는 테사를 예루살렘 서쪽 지역의 이 수도원으로 데려왔다. 많은 기독교인은 유대인의 편을 들었다. 그리고 수녀들은 일손이 부족한 마당에 테사가 일을 거들어 주어 고맙다고 했다. 감사한 마음이야 테사가 더 컸다. 이곳 수도원에서 일을 도우면 혼자 있지 않아도 되고, 환자를 돌보는 보람도 맛볼 수 있으니까.

다만 테사는 모가 보고 싶었다. 마지막으로 모를 만났던 때가 언제인가 가물가물할 정도로 많은 시간이 흘렀다. 모를 생각할 때마다 테사의 심장은 세차게 뛰었다. 그리고 제발 모가 변하지 않았기를, 아랍의 투사가 아니라, 그냥 그대로의 모로 머물러 있어 주기를 테사는 간절히 바랐다. 지붕 위에 함께 앉아 하늘을 가로지르는 달을 올려다보며 서로 솔직하게 마음을 털어놓고 이야기를 나누던 그때의 모가 테사는 그리웠다. 때로는 잘 먹어서 영국 총리처럼 얼굴이 빵빵해 보이는 모, 또 때로는 강제수용소에 갇힌 사람처럼 깡마르고 수척해 보이는 모를 떠올렸다.

그런데 모는 테사를 생각할까? 모는 지금 무얼 하고 있을까?

1948년 3월_모

　모는 손에 든 소총이 께름칙하기만 했다. 지난 몇 주 동안 훈련을 받으며 몇 차례 총을 쏴 보기는 했지만, 그래도 여전히 총은 낯설기만 하다. 모는 베들레헴 변두리의 산비탈에서 3월의 따뜻한 햇살 아래 전투 훈련을 받았다. 그러나 이제부터는 비둘기와 통조림 깡통을 쏘는 것이 아니다. 이제는 사람을 겨냥해 쏘아야 한다.

　아직 동도 트지 않은 이른 새벽에 이들은 출발했다. 모는 통이 넓은 바지와 회색의 얇은 셔츠로 가벼운 옷차림이었다. 자신이 신은 군화는 다른 사람이 신었던 낡은 것이다. 날씨는 잔뜩 낀 구름으로 흐렸다. 흐린 날씨로 기온은 하루 종일 서늘하리라. 작전을 벌이기에 더없이 좋은 날이다. 이들은 베들레헴의 베이트 자라라는 동네에서 출발해 알왈라자를 통과해 알쿠드스로 이어지는 산기슭을 타고 도시의 서쪽까지 갔다. 이곳에서 일행은 행군을 멈추고 기다렸다. 무기와 탄약을 다시금 점검했다. 그리고 기다렸다.

작전은 간단했다. 예루살렘의 유대인에게 식량을 공급하기 위한 차량이 저 아래 좁은 도로를 언젠가 통과하리라. 텔아비브와 예루살렘을 이어 주는 주요 도로의 남쪽에 해당하는 것이 이 좁은 길이다. 길의 북쪽은 차량의 통과가 불가능했다. 아랍인이 그만큼 강력하게 도로를 막아 버렸기 때문이다. 아랍인은 알쿠드스에 거주하는 유대인에게 식량이 공급되는 통로를 막아 굶주림에 지친 유대인이 자발적으로 도시를 떠나기를 원했다. 이 성스러운 도시를 포기하고 떠나면 유대인 국가를 세우겠다는 그들의 계획도 무너진다. 아랍인의 땅 팔레스타인에 유대인 국가라니, 반드시 막아야만 한다고 아랍인은 뜻을 모았다. 모를 비롯한 소년병들은 이 도로로 식량이 수송되는 걸 막아야 했다. 오랫동안 영국의 점령에 시달렸던 팔레스타인이 독립 국가를 세워야 한다고 아랍인은 원했다.

유대인 식량 수송대의 첫 트럭이 시야에 들어오자, 모와 동료들은 축축한 흙 위에 바짝 엎드렸다. 봄비를 흠뻑 머금은 덤불은 몸을 숨기기에 좋은 엄폐물이다. 수송대의 전체 행렬이 모습을 드러내는 즉시, 모와 동료들은 사격을 개시해야 한다. 트럭 타이어를 가장 먼저 쏘아야 한다. 그래야만 트럭이 속력을 높여 달아나는 것을 막을 수 있다. 그리고 곧이어 수송대의 유대인을 겨냥해 쏘아야 한다. 왜 지뢰를 놓지는 않지? 어떤 동료가 이렇게 묻자, 일행의 대장은 "지뢰가 있어야 놓지." 하고 무뚝뚝하게 대답했다. 그러면서 대장은 지금이야말로 너희의 실력을 보여 줄 절호의 기회라고 강조했다. 유대인을 쏘지 못하는 놈은 겁쟁이라면서!

겁쟁이라고 손가락질당하고 싶은 대원은 아무도 없다. 모는 쏴야 할 때가 오면 쏘리라고 다짐했다. 이 돌격대의 대원으로 모가 참여한 이유는 분명했다. 이모 집에서 지내면서 모는 다시 정육점에서 일했다. 이모부는 모에게 너희 가족이 살 곳을 따로 마련하라고 윽박질렀다. 정 그게 힘들다면, 가족의 생활비라도 벌어 오라는 요구를 모는 받았다. 어쩔 수 없이 모는 지금껏 해 오던 대로 닭을 잡고, 양의 내장을 빼는 일을 해야만 했다. 이렇게 버는 돈은 식구의 식비를 대기에도 빠듯했다. 고된 노동과 가족 걱정으로 시름에 빠졌을 때 모는 파시르에게 솔깃한 이야기를 들었다. 모보다 두어 살 많은 파시르는 뺨에 흉측한 흉터가 있을 정도로 싸움에 이골이 난 친구였다. 파시르는 돈과 명예와 명성이 보장되는 일이 있다고 했다. 다만 부상과 신체 절단, 심지어 죽음까지 감수해야만 하는 일인데 해볼 생각 없냐고 말했다. 돈이 궁했던 모는 하겠다고 했다.

이렇게 해서 아랍 무장단체의 용병이 된 모는 지금 가시 돋친 덤불 뒤에 엎드려 유대인의 식량 수송대를 노렸다. 수송대는 통조림, 밀, 분유 그리고 아마도 의약품과 붕대를 알쿠드스로 실어 나른다. 아빠를 비롯해 숱한 아랍인을 죽게 만든 저들 테러리스트에게 가져다준다.

그 식량은 테사에게도 가겠지.

모는 테사 생각이 떠오를 때마다 애써 밀어냈다. 테사를 생각하면, 자신의 옛집이 떠올랐다. 거실의 편안했던 소파, 올리브유와 고수의 짙은 냄새, 뒤뜰에 피어난 재스민의 향기, 눈 감고도 그릴 수 있는 자신의 방, 침대, 책꽂이에 꽂힌 책들, 즐겨 찾던 지붕 위의 자리 등을 생각할 때마다 모는 가슴이 아련해지곤 했다. 또 모는 테사를 생각할 때마다, 바브 알아무드에서 테러가 벌어졌던 날의 기억을 떠올리곤 했다. 그러던 어느 날 고된 하루 일을 마치고 집에 돌아왔을 때, 엄마는 이미 이삿짐을 싸 놓고 기다리고 있었다. 엄마는 벽에 걸렸던 가족사진을 떼어 내 들고 가기 좋게 잘 싸 두었으며, 아바야 안의 깊은 호주머니 안에 여권과 돈을 챙겼다. 다만 붉게 물든 저녁놀을 배경으로 웅장함을 자랑하는 '바위의 돔', 커다란 화폭에 그린 유화만 그대로 걸어 두었다. 모의 할아버지가 모 아빠와 엄마의 결혼식 때 선물한 그림이다. 유명한 아랍인 화가가 그렸다는 이 그림은 엄마의 자랑거리였다. 그러나 너무 커다래서 도저히 가져갈 수 없었다. 이날 엄마는 평소와 달리 모의 결정을 기다리지 않았다. 그림은 포기한다고 엄마가 스스로 결정했다. 싸움이 진정되고 조용해질 때까지 구도심을 떠나 있어야 한다는 엄마의 말은 부탁이 아니라, 명령이었다. 거리에 서서 모와 두 남동생이 짐이 든 가방을 들고 꼬마 아말이 우는 동안, 엄마는 열쇠로 집 문을 잠갔다. 엄마는 열쇠를 목걸이에 달아 모의 목에 걸어 주었다. 본래 두 개였던 열쇠 가운데 하나는 작은아버지가 보관한다고 엄마는 말했다. 모가 아말을 품에 안자, 아말은 좋아서 까르르 웃었다. 당시만 해도 모는 그저 잠깐 집에서 떠나는 것일 뿐, 시간이 좀 지나면 다시 돌아올 것으로 굳게 믿었다.

그런데 자신의 침대를 쓰는 테사를 보게 되다니, 여전히 모는 충격을 잊을 수가 없다. 테사의 아빠, 곧 유대인에게 작은아버지가 집을 팔았다고 테사는 말했다. 작은아버지가 이런 배신을 저지르다니, 더 큰 충격이 모를 강타했다. 그 생각만 하면 모는 걷잡을 수 없이 화가 나고, 눈물이 치솟았다. 뜨거운 분노로 목구멍이 타는 것만 같았다. 언젠가 작은아버지는 반드시 배신의 대가를 치러야만 한다. 언젠가 반드시 모는 집을 되찾아야만 한다.

집을 되찾으려면 테사도 다시 만나게 되겠지.

모는 도대체 왜 테사가 늘 머릿속에 맴돌까 자문했다. 테사는 유대인이다. 하지만 테사는 또 모가 어린 시절 이후 처음으로 속내를 털어놓는 대화를 나눠 본 첫 번째 또래 소녀였다. 또 단둘이 대화를 나눈 첫 번째 소녀였다. 물론 달과 무수히 많은 별들이 둘의 만남을 지켜보기는 했지만. 이야기를 나누며 모는 다른 친구들과는 다르게 테사가 자신을 이해해 준다는 느낌을 받았다. 그 옷 가게에서 처음 보았을 때 난폭한 모습을 보였음에도 테사는 용서해 주었다. 무엇보다도 모가 하는 말을 잘 들어주고 자신을 믿어 주었다.

하지만 테사는 유대인이다. 그 소녀는 적이다.

그러나 지금 테사는 배가 고프겠지.

애써 테사 생각을 지워 버리려 해도 모는 좀체 생각을 떨칠 수 없었다. 테사는 강제수용소에서 굶주림에 시달렸다. 그런데 지금 다시 굶주린다고? 이곳 모가 사는 나라에서? 이웃이자 친구를 굶주림에 시달리게 버려둔다고? 테사가 아픈데 알쿠드스의 유대인 지역에 약이 없다면? 지금 저 멀리서 털털거리고 다가오는 트럭 행렬에 하필 테사를 위한 약과 빵이 실려 있다면?

바로 그때였다. 옆에 있던 동료가 총을 쏘았다. 모는 고막이 터지는 것만 같았다. 탕 소리와 함께 시간이 마치 고무줄처럼 늘어나는지 모든 일이 슬로비디오를 보듯 벌어졌다. 찡하는 소리가 귓속에 울리는데 모의 종아리가 불에 덴 것처럼 화끈거렸다. 모는 마치 공중에 붕 뜬 느낌으로 주변에서 벌어지는 일을 바라보았다. 동료들이 트럭의 타이어와 운전석을 향해 총을 쏘는 순간과 동시에, 저쪽에서도 총알이 날아왔다. 동료들의 대열에서 맨 끝에 있던 모는 저쪽에서 불을 뿜는 총과는 가장 거리가 멀었다. 생각할 것도 없이 모는 질척한 땅 위에서 몸을 굴렸다. 다음 덤불까지 굴러가 다시 언덕 아래로 굴러 거기 있는 바위 뒤에 몸을 숨겼다. 머리 위로 총알이 씽씽 날아온다. 동료들 쪽에서는 비명 소리와 함께 파시르의 고함 소리가 들렸다. "후퇴! 고개 숙여!" 소리를 지르던 파시르는 갑자기 조용해졌다. 총에 맞은 것이 분명했다. 저쪽은 수송대를 호위하는 유대인 투사가 총을 쏘는 모양이다. 트럭들은 아무런 방해도 받지 않고 연이어 달린다. 알쿠드스 쪽으로. 테사가 있는 곳으로.

모는 일단 몸을 피하기로 마음먹었다. 동료들 생각은 하지 않았다. 동료라고 해야 어차피 잘 알지도 못한다. 용병을 하면

돈과 명성과 명예를 누릴 수 있다던 파시르도 생각하지 않았다. 지금은 오로지 총알이 스치며 만든 상처만 중요하다.

　모는 낮은 자세로 포복하며 언덕 아래쪽으로 내려가 바위와 덤불 뒤에 몸을 숨겼다. 해는 이미 하늘 가장 높은 곳을 지나 기울기 시작했다. 온몸이 땀으로 흠씬 젖은 모는 가쁜 숨을 몰아쉬었다. 너무 긴장한 탓에 땀이 쉴 새 없이 흘러내린다. 싸움터에서 도망쳤다고 생각하니 겁쟁이가 된 거 같아 절로 한숨만 나왔다. 하지만 종아리의 아픔은 갈수록 심해졌다. 총알은 날쌘 뱀보다 더 무서운 속도로 종아리를 할퀴고 지나갔다. 피가 멎을 줄 모르고 줄줄 흘러내린다. 모는 셔츠를 벗어 길게 찢은 다음 붕대 삼아 다리를 돌돌 말아 묶었다. 그러고 나서 남쪽으로 방향을 잡고 절뚝거리며 걸었다. 엷은 구름 뒤로 해가 하얀 원반처럼 빛나는 곳이 남쪽이다. 저녁 무렵이 되어서야 모는 땀으로 흠씬 젖어 몸을 떨면서 바티르 마을에 도착했다. 그제야 모는 자신이 길을 잃고 헤맸음을 깨달았다.

1948년 4월 9일_모

총격전이 벌어진 지 2주가 지났다. 바티르 마을의 이장이 모의 상처를 돌봐주고 베들레헴으로 데려다준 뒤 14일 동안 엄마는 모에게 다시는 싸움터에 나가지 말라고 귀에 못이 박히도록 호소했다.

테사를 마지막으로 본 지도 14주가 흘렀다.

오늘은 그믐달이 떴다. 흐릿한 달빛만 비추는 음산하고 위협적인 하늘이 모와 알쿠드스와 피로 물든 이 땅을 굽어보았다. 아랍인들은 다섯 달째 유대인의 수송대를 공격했다. 텔아비브에서 알쿠드스로 식량과 약품과 석유를 실어 나르던 수송대는 그 임무를 다할 수 없었다. 수송대를 공격했던 모의 동료들은 아무도 돌아오지 못했다. 사람들은 총상을 입은 모를 비겁한 겁쟁이라고 욕하지 않았다. 다시 싸움터에 나가라고 하는 사람도 없었다. 오히려 동네 꼬마들은 모를 치열한 싸움에서 살아 돌아온 영웅으로 우러러보았다. 정육점 주인은 모에게 아랍이 승리하고 있다고 이야기했다. 알쿠드스의 유대인 동네에는 식량 공급이 완전히 끊겼다고 했다. 유대인 아이들은 굶주림과 목마름으로 울부짖는, 부상당한 사람은 치료받지 못하며, 무서운 전염병이 돌고 있다고도 했다.

모는 테사가 걱정되었다. 이 걱정을 좀체 떨칠 수 없었다. 견디다 못한 모는 4월 8일 밤에 길을 나섰다. 달이 없지만 별빛이 선명한 하늘은 사람들의 눈에 띄지 않을 만큼 어둡고 길을 가기에 충분할 정도로 밝았다. 한밤중에 모는 라스 알아무드의 작은아버지 집 문을 두들겼다. "저한테 빚지셨죠." 모가 말했다. 이날 밤을 모는 작은아버지 집에서 묵었다. 작은아버지는 모를 애써 무시했다. 하지만 차가우면서도 의젓한 모의 태도가 불안했던지 작은아버지는 더듬거리는 말투로 빚은 갚을 테니 걱정하지 말라며, 아이들이 딸린 과부가 살기에 알쿠드스는 너무 위험해서 집을 판 것이라고 변명해 댔다. 그리고 모의 손에 지폐 몇 장을 쥐여 주며, 이제는 제발 가 달라고 했다. 어차피 구도심으로 갈 생각이었던 모는 미련 없이 길을 나섰다. 도시 성벽의 남쪽을 따라 걷던 모는 마침내 유대인 선지자 다윗

의 문인 바브 안나비 다우드에 도착했다. 성문 앞에는 여러 명
의 요르단 군인이 서성대며 담배를 피웠다. 그들의 억양을 듣
고 요르단 군인임을 알았다. 몇 마디 대화를 나눈 끝에 군인들
은 모를 통과시켰다. 빠른 걸음으로 몇 개의 골목길을 지난 모
는 어떤 집의 벽을 타고 지붕 위로 올라가 바로 옆집의 지붕으
로 건너뛰기를 반복하면서 인기척이 느껴지면 옥상에 걸어 둔
빨래 사이에 숨어 망을 보다가, 다시 같은 과정을 몇 차례 되
풀이한 끝에 마침내 옛집의 지붕 위에 도착했다.

그곳에 테사가 있었다.
"너를 기다렸어." 테사는 인사말도 없이 대뜸 말했다.
"더 일찍 올 수가 없었어." 모가 대답했다. 테사와 모는 마치
만나기로 약속한 것처럼 자연스러웠다.
모는 테사 옆에 앉았다. 늘 그랬듯 두 걸음 정도 거리를 두고
서. 속삭이는 목소리로 대화하기에 충분히 가까운 거리이자,
상대를 존중하는 예의를 보여 주기에 충분히 떨어진 거리이다.
둘은 한동안 침묵했다. 그러다가 모는 테사에게 주려고 가져
온 것을 떠올렸다. 배낭을 뒤적이며 모는 기름에 튀긴 닭 다리,
그동안 차가워진, 신문지로 둘둘 말아 싼 닭 다리를 하나 꺼냈
다. 그 밖에 납작빵과 양파와 후무스(삶은 병아리콩을 으깨 올

리브유와 다진 마늘과 레몬즙 등을 섞어 만든 소스, 중동 사람들이 즐겨 먹는 음식) 그리고 작은아버지 집에서 가져온 올리브유 한 병도 꺼냈다. 테사의 눈이 반짝였다. 잠깐 모는 테사가 거절하면 어쩌지 하고 걱정했다. 유대인은 특별한 율법에 따라 조리된 음식, 이른바 코셔 음식만 먹는다고 들었기 때문이다. 그러나 테사는 닭 다리를 뼈만 남기고 먹었으며, 후무스를 찍은 빵을 씹고, 양파를 사과처럼 깨물어 먹었다. 테사가 코셔 율법을 걱정했다 할지라도, 지금은 배고픔이 이겼다.

"먹을 건 곧 다시 가져다줄게." 모가 말했다.

"여기 오는 게 위험하지는 않아?" 테사가 물었다.

"약간. 하지만 나는 길거리 검문을 피할 수 있는 길을 알아. 유대인과 마주칠 일도 없지……. 내 말은 유대인 테러리스트와 마주칠 일이 없다고."

"유대인 군인이겠지."

"어쨌거나."

둘은 침묵했다. 도시의 서쪽 어딘가에서 총성이 들린다. 지붕 위로는 서늘한 바람이 분다. 4월인데도 한낮은 벌써 무덥다. 하지만 밤에는 두툼한 잠바를 입어야 할 정도로 춥다.

테사는 아바야의 옷깃을 여몄다.

"예쁜 옷이네." 모는 말하면서 속으로 자신의 말투가 빈정대거나 시비 거는 투로 들리지 않기를 바랐다.

"먹을 걸 가져다주어 고마워." 모의 말투에는 신경 쓰지 않고 테사가 말했다. 그리고 이내 덧붙였다. "너희 사람들만 아니라면, 우리가 굶주릴 일도 없었겠지만."

원망스러움이 묻어나는 말투였다.

'너희 사람들'. 모는 무어라 대꾸해야 좋을지 몰랐다. 모는 그저 2주 전에 자신이 용병으로 싸우러 나간 걸 테사가 알지 못하는 것이 다행일 뿐이었다.

하지만 수송대에 총을 쏘기는커녕, 자신이 총에 맞아 도망친 걸 알면 테사가 뭐라고 할까. 지금 모는 테사에게 먹을 것을 가져다주었다. 모네 사람들이 이런 행동을 알면, 배신자로 몰아 모를 벽에 세우고 심판하려 들리라. 테사가 더 고마워해야 하지 않을까.

"나도 어쩔 수 없어." 말하면서 모는 거짓말을 하는 것만 같아 기분이 께름칙했다. "너희 사람들이 우리를 조용히 내버려 뒀다면, 너희가 포위당할 일도 없었잖아."

"조용히 내버려 둔다고? 우리는 먹고 살아갈 땅이 필요할 뿐이야. 너희가 우리와 땅을 나누려 하지 않으니까, 우리는 싸울 수밖에 없고."

"나는 기꺼이 너와 나눌 거야. 하지만 대다수 유대인은 우리를 이 땅에서 완전히 몰아내려고 하잖아. 우리가 살아온 우리 땅에서 쫓아내려 하잖아. 그걸 그냥 받아들일 수는 없어."

"아무도 너희를 내쫓지 않아." 테사는 말하면서도 이것이 거
짓말임을 알았다. 적어도 오늘 오후에 벌어진 사건을 생각한
다면. 저녁 예배를 알리는 종소리가 울리기 직전, 어떤 남자가
어린 소녀를 안고 수도원으로 왔었다. 피로 범벅이 된 소녀는
테사와 비슷한 나이였다. 소녀는 수도원으로 온 지 얼마 되지
않아 죽었다. 유대인 무장단체가 데이르 야신 마을을 공격했
다. 예루살렘의 북서쪽에 있는 이 마을은 예루살렘으로 들어
오는 길을 굽어볼 수 있는 약간 높은 위치라 전략적으로 중요
한 곳이다. 며칠 전부터 유대인 무장단체는 이 마을을 점령하
고 아랍인을 몰아내려는 작전을 벌였다. 도시의 유대인 동네로
식량이 들어올 길을 뚫기 위해서다. 이 공격 탓에 마을 주민들

이 목숨을 잃었다. 유대인 투사가 집마다 수류탄을 던지는 바람에 남자는 물론이고 숱한 여자와 아이들이 죽었다. 모가 그 소식을 들었을까? 하지만 소식이 그렇게까지 빨리 베들레헴에 전해졌을 수는 없다. 테사는 모에게 차마 물어볼 수 없었다.

이번 테러 역시 〈이르군〉의 소행이기 때문이다. 테사는 이번에도 아빠가 일을 벌였을까 걱정했다.

"그래 지내기는 어때?" 모가 물으며 생각에 잠긴 테사를 일깨웠다.

테사는 수도원 이야기를 해 주었다. 그곳에서 다친 사람을 돌보며 식사를 할 수 있게 돕는다고 했다. 수도원의 환자가 주로 유대인 투사이며, 이따금 어린아이와 여인 또는 노인도 있다는 이야기를 하지는 않았다. 시장에 가도 먹을 것을 구할 수 없으며, 물과 석유도 구하기 힘들 정도로 도시의 유대인 구역은 엉망으로 망가졌으며, 사람들이 극심한 굶주림에 시달린다고만 이야기했다.

모는 엄마와 동생들이 지낼 집을 베들레헴에서 찾고 있지만, 정말 어렵다고 이야기했다. 유대인 군인과 싸움을 피해 도망 온 사람이 너무 많아서 심지어 베들레헴 주변의 동굴에서 사는 경우가 있다고도 했다. 모는 구유 거리 근처의 정육점에서 일한다고 말했다. 그리고 학교가 너무 그립다고도 했다. 물론 모는 물리학 공식 대신 총 쏘는 법을 배운 이야기는 하지 않았다. 그리고 바티르 북쪽에서 벌어졌던 총격전 이야기도 하지 않았다.

자정을 알리는 종소리가 울렸다. 밤 기도를 올리라는 외침이 들리고, 자파 성문 쪽에서 다시금 총성이 울리자 테사와 모는 작별 인사를 나누었다. 모는 테사에게 4주 뒤에 다시 오겠다고 약속했다. 일을 하지 않아도 되는 금요일에 다시 오겠다고. 그 4주 동안 둘은 서로 안전하기를 바랐다. 그때 모는 다시 먹을 것을 가져와 테사가 배불리 먹게 해 주겠다고 말했다.

모가 테사에게 먹을 것을 가져다주는 일은 과연 이뤄질 수 있을까.

1948년 5월 8일_테사

테사의 배는 그야말로 야단법석을 피웠다. 마치 사나운 맹수가 동굴에 숨어 그 날카로운 발톱으로 동굴 벽을 할퀴는 것만 같았다.

수도원 식당에서는 라디오가 직직 소리를 냈다. 며칠 전 어떤 수녀가 가져다가 라디오를 올려 둔 작은 테이블 옆 벽에 걸린 커다란 십자가에 매달린 목각 예수가 식당 안을 굽어본다.

테사는 기독교인의 메시아가 십자가에 매달린 모습을 보며, 저 먼 옛날 로마인은 어떻게 유대인을 차례로 십자가에 못 박았는지 상상해 보았다. 이미 당시에도 세상 사람들은 유대인을 이 지구상에서 깨끗이 지워 버리려 들었다. 하지만 일거에 쓸어 버리기에는 유대인이 너무 많았던 터라 로마의 하드리아누스 황제는 다른 꼼수를 썼다. 그는 모든 유대인을 예루살렘에서 추방하고, 이 유대인의 성지에 새로운 이름을 지어 주었으며, 유대인은 예루살렘의 근처에도 살지 못하게 했다. 모세 5경을 읽어서도 안 되며, 유대인의 달력도 쓰지 못하게 했다. 학자들을 처형하고, 양피지 두루마리를 불태웠다. 유대인이 살았던 땅, 전지전능한 신에게 기도를 올리며 제물을 바치던 성전, 선지자, 모세의 율법 등을 유대인 머릿속에서 깨끗이 지워 버리려 들었다.

하지만 로마 제국이 망하면서, 로마 민족은 사라졌다. 반대로 유대인은 여전히 예루살렘과 성전과 그 땅을 기억한다. 2000년이 넘게 전 세계 곳곳에 흩어져 살던 유대인, 이런 디아스포라를 강제당했던 유대인은 이제 조국의 땅으로 돌아온다. 라디오는 매일, 매시간, 유대인이 돌아온다는 소식을 알렸다. 라디오 위에 걸린 저 십자가의 메시아도 이 소식을 듣고 있겠지. 그 메시아도 유대인이었다던데, 왜 그 많은 유대인이 죽는 것을 지켜만 볼까. 그리스도가 살았던 당시에도 유대 땅의 성전 주변에서 살았던 유대인이 얼마나 많이 죽었던가. 그런데 지금 이 순간에도 유대인은 숱하게 죽어 간다.

"할 일이 없니?" 한 수녀가 생각에 잠긴 테사에게 말을 걸었다. 이름이 아가사라는 수녀다. 테사는 아가사 수녀를 그닥 좋아하지 않았다. 말투가 항상 무뚝뚝했으며, 늘 명령조였다. 조금이라도 불편해 보이는 일은 꼭 테사나 다른 신참 봉사 요원에게 떠넘겼다. "3번 환자가 요강이 필요하단다." 테사는 절로 한숨이 나왔다. 하지만 언제 아랍인 폭도가 들이닥칠지 모르는 집에 꼼짝도 못하고 숨어 있느니 이 수도원에 있는 게 다행이라고 테사는 마음을 가다듬으며 요강을 가지러 갔다.

오른쪽에서 세 번째 침상의 청년은 다리 하나를 잃었으며, 배에 총을 맞았다. 벌써 2주째 침상에서 꼼짝도 하지 못한다. 그동안 상태가 정말 좋지 않아 보인다. 상처에 바를 약조차 거의 없다. 그래도 청년은 씩씩했다. 이제 요강을 쓸 정도로 살겠다는 의지를 불태운다. 요강을 쓰면 테사에게도 덜 불편했다. 어른 남자의 엉덩이에 유아처럼 기저귀를 갈아 주는 일은 정말 곤욕스러웠기 때문이다.

테사는 수도원에서 해야만 하는 일에 이미 오래전부터 더는 얼굴을 붉히지 않았다. 중상을 입은 남자는 어른이라기보다 어린애였다. 울며불며 엄마를 찾았고, 먹고 자고, 꼭 필요한 볼일은 요강에 보았다. 건강을 회복해 어른의 모습을 되찾아 기저귀가 필요하지 않은 환자가 없는 것은 아니다. 하지만 어린애로 머무르는 환자가 더 많았다. 기저귀를 채워 주고 휠체어에 태워 마당을 한 바퀴 도는 동안, 엉엉 우는 환자는 보기만 해도 딱했다. 이런 환자는 더 살고 싶다는 의욕을 잃었다. 풀이 죽어 더 살고 싶어 하지 않는 상태는 어린아이와 완전히 다른 점이다.

"토다 라바, 정말 고마워요, 자매님!" 몇 분 뒤 요강을 치우러 온 테사를 보며 3번 환자가 말했다. 테사는 갑자기 얼굴이 빨개졌다. 친근하게 자매님이라고 불러 준 3번 환자 때문은 아니다. 내용물이 가득한 요강을 들었을 때 테사는 식당 문 옆에 나타난 사람을 보았다.

아빠가 왔다. 테사는 벌써 5주째 아빠를 보지 못했다. 그동안 아빠가 아랍인과 싸우다가 어떻게 된 건 아닌지 걱정했었다. 만약 죽었다면 어디 묻혔는지 절대 알 수 없는 일도 벌어질 수 있다. 그러나 지금 아빠는 검게 탄 얼굴에 군복을 입고 소총을 어깨에 걸친 채 테사를 보고 환하게 웃었다. 마치 가득찬 요강을 손에 든 딸이 세상에서 가장 예쁘다는 듯.

"수도원에 무기는 안 돼요, 나가세요!" 언제 나타났는지 아가사 수녀가 아빠에게 호통을 쳤다.

아빠는 얼굴에서 웃음을 지우고 테사에게 따라 나오라는 손짓과 함께 밖으로 나갔다. 테사는 이 틈을 타서 옆문으로 나가 화장실로 갔다.

잠깐 뒤 테사와 아빠는 수도원 뜰 무화과나무 아래 벤치에 앉았다. 5월의 따스한 햇살이 아빠와 딸을 비춘다. 회색 옷을 입고 흰 앞치마를 두른 테사와 군복을 입은, 그러나 총은 어디론가 치운 아빠를.

"네가 자랑스럽구나." 아빠가 대뜸 말했다. 테사는 얼굴이 빨개졌다. 이번에는 좋아서. 가슴 속에서 따뜻한 온기가 뭉클하게 퍼졌다. 이 따뜻함은 해가 선물한 것이 아니다. "너는 여기서 우리 젊은 조국을 위해 열심히 싸우고 있구나. 저 바깥에서 싸우는 나처럼. 엄마가 너를 볼 수 있다면 얼마나 좋을까. 엄마는 팔레스타인에 세워질 우리 조국을 믿지 않았지. 하지만 네가 강인하고 용감한 여인으로 성장하리라고 굳게 믿었어."

테사는 울컥 눈물이 나왔다. 아빠 입에서 엄마 이야기를 듣는 것이 좋으면서도, 지금껏 느껴 보지 못한 감정이 북받쳐 올라왔다. 벌써 3년째 엄마 생각에 눈물을 흘리지 않았다. 테사는 엄마를 보고 싶은 그리움에 왈칵 눈물이 나왔다.

"이 전쟁은 얼마나 더 오래가요?" 테사는 답을 듣기보다 아빠에게 눈물을 보이고 싶지 않아 고개를 돌리며 물었다.

"그거야 모르지. 어쨌거나 우리가 이길 때까지 싸워야지. 달리 어쩔 수 없잖니. 우리가 이겨야만 해. 이 싸움에서 진다면 우리는 그야말로 빈털터리야. 그래서 나는 해야 할 일이 많구나, 저 바깥에서 싸워야만 하니까. 내 말이 무슨 뜻인지 알지?"

"예, 알아요."

"네가 팔레스타인에서 어떤 인생을 꿈꿔 왔는지 안다. 너는 아빠와 오순도순 살고 싶었겠지."

"맞아요." 테사는 고개를 끄덕였다. 그리고 용기를 내 이렇게 말했다. "나는 그냥 아빠와 내가 함께 살 수 있기만 바랐어요. 아빠는 사무실에서 일하거나, 농사를 짓거나, 아무튼 평범한 일을 하면서. 그리고 나는 다시 학교 다니고요."

"조국의 역사를 써 나가는 위대한 과업은 우리 개인의 작은 꿈은 무시하기 일쑤지." 아빠의 말은 너무 거창해서 듣는 것만으로도 골치가 아팠다. "우리 민족은 책상물림의 학자 영웅과 사막에 토마토를 심을 정도로 부지런한 선구자는 많이 배출했어. 그러나 지금 우리 민족이 시급히 필요로 하는 사람은 군인이야. 농부와 교수가 싸우면 아랍인이 거들떠나 보겠니."

"무슨 말인지 알겠어요."

"너는 이곳 수도원에서 학교 선생님이 가르쳐 주는 것보다 훨씬 더 많은 걸 배울 거야. 이 기독교 수도원에서 너는 우리 유대 민족 국가를 세우는 데 힘을 보탠 인물로 기록될 거야!"

테사는 아빠가 자신을 상대로 무슨 연설을 하나 싶어 계속

듣기가 거북해졌다. 역사라니? 테사는 역사에 이름을 올리고 싶지 않았다. 역사야 이미 신물나게 겪지 않았던가, 불과 몇 년 전 저 악몽 같은 강제수용소에서. 수용소에서 겪은 그 호된 아픔과 시련을 벌써 잊어버려 또 이런 어려움을 당연히 여기라는 건가? 지금 수용소는 누구도 이야기하려 하지 않는다. 아무도 수용소를 기억하려 하지 않는다. 테사도 수용소 이야기는 하고 싶지 않았다. 왜 지금 다시 수용소를 기억해야 하는가?

"아빠가 말하는 저 바깥은 어떤가요?" 테사가 물었다. "에, 그러니까…… 제 말은……, 그동안 참 많은 싸움이 벌어졌는데, 어떤 싸움에서 이겼어요?" 질문을 하는 테사 스스로도 말을 더듬는 자신이 난감하기만 했다. 하지만 아빠에게 사람을 죽였느냐고 대놓고 물어볼 수야 없지 않은가? 테사는 아빠가 저 바깥에서 정확히 무슨 일을 하는지 알고 싶었다.

"우리는 아랍인을 물리치지. 내 부대는 예루살렘으로 식량과 생필품을 실어 나르는 수송대의 호위를 맡아. 우리는 수송대의 안전을 책임져야 하니까. 아랍인들은 우리를 집요하게 공격하지. 하지만 우리는 가족을 위해 이 싸움을 하니까 절대 물러서지 않지. 아랍인은 이런 투쟁 정신이 없어. 아랍인은 대개 다른 나라에서 온 용병이거든. 요르단 출신 용병이 가장 많아. 이들은 투쟁 정신이라고는 몰라. 그저 돈 버는 게 목적이라, 이곳을 좋아하지도 않아."

아빠의 말을 듣는 동안, 테사는 갑자기 울컥했다. 속에서 메스꺼운 게 올라오는 바람에 토할 것만 같았다. 테사는 그 피범벅이 된 소녀의 얼굴을 떠올렸다. 자신과 거의 같은 또래로 보였던 소녀는 유대인의 데이르 야신 공격에 목숨을 잃었다. 수도원에 실려 왔을 때 소녀는 온몸이 피투성이였다. 테사는 소녀의 마지막 숨소리를 똑똑히 기억한다. 물 끓는 것처럼 보글거리다가 갑자기 툭 숨이 끊어졌다. 소녀의 아빠인 게 분명한 남자는 아랍어로 소리를 지르며 엉엉 울었다. 짐작건대 유대인을 저주하는 소리였으리라. 소녀의 시신 앞에 무너진 남자는 밤새 울다가 새벽녘이 되어서 어디론가 사라졌다.

"아빠도 데이르 야신에 갔었어?" 테사가 쥐어짜는 것 같은 목소리로 물었다. 테사는 소녀의 죽음과 아빠가 아무 상관이 없는지 알아야만 했다. 아빠 입으로 상관없다는 이야기를 들어야만 했다. 저 킹 다윗 호텔 사건에 아빠가 관련된 점은 테사가 이미 아는 사실이다. 테사는 아빠가 다마스쿠스 성문 사건에도 참여한 게 아닌지 하는 생각으로 두려웠었다. 설마 데이르 야신까지?

"데이르 야신은?" 테사는 다시금 캐물었다.

"응? 그걸 네가 어떻게 알아?"

"아빠도 거기 있었어?"

"아니, 나는 그 사건과 상관이 없어. 그런데 왜 그 사건에 관심을 가져?"

"사람들은 모두 입을 모아 그게 〈이르군〉이 꾸민 일이라고 하던데! 〈이르군〉에서 갈라져 나온 레히 강경파가 벌였다고 말하는 사람도 있고. 그런데 아빠는 〈이르군〉 소속이잖아."

"그렇지. 하지만 〈이르군〉 소속이라고 해서 내가 모든 일과 관련이 있는 것은 아니야. 데이르 야신은 실수였어. 전쟁에서 그런 실수는 종종 일어나지. 그걸 두고 고민할 필요는 없어. 승리를 원한다면, 우리는 싸워야만 하니까. 그리고 싸움은 죽음을 부를 수밖에 없어."

"여자와 어린아이도? 수도원에서 어떤 소녀가 데이르 야신 사건으로 죽었어요. 저하고 또래던데. 아빠는 자유를 쟁취하려는 투사인지, 아니면 살인자인지 저는 잘 모르겠어요."

"테레제!" 아빠가 놀라서 턱이 떨어져 나갈 것처럼 외쳤다. 하지만 뭘 어떻게 야단쳐야 좋을지 몰라 말을 잇지 못했다.

"너는 지난 몇 년 동안 이곳을 직접 겪어 보지 못했잖아. 지난 십년 동안 우리는 정말 갖은 어려움과 싸워야만 했어." 아빠는 이곳에 온 지 9년밖에 되지 않았음에도 이렇게 말했다. "아랍인의 저항, 우리 유대인에게 저지른 학살, 헤브론 학살

등 모두 아랍인이 우리 유대인을 남자와 여자와 아이를 가릴 거 없이 죽인 사건이야."

"저는 홀로코스트를 겪었잖아요." 테사가 감정을 섞지 않고 요점만 말했다.

"그래 바로 그거야. 홀로코스트는 우리가 싸워야만 하는 분명한 원인이지. 우리의 미래를 위해. 너의 미래를 위해."

"저는 그런 미래는 원치 않아요."

"뭐라고? 그게 무슨 말이냐?"

"저는 죽은 사람 위에 세워진 나라를 원하지 않는다고요."

"모든 나라는 죽은 사람 덕에 세워져. 국경은 전쟁으로 정해지지. 그리고 전쟁에서 사람은 죽을 수밖에 없어. 너무 순진하게 굴지 마라, 테레제. 너도 직접 겪어 봤잖아. 저들이 또 우리를 괴롭히게 내버려 둘 거냐? 아니, 그건 아니지. 살아남고 싶다면 우리는 적보다 훨씬 더 강해야 한단다. 우리의 적은 너무 많아. 전 세계가 우리의 적이니까."

"하지만 무려 33개 국가가 팔레스타인에 유대인 국가를 세우는 걸 찬성했잖아요. 우리한테 적만 있는 거 같지는 않은데." 테사는 이렇게 말하면서도 자신 없다는 표정을 지었다. 하지만 이보다 더 좋은 반론은 없을 거 같은데.

"뭐라고! 무슨 말도 안 되는 소리야. 저들이 우리를 위해서 찬성표를 던졌다고? 저들이 유대인의 친구라서? 저들이 우리에게 독립 국가를 선물하고 싶어서? 천만에!" 테사는 스스로 묻고 답하는 아빠가 슬슬 짜증나기 시작했다. "아니, 저들은 그저 골치가 아프니까 가장 쉬운 방법을 택한 거야. 우리더러 이 말라붙은 황무지에서 풀이나 캐 먹고 살라는 거지. 자기네 나라에서 우리 유대인이 사는 게 싫으니까. 나치스는 적어도 우리를 드러내놓고 미워하기라도 했지. 미국, 스위스, 칠레는 우리가 그들 국경 밖으로 내몰려 죽어 가는 것을 방관했지. 심지어 유대인 아이들을 가득 태운 배를 미국 의회는 받아들이지 않았어. 저들은 우리를 골칫거리로 여기고, 말 그대로 우리를 사막으로 내쫓았어. 이런 태도가 굶주려 배고픔에 시달리는 사람에게 빵조각을 던져 주는 것과 뭐가 달라? 부스러기나 받아먹으라고? 우리는 빵조각이나 얻어먹자는 게 아니야! 성경에 나오는 성지들, 베들레헴, 헤브론, 나블루스 등 우리 선조가 일군 거룩한 땅은 모두 아랍인이 차지했어. 심지어 예루살라임조차 우리더러 포기하래. 아랍 지역의 한복판에 있다는 이유만으로! 유엔의 결의안은 근본적으로 우리에게 던져지는 모욕이야. 하지만 벤구리온은 그걸 덥썩 받았어. 너덜너덜한 국가일지라도 아예 없는 것보다는 낫다나."

"너덜너덜하다니요. 아직 국가가 만들어지지도 않았는데."

테사가 아빠의 말을 끊었다. 테사는 마치 선동하는 것만 같은 아빠의 말투가 불편하기만 했다. 내 말이 무조건 옳으니 너는 듣기만 하라고 하는 말은 대화가 아니니까. 지금껏 아빠는 테사를 단 한 번도 '통곡의 벽'에 데려가지 않았다. 이슬람의 성지인 '바위의 돔'과 알아크사 모스크는 먼발치에서나마 구경했다. 그리고 이 기독교 수도원에서 테사는 벌써 몇 주째 지낸다. 하지만 가장 중요한 유대인 성지인 '통곡의 벽'은 새집에서 불과 몇 거리 떨어지지 않았음에도, 이곳에 온 지 몇 달이 흘렀음에도 단 한 번도 가 보지 못했다. 딸에게 유대인에게 남은 가장 중요한 성지조차 보여 주지 않으면서 아빠는 무슨 '성경에 나오는 성지' 운운할까? 그토록 중요한 성지인데 왜 딸에게 보여 주지도 않을까?

"이제 곧 국가가 들어서겠지." 아빠는 중얼거렸다. "그럼 똥 냄새가 본격적으로 진동할(독일 속어로, 이제 본격적인 싸움이 시작된다는 뜻) 거야."

테사는 얼굴을 찡그리며 아무 말도 하지 않았다. 욕이나 다름없는 그런 상스러운 말을 아빠에게 듣는다는 것이 불편하기만 했다. 지금 동료나 친구와 이야기하는 게 아니라, 딸과 대화하고 있지 않은가. 게다가 테사는 이제 똥이라면 지긋지긋하기만 했다.

그때 종소리가 울렸다. 테사는 종소리에 놀라 생각에서 깨어났다. 저녁 기도를 알리는 종소리이다.

"이곳 사람들과 함께 기도하니?"

테사는 잠깐 기다렸다. 아빠가 이렇게 물어 놓고 또 스스로 답하는 것은 아닌지 싶었다.

아빠가 말이 없자, 테사는 입을 열었다. "물론 아니죠." 물론 테사는 기도하고 싶은 마음이 간절했다. 수녀와 함께든, 통곡의 벽이든, 아빠와 함께든 하는 차이는 중요하지 않았다. 기도만 할 수 있다면 어디서든 누구와도 좋았다. 그러나 테사는 기도를 할 수 없었다. 예전에, 수용소에서 계단을 올라오는 나치스 친위대 군인의 무거운 군홧발 소리가 들릴 때마다 테사는 간절한 마음으로 신에게 기도했다. 못할 것이 없다는 전지전능한 신에게. 테사는 금요일 저녁 아빠가 '키뒤시' 기도문을 외우며 와인이 든 잔을 높이 들 때면 마음이 편안해지는 기분을 느끼곤 했다. 엄마가 잠을 재워 주며 머리맡에서 구약성경의 저에스더 이야기를 들려줄 때도 같은 기분을 느꼈다. 에스더는 자신의 아름다움에 정신이 팔린 페르시아의 왕을 설득해 페르시아 왕국의 모든 유대인을 죽이려던 계획을 무산시켰다고 한다. 저 먼 이국땅에서 약속의 땅으로 찾아와 다윗 왕의 할아버지를 낳은 룻의 이야기도 마찬가지였다. 구약성경에 나오는 저 여성 선지자 데보라의 이야기는 또 어떤가. 1만 명의 남자들을 이끌고 적과 맞서 싸우는 데보라 이야기는 듣기만 해도 가슴이 웅장해진다. 심지어 나중에 가축 우리 안에 갇힌 데보라와 남자들이 무더위와 갈증으로 시달렸을 때 내린 소나기로 구원을 받는 이야기를 듣고 나서, 테사는 비가 내리는 것도 주님의 뜻대로 이뤄진다고 믿었다.

그러나 지금은? 어렸을 때 느껴 본 편안한 기분을 다시 맛보고 싶어 테사는 기도를 하고 싶은 마음이 굴뚝같았다. 하지만 수용소에서, 배를 타고 지중해를 건너며, 간절히 기도했으나 구원의 비는 내리지 않았음을 경험한 테사는 예전처럼 기도하기 어려웠다.

"식사 때까지 계실 거예요?" 테사가 물었다.

"수녀들이 나를 보면 불편해할 거 같은데." 아빠가 답했다.

아빠와 딸은 작별인사를 나누었다. 테사는 아빠에게 언제 다시 올지 물어볼 엄두를 낼 수 없었다. 아무래도 모르는 편이 더 낫지 않을까. 아빠가 다시 오지 않는다면, 기다리다 지친 테사는 다시금 아빠가 죽었다고 여길 테니까. 약속을 하지 않는 편이 더 낫다.

모와는 약속을 했다. 어젯밤은 그가 오겠다고 약속한 날이다. 테사는 다시 머리와 목에 스카프를 두르고 아바야를 입고

214

서 얌전하게 고개를 숙이고 땅바닥을 바라보며, 성문을 지키는 경비병들, 꾸벅꾸벅 조는 아랍인 경비병들에게 "앗살라무 알라이쿰(평화가 깃들기를)" 하고 인사하고 성문을 통과해 집으로 가서 모의 집 지붕 위에서 모를 기다리며 밤을 지새웠다. 어차피 아침에 다시 수도원으로 돌아오는 편이 더 안전할 것이기에. 그리고 한밤중에라도 모가 올까 봐.

모는 오지 않았다.

그런데 모가 왔다. 테사는 모와 이렇게 다시 만나리라고는 상상조차 하지 못했다.

계속해서 그림자가 어른거린다. 무슨 말이 오간다. 그 가운데 한 목소리는 분명 익히 아는 음성이다.

"잊지 마, 우리는 서로 모르는 거야." 그 목소리는 영어로 몇 번이고 거듭 강조했다.

아직도 영국인이 남은 걸까? 영국인은 물러갈 생각이 없나?

그는 아픔의 신음을 토했다. 옆으로 돌아누우려 몸을 굴려 본다. 너무 오랫동안 등을 대고 누웠다는 느낌이 불편하기만 했다. 얼마나 됐을까? 몇 시간 또는 심지어 몇 년? 하지만 몸은 움직이지 말아 달라고 아우성친다. 머릿속에서는 여러 가지 색깔이 무슨 폭죽놀이라도 하듯 폭발한다. 쾅쾅하는 소리로 먹먹했던 귀에서는 이제 삐 하는 기분 나쁜 소리만 울린다.

어두워졌다가 밝아지기가 반복된다. 누군가 그에게 물을 입에 흘려 주고, 수프를 떠먹여 준다. 그리고 머리에 감은 무명 붕대를 풀고 새 붕대를 감아 준다.

안개처럼 흐릿했던 시야가 점차 밝아진다. 여러 얼굴이 시야에 나타났다 사라지기를 반복한다. 차츰차츰 얼굴이 구분되어 보이기 시작했다. 흰 모자를 쓰고 엄하게 내려다보는 여인. 희끄무레한 수염에 이마에는 주름이 가득한 남자.

금발에 푸른 눈 그리고 코가 오뚝 솟은 소녀. 소녀는 기회가 있을 때마다 그의 귀에 대고 속삭인다. "우리는 서로 모르는 거야."

하지만 그는 분명 소녀를 알았다. 여러 차례 만나 옆에 앉아 이야기를 나눈 소녀이다. 그는 예의 바르게 적당한 간격을 두고 앉아 이야기했던 기억이 선명했다. 그것도 숱한 밤을 지새우며. 치킨과 쫄깃하고 달콤한 바클라바(중동 지역 사람들이 즐겨 먹는 후식)를 봉지에 담아 가져다주었지. 음식은 이모가 이종사촌의 할례를 축하하려 만든 것이다. 그는 이것을 소녀에게 주려고 몇 조각 슬쩍했었다. 전쟁이 한창이지만, 여전히 할례를 하고 축하 의식을 치러 주는 풍습은 지킨다. 그런데 봉지는 어디 갔지?

거리에서 적들에게 쫓길 때 봉지를 저들이 빼앗았나? 아니면 어디선가 잃어버렸나? 잡히지 않고 더 빨리 뛰려고 어딘가 던져 버렸나?

"테사." 소녀가 다시 허리를 숙이고 자신을 내려다볼 때 그가 속삭였다.

"쉿!" 소녀가 손으로 입을 가렸다. "우리는 서로 모른다니까. 내 말 알아들어? 여기는 사방에 우리 군인들이야. 조용히 해."

우리 군인? 우리가 누구지? 모의 두뇌가 점차 기지개를 켜며 깨기 시작했다. 모는 뇌를 두개골에서 빼내 버리고 싶은 마음이 간절했다. 그럼 아마도 이 끔찍한 두통이 사라지지 않을까.

모는 다시 잠에 빠졌다.

어디선가 라디오가 직직 소리를 낸다. 아나운서가 영어로 뉴스를 읽었다. "5월 14일 금요일 뉴스입니다. 텔아비브에서 군중이 임시 국가 평의회가 열리기를 초조하게 기다립니다. 다비드 벤구리온이 이끄는 가운데……."

수도원 식당 안의 사람들은 모두 숨을 죽여 가며 뉴스에 집중했다. 반면 모는 세상모르고 잠만 잤다.

1948년 5월 14일_테사

테사의 심장이 거칠게 뛰었다. 테사는 숨을 고르며 되도록 침착하자고 다짐했다. 민족의 역사에 기록될 이 중요한 순간을 테사는 또렷하게 새기고 싶었기 때문이다. 그리고 이 순간은 그저 길을 가다가 우연히 겪는 요행이 아니다. 이제 라디오에서 흘러나올 뉴스는 유대 민족의 역사를 완전히 새롭게 써나갈 신호탄이다. 테사는 한마디도 놓치지 않으려 귀를 쫑긋 세웠다.

그러나 이런 변화가 정말 좋은 변화일까? 아직 확실한 건 아무것도 없다. 혹시 벤구리온은 지금 상황이 너무 어렵다며 포기를 선언하는 게 아닐까?

임시 국가 평의회는 일주일째 회의를 벌였다. 지금 국가의 독립을 선언하는 것은 자살과 다를 바 없다고 사람들은 말했다. 레바논, 요르단, 시리아, 이집트는 팔레스타인과의 국경에 군대를 배치하고 영국이 물러갈 때만 기다린다고 했다. 영국만 없으면, 곧바로 쳐들어와 유대인을 몰살시킬 거라며.

수도원 식당의 구석에서 유대인 군인들이 이런 이야기를 했다. 마침 근처에 있던 테사는 이 이야기를 주의 깊게 새겼다. 군인들은 수도원 가까운 곳에서 벌어진 전투로 총상을 입고 실려 왔다. 테사는 히브리어를 아직 잘하지는 못했지만, 내용은 대개 알아들을 수 있었다.

히브리 국가를 무너뜨리려는 적은 이처럼 많다. 아니, 아직 있지도 않은 국가를 무너뜨리겠다니, 테사는 기가 막혀 가슴이 무너지는 것 같았다. 너무도 골치가 아파 더 생각하기 싫을 정도로 테사는 낙담했다. 이제 무엇을 할 수 있을까? 도망가?

어디로? 완전히 적으로 둘러싸여 있으며, 심지어 바로 옆에도 적이 있는 마당에?

누구랑? 혼자서?

모와 함께? 모는 저렇게 누워서 말도 제대로 하지 못하는데? 그렇다고 도망가면서 모를 여기 버려둘 수도 없잖아?

아빠랑? 아빠는 다음 싸움에서 살아남는다면, 테사를 찾으러 와 주겠지?

그런데 대체 히브리 국가는 어떤 모습의 국가가 될까? 국가 평의회는 유엔이 제안한 국경을 그대로 받아들일까? 하나의 땅, 두 민족? 잘게 쪼개지고 찢어져, 여기는 우리 땅, 저기는 너희 땅? 벤구리온은 더 많은 땅을 요구할까? 예루샬라임을 수도로 달라? 팔레스타인 전체를 유대인과 아랍인으로 공평하게 나눠?

그리고 히브리 국가의 이름은 어떻게 짓는 게 좋을까? 시온? 유대? 유대인 국가?

"시온"은 아랍인에게 싸우자고 시비 거는 거 같지 않나? '유대'는 너무 종교적이잖아? 그리고 '유대인 국가'는 아랍인이나 독일인이 욕할 때 우리를 부르는 말이잖아? 아무튼 나중에 사전에 올라갈 때 근사한 울림을 주는 이름이어야 하지 않을까?

어쨌거나 국가 이름을 무엇이라 짓든 간에, 테사가 당장 해야 할 더 중요한 일은 환자를 돌보는 것이다.

"라디오 앞에서 서성대기만 할래? 벤구리온은 네가 들어주지 않아도 연설 잘할 거야." 아가사 수녀가 테사의 귀에 대고 종알댔다. "12번 환자는 당장 네 도움이 필요해. 그의 시트 좀 갈아 줘." 아무튼 아가사 수녀는 테사를 단 한시도 가만히 내버려 두지 않는다. 오늘같이 모두 라디오 앞에 모여 벤구리온의 연설이 방송되기만 기다릴 때조차. 테사가 알기로는 이제 곧 팔레스타인 주재 영국 총독이 하이파 항구에서 영국 국기를 내리는 행사를 치르고 귀국하는 배에 오르면서 공식적으로 팔레스타인은 이제 식민지가 아니라고 선포할 예정이다. 이후 어떻게 될지 테사는 모른다. 앞으로의 운명은 다비드 벤구리온과 골다 메이어(Golda Meir, 1898~1978, 1969년에서 1974년까지 5대 총리를 지낸 여성 정치인, 이스라엘 역사에서 유일한 여성 총리)와 레비 에슈콜(Levi Eshkol, 1895~1969, 이스라엘의 4대 총리)을 비롯한 국가 평의회 위원들만 안다.

정확히 오후 3시 59분 드디어 라디오는 연설 실황중계의 시작을 알렸다. 이제 수도원의 식당은 물론이고 예루살라임 전체, 그리고 아마도 세계 전체, 어쨌거나 팔레스타인 전체에서 사람들은, 남자든 여자든, 유대인이든 아랍인이든 사람들은 모두 숨을 죽이고 이제 흘러나올 연설에 집중했다. 심지어 바람도 숨을 죽였고, 나뭇가지에 앉은 새들도 지저귀는 울음을 멈추었다. 테사는 물을 끼얹은 것처럼 조용한 이 침묵이 미래가 어떻게 바뀔지 지켜보는 기대를 가득 담은 탓에 엄청 무겁게 느껴졌다. 앞으로 어떤 일이 닥칠지 몰라 두려운 마음에 사람들은 모두 숨을 죽이고 라디오에만 집중했다.

몇 분 지나지 않아 스피커에서 묵직한 목소리가 흘러나왔다. 이 목소리는 테사가 지난 11월 〈소치넛〉 건물 앞에서 들었던 바로 그 목소리였다. 목소리의 주인은 새하얀 백발이 왕관처럼 보이는 벤구리온이다. "우리는 영국이 팔레스타인을 지배하는 위임령이 효력을 잃는 마지막 날인 오늘 이 자리에 모여 유대인 국가의 건국을 선포합니다. 우리 국가의 이름은 이스라엘입니다."

선언의 순간 세계는 그야말로 숨도 쉬지 않았다. 벤구리온은 히브리어로 연설했지만, 히브리어를 할 줄 모르는 사람도 국가평의회가 어떤 결정을 내렸는지 알고도 남았다. 이스라엘! 그것은 히브리어 단어라기보다 이름이다. 태초부터 지금까지 유구한 역사를 자랑하는 유대 민족의 새로운 국가는 '신과 겨루는' 이스라엘이다.

유대인의 조상 야곱은 천사에게 축복을 내려 달라고 했다가 거절당하자 '축복해 줄 때까지 놓아주지 않겠다'며 천사와 밤새워 몸싸움했다고 한다. 동이 틀 때까지 승부가 나지 않자, 천사는 "너는 신과 겨루어 이긴 사람이니, '이스라엘'이라 부르리라."며 축복을 내렸다. 곧 유대 민족은 신과 겨루는 민족, 이스라엘이다.

테사는 동생 예후다를 원래 이스라엘이라는 이름을 붙이려 했던 것을 떠올렸다. 나치스 독일에서 모든 유대인 남자가 이스라엘이라는 이름을 가졌던 것처럼.

조용히 숨죽였던 사람들이 일제히 환호성을 질렀다. 구석에 있던 유대인 군인들은 "우리가 승리했다!"고 외쳤다. 어떤 수녀는 손으로 입을 가리며 어쩔 줄 몰라 했다. 두 명의 다른 수녀는 서로 얼싸안았다. 라디오 바로 옆 매트리스에 누워 있던 할머니는 손수건으로 얼굴에 흐르는 눈물을 닦았다. 원장 수녀는 "할렐루야"를, 의사는 영어로 "주여, 감사합니다!" 외치며 감격해 했다. 라디오에서 벤구리온은 아랍인에게 호소했다. "여러분에게 평화를 이루고자 손을 내미니 받아 주시기를 바랍니다." 그런 다음 시온주의 국가 하티크바가 울려 퍼졌다.

"이제 드디어 국가가 생겼구나." 테사 옆에 서 있던 아가사 수녀가 말하며 미소를 지었다. "주여, 축복을 내리사 이 땅에 다시 평화가 깃들게 하소서."

테사는 예의 바르게 마주 미소를 지었다. 하지만 평화? 테사는 평화가 찾아오리라고 믿지 않았다. "그럼 똥 냄새가 본격적으로 진동할 거야." 지난주에 아빠가 했던 말이 생생히 떠올랐다.

수도원 안의 아랍인 환자들이 모인 쪽은 무거운 침묵만 흘렀다.

테사는 그들 쪽을 바라보았다. 내심 모가 아직 잠을 자고 있기를 바랐다. 하지만 모는 깨어 있었다. 여전히 머리에 붕대를 칭칭 감은 채로. 모는 일주일 전 머리의 뼈가 보일 정도로 깊은 상처를 입었다. 모를 보며 테사는 대체 누가 저렇게 깊은 상처를 입혔는지 새삼 궁금해졌다. 누군가 곤봉으로 모의 머리를 때렸는지, 아니면 누가 그를 밀쳐 넘어지면서 다쳤는지, 모를 이곳으로 데려온 영국 경찰은 아무것도 알지 못한다고 말했다. 그저 아랍인 폭도들이 마밀라 거리의 어떤 유대인 가게를 약탈하고 불을 지른 현장에서 모를 발견했다고만 했다.

때마침 모가 고개를 돌려 테사를 바라보았다. 눈길이 마주친 테사는 얼굴이 빨개졌다.

1948년 5월 14일_모

춥다. 손가락으로 이불을 잡아당겼지만, 몸은 계속 덜덜 떨린다. 머리는 여전히 깨지는 것처럼 아프다. 머리가 어지러울 정도로 아픈 가운데서도 모는 한 가지만큼은 분명하게 깨달았다. 저들이 해냈구나. 저들이 유대인 국가를 만들어 냈구나.

오늘부터 1948년은 역사에 영원히 남겠구나. 유대인과 아랍인이 결코 잊을 수 없는 1948년 5월 14일. 한쪽은 환호로, 다른 쪽은 슬픔의 눈물로 이날을 기억하리라.

모는 테사를 바라보았다. 흰 옷깃에 잿빛 옷을 입은 몇 명의 수녀와 함께 테사는 라디오 옆에 서 있다. 모와 눈길이 마주친 테사는 얼른 고개를 다른 쪽으로 돌렸다. 아직도 테사는 모와 아는 사이라는 것, 머리를 다치기 전에 이미 잘 알던 사이라는 것을 누가 알아챌까 두려운 걸까? 우리가 아는 사이라는 게 뭐가 어때서? 또는 유대인 국가의 건국을 선언한 날 모와 아랍인에게 개인적으로 미안한 마음이 들어서?

모는 테사가 잘못한 건 아무것도 없다고 생각했다. 이제 모는 어떻게 될까? 전쟁은 이미 오래전부터 불을 뿜고 있으며, 모 자신도 며칠 동안 싸움의 한복판에 있었다. 하지만 이제부터 전쟁은 걷잡을 수 없을 지경으로 치달을 수 있다. 건국을 선언한 유대인 국가는 아무래도 미친 게 아닐까. 주변의 모든 아랍 국가가 힘을 모아 이 작은 나라를 쳐들어온다면 막을 재간이 없을 텐데. 그런데도 독립을 선언한다고? 요르단, 이집트, 시리아가 합심해 공격한다면, 유대인은 운이 좋아야 바다로 되돌아갈 뿐이다. 하지만 운이 좋을 수는 없다. 요르단과 이집트와 시리아는 전투기, 폭탄, 박격포 등 막강한 화력으로 유대인을 완전히 짓밟을 수 있다.

그럼 테사는 어떻게 되는 거지? 이슬람 여자처럼 입혀서 나랑 함께 다니면 괜찮을까? 그런데 테사는 아랍어를 못 하잖아. 게다가 금발이라 가발까지 써야 하나? 그리고 엄마에게는 뭐라고 하지? 처음 보는 소녀, 그것도 유대인 소녀를 데려온 걸 보면 엄마가 당황하지 않을까? 어쨌거나 테사는 반드시 보호해 주어야만 한다고 모는 다짐했다. 테사는 친구니까, 팔레스타인에 찾아온 손님이니까. 아니 잠깐, 이제는 내가 테사 나라의 손님인가? 거참 헷갈리네.

모는 머리가 어지러웠다. 그리고 아팠다.

꼬리에 꼬리를 무는 생각으로 어지럽던 머리가 아프기까지 하자 모는 며칠 전 머리가 깨지던 날의 기억을 떠올렸다. 치킨과 빵과 바클라바를 싸서 테사에게 가던 길에 사건이 벌어졌다. 구도심에서 만나기로 약속을 하다니, 정말 멍청한 생각이었다. 하지만 둘 다 알고 있는 안전한 중립적인 곳은 없었다. 물론 테사가 아바야를 입고 히잡을 쓴다면 사람들이 별로 신경 쓰지 않겠지만, 그래도 아랍인 지역으로 테사가 들어오는 행위는 너무 위험하다. 모는 자신이 식량 수송을 막는 군인과 마찬가지로 아랍인이므로 성문으로 들어가는 걸 군인들이 막지는 않으리라고 생각한 게 결정적 실수였다.

실수가 화를 불렀다.

요르단 군인들은 시온 성문에서 모를 통과시켜 주지 않았다. 억양으로 볼 때 그들은 요르단 군인이라고 모는 판단했다. 그들은 모에게 왜 싸우지 않고 이곳에서 서성거리냐고, 어느 부대 소속이냐고, 보아하니 싸움을 거들어야 할 나이가 된 것 같은데 왜 여기서 빈둥거리냐고 물었다.

아마도 군인들은 지루한 나머지 장난이라도 치고 싶었던 모양이다. 공연히 시비를 거는 것이 분명했다.

모는 군인들을 뿌리치고 뛰기 시작했다. 군인 두 명이 쫓아 왔다.

모는 도시 성벽을 따라 정신없이 뛰었다. 어디로 뛰는지 방향조차 몰랐다. 자파 성문을 통해 구도심으로 들어갈까? 거기는 어차피 사람들 왕래가 많으니까. 하지만 성문은 철망과 바리케이드로 막혀 있었다. 몇 명의 군인이 무슨 일이지 하는 눈빛으로 바라보았다. "도와줄까?" 한 명이 소리쳤다. 모에게 하는 소리는 분명 아니었다. 모를 쫓는 두 군인에게 외친 소리이다. 계속 성벽을 따라 뛰어 다음 성문까지 가면 혹시 모를 아는 군인이 있지 않을까? 그런데 이상하게도 오늘은 오로지 외국 군인들, 이를테면 요르단과 이라크 군인만 있었다.

모는 과감한, 그러나 무모한 시도를 하기로 마음먹었다. 방향을 왼쪽으로 틀어 마밀라 거리로 들어간다면, 뒤를 쫓는 군인들은 이 거리가 유대인 지역이라 추적을 포기하지 않을까. 아랍인에게 약탈당한 가게를 지키는 유대인 군인이 그곳에는 많으니까. 마밀라 거리는 생각보다 한산했다. 키파(Kippah, 유대인 전통 모자)를 쓴 남자가 뛰는 모를 보고 화들짝 놀라 옆으로 비켜서며 히브리어로 뭐라고 외쳤다.

바로 그때 모의 머리가 우지끈하는 소리와 함께 깨지며, 눈앞이 캄캄해졌다.

다시 눈을 떴을 때 모는 어떤 오래된 수도원의 서늘한 벽 앞에 누워 있었다. 그때 모는 천사를 보는 게 아닐까 두 눈을 의심했다. 다른 누구도 아닌 테사의 얼굴이 누운 모 위에서 어른거렸다.

이게 어떻게 된 걸까? 하지만 이내 모는 자신이 처한 상황을 파악했다. 그리고 수녀들이 아랍인과 유대인을 똑같이 돌봐주는 게 너무도 감사했다. 그러나 모는 병실 반대편에서 히브리어로 웃고 떠드는 군인들을 보고 속이 불편했다. 군인들은 물컵을 높이 들고 왁자지껄 떠들었다. "르하임!" "건배!" 그런 군인들에게 한 수녀가 인자한 얼굴로 조용히 하라고 주의를 주었다.

그러면 테사는? 어디로 갔는지 보이지 않는다. 어디 있는지 둘러보려고 머리를 들자 눈앞에 무수한 별이 반짝인다. 다시 눈을 감은 모는 잠이 들었다. 바깥 거리에서 총성이 울리며, 수녀들이 서둘러 물건을 쌓아 입구를 막는 소리를 모는 듣지 못했다.

수도원의 뜰에 있는 무화과나무 아래서 둘은 안전하다고 느꼈다. 수도원 건물 벽을 쩡쩡 울리는 총소리와 머리 위를 날아다니는 폭격기의 시끄러운 소리 아래서 안전하다고 느끼다니 어처구니없게 들리겠지만, 그래도 둘은 무화과나무 아래가 가장 편안했다. 이곳에서는 다른 사람의 눈을 의식하지 않아도 좋으니까. 무화과나무 아래서 올려다보는 밤하늘에는 휘영청 밝은 보름달이 실구름 띠를 타고 유유히 흘러간다. 유대인 군인, 아니 일주일 전부터 이스라엘 군인은 며칠 전에 수도원을 떠났다. 건강을 되찾아 아랍인에게 총을 쏠 능력이 충분하다는 판정을 받아서이다. 회복할 수 없는 부상으로 전투 능력을 잃은 군인은 집으로 돌아갔다. 눈을 잃거나, 지뢰를 밟아 다

리 하나로 절뚝거리며 평생 지팡이 신세를 져야 하는 군인들이
다. 한쪽 창은 뜰을 향하고 다른 쪽 창은 거리 쪽으로 난 식당
은 이제 텅 비었다. 수녀들, 위생병, 의사 그리고 테사는 남은
환자들을 지하실로 옮기느라 땀을 흘렸다. 수도원 근처에서 전
투가 벌어지면 창문을 막은 모래주머니가 총알과 수류탄 파편
을 막을 수 없다는 불안이 컸기 때문이다. 며칠 전만 해도 어
떤 이탈리아 수도원, 마찬가지로 야전병원 구실을 하는 수도원
에 수류탄이 터지는 사건이 벌어졌다. 지하실에 있던 환자들
은 총알과 폭탄으로부터 안전하게 보호받았다.

　이곳 수도원 뜰의 무화과나무와 두꺼운 벽은 역시 둘을 다
른 사람의 시선과 입방아 그리고 특히 수녀의 명령으로부터 안
전하게 지켜 준다. 수녀는 소년과 소녀가 함께 있는 것만 보아
도 질색하며 당장 떨어지라고 명령했으니까. 무화과나무는 또
아랍 군인과 유대인 군인의 이러쿵저러쿵하는 입방아로부터도
둘을 지켜 주었다. 군인들은 아랍인이든 유대인이든 부상에
시달리는 같은 처지임에도 서로 말도 섞지 않고 미워했다. 유
대인 소녀, 아니 일주일 전부터 이스라엘 소녀가 아랍인 소년
과 함께 있는 것을 그들은 못마땅하게 여겼다. 소녀와 소년은
서로 미워해야 마땅하고 각자 갈망하는 것은 국가밖에 없어야
한다는 듯.

물론 당장의 상황만 놓고 보면 테샤와 모는 서로 처지가 달라도 너무 다르기는 하다. 모는 머리카락이 나기 시작하는 부분에서 앞이마까지 붉고 굵은 상처가 선명하다. 예전에 총알이 스치며 다친 다리는 그냥 가렵기만 하니 그나마 다행이다. 모는 팔과 다리, 눈 두 개와 정신이 멀쩡한 게 감사하기만 했다. 빗발치는 총알에 이 모든 걸 잃은 사람이 얼마나 많은가. 저 벙커 안에서 팔레스타인 지도를 펼쳐 놓고 군대를 이리저리 옮기며 더 많은 땅을 차지하고 더 많은 사람을 죽이려는 계획을 세우는 정신 나간 사람들이 얼마나 많은가. 도대체 이 어처구니없는 상황은 언제까지 계속될까? 다시금 전쟁에 뛰어들어야만 할까? 나가서 싸우는 게 의무일까? 군인을 피해 달아나다가 다친 것이 의무를 지키라는 경고일까? 언제 다시 엄마와 동생들에게 돌아갈 수 있을까? 엄마는 틀림없이 걱정과 근심으로 미칠 지경까지 내몰렸으리라. 남편을 잃은 마당에 장남까지 잘못되었을까봐. 무사하다고 엄마에게 알려야만 한다.

테샤는 아직 살아 있다는 것, 키부츠나 모샤브 같은 집단 농장에서 살지 않았다는 것이 감사하기만 했다. 지난 몇 달 동안 키부츠와 모샤브는 아랍인들의 공격을 받아 많은 주민이 죽었다. 아랍인은 여자와 아이라고 봐주지 않았다. 그리고 이제 아랍의 여러 국가 군대가 신생 국가 이스라엘을 공격한다. 차라리 유럽에 남을 걸 그랬나? 어쨌거나 유럽은 지금 평화로우니까. 하지만 유럽에 남았다면 아빠를 다시 볼 수 없었겠지. 아빠는 저 바깥 어디선가 여전히 아랍인과 싸운다. 아빠는 무사하다. 이틀 전에 아빠가 다시 찾아왔었다. 테사는 아빠 손에 구급약과 붕대를 챙겨 주었다.

"도대체 언제 이 미친 싸움은 끝나는 거야?" 테사가 한밤중의 정적을 깨고 말했다. 누구한테 하는 말이라기보다 혼잣말에 가깝게.

구도심에서 마지막으로 만났던 이후, 테사와 모는 처음으로 단둘이 시간을 가졌다. 환자를 지하실로 옮기는 일을 도와주고 오자 모가 보이지 않는 것을 테사는 깨달았다. 어디 갔나 찾다가 뜰에 있는 모를 발견했다. 둘은 무화과나무 아래 앉아 서로 아무 말도 하지 않았다. 함께 있으면서 아무 말도 하지 않을 수 있어야 진짜 친구다. 인생을 살며 말이 필요없는 순간은 드물지 않게 찾아온다. 특히 두려움이 손에 잡힐 것만 같은 순간이 그렇다. 빗발치는 총성과 수류탄 폭음이 어둠의 장막을 찢어 놓을 때 무슨 말이 필요할까. 둘은 물에 빠진 사람처럼 가라앉지 않으려 발버둥 치며 서로 의지하려 할 뿐이다.

"싸움이 언제 끝날지야 나도 모르지." 모가 대답했다. 물론 모는 테사가 이 갑갑한 상황을 풀어줄 답을 기대하고 물어본

게 아니라는 점은 알고도 남았다. 하나의 땅에 두 민족과 두 정부가 저마다 자기가 옳다고 주장하는 이 기괴한 상황을. 가장 좋은 방법은 틀림없이 저마다 다른 민족 없이 자기 땅에서 살아가는 것이리라. 두 가족이 한 집에서 살며, 한 침대에서 자고, 한 정원에 저마다 다른 꽃을 심으려 한다면, 싸움은 피할 수 없다. 다른 가족이 사라져야만 한다.

"나는 네가 다른 데로 가지 않았으면 좋겠어." 테사가 불쑥 말했다. "하지만 솔직히 정말 궁금해. 왜 아랍인은 우리를 여기서 살게 내버려 두지 않아? 나치가 우리에게 얼마나 나쁜 짓을 저질렀는지, 다른 국가들이 우리를 돕지 않고 외면했는지는 비밀이 아니잖아. 우리는 그냥 안전하게 살아갈 땅이 필요한 거야. 그게 그렇게 이해하기 힘들어? 아랍 국가들도 유대인을 괴롭히고 살해했어. 아랍인들은 왜 그냥 자기 나라에서 평화롭게 살지 못하는 거야? 자기들도 오랫동안 유럽이나 오스만제국에 점령당해 어려움과 고통을 겪었으면서 왜 우리 아픔을 이해하지 못해? 너희는 이제 아랍 세계에서 어디든 골라 국가를 세우고 살 수 있잖아. 우리는 바로 그 일을 하려는 거야, 이 조그만 땅뙈기에서. 아랍이 차지한 땅은 크고 넓잖아. 우리에게 이 사막과 언덕이라도 남겨 주면 안 되는 거야?"

"우리더러 뭘 어쩌라고? 우리가 사는 곳이 바로 이 사막과 언덕의 땅뙈기야. 너희 유대인이 다른 곳에 국가를 세우면 안 되는 거야? 아프리카 동부 또는 아르헨티나에 살기 좋은 평지는 얼마든지 있잖아. 아니면 독일에게 땅 좀 달라고 하던가, 그들은 너희에게 빚을 졌으니까!"

"어떤 유대인이 독일로 돌아가고 싶대? 히틀러가 죽었다고 나치스가 깨끗이 사라진 거 같아? 독일이 우리에게 땅을 준다고 해도, 또 영국이 그 많은 식민지 가운데 어느 하나를 우리에게 준다고 해도, 우리는 받아들일 수 없어. 예루살렘이 우리의 성지이니까. 우리의 조상은 예루살렘에 묻혀 있으니까."

"한 줌도 안 되는 죽은 조상 때문에 더 많은 사람이 죽어야만 한다는 거야?"

"그냥 몇몇 조상이 아니야! 우리가 몇천 년이 넘게 전 세계에 흩어져 사는 디아스포라임에도 단결된 힘이 어디서 나왔다고 믿어? 우리는 아브라함과 이삭과 야곱을 조상으로 하는 하나의 민족이며, 우리의 성지 예루살라임을 되찾아야 한다는 갈망이 그 힘을 주었어."

"아브라함? 우리 아랍인은 이브라힘이라 부르지. 그럼 아랍인과 유대인은 같은 혈통인가? 그렇다면 왜 아랍인과 유대인은 사촌 형제로 함께 살지 않는 거야?"

"저기 바깥에서 시끄럽게 싸우는 네 형제들에게 물어보렴."

모는 할 말을 잃었다. 이라크에서 이집트까지 아랍 군대들이 팔레스타인으로 밀고 들어오는 것은 모도 못마땅했기에. 영국은 비겁한 개처럼 납작 엎드려 그저 불이 활활 타오르는 걸 구경만 한다.

"어떤 신을 믿느냐 따지지 말고 그냥 인간으로 우리가 함께 산다면 아무 문제가 없지 않을까?" 모가 다시 입을 떼고 물었다. 다시금 무어라 답해야 좋을지 모를 질문이다. 이 문제를 해결할 수 있는 답은 없다.

"흥, 같은 신을 믿는다 하더라도 사람들은 유대인을 미워할 또 다른 이유를 찾아낼걸. 독일인은 유대교 회당인 시너고그에 한 번도 가 본 적이 없으며, 독일식 이름을 쓰는 유대인을 독가스로 죽였잖아. 우리는 안전하게 살아갈 땅이 꼭 필요해. 아랍인이 이 땅에서 우리와 함께 평화롭게 살 수 없다면, 다른 곳에 가서도 얼마든지 살 수 있잖아. 요르단은 멀지도 않고 좋네."

"어떤 경우에도 나는 가족을 요르단에 데려가지 않을 거야. 요르단은 베들레헴과 비교도 할 수 없을 정도로 살기 나빠. 베들레헴에는 화려하지는 않아도 우리끼리 오순도순 살 수나 있지. 물론 베들레헴에서 동굴에 사는 사람이 많기는 하지. 하지만 요르단에서는 천막에서 살아야 해. 천막 사이에는 똥물이 줄줄 흘러. 화장실이 따로 없으니까. 게다가 이제 곧 여름이잖아. 거기 난민촌에는 그늘이라고는 없어. 이글이글 타는 열기를 그저 천 쪼가리 아래서 고스란히 버텨야 해. 그곳에서 겨울을 나면 우리는 모두 천막 안에서 얼어 죽을 거야."

"그게 뭐 우리 탓이야? 그런데 왜 너희 아랍 형제들은 천막에서 사는 건데?"

"나도 몰라." 모가 입을 비죽 내밀며 말했다. "저들은 아마도 곧 팔레스타인을 점령해 난민을 되돌려 보낼 수 있을 거라고 믿나 봐. 곧 돌아갈 거니까 임시로 천막에서 살라는 거겠지."

"팔레스타인으로 되돌아간다고? 이제 이 땅은 팔레스타인이 아니야, 이스라엘이야."

"헐, 그럼 나는 뭐야, 이스라엘 국민이야?"

"예전에 너는 누구였는데? 팔레스타인 국민?"

"나는 그냥 아랍인이야. 아니지, 나는 그냥 사람이야. 어느 민족이냐 따지느라 세상을 발칵 뒤집어 놓을 정도로 싸우다니, 얼마나 바보 같은 짓이야!"

"하지만 그게 현실인 걸 어쩌겠어. 너도 민족을 머릿속에서 지울 수 없잖아."

"누가 아랍인이고 유대인이냐 하는 문제에만 매달린다면, 우리는 평화를 이룰 수 없어. 종교도 깨끗이 잊어야만 해."

"너 지금 무슨 꿈 꾸니?"

다시 둘은 침묵에 휩싸였다. 밤공기가 차가워졌다. 무화과나무의 잎사귀 사이로 달빛이 무심하게 반짝인다. 달도 답답한 걸까?

"우리가 서로 미워하는 한, 평화는 없어." 테사가 말했다. "그리고 우리가 이기지 못하면, 우리는 죽어. 우리는 이겨야만 해. 달리 방법이 없으니까. 어쨌든 아빠는 그렇게 말했어."

"네 아빠가? 그런데 네 아빠는 대체 무슨 일을 하는 거야?"

"몰라. 아빠랑 함께 살지도 않는데 내가 어떻게 알겠어?"

"네 아빠는 군인이지? 혹시 테러리스트? 예전에 너희 집에 드나들던 사람들 테러를 꾸민 거 아냐?"

"무슨 소리를 하는 거야? 나는요, 히브리어를 할 줄 몰라요, 어른들이 하는 얘기를 내가 어떻게 알아듣겠어?"

"말은 못 알아들어도 뭘 하는지는 알 수 있잖아?"

"그럼 너는 뭘 했는데? 베들레헴에 간 뒤부터 무슨 일을 하고 다녔어? 용병으로 싸우러 다닌 거 아니야?" 테사는 아빠 이야기가 더 나오지 않게 되레 공격적으로 물었다. "네 나이면 군대 가잖아. 우리도 13살이면 싸움에 힘을 보태야 해! 네 다리 상처 싸우다가 생긴 것 맞지?"

"말 돌리지 마. 너는 틀림없이 아빠가 뭘 하는지 알아. 너 그때 다마스쿠스 성문에는 왜 갔는데? 아랍인 동네 한복판에서 그날 뭘 찾은 거야?"

"나는 그날 너를 도와 다친 사람들을 돌봤잖아."

"아니, 그전에 너는 이미 그곳에 있었잖아. 거기 왜 간 거야?"

다시 테사는 입을 다물었다. 입을 굳게 닫고 테사는 그냥 자리에서 일어나 가 버릴까, 고민했다. 모와 계속 이야기하다가는 모의 아빠가 죽은 사건에 자신의 아빠가 관련된 것을 털어놓을까 두려웠다.

"어쨌거나 너는 유대인 테러 단체가 우리 아랍인에게 어떤 짓을 저질렀는지 두 눈으로 똑똑히 봤잖아." 모는 테사의 대답을 더는 기다릴 수 없다는 듯 이렇게 말했다. "그런데도 우리가 유대인의 지배를 받아야 해? 왜 우리는 늘 남의 지배를 받아야 하지? 얼마 전에는 영국, 그전에는 오스만제국, 또 그 이전에는 십자군이 우리를 지배했지."

"그리고 그보다 더 이전에는 우리가 이 땅의 주인이었어."

"아니지, 너희는 그보다 훨씬 더 오래전에 이 땅에서 사라졌어. 우리 무슬림은 7세기부터 팔레스타인에 살았으니까. 그리고 우리는 끊임없이 그 누군가에게 점령당하고 괴롭힘을 받았어. 우리가 원하는 것도 독립 국가야. 우리가 독립 국가만 세울 수 있다면 너희와 얼마든지 평화롭게 살 수 있어.”

“고마운 말이지만, 됐네. 그게 얼마나 오래 갈 거 같아? 머지 않아 너희도 우리 유대인을 희생양으로 삼으려 들겠지? 유럽에서도 처음에는 평화로웠어. 엄마는 파리와 런던에 여행을 갔고, 베를린에서 무도회에 참석하면서 인생을 사는 기쁨을 듬뿍 맛보았대. 어디를 가나 인간을 중시하는 휴머니즘으로 평화로웠대. 그러다가 나치스가 등장했어. 독일뿐만 아니라 동유럽과 소련에서도 우리를 박해하고 학살했어. 서구의 문명국가들은 우리 유대인이 아예 들어오지 못하게 국경에서 막았어. 우리가 그런 걸 또 당할 거 같아?”

“너희는 다른 대안이 없잖아.”

“무슨 소리야. 독립 국가가 대안이지. 우리는 서로 평화롭게 살려는 노력을 아끼지 않았어. 하지만 문제만 있으면 우리 잘못이래. 너도 헤브론 이야기는 들어보았지?” 테사가 물었다. 모는 테사가 지금 무슨 이야기를 하는지 알고도 남았다. 그 이야기는 누구나 아는 것이니까! “1929년이었지. 헤브론에서 너희는 우리 유대인 67명을 살해했어. 그 가운데 어린아이도 많았지!”

“우리?! 무슨 소리야, 아랍인이라고 싸잡아서 살인자 취급하지 마! 내가 사람을 때린 적 있어?”

"그거야 모르지. 우리가 서로 처음 본 날 너 뭐했어? 쇠파이 프를 손에 들고 있지 않았어?"

"그럼 너는 다마스쿠스 성문에서 뭐 한 건데? 네 아빠는 어디 있었어? 또 폭탄이 터진 12월 29일에는? 자파 성문과 세미라미스호텔에서 폭탄이 터졌을 때는?" 모의 목소리는 오래된 성벽 위에 뜬 달의 빛처럼 차가웠다. "또 1946년 7월 22일 유대인 폭탄이 내 아빠를 무참히 죽였을 때는?"

앗, 모는 테사 자신의 생각을 읽기라도 하는 걸까?

"네 아빠가 그렇게 된 건 정말 안타까워." 테사는 모의 눈길을 피하며 이렇게 말했다. 그 폭탄 테러를 벌인 사람이 아빠인 것이 드러날까 두려운 나머지 테사의 목소리는 떨렸다. 지금 왜 모는 이처럼 강하게 테사를 몰아붙일까? 아빠가 하는 일을 테사가 막을 수는 없지 않은가? 모의 아빠가 아직 살아 있다면, 분명 그분도 싸웠으리라! 하지만 모의 아빠가 테러도 벌일까?

안 되겠다 싶어 테사는 정면 대결을 결심했다. "하지만 아랍인도 유대인에게 똑같은 테러를 저질렀잖아! 무슨 시합이라도 벌이는 것처럼. 서로 자기가 이기겠다고 사람들 목숨을 빼앗았잖아."

"데이르 야신." 모가 테사의 말을 끊었다. "그건 테러가 아니었어, 학살이지. 다시는 나한테 헤브론 이야기는 하지 마. 그건 벌써 오래전 일이잖아. 데이르 야신은 최근 사건이고."

"그 사건이 벌어지고 사흘 뒤 너희 사람들은 수송대를 공격했잖아. 77명이 죽었어. 그 가운데는 간호사와 의사도 있었지! 그건 복수가 아니야, 학살이지, 안 그래? 벤구리온은 데이르 야신 사건에 공개적으로 사과하기라도 했지, 너희는?"

"공개적인 사과? 그게 진심 어린 사과일까? 그리고 사과한다고 죽은 사람이 다시 살아나?"

"그야 물론 아니지, 하지만 너희는 사과라도 해 봤어? 사과는커녕 너희 팔레스타인 지도자 알 후세이니는 유대인 여인과 아이를 죽이라고 선동했잖아! 그건 내가 표적이 될 수도 있었다는 말 아냐? 그리고 너희 앞잡이들이 식량 수송대를 공격한 탓에 나는 배를 쫄쫄 굶고 있어. 난 네가 베푸는 자선을 원하는 게 아니야, 나는 그냥 조용히 살고 싶어."

"자선? 나는 그냥 너를 돕고 싶었을 뿐이야!"

"너희 사람들이 공격만 하지 않았다면, 나는 도움 따위는 필요 없어. 아랍의 다섯 국가 군대들이 우리를 침략만 하지 않았다면, 나는 혼자서도 아주 잘 지낼 수 있었어! 우리가 독립 국가를 가져야만 한다는 걸 그렇게 이해하기 힘들어?"

"그렇게는 안 된다는 걸 이해하기 힘들어? 이 땅에는 이미 사람이 살잖아! 나를 보라고, 내가 이 땅의 주민이잖아. 그런데도 너희는 나를 쫓아내지 못해서 안달이잖아. 심지어 너와 네 아빠는 내 집에서 편안하게 지내는 반면, 엄마와 세 동생과 나는 방 하나에서 복닥거리며 사는데. 그리고 아마도 이모부라는 사람은 벌써 내 가족을 내쫓았을 거야. 엄마와 세 동생은 거리에 나앉았거나, 어떤 동굴이나 천막에서 지낼지도 몰라. 내가 가족을 돌봐주지 못하니까. 너희 유대인들이 내 아빠를 살해했으니까. 너에게 뭔가 먹을 것 좀 가져다주려다가 내 머리가 이렇게 터졌으니까!"

"아니, 이 녀석들이 부끄러운 줄도 모르나 봐? 테사, 얼른 주방으로 가라! 젊은이 자네는 지하실로 가고. 내일 아침에 자네 짐을 싸서 나가 줄래. 이제는 완전히 회복한 거 같아 보이니까!" 돌풍처럼 나타난 아가사 수녀가 테사와 모 앞에 버티고 서서 호통을 쳤다. 테사와 모가 다투는 소리를 더 많은 사람들이 듣지 않았다면, 그건 기적이리라. 테사는 화난 얼굴로 모를 쏘아보며 자리에서 일어나 주방으로 갔다. 모는 어둠 속에 홀로 덩그러니 남았다.

달이 구름 뒤로 숨었다. 찬 바람이 얼굴을 할퀸다. 어딘가 가까이서 수류탄 터지는 소리가 들렸다.

테사와 모는 다시 보지 못했다. 밤중에 모는 원장 수녀를 찾아가 이제 나가겠다고 문을 열어 달라고 부탁했다. 모는 밤에 베들레헴까지 가고 싶었다. 밝은 대낮보다 어둠이 낫다고 모는 생각했다.

닷새 뒤 예루살렘 구도심의 유대인 군인들은 요르단 군대에 항복했다. 구도심의 대략 1500명의 유대인은 몇 시간 안에 짐을 싸서 집을 나가야만 했다.

이집트는 가자 지구를 점령했다. 요르단은 예루살렘의 동쪽 그리고 예루살렘과 요르단 계곡 사이의 지역 그리고 제닌에서 헤브론까지의 지역을 차지했다. 유대인들이 유대와 사마리아라 부르는 지역이다. 1년 뒤인 1949년 봄에 신생 국가 이스라엘은 아랍 국가들과 휴전 협상을 벌여 땅을 분리하기로 했다. 예루살렘은 성벽을 중심으로 거리와 지역을 나눠 유대인 지구와 아랍인 지구를 정했다. 두 지구는 담장과 철망으로 분리되었다. 이스라엘 국민은 아랍인 지역에, 아랍인은 이스라엘 지역에 들어갈 수 없게 되었다. 언제 깨질지 모를 불안한 평화가 시작되었다.

카림-현재

덜컹!

"조심해! 왜 그렇게 성급해?" 카림을 꾸짖던 엄마는 "하비비, 사랑하는 아들!" 하고 얼른 다정한 목소리로 덧붙였다. 엄마는 막내아들 카림을 끔찍이 아끼고 사랑했다.

"미안해요, 얌마(yamma 엄마. 아랍 사투리)." 카림이 말하며 채소가 든 봉지를 식탁 위에 내려놓고 허리를 숙여 엄마 볼에 뽀뽀를 했다. 엄마는 커피잔들을 씻느라 바빴다. 아빠가 좀 전에 카훼(qahwe, 커피)를 마신 게 분명하다. 이 시간에 설탕을 넣어 달고 진한 커피는 손님이 왔을 때만 마시는데.

"아말." 카림은 반가움에 이렇게 외치며 쪼그려 앉아 두 팔을 벌렸다. 그러자 꼬마 아말이 도톰한 팔을 벌리고 아장거리며 카림에게 다가왔다. 맏형 모하메드의 딸인 아말의 동그란 얼굴에는 환한 미소가 빛났다. 카림은 조카를 번쩍 안아 꼭 끌어안았다. 아말의 댕기 머리가 카림의 뺨을 간질인다. 귀여운 아말을 보니 카림은 기분이 좋았다. 하지만 아말이 와 있다는 것은 형이 왔다는 뜻이다. 카림은 형이 그리 반갑지 않았다.

"마사 알카이르, 야(ya, 친근함을 나타내는 아랍어) 모하메드." 좋은 저녁! 하고 카림은 맏형에게 인사했다.

형의 가족은 불과 몇 집 떨어지지 않은 가까운 곳에서 산다. 형수가 두통으로 누워 꼼짝도 하지 않을 때마다, 형은 아말을 데리고 와서 저녁을 먹는다.

"늦었구나." 모하메드가 퉁명스럽게 받았다. "아말이 배고파. 나도 배고프고! 대체 어디 있다가 이렇게 늦은 거냐?"

"우리는 이스라엘 놈들을 공격했지." 카림은 솔직하게 털어놓았다. "자말 때문에. 어젯밤 이스라엘 군인들이 그의 집을 짓밟았어." 카림은 이제 무슨 일이 벌어질지 알았다.

뚱해 있던 모하메드의 얼굴에 기분 좋은 미소가 번졌다. "아, 좋아. 역시 너는 내 동생이야. 알라가 네 손에 축복을 내리길. 그놈들에게 뜨거운 맛을 확실히 보여줬겠지."

"물론이지." 카림은 이렇게만 말하고 다시 아말을 끌어안았다. 아말은 삼촌 카림의 코를 잡아당겼다. 카림은 얼굴을 아말의 부드러운 배에 묻고 간질였다. 아말이 키득키득 웃었다. 카림은 아말의 뺨에 뽀뽀를 해 주었다. 뺨은 어찌나 부드러운지 솜사탕 같았다. 형은 카림이 팔레스타인을 위한 싸움을 벌였다고 할 때만 좋은 말을 해 준다. 학교에서 좋은 성적표를 받아 오면 형은 비웃기만 했다.

하지만 아말은 카림에게 특별했다. 카림은 아말이 진심으로 좋았다. 다시금 카림은 아말의 배에 얼굴을 대고 간지럽혔다. 아말은 까르르, 듣기만 해도 기분 좋은 소리로 웃었다.

뒤에서 엄마는 칼로 고기를 썰랴, 냄비에 쌀을 안치랴. 요리를 하느라 바빴다. 식사 준비가 끝날 때까지는 시간이 좀 걸릴 모양이다.

"혹시 그 얘기 들어봤어?" 모두 식탁에 둘러앉았을 때 모하메드가 물었다. 식탁에는 쌀 요리와 고기, 아랍 샐러드와 박하를 곁들인 요구르트가 수북했다. 모하메드는 질문과 함께 자신만만한 미소를 흘리며 기대에 찬 얼굴로 가족의 얼굴을 차례로 살폈다. 카림은 형의 입이 뭔가 새로운 소식을 자랑하고 싶어 근질거리는 것을 보았다. 아말은 작은 손으로 밥알을 뭉쳐 요구르트에 넣어 곤죽을 만들었다.

"대체 뭔데 그래, 털어놔 봐." 모하메드 형의 수수께끼 놀이에 짜증이 난 아빠가 으르렁댔다.

"우리의 자랑스러운 전사들이 적에게 일대 타격을 안겼어! 저들에게 안전한 곳은 그 어디에도 없음을 확실히 보여 줬지. 벽 뒤도, 집도 그들에게 안전한 곳은 없어. 유대인들은 세계에서 가장 강한 군대를 가졌다고 자랑하지만, 저들은 심지어……."

"또, 또, 얘기를 빙빙 돌릴래." 아빠가 형의 말을 끊었다. "도대체 우리가 무슨 승리를 거뒀다는 거야?"

카림은 아빠의 간섭이 고맙기만 했다. 형의 수다를 더는 참고 들어줄 수 없었기 때문이다.

모하메드의 얼굴이 붉게 물들었다. 카림은 그게 말을 끊겨 화가 난 건지, 아니면 승리 소식에 흥분한 건지 알 수 없었다.

"우리 전사들은 라말라 북부의 어떤 정착촌에 잠입했어." 모하메드는 이제야 본론을 꺼냈다. "전사들은 어떤 집으로 숨어들어, 그 집의 가족이 돌아올 때까지 기다렸다가, 가족 모두를 그들이 좋아하는 천국으로 보내 버렸어!"

"잘했군." 아빠가 심드렁하게 말했다.

"가족을? 아이들까지?" 엄마가 캐물었다. 그때야 카림은 엄마가 음식에 손도 대지 않은 것을 알아차렸다.

"그럼요, 애들도 깔끔하게!" 모하메드는 아이들을 군인으로 보는 게 당연한 것처럼 말했다.

"저들은 당해도 싸." 아빠는 이렇게 말하며 고기 한 점을 집어먹었다.

"대체 아이들은 왜 죽인대?" 카림은 엄마가 말하기 전에 이렇게 묻고는, 속으로 괜히 물어봤다고 후회했다.

"왜 죽이지 말아야 하는데?" 형이 목청부터 높였다. "저들은 아직 요람 안에 있는 우리 아기까지 죽이잖아! 아말을 봐, 너 자신을 잘 보라고! 내일 아말과 네가 살아 있을지 누가 알아? 오늘 밤 저들이 또 불심검문을 벌인답시고 쳐들어와 수작 부리다가 자기들 기분 나쁘면 그냥 쏴 버릴 수도 있지!"

"그만해!" 엄마가 모하메드의 말을 잘랐다. "왜 카림에게 겁을 주고 그래! 아말에게도! 아말은 벌써 말을 알아듣잖아."

아말은 요구르트로 범벅이 된 손을 치켜들고 잼잼거리며 호기심으로 눈을 반짝였다. 누군가 자기 이름을 불러 주는 게 신기한 모양이다.

"애들은 무서워할 줄 알아야 해요!" 모하메드는 자기 딸은 쳐다보지도 않고 엄마에게 대꾸했다. "또 화를 낼 줄도 알아야 해요! 두려움은 신중함을, 화는 강한 힘을 주니까! 저 시온주의자들을 깨끗이 몰아내려면 우리는 뱀의 교활함을 배워야만 해요!"

"그렇게 잘 아는 너는 왜 맨날 소파에서 빈둥거리냐." 아빠가 옆에서 슬쩍 꼬집었다. 모하메드의 얼굴은 시뻘게졌다. 카림은 조마조마한 마음으로 그런 형을 지켜보았다.

"서로 앞다투어 아이들을 죽이면 대체 그 평화라는 건 언제 찾아오냐?" 엄마가 물었다. 정말 답을 바라고 물어보았을까? 아니면 모하메드가 더는 떠들지 못하게 분위기를 바꾸려고?

"얌마, 시온주의자들은 평화를 원하지 않아요! 오로지 메시아만이 유대인 국가를 세울 수 있다는 헛소리를 믿어서 지금의 이스라엘을 반대하는 유대인과는 얼마든지 평화롭게 살 수 있죠. 지즈야(Jizya, 세금)를 잘 내는 사람은 팔레스타인에 살아도 좋아요. 하지만 이스라엘은 존재할 수 없어요, 있어서도 안 돼요. 우리가 평화롭게 살려면 이스라엘은 사라져야만 해요."

"이브니(아들아), 그만 좀 해. 백 년이 넘는 세월 동안 우리 민족은 유대인에 맞서 싸웠지. 저들은 이 땅에서 사라지지 않아! 그리고 저들이 따로 특별세금을 낼 리도 없어. 너는 칼리파 국가(이슬람 최고 지도자 칼리프가 다스리는 국가)라도 세우겠다는 거야?"

"내가 원하는 국가는 우리의 독립 국가야! 팔레스타인이라는 독립 국가! 무슬림의 팔레스타인!"

"그럼 뭔가 해 봐!" 다시금 아빠가 끼어들었다. "나가서 싸워.

네 동생은 아직 어린데도 새총으로 점령군에 맞서잖아! 너는 뭐 하는데? 아기나 보고 있지."

"후다가 아프잖아요, 나더러 뭘 어떻게 하라고?"

"아기는 네 엄마한테 맡겨. 애를 변명거리로 삼지 말고."

"그만 해요, 당신 무슨 말을 하는 거예요?" 엄마가 놀란 눈을 동그랗게 뜨고 아빠에게 항의했다. "아들이 밖에 나가 싸우며 아이들을 죽이라는 거예요?"

"나가서 싸워야지. 시온주의자들이 우리 애들을 죽인다는 모하메드의 말은 맞아. 저들은 매일 우리에게 굴욕을 안기지. 어젯밤에는 아부 자말을, 지난주에는 아부 파디의 아이들을 끌고 갔어. 꼬마 아부드 샤디는 그냥 총에 맞아. 오늘 카림처럼 시위대 근처에 있었다는 이유만으로. 언젠가는 우리 아들도 저들의 총에 당할 수 있어."

엄마는 아무 말도 하지 않았다. 아부드 샤디를 카림은 알지 못했다. 당시만 해도 카림은 너무 어려서 돌 하나를 2미터도 던질 수 없었다. 하지만 아부드의 사진은 보았다. 아부드 사진이 담긴 현수막은 난민촌의 유엔 건물 옆에 2미터 높이로 걸려 있었다. 현수막이 걸린 바로 그곳에서 당시 벌어진 시위를 구경하던 아부드는 이스라엘 저격수가 쏜 총에 맞았다. 이스라엘 당국은 실수였다고 주장했다. 본래는 시위대를 이끄는 주동자를 쏘려 했는데, 빗나갔다나.

카림은 온몸에 소름이 좍 끼쳤다. 이곳에서 사는 것이 얼마나 위험한지는 익히 알았지만, 아부드의 이야기는 정말 충격적이다. 지난 학기만 해도 학생 두 명이 총에 맞아 죽었으며, 열 명이 체포당했다. 그 가운데 두 명은 벌써 몇 달째 감옥에 있는데, 그들이 정확히 어떻게 되었는지 아무도 모른다. 카림은 속에서 불이 치솟았다. 마음 같아서는 당장 가서 이스라엘 놈들에게 뜨거운 맛을 보여 주고 싶었다. 물론 어린애를 다치게 할 생각은 조금도 없다. 군인에게 본때를 보여 주고 싶었다. 한밤중에 곤히 잠자던 가족을 군홧발로 깨워 아말과 같은 아기를 충격과 두려움에 빠뜨린 바로 그 군인을 찾아가 따귀를 때리고 싶었다. 카림은 무엇보다도 엄마와 아빠와 형이 다시 말다툼을 벌이는 것이 속상하고 화가 났다.

그동안 엄마는 눈물을 흘리기 시작했다. "제발 좀 그만할래? 이런 식으로 말다툼을 벌여 봐야 나아지는 것은 없어. 우리는 모두 그저 평화롭게 살기를 바랄 뿐이잖아."

"얌마는 너무 순진해서……." 모하메드가 투덜댔다.

"엄마에게 그게 무슨 말투야! 순수하고 자애로운 성품이라 엄마는 정치라는 게 무엇인지 모를 뿐이야."

"정치? 서로 싸우느라 아이들까지 죽이는 것이 정치? 말이 되는 소리를 해요!" 엄마가 볼멘소리로 따졌다.

"하지만 그냥 당하고만 있을 수는 없잖아요, 맞서 싸워야지!" 모하메드가 다시금 흥분한 목소리로 외쳤다. "그리고 기회만 온다면 저도 싸울 거예요."

"무슨 소리야, 너는 꼼짝도 하지 마." 엄마는 눈물을 삼키며 마치 어린애를 야단치듯 큰소리로 형을 꾸짖었다. "나는 네가 다시 감옥 가는 일은 절대 눈 뜨고 보지 않을 거야. 너는 이제 아내와 딸이 있는 어엿한 가장이잖아."

"그래 맞아, 적어도 다음에는 잡히지 마." 아빠가 끼어들었다. "자동차 유리창 몇 장 깨고 감방 신세라니, 이거야 원!"

"그건 단순히 유리창 몇 장이 아니에요. 야바(아빠), 우리는 운전자에게 결정적인 타격을 입혔어요. 다시는 이 땅에서 운전하지 못하게 만들어 놓았거든요." 모하메드가 으스대며 말했다.

"무슨 소리야, 그 운전자는 여전히 가까운 정착촌에서 잘살고 있구먼!" 아빠가 호통을 쳤다. "그저 상처에 밴드 하나 붙였을 뿐이야. 다음날 예루살렘에서 새 자동차를 샀더라! 이런 식으로는 유대인을 내쫓지 못해."

"나는 적어도 뭔가 했잖아요! 엄마와 아빠가 그토록 총애하는 둘째 아드님은 라말라에서 여자들과 노느라 정신이 없던데." 이렇게 말하는 모하메드의 표정은 주방 바닥에 침이라도 뱉고 싶을 듯이 냉소적이었다. 카림은 큰형이 작은형 아드난을 얼마나 미워하고 질투하는지 잘 알았다. 머리가 좋은 작은형은 대학 공부를 하며 자유롭게 살았다. 팔레스타인에서 누릴 수 있는 최대한의 자유를 맛보며.

"또 시작이냐? 제발 좀 그러지 마!" 엄마는 한심하다는 표정을 지었다. "동생을 두고 그렇게 나쁘게 말하는 거 아니다!"

"엄마는 왜 그놈 말이라면 전부 다 들어주죠? 대체 언제까지 학비를 대줄 거냐고요?"

"우리는 그저 약간 도울 뿐이야, 걔는 아르바이트하잖아."

"아르바이트? 술집에서!"

"무슨 소리야, 레스토랑에서 한다는데!"

"무슨 레스토랑이 새벽까지 문을 열고 술을 팔아요!"

"뭐라고, 정말이야?" 아빠는 정색하며 화난 눈으로 엄마를 보았다.

"말도 안 되죠! 아드난이 얼마나 착한 청년인데!" 엄마가 고개를 절레절레 저었다.

모하메드의 꼼수가 통했다. 이제 엄마와 아빠는 둘째 아들이 왜 베들레헴이 아니라 라말라에서 대학에 다니는지 하는 문제를 놓고 다투기 시작했다. 베들레헴이면 부모와 함께 살아 돈도 적게 들고, 술집 아르바이트와 같은 허튼짓도 하지 않을 거라고 아빠는 핏대를 세웠다. 이제 모하메드가 유대인과의 싸움에 동참해야 할지, 집에서 애나 보는 게 좋을지 하는 물음은 뒷전으로 밀려났다.

큰형이 엄마와 아빠 신세 지지 말고 차라리 아르바이트라도 하면 얼마나 좋을까 하고 카림은 생각했다. 카림은 학교가 끝나면 삼촌 타레크의 구둣가게에서 아르바이트했다. 하지만 모하메드는 일자리를 구한다는 핑계로 카페를 전전하며 일이라고는 하지 않았다. 카림은 이런 속내를 차마 말할 수 없었다.

저녁 식사가 끝난 뒤 카림은 엄마를 도와 설거지를 하고, 접시 닦는 수건으로 아말과 장난을 치며 놀았다. 까르르 웃어 대는 아말과 숨바꼭질하고 있을 때 아빠가 저녁 뉴스가 시작한다며 조용히 해 달라고 했다. 뉴스는 오늘 벌어졌던 테러를 다루었다. 카림은 죽임을 당했다는 가족의 사진이 화면에 나오는 것을 보았다. 피해 가족은 부모와 다섯 명의 아이들이다. 그 가운데 맏이는 카림과 또래로 보였으며, 막내는 아말보다도 어렸다.

카림은 아이들의 사진을 보면서 그저 무덤덤하기만 했다. 왜 이럴까, 카림은 이유가 궁금해졌다. 사진 속 소년들이 유대인의 전통 모자 키파를 쓰고, 귓불을 덮은 긴 곱슬머리였기 때문일까? 저들은 적인 유대인이라서? 또는 이미 그런 사진을 너무 많이 보아서? 매일 거리를 오가며 아부드 샤디와 다른 순교자들의 사진을 보아서? 성벽과 집의 벽에 달린 현수막에서 이들은 살아 있는 사람들을 내려다보고 있었다.

카림은 자리에서 일어나 잠자리에 들기 전 엄마에게 인사를 하려고 주방으로 갔다.

"티스바흐 일카이르, 얌마."—신의 축복을, 엄마.

"티스바흐 인누르, 하비비."—신의 빛이 내리길, 사랑하는 아들. 엄마는 미소를 지으며 카림의 머리를 꼭 안아 주었다. "절대 잊지 마. 너보다 더 잘난 사람은 없어, 너보다 더 못난 사람도 없어." 엄마는 카림의 빰에 뽀뽀했다. "잘 자렴, 카림. 내일은 새로운 날이야."

"야, 얌마(네, 엄마)."

아나트-현재

"아냐, 엄마! 다시 헤브론에 가고 싶지 않다고!" 하고 외치는 아나트는 속상한 마음 같아서는 아이처럼 펄펄 뛰고 싶었다. 하지만 그래도 이제는 어엿한 어른인데 그럴 수야 없지 않은가. 이 모든 소동이 대장 탓이다. 대장은 아나트를 곁에 두기가 무척 부담스러운 모양이다. 여자 부하를 싫어해서? 아니면 아나트가 군 여성 고위 간부의 딸이라서? 아니면 대장이 워낙 변덕쟁이라서? 아무튼 헤브론으로 파견 가라는 대장의 성화에 아나트는 분통이 터졌다.

"어린애처럼 굴지 마." 엄마는 책상에서 눈도 떼지 않고 냉정하게 말했다. "그 일은 명예로운 임무야. 우리 조상의 무덤에서 믿음이 아주 돈독한 유대인을 보호하는 일이니까."

아, 또 그 종교 이야기! 아나트는 종교는 아무래도 좋다고 하려다가 꾹 참고 입을 다물었다. 그래 봤자 돌아올 답은 뻔하니까. 엄마는 군대에서 이처럼 높은 지위에 오른 것을 자랑스러워했을 뿐 아니라. 신앙심이 깊은 유대인이라는 점에 자부심을 느꼈다. 엄마는 헤브론의 유대인들에게 특히 깊은 친밀감을 느꼈다. 어쨌거나 헤브론에 사는 유대인은 광신도까지는 아니라 할지라도 신앙심이 매우 강렬했다. 헤브론의 도심에는 850명의 유대인이 산다. 아랍인들이 거의 20만 명인 한복판에서 사는 것만 보아도 이들이 유대교를 믿는 신앙이 얼마나 강한지 잘 알 수 있다.

이 유대인들은 막벨라의 수호자를 자처한다. 헤브론에 있는 막벨라 동굴(패트리아크 동굴, 조상 동굴)은 아브라함과 아내 사라, 아들 이삭과 그 아내 레베카, 손자 야곱과 그 아내 레아가 묻힌 무덤이라고 전해진다. 막벨라는 이슬람교도 성지로 섬기는 곳이다. 아랍인은 이브라힘과 사라를 조상으로 떠받들며, 이 무덤을 자기들의 성지라고 주장한다. 그래서 막벨라는 유대인 부분과 아랍인 부분으로 나뉘었다. 이삭과 레베카의 묘비가 있는 곳은 유대인이 접근할 수 없다. 그 대신 야곱과 레아의 위령탑은 유대인이 관리한다. 오스만제국과 영국과 요르단이 차례로 이곳을 점령해 지배하는 동안 유대인과 기독교인은 막벨라에 들어갈 수 없었다. 1967년 6일 전쟁에서 이스라엘이 아랍의 군대들을 물리치고 승리하면서 유대인은 다시 헤브론에 살게 되었다.

헤브론에 사는 유대인은 아랍을 막아 줄 최후의 보루가 자신이라고 자부심이 대단하다. 팔레스타인 국가를 세우겠다는 몽상에 젖어 유대인의 성지를 차지하려는 아랍인을 온몸으로 막아 준다면서. 헤브론에서는 매일 돌과 병처럼 손에 잡히는 거라면 무엇이든 어지럽게 날아다녔다. 팔레스타인의 주먹과 유대인의 주먹이 서로 치고받았다. 화염병이 날아다닐 때도 많았다. 끊임없이 누군가 누구에게 시비를 걸고 싸움을 벌였다. 성난 팔레스타인 사람들로부터 유대인 아이들을 보호하려고 유대인 군대가 투입되었다. 그런데 돌을 먼저 던진 쪽은 유대인 아이들이었다. 물론 군대가 성난 유대인 사람들에게서 팔레스타인 아이들을 지켜 줄 때가 없지는 않았다. 하지만 누가 먼저 시비를 걸고 폭력을 썼는지 정확히 아는 사람은 아무도 없었다. 아나트는 한 가지만큼은 확실히 알았다. 다시는 헤브론에 가지 않으리라. 헤브론에서 군 복무를 하는 것은 시간 낭비다. 유대인 여자는 2년 군 복무를 해야 한다. 남자는 30개월이다. 아나트는 이 2년을 의미 있게 보내고 싶었다. 열심히 책을 읽고 앞으로 본격적으로 전공을 공부할 준비를 하고 싶었다.

"나는 다른 부대에서 훨씬 더 쓸모가 많을 거 같은데. 위생 부대는 어때?" 아나트는 슬쩍 엄마를 떠보았다.

"그러지 마, 아나트. 전투부대가 더 좋아. 이미 의사는 충분하잖아. 그러나 적에 맞서 조국을 방어해 줄 용사는 턱없이 부족하지." 아마도 자식에게 의사라는 직업을 갖지 말라고 설득하는 엄마는 전 세계에서 딱 한 명뿐일 거라고 아나트는 속으로 혀를 찼다. 아나트는 의사가 되고 싶었다.

"의무대에 근무하면 둘 다 할 수 있잖아! 군 복무를 계속하면서 의사가 나에게 맞는지 시험해 볼 수도 있고." 아나트는 속으로 '아, 나는 똑똑해!' 하며 큭큭 웃었다. 엄마도 이런 논리는 부정하지 못하겠지!

"아나트, 너 뭐가 그리 무서워?" 엄마는 한심하다는 눈빛으로 딸을 보며 마치 공격 자세를 취하듯 머리를 앞으로 내밀었다. 아나트가 한 말에는 맞다, 아니다 아무런 반응을 보이지 않았다.

"무섭기는, 그냥 너무 지루해서 하는 말이야!" 아나트는 마지막 지푸라기를 잡는 심정으로 엄마를 설득했다. "탑에서 보초를 서는 것은 정말 따분해. 아무 일도 일어나지 않으니까! 그저 빈둥거리다가 돌 던지는 아이들을 집으로 쫓아. 여섯 시간

근무에, 여섯 시간 잠을 자고, 다시 여섯 시간 보초를 서고. 이게 뭐야? 나더러 대체 뭐 하라는 건데?" 그리고 밤이 되면 출동 준비를 하고 아랍인의 집을 찾아다니며 이른바 '수색'을 한다. 잠자는 시민을 깨워 더없이 불쾌하고 불편한 기분을 겪게 만든다. 목적은 분명하다. 누가 이 땅의 주인인지 팔레스타인 사람들이 절대 잊지 못하게 하려고.

하지만 이런 사정까지 군 고위 간부인 엄마에게 말할 수 없었던 아나트는 속으로 한숨만 쉬었다. 아나트는 군사 기초훈련을 받던 6주 동안 겪었던 일을 떠올렸다. 생각만 해도 불쾌하기만 한 그 일은 훈련 둘째 날에 이미 시작되었다. 아나트를 비롯한 훈련병들은 한밤중에 마을을 돌아다니며 집집마다 문을 두들겼다. 으르렁대는 개에 목줄을 채워 앞장세우고 총은 언제라도 쏠 수 있게 안전장치를 풀어 두었다. 군인은 남자는 체포하고, 여자와 아이들은 방 하나에 몰아넣고는 집 안을 구석구석 샅샅이 뒤졌다. 가구의 서랍들을 모두 빼서 어질러 놓고 매트리스를 칼로 찢었으며 주방 선반의 통조림을 쓸어내려 집 안은 쑥대밭이 되었다. 수색이 끝나면 여자와 아이는 다시 풀어 주었지만, 남자는 끌려갔다가 몇 시간이 지나야 가족에게 돌아갈 수 있었다. 이스라엘 군대는 이 작전에 '생과부'라는 암호명을 붙였다. 작전은 무기나 테러리스트를 숨긴 집을 찾아내는 것이 목적이라고 했지만, 실제로는 신병에게 감정을 무디게 만들어 뻔뻔함을 심어 주려는 훈련이었을 뿐이다.

　아무튼 군대 생활은 늘 똑같았다. 아나트는 사람들 무리에서 수상한 팔레스타인 남자를 가려내는 훈련을 받았다. 끌려 나온 남자는 두 손으로 벽을 짚은 채 다리를 벌리고 선다. 아나트는 몇 미터 떨어져 총으로 남자를 겨눈다. 아나트의 동료가 남자에게 다가가 두 발을 최대한 넓게 벌리게 한다. 남자가 갑자기 돌아서서 공격하는 것을 막으려는 조치이다. 동료는 남자의 허벅지를 눌러 벽에 더 바짝 붙게 만든다. 그리고 팔에서부터 다리까지, 상의 안쪽과 허리춤 아래까지 더듬으며 무기를 숨겨 놓았는지 찾는다. 아무것도 나오지 않으면 남자는 풀려난다. 대개 아무것도 나오지 않았으며, 또 사실 뭐가 나오리라고 기대도 하지 않는다. 그저 훈련일 뿐이다. 기껏해야 팔레스타인 사람을 괴롭히는 것을 즐기는 심술이다.

　아나트는 이런 불심검문을 얼마나 자주 나갔는지 하도 많아서 다 기억하지도 못한다. 군대는 팔레스타인 사람을 더는 인간으로 취급하지 않았다. 그렇지 않다면 사람이 사람에게 어떻게 이런 일을 서슴없이 저지를까? 진짜 테러리스트인지 아닌지 하는 것은 중요한 물음이 아니었다. 그럼에도 아나트는 검문을 해야만 했다. 군대에서 명령은 명령이니까. 밤에 막사로 돌아와 침상에 누워서야 비로소 아나트는 이래도 되는 걸까 두려운 마음이 들었다. 잠을 자려 눈을 감으면 검문하며 윽박질렀던 사람들의 얼굴이 눈앞에 어른거렸다. 화난 얼굴, 두려움에 질려 벌벌 떠는 얼굴, 하지만 할 수 있는 게 없어 포기한 얼굴이 차례로 스쳐 지나갔다. 아나트는 보았다. 겉으로 드러난 표정 뒤에서 증오가 부글부글 끓고 있는 것을. 속에 억눌린 증오는 언젠가 폭발하리라. 애써 증오를 감춘 사람들은 그저 몸 성히 집에 돌아갈 수 있으면 하는 가느다란 희망만 붙들었다.

"우리는 대체 뭘 찾아야 하는지조차 모르고 뒤진다니까요! 그냥 모든 것을 뒤죽박죽으로 만들 뿐이죠." 아나트는 한숨을 쉬었다. "이런 짓은 더 하고 싶지 않아요."

"정말 아무것도 못 찾았어?"

"물론 무기가 나올 때가 없지는 않죠. 무기라야 권총이나 사제 소총일 뿐이에요."

"그걸로 유대인을 쏘지는 않아?"

"그거야…… 하지만 우리 무기가 훨씬 더 강력하잖아요."

"모든 유대인이 무기를 가진 건 아니잖아. 유대인이라고 해서 자신을 방어할 수 있는 사람은 몇 안 돼. 바로 그래서 우리의 임무는 아랍인이 공격하지 못하게 미리 막는 거야! 아나트,

너는 군대에서 얼마든지 좋은 경력을 쌓을 수 있어. 내가 너를 잘 이끌어 줄 테니까."

"엄마, 나는 싫어. 나는 의학을 공부하고 싶어."

"애야, 아직도 모르겠니? 최근 벌어진 사건 이야기도 못 들었어? 아랍 테러리스트가 가족 전체를 칼로 찔러 죽였잖아? 우리는 유대와 사마리아를 감시하고 통제해야만 해! 우리는 아무리 작은 테러 조직이라도 색출해야만 해. 숨겨진 무기를 모두 찾아야 한다고! 우리는 테러리스트의 집을 허물고, 그 가족이 발을 붙이지 못하게 해야만 해. 우리를 죽이려고 어린아이에게 칼이나 폭탄을 들려 보내 봐야 아무 소용이 없다는 걸 저들이 깨달을 때까지! 우리를 이길 수 없음을 깨달을 때까지! 우리를 지도 위에서 지워 버릴 수 없음을 깨달을 때까지! 그래야 마침내 평화가 찾아오지. 너는 강하고 지혜로워, 아나트. 너는 네 부대에서 가장 뛰어난 군인이야, 옛날의 나처럼. 너는 똑똑하고 야심도 있어. 게다가 얼굴도 예뻐. 똑똑한 머리와 아름다운 용모는 혐의자를 신문할 때 큰 도움을 주지. 너는 나보다 훨씬 더 높은 지위에 오를 수 있을 거야. 그런데 그거 알아? 너는 헤브론으로 가지 않아도 좋아. 네가 갈 곳은 베이트 엘이야. 어때, 라말라와 가까워서 좋잖아. 네가 베이트 엘에서 적을 방어하는 데 실력을 입증한다면, 그때 가서 앞으로 뭘 하는 게 좋은지 생각해 보자꾸나. 싸움이 싫다면 〈신베트(Shin Bet, 이스라엘의 국내 치안을 담당하는 정보부)〉에서 경력을 쌓을 수도 있어. 이제 가 보렴, 나는 아직 할 일이 많구나.”

아나트는 마른침을 꿀꺽 삼켰다. 라말라, 그곳은 점령 지역의 수도이다. 예루살렘과 가까운 라말라는 이스라엘이 팔레스타인 지역을 봉쇄하려 세운 분리장벽에 붙어 있다. 이스라엘의 핵심 지역에서 서요르단으로 넘어가는 가장 큰 국경과 맞닿아 있기도 하다. 이곳에는 과격한 폭도가 드물기는 하다. 유대인이든 아랍인이든 과격한 폭도는 헤브론과 제닌처럼 북쪽에 주로 산다. 하지만 라말라에서 군대는 정치가와 고위직 외교관을 보호해야만 한다. 방송 카메라에 찍히려 팔레스타인 지역 쪽으로 넘어가 악수하는 정치가와 외교관은 공격당할 위험에 고스란히 노출되기 때문이다. 라말라는 이스라엘 국민과 팔레스타인 국민이 이처럼 어깨를 나란히 하고 살아야만 하는 도시이다. 이런 공존이 무엇을 뜻하는지는 분명하다. 한밤중에 집들을 돌아가며 수색하고, 매주 금요일에 벌어지는 팔레스타인 사람들의 시위를 막아야만 하며, 출입 금지 지역과 검문소에서 경비를 서야만 한다. 베들레헴에서 기초 군사 교육을 받을 때와 똑같은 일이 되풀이된다. 이런 상황은 헤브론과 똑같다. 다만 차이는 과격분자가 드물다는 것이다. 또, 다른 병사와는 달리 아나트는 계속 엄마의 간섭을 받아야만 한다. 라말라로 가라는 엄마의 결정은 아나트가 미처 생각하지 못한 부분을 노린 옆차기와 다를 바 없다. 더 항의해 봐야 소용없음을 아나트는 깨달았다. 거부했다가는 헤브론으로 가라고 할 게 분명하다. 그런데 베이트 엘이 최악인 것은 늘 아나트를 못마땅하게 여기는 알론 대장과 계속 상대해야 한다는 점이다. 얼마 전 알론은 베이트 엘로 가라는 상부의 명령을 받았다.

"아이고, 고마워라!" 아나트는 속상한 어조로 말하고는 엄마의 사무실을 빠져나갔다.

계단을 뛰어 내려와 집 문을 박차고 아나트는 밖으로 나왔다. 화가 부글부글 끓어올랐지만, 아나트는 어디로 가야 화를 풀지 알 수 없었다. 왜 하필 라말라야!

카림-현재

"라말라 갑니다, 라말라 가실 분 타세요!" 버스 터미널 승강
장으로 내려가는 승강기에서 내리자마자 카림은 외침 소리를
들었다. 아래층 승강장에서는 라말라와 예리코로 가는 소형버
스가 출발한다. 운이 좋았다. 운전사가 라말라 간다고 승객을
부르는 미니버스에는 두 자리만 남았다. 더욱이 그 한 자리는
운전석 바로 옆자리다. 마지막 자리까지 차야 버스는 출발한
다. 카림이 탔으니 이제 곧 한 자리도 채워지겠지. 오래 걸리지
않을 거야. 뒤쪽에는 여자 두 명과 외국인 한 명 그리고 두 아
기를 무릎에 앉힌 부모가 탔다. 여자는 운전사 옆자리에 앉지
않는다. 가족은 대개 함께 앉는다. 카림은 자연스레 운전석 옆
자리에 앉았다. 이 자리는 뒤의 좌석보다 넓고, 무엇보다도 전

망이 좋다. 몇 분 뒤 승강기에서 내린 어떤 노인이 버스에 올라타 아이들이 딸린 가족의 옆에 앉았다. 이제 출발이다. 운전사는 피우던 담배를 눌러 끄고 버스에 올라탔다. 버스는 덜커덩거리며 출발했다. 이제 버스는 베들레헴을 빠져나가 베이트 사후르를 향해 달렸다.

"애야, 너는 어디 가는 거야?" 운전사가 카림에게 물었다.

"형한테요, 형이 비르 자이트에 살거든요."

"형이 대학생인가 보네? 그냥 형만 만나러? 아니면 곧장 빌린으로 태워다 줄까?"

"빌린요? 왜요?" 버스 기사의 갑작스런 질문에 카림은 당황했다.

"너는 어디 사는데? 빌린에서 오늘 다시 탱크에 돌을 던진다던데. 그것이 너 같은 샤바브가 하는 일이잖아? 돌을 던져 팔레스타인을 해방한다며?" 버스 기사는 큰 소리로 웃었다. 거칠고 털털한 웃음소리다. 혹시 나를 놀리는 게 아닐까, 카림은 기분이 나빠졌다.

"아뇨, 저는 라말라까지만 갈 거예요, 고맙습니다."

"빌린이라고 했나요?" 뒷자리의 외국인이 끼어들었다. 짧은 금발 곱슬머리의 청년은 배낭을 무릎 위에 올려놓고 있었다. "곧장 빌린으로 가시나요?" 외국인 청년은 영어로 물었다.

"원하면 그리로 곧장 갑니다, 젊은 친구, 원하는 대로!" 기사가 돌아보며 말했다. 카림은 배낭을 손가락으로 꽉 움켜쥐며 정면의 도로만 뚫어져라 바라보았다. 산만한 운전기사의 눈이라도 되어 주겠다는 듯.

"하지만 본래 우리가 가는 곳은 라말라요, 젊은 친구, 빌린은 좀 더 멀어서 30분 정도 더 가야 해, 인샬라(알라신의 뜻이라면)!" 인사말을 덧붙이고 기사는 다시 정면을 보았다. 카림은 안도의 한숨을 쉬었다. "태워다 드릴까?"

"아, 예, 좋죠, 감사!" 청년이 대답했다. 억양으로 미루어 독일인인 모양이다.

"어디서 왔소, 젊은 친구?" 기사가 물었다.

"오스트리아요." 청년이 대답했다.

"오, 분쟁을 전공하나 봐, 그래요? 어떤 공부를 하죠? 인권? 평화 연구?"

"아뇨, 저는 자원봉사 하러 왔습니다, 청소년 센터에서."

"오, 자원봉사, 팔레스타인에 온 걸 환영해요! 도와줘서 고마워요. 우리는 당신 같은 사람이 필요해. 외국에서 모두 찾아와 이 분쟁이 어떤지 두 눈으로 봐야 해. 이스라엘 놈들이 우리를 어떻게 다루는지, 직접 보고 세상에 알려야 해. 이 부당함을, 이 폭압을. 저들은 우리에게 늘 굴욕을 안기지. 하지만 우리가 승리할 거야, 우리의 강한 청소년들이 매주 금요일 빌린에서 점령군에 맞서 싸우니까. 나비 살레(Nabi Saleh, 라말라의 작은 마을)에서도 마찬가지야. 원한다면 그곳에도 태워다 줄수 있소, 젊은이. 하지만 빌린이 더 좋아, 최루 가스도 많지 않고, 외국인은 위험하지 않아요. 여기, 이 용감한 소년이 어떻게 점령군에 맞서 싸우는지 보여 줄 거요, 안 그러냐, 꼬마 친구!" 운전사는 아무튼 입에 모터라도 달아 놓은 것처럼 쉴 새 없이 재잘거리다가 돌연 카림에게 눈길을 돌렸다.

"저는 그냥 형한테 가는 거예요." 하고 카림이 중얼거렸지만, 운전사는 계속 떠들었다.

"거 오스트리아 친구, 우리의 투쟁 현장을 똑똑히 볼 수 있을 거야." 운전사는 오스트리아 청년을 보며 히죽거렸다. "다윗과 골리앗의 싸움이지, 볼 만할 거야! 빌린으로 태워다 줄게, 200셰켈이면 충분해!"

놀란 외국인 청년이 눈을 동그랗게 떴다. 카림은 얼굴이 화끈거렸다. 200셰켈이라니, 엄청난 바가지다. 그 돈이면 카림은 베들레헴과 라말라를 열 번도 넘게 오갈 수 있다. 외국인이라고 뻔뻔하게 바가지를 씌우다니! 하지만 카림은 아무 말도 하지 않았다. 저 외국인도 이미 운전사의 속임수를 눈치채고 있는 모양이니까.

버스를 타고 가는 내내 오스트리아 청년은 옆자리의 두 여자와 속닥거렸다. 아마도 두 여자는 그에게 어떻게 해야 싼값에 빌린으로 갈 수 있는지 설명해 주는 모양이다.

그동안 차창 밖에는 베이트 사후르의 집들이 사라지고 사막이 나타났다. 모래와 돌과 너저분한 쓰레기가 끝없이 이어진다. 잊을 만하면 이스라엘 경비 탑이 나타난다. 도로 가장자리에는 당나귀가 터벅거리고, 선인장과 올리브나무가 보인다. 그러다 돌연 거대한 계곡이 눈앞에 펼쳐졌다. 미니버스는 가파른 비탈길을 내려갔다가 반대편의 오르막길을 올라갔다. 얼마 지나지 않아 버스는 마알레 아두밈을 지나갔다. 이곳은 이스라엘이 점령한 팔레스타인 지구에서 가장 큰 유대인 정착촌 가운데 하나다.

"보이나? 이스라엘 놈들이 우리에게 무슨 짓을 저지르는지?" 운전사는 서툰 영어로 더듬거리며 다시 외국 청년에게 말을 걸었다. "저들은 우리 땅에 커다란 도시를 짓지. 우리 팔레스타인 사람들은 건설 노동자로만 가서 일할 뿐, 도시에서 살 수가 없어. 저들은 자기들만 다닐 수 있는 도로도 따로 만들어. 나는 그 도로를 달릴 수 없어. 우리는 그 도로를 아파르트헤이트(Apartheid, 분리) 도로라 부르지. 남아프리카에서 흑인을 차별하는 아파르트헤이트 알고 있지? 바로 그거야, 이스라엘은 우리 팔레스타인 민족을 유대 민족과 갈라놓는 분리를 노리지! 아파르트헤이트 장벽도 두 민족을 갈라놓아. 오스트레일리아로 돌아가거든 이스라엘이 우리에게 무슨 짓을 저지르는지 널리 알려 주게."

"저는 오스트레일리아가 아니라 오스트리아에서 왔거든요." 청년이 말했다. "물론 저는 시위를 보러 빌린에 가는 거예요. 그곳에서 오늘 시위가 있다면서요."

"맞아, 오늘! 매주 금요일에 시위가 벌어지지! 거기로 태워다 줄게"

"아뇨, 고맙지만 됐어요. 저는 요금이 그처럼 비싸지 않은 버스를 탈 겁니다."

"아니, 비싸다고? 그럼 빌린으로 가려는 손님을 더 태우면 차비야 맞출 수 있을 거야, 어떤가?"

운전사와 청년이 흥정을 벌이는 동안, 버스는 동예루살렘으로 접어들었다. 베들레헴에서 예루살렘을 통과하는 길이 훨씬 더 빠르기는 하지만, 이스라엘 여권이 없는 팔레스타인 사람은 예루살렘에 들어갈 수 없다. 바로 그래서 버스는 예루살렘을 빙 돌아갈 수밖에 없다. 물론 오스트리아 청년처럼 외국 여권을 가진 사람은 예루살렘을 통과할 수 있지만, 두 곳의 검문소에서 오래 기다려야만 하며, 여러 번 버스를 갈아타야만 한다. 빙 돌아가더라도 팔레스타인 사람이 타는 버스를 이용해야 덜 번거롭다. 미니버스는 덜컹거리며 한 시간쯤 더 달린 뒤에 라말라 버스 터미널에 도착했다.

라말라는 팔레스타인 영토의 수도이다. 이 도시에는 팔레스타인 자치 정부가 있으며, 팔레스타인의 독립 국가를 찬성하는 모든 국가가 자국 대표를 파견한 곳이기도 하다. 팔레스타인 해방기구의 지도자 야세르 아라파트의 무덤도 이 도시에 있다. 레스토랑과 카페가 즐비하고, 각종 노점상이 제발 자기네 물건 좀 사 달라고 외쳐 댄다. 거리에는 행인들로 가득하며, 자동차들이 빵빵 경적을 울려 대고, 쏟아 내는 배기가스로 공기가 매캐하다. 알마나라 광장은 말이 광장이지 중앙에 네 개의 사자상이 있는 원형 교차로에 불과하다. 꼬리에 꼬리를 무는 자동차들과 행인들로 가득하다. 시위도 주로 이곳에서 벌어진다. 평소에는 커피를 파는 행상이 "카훼! 카훼!" 외치며 손님을 부른다. 빨간 원통형 모자를 쓰고 외치는 모습은 빨간 벼슬이 달린 수탉을 떠올리게 한다. 등에 진 금색의 황동 온수통이 햇빛을 받아 번쩍거린다. 통에는 플라스틱으로 만든 꽃이 달렸다.

카림은 혼자서 이 수도에 두 번 와 봤다. 두 번 다 카림은 엄마의 걱정과 성화에 시달려야만 했다. 엄마는 카림을 라말라

274

로 보내기 전에 한 시간이 넘게 둘째 형 아드난과 통화하며, 동생을 잘 보살펴라, 라말라 버스 터미널에 마중을 나와라, 동생이 복잡한 시내에서 길을 잃고 헤매지 않게 해라, 제대로 요리한 음식을 해서 먹여라, 너는 요리를 잘할 줄 알잖니, 또는 여자 친구가 있으면 요리해 달라고 해라, 그리고 여자 친구를 곧바로 집으로 데려와 인사를 시켜라 하고 당부에 당부를 늘어놓았다. 마침내 엄마가 전화를 끊었을 때 카림은 자기도 모르게 한숨을 쉬었다. 엄마는 진지한 표정으로 카림을 보며 말했다. "아들, 내일 아침 일찍 출발해. 그리고 안타깝지만 토요일에 아무리 늦어도 어둡기 전까지 돌아와야만 한다. 일요일에는 다시 학교 가야 하니까."

이번 세 번째 방문은 엄마의 허락을 받기가 더욱 힘들었다. 엄마는 최근 벌어진 테러 직후 이스라엘 정부가 라말라의 도로를 막고 차량의 검문검색을 강화했으며 사람들을 잡아들인다며 그런 곳을 지금 왜 가냐며 땅이 꺼져라, 한숨을 쉬었다. 하지만 아드난은 팔레스타인 자치 정부가 이스라엘 경찰과 협력해 테러범을 찾겠다고 약속해 라말라는 평소와 다를 바 없이 평온하다고 엄마를 안심시켰다. 금요일 오후에 평소처럼 시위가 벌어지기는 했지만, 아드난은 엄마에게 시위 이야기는 하지 않았다.

카림은 엄마의 근심을 피해갈 수 있게 해 준 아드난 형이 고맙기만 했다. 카림은 둘째 형이 좋았다. 그리고 이 대도시에 올 때마다 느껴지는 설렘이 좋았다. 미니버스에서 내릴 때 시끌벅적한 소음은 이런 게 사람 사는 것이로구나 하는 묘한 흥분을 맛보게 했다. 물론 배기가스로 목이 따갑기는 했지만. 카림은 마중 나와 준 형과 다음 버스로 갈아타고 천천히 달리는 버스의 차창으로 거리를 구경했다. 라말라의 거리는 베들레헴보다 더 북적거렸다. 마침내 비르 자이트에 도착한 카림은 어떤 고층 건물로 올라가 형이 쓰는 방에 들어갔다. 형은 이 방을 친구 한 명과 같이 쓴다. 카림이 이곳에 올 때마다 가장 좋았던 것은 이 건물 주변의 평온한 풍경이다. 형이 아침에 잠에서 깨어나지 못하고 있을 때 카림은 새총을 챙겨 승강기를 타고 내려와 올리브나무와 가시덤불과 노란 꽃을 활짝 피운 선인장이 무한하게 펼쳐진 풍경 속으로 무작정 걷기 시작한다. 이곳에서 막힘없이 불어오는 시원한 바람은 올리브와 재스민의 향기를 잔뜩 실어다 준다. 베들레헴이라는 관광객이 북적거리는 도시와 이스라엘의 성벽 사이에 끼어 숨 막힐 정도로 답답하기만 했던 아이다 난민촌에 비하면 이곳은 숨 쉬는 것만으로도 가슴이 탁 트였다.

비르 자이트 주변으로 구불구불 이어지는 언덕과 무성한

숲을 보며 카림은 자유가 무엇인지 느꼈다. 이런 땅에서 뛰놀며 자라는 아이는 얼마나 좋을까. 카림은 부러운 생각이 들었다.

바로 다음 날 아침 카림은 길을 나섰다. 언덕을 내려가며 맨발에 닿는 흙의 부드러움을 느꼈다. 새총은 목표만 나타나면 언제든 쏠 수 있게 준비해 두었다. 바지 호주머니에는 총알도 충분하다.

아나트-현재

"어서 잡아, 아나트, 계속 뒤처질래? 잡으라고!" 알론은 몇 걸음 떨어져 아나트에게 고함을 질러 댔다. 아나트는 소년을 쫓으며 헉헉거리고 뛰었다. 묵직한 방탄조끼가 어깨를 짓누르고, 헬멧이 자꾸 이마 쪽으로 흘러내린다. 헬멧 안에서 땀은 비 오듯 쏟아진다. 땀이 눈으로 흘러 들어와 따끔거린다. 아마 땀에는 눈물도 섞였으리라. 아나트는 아랍 소년을 붙들어 바닥에 쓰러뜨리고 무릎으로 목을 누른 다음, M16을 머리에 겨누고 자신이 아는 아랍어 욕을 그의 귀에 대고 퍼부으며 굴욕을 안기고 싶었다. 샤르무트(더러운 놈), 이븐 알칼브(개자식) 하고 큰 소리로 제압해야 동료들은 아나트도 싸울 줄 안다고 인정해 주겠지. 아랍인에게 이스라엘 군인으로서 위엄을 보여 줄 때 동료들은 비로소 아나트를 전우로 존중해 주리라.

하지만 아나트의 진짜 속내는 달랐다. 방탄조끼와 머리에 쓴 철모를 벗어 던지고 가까운 마을, 비록 아랍인 마을이라 할지라도, 그곳으로 달려가 시원한 레모네이드 한 병을 단번에 죽 들이켰으면 하는 마음이 굴뚝 같았다. 아까 군용지프를 타고 지나갔던 마을 이름이 뭐였더라? 아부 함제? 알 함지야? 마을 이름이야 어떻든 상관없다. 지나오다가 본 작은 가게 입구에 커다란 쇼케이스 냉장고에 유명한 빨간 상표가 달린 병이 보였다. 레모네이드다. 그냥 찬물이라도 마셨으면 원이 없겠다. 아니, 그냥 물이라도 좋다. 아냐, 레모네이드도 물도 아무것도 없어도 좋다. 저 괘씸한 아랍 녀석만 없다면, 아무래도 좋다. 저 녀석은 이제 따라잡기 힘들 정도의 간격을 벌리고 뛴다. 그는 헬멧과 방탄조끼 같은 무거운 장비가 없으니까. 그리고 지켜보는 동료도, 꽥꽥 소리를 질러 대는 분대장도 없으니까. 그때 아나트는 동료 오르가 뛰는 소리를 들었다. 그 묵직한 발걸음 소리만으로도 알 수 있는 오르는 물에 젖어 질퍽거리는 땅을 쿵쿵쿵 뛰면서 아나트를 지나쳐 아랍 소년을 쫓아가며 총을 겨누고 외쳤다. "케프(멈춰)! 케프, 야 샤르무트!" 곧이어 이렇게도 외쳤다. "아나 아트라크(쏜다)!"

하지만 소년은 더욱 속도를 끌어올리며 뛰었다. 그는 소년이라고 보기도 어려웠다. 아나트보다 약간 더 어려 보일 뿐이다. 아마도 16이나 17살 정도. 그의 다리는 매우 강해 보였다. 이스라엘 군인을 피해 달아나는 것이 처음이 아닌 게 분명하다. 오르는 다시금 총을 조준하고 그를 쏘았다. 그러나 이번에도 빗나갔다. 소년은 마을에 거의 다다랐다. 뒤에서는 알론이 계속 소리를 질렀다. 그때 마을 언저리에서 몇몇 검은 머리들이 나타났다. 그 가운데 한 명은 쿠피야를 썼다. 마을의 연로한 어른이 분명하다. 평소에 검고 흰 무늬가 들어간 쿠피야는 거의 쓰지 않는다. 오로지 금요일에 샤바브 그리고 팔레스타인을 지지하는 외국인들이 시위를 벌이며 팔레스타인 깃발을 흔들면서 이스라엘 군인들에게 돌을 던질 때 쿠피야를 쓴다. 그것도 머리에 쓰는 게 아니라, 코와 입을 가린다. 최루 가스와 사진 증거 수집을 막으려는 방법이다. 이스라엘 군인이 촬영하는 사진은 나중에 누가 공격했는지 색출하려는 증거가 되어 나중에 집의 수색이나 검문에서 체포할 때 쓰인다.

그러나 오늘은 금요일이 아닌데.

아쉽게도 금요일이 아니다. 금요일이었다면 내일 토요일에 샤바트와 아나트는 쉴 수 있다는 기대라도 품었을 텐데.

"후퇴하라!" 알론이 다급히 외쳤다. 마을 주민과의 충돌은 피하고 싶은 게 분명했다. 소년은 도망가게 내버려 두었다. 소년을 놓친 책임은 아나트가 홀로 감당해야 하리라.

오르는 아나트에게 성큼성큼 돌아왔다. 알론과 다른 동료들도 그동안 아나트를 따라잡았다. 그들의 거칠게 몰아쉬는 숨소리에 섞인 비난이 칼날처럼 아나트를 찔렀다. "대체 뭐야, 그 녀석이 귀여워서 봐주기라도 한 거야? 왜 못 붙잡았지?" 알론은 마치 M16을 쏘아대듯 비난을 퍼부었다. "네 여성 동료 인바는 범인을 잡았잖아. 인바는 진짜 물건이야. 그런데 너는? 대체 애 하나 붙잡지 못하는 너를 어째야 좋으냐?"

아나트는 아무 말도 하지 못했다. 인바는 먼 산을 보며 슬그머니 웃었다. 오르는 자신의 총을 만지작거리며, 총을 쏘고도 명중시키지 못한 꾸지람이 언제 떨어질까 초조해했다. 게다가 명령도 없이 총을 쏜 것도 마음에 걸렸다.

"차에 타, 긴급 작전 회의를 하자." 알론은 이렇게 말하고 아나트를 보았다. "너는 이곳에서 꼼짝도 하지 말고 보초를 서. 최소한 이 정도 임무는 해내겠지."

"여기서요? 지프가 아니라?"

"여기서! 아직도 상황 파악이 어렵나?!" 알론이 아나트에게 소리를 질렀다. 그리고 부대원들이 타고 온 방탄 지프로 돌아갔다. 모두 차에 오르고 덜컹 차 문이 닫혔다.

아나트는 시동이 걸리는 소리와 함께 바퀴가 굴러가기 시작하는 것을 보았다. 천천히 구르던 바퀴는 갈수록 속도를 올렸다. 아나트는 지프가 곧 다시 멈추고 대원 모두 차에서 뛰어내려 깔깔대고 웃겠지 하고 믿었다. 이건 몰래 카메라야 하면서. 하지만 지프는 이미 언덕을 넘어 사라졌다. 지프와 함께 대장도, 동료도 사라졌다. 아나트는 세상과 완전히 떨어져 홀로 남았다. 적에게 둘러싸인 채로. 두 눈으로 볼 수는 없지만 집 안에서, 그리고 마을 언저리에서 자신을 지켜보는 적들을 아나트는 똑똑히 느꼈다. 저들은 여군이 혼자 완전히 무방비로 버려진 것을 알아차리리라. 이제 저들은 여군을 어떻게 해야 좋을지 쑥덕거리리라.

이제 어떻게 해야 좋을까? 쿵쿵쿵. 아나트의 심장이 갈비뼈를 울릴 정도로 크게 뛰었다. 심장은 가슴에서 튀어나오려는 것만 같았다. 아나트는 사방을 둘러보며 바짝 긴장했다. 지프가 돌아와 줄까? 저기 마을 언저리에서 뭔가 움직이는데? 자신이 뒤쫓았던 소년이 돌아오는 걸까? 저 뒤의 검은 머리들, 검고 흰 줄의 천을 감은 얼굴들이 움직이는 걸까?

아나트는 자기도 모르는 사이에 달리기 시작했다. 다리는 저절로 움직였다. 오로지 이 마을에서 멀어져야 한다. 지금 적들은 소년을 추적한 여군에게 앙갚음하려 눈에 불을 켜리라. 마을 남자들을 상대로 아나트는 혼자서 아무 힘을 쓸 수 없다.

저들은 더 강하고 빠르다. 게다가 무거운 장비도 없으며, 지역의 지리를 손금 보듯 환하게 안다.

아나트는 정신없이 뛰었다. 질퍽한 흙이 자신의 군화를 빨아들이는 것만 같았다. 이 땅의 주인은 마을 주민이라고 흙마저 거드는 것일까? 아나트는 언덕을 넘어 마을이 보이지 않을 때까지 달렸다. 혹시나 해서 뒤를 돌아보았으나 아무도 따라오지 않는다. 그래도 두려운 마음에 언덕을 하나 더 넘었다. 갑자기 시야가 확 트이며 조금 전만 해도 답답하게만 느껴졌던 땅이 툭 열렸다. 끝없이 이어지는 완만한 구릉은 돌과 흙과 올리브 나무로 가득했다. 아나트는 숨을 헐떡거렸다. 이마에서 흘러내린 땀이 눈으로 흘러든다. 목덜미에서 흘러내린 땀이 등을 온통 적셨다. 심장은 뛰어나올 것만 같다. 공포와 분노가 치밀어 올라 소리를 지르고 싶은 걸 아나트는 간신히 참았다. 그 대신 토하고 말았다. 욱욱, 속에 있던 것을 남김없이 게워 냈다.

온몸을 떨며 아나트는 간신히 다시 일어서서 주위를 살폈다. 흙과 마디마디 뒤틀린 나무가 이어지다가 사람이 한 명 보인다. 저기 언덕 위에 누군가 있다. 이글거리는 해를 등지고 선 검은 실루엣이 선명하다. 더워도 너무 덥다. 밝아도 너무 밝다. 3월에 이런 날이 있다니. 그는 나를 보았을까? 뒤를 쫓아온 건가?

지금이 어떤 상황인지 생각을 정리하기도 전에 아나트는 다리가 풀리고 말았다. 그대로 쓰러진 아나트는 있는 힘을 다해 올리브나무 숲 언저리의 구덩이로 기어갔다. 그나마 흙색의 군복이 진창인 흙과 하나가 되어 자신을 가려 주니 다행이다. 다만 검은 머리는 짙은 갈색 배경 탓에 조금만 자세히 보면 그대로 드러났다.

얼마나 지났을까. 이제는 안심해도 되나 하고 생각하는 순간, 가까이서 발소리가 들렸다. 절벅, 절벅, 절벅. 다시 조용하다. 아나트가 몸을 숨긴 구덩이 위로 하늘을 향해 고개를 든 작은 올리브나무 가지에서 새 한 마리가 무심하게 지저귄다. 마치 여기 숨었다고 알려 주는 것만 같은 새를 야속한 눈빛으로 바라보며 아나트는 바짝 긴장했다. 숨도 제대로 쉴 수 없을 정도로.

그가 보았을까?

아나트는 두려움을 꿀꺽 삼키고, 자꾸 떠오르는 이야기를 머릿속에서 몰아내려 안간힘을 썼다. 훈련소에서 소장이 신병들에게 늘 들려주던 그 이야기는 아나트가 세상에 태어나기 몇 년 전에 벌어진 일이다. 두 명의 이스라엘 군인이 서요르단에서 길을 잃고 헤매다가 라말라에 발을 들여놓고 말았다. 팔레스타인 경찰은 두 군인을 체포해 무슨 목적으로 왔는지 신문하려 들었다. 그때 열두어 명의 아랍인들이 경찰서를 급습해 이스라엘 군인들을 죽었다.

그런데 지금 아나트의 처지는 그 이스라엘 군인과 똑같다. 완전히 혼자 적 지역 한복판에 있다.

바스락.

쉬이익. 딱.

지저귐이 멈추었다. 나뭇가지에 앉았던 새가 떨어졌다.

곧이어 아나트는 다시 발걸음 소리를 들었다. 아주 가까이서 들리는 소리에 아나트는 가슴이 덜컹했다. 나를 추적한 건가? 그가 나를 발견했나? 아나트는 숨을 죽이고 구덩이 입구를 살폈다.

검은 머리가 시야에 들어왔다. 옆은 짧게 깎고 길게 기른 윗머리는 단정하게 빗었다. 아랍 소년의 전형적인 머리 모양이다. 호기심을 반짝이며 구덩이 안을 살피던 소년의 검은 눈이 화들짝 놀라 커다래졌다.

카림-현재

　카림은 올리브나무 숲 뒤에서 뭔가 움직이는 걸 느꼈다. 그는 야트막한 나무들 사이를 걸어갔다. 절벅절벅. 그동안 좀 마르기는 했지만 어제 내린 비로 젖은 땅을 걸었다. 나무들에서 올리브유 냄새가 섞인 따스한 허브 향이 났다. 그 향에서는 햇살과 고향의 향기가 났다. 순간 카림은 숲 언저리의 작은 나무에서 참새 한 마리를 보았다. 몇 미터밖에 떨어지지 않은 곳이다. 그는 멈추어 서서 바지 호주머니에서 조용히 새총을 꺼냈다. 참새는 쨱쨱쨱 지저귀기 시작했다. 마치 숲에 안녕 하고 말하는 것처럼. 카림은 신중하게 돌 하나를 꺼내 새총에 장전하고 천천히 잡아당겼다.

　새와 5미터 정도 떨어졌지만, 모든 것은 순식간에 이루어졌다. 카림은 새총의 줄을 팽팽히 잡아당기고 줄을 놓았다. 쉬이익. 돌은 바람을 가르며 새에 명중했다. 새가 떨어졌다. 카림은 속으로 환호성을 지르며 주먹을 불끈 쥐었다. 작은 새 한 마리는 물론 한 끼로는 턱없이 부족하지만, 첫 사냥으로는 성공적이다. 분명 더 많은 새를 잡을 수 있으리라. 카림은 자신의 뛰어난 새총 솜씨가 자랑스러웠다. 아빠는 새를 잡아 오는 자신을 볼 때마다 네가 목동이냐며 못마땅한 반응을 보였다. 상점 주인인 아빠의 아들답게 관광객들을 더 많이 불러모을 수 있으려면 새 잡을 시간에 영어를 공부하라고 아빠는 성화를 부렸다. 그러나 카림은 사냥이 좋았다. 명중할 때 맛보는 짜릿함이 통쾌했으며, 새를 잡아 올 때마다 기뻐하는 엄마를 보는 것도 좋았다. 엄마는 외할머니가 그랬듯 새를 솜씨 좋게 구울 줄 알았다. 그리고 엄마는 구운 새고기를 별로 좋아하지 않는다며 카림의 접시에 듬뿍 얹어 주었다.

카림은 잡은 참새를 주우러 달려갔다. 참새를 발견한 그는 허리를 숙여 그 작은 새를 집었다. 어, 그런데 누가 있다. 카림은 짙푸른 눈을, 길고 검은 머리를 보았다. 묶어 둔 머리가 풀려 어깨까지 치렁치렁했다. 왜 저 구덩이 안에서 웅크리고 있는 거지? 뭔가 두려워서?

카림은 여성이 입은 옷이 군복임을 알아차렸다.

덜컥 겁이 났다.

그는 여군의 눈을 바라보았다.

잠시 소년은 여군을 노려보았다. 여군이 마주 노려본다.

무장했을까? 당연히 무장했겠지. 저들은 항상 무장하니까. 최루 가스와 실탄까지 가졌잖아. 무장도 하지 않고 적지를 돌아다니겠어? 당연히 무장했지. 카림의 머리는 앞뒤를 따지느라 숨 가쁘게 돌아갔다. 저 여군은 나를 어떻게 하려는 걸까? 이제 곧 일어나 나를 공격할까? 나를 쓰러뜨리고 권총을 머리에 겨누지 않을까? 나를 체포할까? 나를 저들의 감옥에 데려갈까? 처음부터 나를 노리고 쫓아온 걸까? 지난 금요일 새총으로 성벽과 경비 탑을 쏘는 걸 보아서? 탑의 반투명 창문 너머에서 이스라엘 군인들은 우리를 감시하며 일일이 사진 찍어둔다던데, 나도 그때 찍힌 걸까? 저 여군은 나에게 복수를 하려는 걸까?

나중에 카림은 여군이 두려움에 떨고 있는 걸 알아차리기까지 얼마나 오래 걸렸는지 기억하지 못했다. 여군은 두 눈을 치켜뜨고, 아랫입술을 덜덜 떨었으며, 거칠게 숨을 몰아쉬느라 가슴이 오르락내리락했다. 두려움에 떨고 있다. 군인이 소년이 무서워서.

그때 카림은 손에 쥐었던 새를 다시 떠올렸다. 손으로 움켜

쥔 새의 다리는 애처로울 정도로 가느다랗다. 새의 날개깃이 옷소매를 건드린다. 돌이 새에게 안긴 상처에서 피가 방울방울 흘러나온다. 흘러내린 피가 카림의 발아래 검붉은 얼룩을 만들었다.

카림은 라말라 이야기를 떠올렸다. 큰형 모하메드가 떨리는 목소리로 들려주었던 이야기다. 아마도 그 떨림은 존경심의 표현이었던 모양이다. 형은 카림에게 어떤 청소년의 시신을 팔레스타인 국기로 감싸고 치켜든 채 큰 소리로 통곡하며 행진한 남자들을 이야기했다. 청소년은 이틀 전 벌어진 싸움에서 이스라엘 군인에게 죽임을 당했다. 나흘 전에는 어떤 팔레스타인 남자가 이스라엘 주민이 모는 차에 치여 죽는 사건이 있었다. 두 번의 장례가 두 주에 걸쳐 차례로 치러졌다. 슬픔과 분노에 휩싸인 남자들은 길을 잃고 헤매다가 잡혀 온 두 명의 이스라엘 군인이 있다는 이야기를 들었다. 목숨을 잃은 피해자를 애도하는 시위를 하던 남자들은 행진의 방향을 바꾸어 경찰서로 달려갔다. 남자들은 복수와 보복을 외치며 경찰서로 난입했다. 마침내 어떤 팔레스타인 청년이 경찰서 창문으로 피로 물든 손을 번쩍 내밀며 승리의 환호성을 외쳤다. 이스라엘 군인의 피로 물든 손을.

참새의 마지막 핏방울이 퐁, 들릴락 말락 한 소리와 함께 바닥에 떨어졌다.

그때 이스라엘 여군이 말을 하기 시작했다.

아나트-현재

"살려 줘, 제발 죽이지 마. 나는……." 아니, 내가 지금 뭐라고 한 거지? 군인이 아닌 척 할 수 있다고 생각해서 그런 건가?

쟤가 내 말을 알아듣기는 하나? 아나트는 영어 또는 히브리어 어느 말을 써야 할지 헷갈렸다. 외국인과 말할 때 아나트는 자연스럽게 영어를 썼다. 하지만 지금 앞에 선 녀석은 외국인이 아니다. 그리고 아랍인은 히브리어를 할 줄 모른다.

"쏘리." 하고 소년은 중얼거렸다. 소년은 도로에서 다친 동물을 내려다보듯 아나트를 굽어보았다. 아마도 뭘 어떻게 해야 좋을지 고민하는 모양이다. 쏘리? 이 말은 어느 언어든 공통으로 쓴다. 하지만 대체 무슨 뜻으로 "쏘리"라고 한 걸까? 무섭게 내려봐서 "쏘리"라고 했나? 이제 너를 죽일 수밖에 없어서 "쏘리"라고 했나? 공포에 사로잡힌 아나트는 초조한 나머지 머리에 쥐가 날 지경이었다. 적이 지켜보는 앞에서 초조해하다니 군인이 이래도 되는 걸까? 훈련은 그러지 말라고 가르치지 않았던가? 적지에서 적과 마주했을 때 무얼 어떻게 하라고 가르쳤던가? 총을 겨눠? 총구를 녀석의 머리에 대고 올리브나무 숲을 헤쳐 나가며 이 아랍 녀석의 대가족이 나타나기 전에 동료들이 돌아와 주기를 기대할까?

아니면 항복할까? 녀석은 나를 마을로 끌고 가겠지? 그럼 어떡하지? 팔레스타인 사람들은 나를 붙들고 가두겠지? 혹시 저 길라드 샬리트처럼 몇 년을 붙들려 있는 거 아냐? 2006년 군사 작전 중 팔레스타인 무장단체에 납치된 샬리트는 5년이나 지하감옥에서 살아야만 했다. 1000명이 넘는 팔레스타인 포로와 교환되고 나서야 샬리트는 간신히 풀려났다. 살아 돌아오기는 했지만, 그의 몰골은 사람이라고 보기 힘들 정도로 비참했다. 대체 포로를 어떻게 다루기에? 여자 포로도 그처럼 가혹하게 다룰까?

"에…… 이름이 뭐야?" 소년이 물었다, 영어로. 저 아랍인이 영어를 할 줄 안다. 팔레스타인 학교에서 영어를 배웠나?

"아나트." 대답하고 나자마자 아나트는 곧 후회했다. 어쩌자고 진짜 이름을 덜컥 알려 준단 말인가? 왜 그런 거야?

그러나 왜 안 되는데? 진짜 이름을 알았다 한들 뭘 어쩌겠어?

"너는?"

"카림."

"알았어, 좋아."

아나트는 한편으로 안도하면서도, 다른 한편 점차 짜증이 났다. 지금 상황이 너무 어이없다고 느껴졌다. 소년은 여전히 늘어뜨린 손에 참새 한 마리를 쥐고 아나트를 내려다보았다. 새는 완전히 잊어버린 듯. 아나트는 천천히 구덩이 밖으로 고개를 내밀었다. 녀석은 혼자일까?

"누굴 찾아?" 카림이 물으며 마찬가지로 주변을 돌아보았다. 녀석 또한 초조하고 불안한 모양이다.

녀석도 혼자였다.

카림의 뒤에 줄지어 늘어선, 하늘을 향해 가지를 뻗은 올리브나무들이 묵묵히 지켜보는 군인들 같았다. 따뜻한 바람을 맞으며 녹색의 작은 잎들이 마치 속삭이듯 떨었다.

카림ー현재

여자는 혼자다. 무기를 가지기는 했지만 혼자다. 이스라엘 여군이 이곳에서 완전히 혼자 뭘 하고 있었던 걸까? 비르 자이트와 그 주변은 이른바 지역 B이다. 이 지역은 이스라엘 군대가 통제한다. 히브리어로 자할이라고 부르는 이스라엘 국방군은 이 지역을 자유롭게 오갈 수 있다. 하지만 평소 여군이 혼자 다니는 일은 전혀 없다.

카림은 그냥 가 버릴까, 생각했다. 등을 돌려 새를 가지고 언덕을 넘고 숲을 통과해 비르 자이트 변두리의 형 집으로 돌아가면 그뿐이지 않은가. 승강기를 타고 올라가 콘플레이크를 두둑이 먹고 여군을 본 일은 깨끗이 잊어버리는 거다.

그런데 새는? 분명 아드난 형은 죽은 새가 자기 식탁에 오르면 좋아하지 않겠지. 원래 카림은 새를 이곳 숲에서 구워 먹을 생각이었다. 형이 싫어할 거라고 새를 여기 버린다면, 오늘은 공연히 새만 죽인 하루가 된다.

결국 두 사람 사이에 어색하기만 했던 침묵을 깨 준 것은 피를 흘리고 죽은 한 마리 작은 참새였다. 카림은 엄마가 어렸을 때부터 누누이 가르쳐 준 예의, 사람이 사람을 함부로 대해서는 절대 안 된다는 예의를 깰 수 없었다. 카림은 두려움에 떨며 구덩이 속에서 웅크린 여군, 어느 모로 보나 혼자인 게 분명한 여군을 위협하거나 무시하지 않기로 결심했다.

"혹시 배고파?" 카림이 영어로 물었다.

여군은 이놈 이거 미친 거 아냐 하는 눈빛으로 카림을 보았다. 바로 그 순간 아나트의 배에서 꼬르륵 소리가 났다.

"보게트." 여군이 중얼거렸다.

"뭐라고?"

"배신자라고 말했어."

"나한테? 왜? 배고프냐고 물어봐서?"

"아니, 내 배가 배신자라고!" 여군은 말하며 어색한 미소를 지었다.

카림은 이게 뭐지 하며 얼굴을 잠시 찡그렸다. 그러다가 큰 소리로 웃음을 터뜨렸다.

여군 아나트도 피식, 저도 모르게 웃음을 터뜨렸다.

"내가 아래로 내려갈게, 바람이 좀 부네, 알았지?" 카림이
물었다.

아나트는 고개를 끄덕였다. 카림은 다리를 쪼그려 앉은 다
음 구덩이 안으로 내려왔다. 그런 다음 카림은 칼을 꺼냈다.

아나트의 손은 반사적으로 무기를 잡았다.

"쿨시 타맘, 괜찮아, 나는 새의 털을 벗기려는 거야. 오케
이?" 카림도 반사적으로 칼을 든 손을 하늘 높이 치켜들었다.

아나트는 고개를 끄덕였다.

"나한테 빵도 있어. 그리고 후무스와 양파와 올리브도. 후
무스는 엄마가 만든 거야. 세계 최고의 후무스지."

아나트는 아무 말도 하지 않고 코를 찡긋했다.

그리고 이내 이렇게 말했다. "세계 최고의 후무스는 우리 사
브타가 만드는데."

"너희 뭐?"

"나의 사브타, 내 할머니."

"할머니가 팔레스타인 사람이야?"

"뭐라고? 아니, 왜?"

"이스라엘 사람이 후무스를 잘 만들 리가 없는데."

카림의 말에 아나트는 자기도 모르게 하하하, 큰 소리로 웃

었다. 이 홀쭉한 몸매의 팔레스타인 소년은 어느 모로 보나 여
군, 그것도 무장한 여군을 무서워하지 않는 것이 분명했다.

아나트-현재

아나트는 카림이 솜씨 좋게 새를 다루는 것을 지켜보았다.
능숙하게 털을 뽑고 머리와 다리를 잘라 낸 다음, 들어낸 내장
은 구덩이 언저리 너머로 멀찌감치 던져 버렸다.

"영어를 잘하네." 아나트는 어색한 침묵을 깨려 말을 걸었다.

"너도." 카림이 대답했다. "나는 독일어, 스페인어, 러시아어,
프랑스어도 할 수 있어. 그리고 쿠란에 쓰인 고급 아랍어도. 아
빠가 쿠란 학교 다니라고 성화를 해서 2년 동안 정규 학교 수
업이 없는 금요일마다 쿠란 학교에서 배웠으니까!"

"나는 종교 학교에 다녔어, 우리는 모세 5경을 읽는 수업을
했지. 물론 집에서도 읽었어. 그런데 너는 그렇게 많은 언어를
어디서 배웠어?"

"그 모든 언어를 다 잘하는 건 아냐. 그냥 조금씩 하는 거지. 나는 삼촌 가게에서 장사를 도와. 삼촌은 가죽 샌들과 올리브 나무를 깎아 만든 공예품을 관광객에게 팔아. 외국인을 상대하려면, '최고 품질, 좋은 가격, 최종 가격, 팔레스타인 진품' 따위는 말할 수 있어야 해."

"팔레스타인? 네가 말하는 건 이스라엘이겠지." 아나트는 말해 놓고 아차 싶었다. 혀를 깨물고 싶은 심정이었다. 지금 이런 상황에 그를 자극하는 게 현명한 짓일까?

"손님이 가톨릭 신자라거나 정통 기독교인으로 보이면 나는 '이스라엘 진품'이라고 말해. 그래야 손님이 좋아하니까."

카림의 말에 아나트는 다시금 웃음을 터뜨렸다. 카림이 씩 웃었다.

다시 일어선 카림은 마른 나뭇가지를 모아 바람을 잘 막을 수 있는 곳에 불을 피울 준비를 했다. 작은 가지에 불을 붙여 큰 가지 아래 끼워 놓았다. 이내 불꽃이 피어오르며 타기 시작했다. 불이 활활 타는 동안 카림은 가느다란 가지의 끝을 뾰족하게 깎았다. 그리고 참새를 그 가지에 끼운 다음 불꽃이 사그라들고 잉걸불이 될 때까지 기다렸다.

"항상 이렇게 굽니?" 아나트가 물었다.

"우리 아랍인은 주방이 없어서 항상 이렇게 불을 피우고 굽느냐고?"

"아랍인이 주방이 있다는 건 나도 알아, 내 말은 자주 이렇게 굽냐고?"

카림은 아나트의 물음을 무시했다. "팔레스타인 사람들 주방이 있다는 건 어떻게 알아? 팔레스타인 집에 가 본 모양이네?"

아나트의 얼굴이 빨개졌다.

"너희가 정착촌을 짓겠다며 팔레스타인 사람들의 집을 무너뜨리는 통에 주방이 있을 수 없잖아. 집을 잃은 사람들은 불을 피우고 요리할 수밖에".

부끄러움은 두려움으로 변했다. 아나트의 심장이 다시 벌렁거리며 뛰었다. 이 어린 아랍 소년이 어쩜 이렇게 차분할 수 있지? 젊고 상냥한 외모 뒤에 분노가 이글거리며 타는 게 아닐까? 그 분노가 공격으로 터져 나오지 않을까? 소년의 말이 옳다.

아나트는 울먹이는 여인들, 우두커니 서서 무서운 눈빛으로 쏘아보던 남자들, 엉엉 우는 아이들을 떠올렸다. 집을 허무는 불도저를 바라보는 팔레스타인 가족들이었다. 5톤의 강철 불도저. 외국인과 팔레스타인 사람들은 휴대전화로 집이 철거되는 과정을 촬영했다. 가족은 철거 한 시간 전에서야 비로소 철거를 통보받았다. 그럼에도 많은 사람이 철거 현장을 찾아와 지켜보았다. 가족은 서둘러 냄비와 매트리스와 옷가지를 챙겨 집에서 몇 미터 떨어진 지점에 쌓아 놓았다. 고작 네 개의 벽과 양철 지붕뿐인 집을 불도저가 밀어붙였다. 군인들은 M16을 치켜들고 목줄을 맨 군견을 앞세웠다. 불도저가 지나갈 때마다 쿵, 덜컹, 우지끈 소리와 함께 집이 무너졌다. 카드로 얼기설기 쌓은 탑처럼 맥없이. 허물어졌다. 30분이 채 걸리지 않아 여섯 식구의 집은 커다란 먼지구름과 파편만 남겼다.

헤브론 근처의 어떤 베두인족 마을 집들이 철거될 때의 일이다. 이 유목민족이 지은 허름한 집, 하도 바람을 맞아 비스듬하게 뒤틀린 집을 철거하기로 한 것은 이스라엘 정착촌을 세우려 한 게 목적이 아니었다. 이스라엘 군 당국이 그 마을을 철거하고 사격훈련장을 만들려 했기 때문이다. 군인이 실탄으로 사격 연습을 하면 그곳에서 허름한 집에 살며 양을 키우는 베두인족의 안전은 심각한 위협을 받는다.

그런 곳보다 사람이 없는 장소, 이를테면 사막에 사격훈련장을 만들면 아무 문제가 없지 않을까? 그럼에도 그곳을 고집한 이유를 아나트는 지금도 이해할 수 없다.

"그게 아랍인의 집은……."

"팔레스타인!"

"아, 그래 원한다면. 그런데 왜 우리가 집을 철거하는지는 알 잖아. 허가를 받지 않고 지은 집이거나, 우리 소유의 땅에 지었 잖아."

"너희가 언제 집을 지어도 좋다고 허가해 준 적이 있는데? 전혀 없잖아! 아이는 자라고, 손주가 태어나는데 가족이 그럼 뭘 어떻게 해야 해? 살 집은 있어야만 하잖아."

"새로 지을 게 아니라 이미 있는 집을 구하면 되잖아."

"그런 집이 어디 있는데? 나는 베들레헴의 난민촌에 살아. 큰형은 2년 전에 결혼해 집을 구하려 했어. 형이 침실 하나 딸 린 작은 집을 구하느라 얼마나 걸렸는지 알아? 1년이야!"

"너는 난민촌에 살아?"

"응, 나는 난민이니까."

"어디서 피난 왔는데?"

"나는 피난 온 게 아니야. 피난은 부모가 했어. 그러니까 내 할아버지가 1948년인가, 아니 1947년에 나크바 때문에 고향을 떠나야 했어."

"나크바? 우리가 1948년에 독립을 선언한 걸 말하는 거야? 그거 아랍어로 재해라는 뜻이지?"

"맞아."

"너희는 이스라엘이 건국을 한 걸 재해라고 불러?"

"우리에게는 재앙이지. 당시에 수십만 명의 팔레스타인 사람을 너희가 쫓아냈잖아. 내 할머니와 할아버지도 그때 피난해야만 했어. 알쿠드스를 떠나야만 했지. 집의 문에 열쇠를 그대로 꽂아 두었대. 나중에 집에 돌아올 수 있을 거라고 믿고. 하지만 너희는 그냥 간단하게 팔레스타인 사람의 집을 빼앗고 오늘날까지도 그대로 차지하고 있잖아."

"그건 전쟁이었어. 우리는 지역을 점령했을 뿐이야. 주민은 피신했고. 대개 우리 군인을 피해 달아났지만, 요르단 군대를 피해 도망간 사람도 많아. 그런 게 전쟁이야. 전쟁에서 평범한 사람이 할 수 있는 건 많지 않아. 어쩔 수 없이 새집을 찾아야만 하고, 처음부터 다시 시작해야 해. 그런데도 너희는 피해자 행세를 하며 난민 운운하지. 네 손주한테도 난민이라고 할 거야? 난민으로 사는 게 괴롭지 않아? 나는 어쨌거나 난민이 아니야, 비록 내 할머니가 소녀 때 독일에서 이곳으로 피난 오기는 했지만."

"너는 몰라, 우리에게 이 땅이 얼마나 거룩하고 소중한지."

"거룩한 나라? 너도 그 알라신인가 믿는 거야? 물론 우리에게도 이 땅은 소중하지. 우리 가운데 많은 사람도 신이 허락해준 성스러운 땅이라고 믿어. 하지만 나는 달라. 무엇보다도 나는 안전하게 살 수 있는 땅이 필요해."

"그 안전이라는 것이 너희의 새로운 신인가 봐. 안전, 안전이라면 모든 것을 제물로 바치는 모양이네."

"너희 잘못이야! 너희가 테러만 벌이지 않았다면……."

"우리가 공격을 한 건 너희가 우리의 모든 희망을 빼앗으니까. 우리가 이 땅에서 숨도 쉬지 못하게 너희가 조여 대잖아. 대체 우리보고 어디로 가라고? 나는 앞으로 어떻게 살라고?"

카림은 화난 사람처럼 잉걸불 옆에 나뭇가지를 하나 땅에 박고 거기에 새고기를 꿴 꼬치를 걸쳐 놓았다.

아나트는 이 낯선 소년과의 대화가 이상한 데로 발전하는 것이 마음에 들지 않았다. 이 땅에서 대화는 지뢰밭이나 다름없다. 심지어 날씨를 두고 서로 이야기를 나누는 것조차 위험하다. 비가 적게 오면, 곧장 대화는 식수를 둘러싼 싸움으로 변질한다. 비가 많이 오면, 이스라엘의 하수도와 팔레스타인의 하수도 가운데 어느 쪽이 잘못되어 물이 빠지지 않느냐고 다툰다. 서로 목청을 높이며 비난하면서, 저마다 자기가 옳다고 한다.

아나트는 절로 한숨이 나왔다.

한동안 둘은 아무 말도 하지 않았다. 카림은 새를 끼운 꼬치를 말없이 돌리기만 했다. 고기가 알맞게 익은 냄새가 올라왔다. 그때야 비로소 아나트는 자신을 위해 카림이 고기를 굽고 있다는 것, 분명 고기를 먹으라고 떼어 줄 거라는 점을 깨달았다. 새를 먹을 수 있을까? 저게 무슨 새일까? 참새? 아니, 좀 더 커 보이는데. 이게 무슨 새……, 아나트는 새를 거의 알지 못했다. 어쨌거나 지금 새가 무슨 새인지 따져 보다니, 이 무슨 말도 안 되는 상황일까!

"이 새는 어떤 새야?"

"노란목참새."

"먹을 수 있는 거야?"

"새는 어떤 것이든 먹을 수 있어. 먹지도 못하는 걸 내가 굽는다고 생각해?"

카림 승. 아나트는 멋쩍은 표정을 지었다. 소년보다도 세상을 더 모르는 것 같아 쑥스럽기만 했다.

아나트는 다른 걸 물어서 분위기를 바꿔 보려 했다. 어쨌거나 아까보다 분위기는 좀 누그러진 거 같아 마음이 놓였다. "새를 잡기도 굽기도 잘하네. 모든 걸 다 잘하는데 앞으로 뭘 하고 싶어? 장래 희망이 뭐야?"

"나는 하이파로 갈 거야. 바다에."

"그게 전부야?" 아나트는 카림의 소박한 꿈에 놀란 입을 다물지 못했다. "바다는 왜?"

"할아버지 고향이 거기니까. 나는 할아버지가 살았던 집을 보고, 할아버지가 어릴 때 수영한 바로 그 바다에서 수영하고 싶어." 카림은 차분한 목소리로 말했다.

아나트는 포기하고 싶었다. 이 소년과 도대체 무슨 이야기를 더 할까? 어떤 이야기를 하든 결국 끝은 이스라엘과 팔레스타인의 갈등으로 이른다. 소년이 위험해 보이지는 않았지만, 속을 남김없이 털어놓는 대화는 포기하는 쪽이 좋을 거 같다. 하지만 아나트는 소년의 도움이 필요했다. 공연히 친근한 것처럼 수다를 떨지 않아도 소년은 도와주지 않을까?

아나트는 잔불에 잘 익어 노릇노릇해진 참새구이를 바라보았다. 실제로 잘 구워진 닭고기 냄새가 약간 난다. 아나트는 마지막 남은 용기 한 방울까지 쥐어짰다.

"저기 말이야, 너 휴대전화 있어?"

"그럼, 물론이지. 우리는 휴대전화도 없다고 생각하는 거야?" 카림은 참새구이에서 눈길을 떼고 아나트를 무뚝뚝하게 바라보았다.

아나트는 속이 탔지만, 친근한 미소를 잃지 않았다. 물론 어색함이 묻어나기는 했지만.

"잠깐 전화 좀 할 수 있을까?"

"왜? 너희 대장에게 전화하게? 길을 잃고 헤매고 있다고?"

녀석은 사람을 가지고 놀 정도로 똑똑하다. "누가 날 데리러 오게 잠깐이면 돼. 전화 좀 하게 해 줘. 아니면 근처에 검문소가 있을까? 혹은 경비 초소?"

"아니, 다행히도 없어."

"그러니까 잠깐 전화 좀 쓰자!" 아나트의 심장이 벌렁거렸다. 요 꼬마 녀석이 완전히 사람을 데리고 놀잖아?

"좋아, 이것 좀 잡아." 카림은 아나트에게 참새 꼬치를 건네주고 자기 배낭을 뒤적거렸다. 카림이 꺼내든 휴대전화를 보며 아나트는 실망을 금치 못했다. 마치 타임머신을 타고 과거로 되돌아간 기분이랄까. 저렇게 작은 디스플레이가 달린 앙증맞은 휴대전화는 유치원 다닐 때 마지막으로 보았다. 저런 단말기로 인터넷은 꿈도 꿀 수 없다. 물론 전화야 할 수 있겠지.

"국제전화는 안 돼." 카림이 마치 아나트의 생각을 읽은 것처럼 말했다.

"외국에 전화할 일은 없어."

"이스라엘도 외국이잖아."

아나트는 이미 손을 뻗어 휴대전화를 잡으려다가 멈칫했다. 지금 이 녀석이 놀리는 거지? 또 이스라엘 대 팔레스타인으로 돌아간 거야? 이스라엘은 팔레스타인 사람들이 원하지 않는 나라라서 외국이다?

돌연 카림이 씩 웃었다. 아나트는 속으로 저 녀석이 제 딴에는 농담이라고 한 거겠지 짐작했다.

"진짜야. 내 휴대전화로는 팔레스타인 국내 통화만 할 수 있어. 아주 싼 요금제라 다른 지역으로는 걸 수 없어."

아나트는 손을 축 늘어뜨리며 크게 들릴 정도로 한숨을 쉬었다. 휴대전화에 걸었던 희망은 절망으로 바뀌었다. 완전히 고립되고 말았다. 어디가 어딘지 방향을 잡을 수도 없다. 현재 위치도, 가장 가까운 검문소 또는 부대가 얼마나 떨어졌는지 짐작조차 할 수 없다. 적의 땅에 군복을 입고 완전히 홀로 버려진 자신의 처지가 한심하기만 했다. 더욱이 석기시대 휴대전화와 저 앙증맞은 참새구이를 손에 든 깡마른 팔레스타인 소년을 보며 아나트는 절로 한숨만 나왔다. 어떻게 해야 이 어이없는 상황에서 빠져나갈까? 해가 어디쯤 떴는지 살펴 가며 어두워지기를 기다렸다가 어둠을 타고 서쪽으로 경계 초소가 나타날 때까지 걸을까? 거기까지만 가도 동료들과 만나는 것은 어렵지 않을 텐데. 동료들은 왁자지껄 웃으며 놀려 대겠지. 또는 무조건 총부터 쏘는 경우도 드물지 않다. 어두운 밤에는 동료들은 긴장한 나머지 상황을 정확히 알아보기도 전에 총부터 쏜다. 군복을 입고, 그것도 무장한 채로 초소에 접근하면, 동료들은 아랍인 테러 단체의 속임수로 여기고 상대가 누구인지 묻지도 따지지도 않고 총을 쏠 수 있다. 이스라엘 군인이 유대인을 팔레스타인 테러범으로 오인한 나머지 총을 쏴 죽인 일은 실제 드물지 않게 벌어졌다. 물론 아나트는 방탄조끼를 입고 있기는 하다. 덕분에 더워 죽겠지만, 그래도 안심은 된다. 하지만 갓 훈련을 마치고 투입된 신병은 총을 잘 조준해서 쏘지 못한다. 만약 머리나 다리를 쏜다면? 아나트는 소름이 쫙 끼쳤다. 어쨌든 밤에 군복을 입고 혼자서 검문소에 접근하는 것은 너무 위험하다.

아나트는 누가 더 난처해질지 자신에게 물었다. 부하를 혼자 적지에 내버려둔 대장 알론? 명령대로 위치를 지키지 않은 자신? 분명 비난의 화살은 아나트에게 쏟아지리라. 군대는 항상 그런 식이니까. 아나트는 순간 대장에게 욕을 먹고 동료들의 비웃음을 사느니 차라리 엄마에게 혼나는 편이 낫겠다고 생각했다. 하지만 엄마에게 어떻게 연락하지?

"내가 형에게 전화할게." 카림이 불쑥 말했다. "형은 항상 뭘 해야 좋을지 아니까."

"네 형? 형한테 전화한다고? 안 돼, 절대 안 돼." 이스라엘 여군이 혼자서 낙오되었다고 팔레스타인 남자가 알아서는 절대 안 된다. 그럼 저들이 떼를 지어 몰려와 폭행을 저지를 위험이 크다. 최근에 테러를 벌였던 무장단체가 여군이 혼자서 이곳을 헤맨다는 걸 알면 다시 피를 보려 달려들 것은 불 보듯 환한 일이다.

"어떻게든 돌아가야 하는 거 아냐? 내 형은 자동차는 없지만, 사람들을 많이 알아. 택시를 불러 주든 다른 식이든 형은 문제를 해결해 줄 거야."

아나트가 고민에 빠진 동안, 카림은 플랫브레드(flatbread, 효모를 쓰지 않고 밀가루와 물과 소금만으로 만드는 납작한 빵)과 후무스 통과 몇 조각의 양파와 토마토를 배낭에서 꺼내 바닥에 깨끗한 수건을 깔고 그 위에 가지런히 놓았다. 그런 다음 구운 고기를 꼬치에서 빼냈다. 카림은 뜨거운 고기를 재빨리 손으로 잡아 두 쪽으로 갈랐다. 고기는 나직한 딱 소리와 함께 두 동강이 났다. 카림은 반쪽을 아나트에게 건넸다. 뜨거운 고기를 든 손이 찌릿찌릿하기는 했지만, 아나트의 배는 다시금 꼬르륵 신고했다. 이런 배고픔은 예전에 알지 못하던 것이다.

"슈크란." 하고 아나트는 고마움을 표했다. 될 수 있으면 최대한 카림을 존중해 주고 싶었다.

"베와카샤." 천만에, 카림은 답하며 미소를 지었다.

"히브리어도 할 줄 알아?" 아나트는 카림의 미소에 안도하며 물었다.

"그냥 몇 마디만." 카림이 답했다. "형이 가르쳐 줬거든. 어떤 언어든 친절함을 보여 주는 게 꼭 필요하대."

"음 그렇구나. 네 형은 친절한 사람인가 봐. 전화를 걸겠다는 게 그 형이야?"

"응."

"형은 이스라엘 사람을 어떻게 생각해?"

"너희도 그저 사람이라던데."

"뭐 틀린 말은 아니네."

둘은 말없이 마주 앉아 고기에 토마토와 양파를 넣은 빵을 먹었다. 아나트는 동료들의 비웃음을, 신병의 빗나간 총알을, 카림의 친절하다는 형을 생각했다. 친절하다면 폭력부터 앞세운 린치는 하지 않겠지?

"좋아, 네 형에게 전화를 걸어 줘, 부탁이야."

"내 형에게?"

"그럼 누구겠어?"

"알았어, 알았어." 카림은 씩 웃었다.

카림은 그 석기시대 휴대전화를 잡아 번호를 눌렀다. 빕~빕~빕. 아나트는 두 눈이 휘둥그레졌다. 모양만 석기시대인 줄 알았더니, 진짜 케케묵은 고물이구나! 저런 소리는 할머니가 쓰던 전화기의 신호음인데. 스마트폰에서 듣다니.

몇 번인가 신호음이 울리고 카림은 아랍어로 한바탕 무어라 떠들어 댔다. 누군가에게 사정을 설명하는 모양이다. 아나트가 알아들은 아랍어라 해야 아치(형) 그리고 빈트(여자)였다. 그리고 물론 이스라엘리아(이스라엘 사람)도.

통화를 마친 카림은 아나트의 속을 오래 태우지 않았다. "형이 곧 와서 도와준대, 인샬라." 카림은 다시금 미소를 지었다. 아나트는 뭐라고 말해야 좋을지 몰라 난감한 표정만 지었다.

"신이 원하는 대로? 너희는 뭘 어떻게 해야 좋은지 잘 모를 때마다 그 말을 하잖아. 네 형은 오는 거야, 아니야?"

이제는 카림이 깔깔 웃었다. 그리고 정색을 했다.

"진짜 무서운 모양이네, 걱정하지 마. 형은 곧 올 거야. 형은 이스라엘 사람이라고 싫어하지 않아."

"그래도 혹시 친구를 데려오는 건 아닐까? 누군가에게 내 얘기를 하지 않을까?"

"형은 멍청하지 않아. 형이 사방을 돌아다니며 이스라엘 여군을 돕겠다고 떠벌릴 거 같아?"

"아니 그 말이 아니라, 그가 지금 여기 이스라엘 여군이 오도 가도 못하는 지경에 처했다고 잡으러 가자고 할 수는 있잖아?"

"말했잖아, 형은 좋은 사람이라고. 그냥 나를 믿어, 아니면 나도 도와줄 수 없으니까."

아나트는 아무 말도 못 하고 빵을 후무스에 찍었다. 새고기

절반은 이미 먹었다.

"후무스가 정말 맛있네." 아나트는 분위기를 바꾸려 말을 걸었다. "내 사브타가 만든 것에 못지않게 좋은데."

"말로만 하지 말고, 네 할머니의 것도 맛보게 해 줘. 그래야 믿을 수 있지." 카림은 다시금 씩 웃었다. "그런데 이제 털어놔 봐. 왜 혼자 이곳에 온 거야? 우리를 염탐하려는 간첩이지? 그러다가 길을 잃었고, 그렇지?"

"너희는 간첩이 군복을 입나 봐? 어쨌거나 내가 말 못 할 사정이 좀 있어." 아나트는 너무 창피해 말을 이을 수가 없었다. 이스라엘 군대는 세계 최고라는 평판을 누린다. 심지어 적도 그 실력을 인정할 정도다. 특히 이스라엘 군대는 전투에서 부상하거나 사망한 군인을 반드시 데려오는 것으로 유명하다. 그런데 하필이면 이 군대가 아나트를 버렸다. 담력 테스트인가. 화가 나서, 꼴 보기 싫어서? 올리브나무들을 지키라고? 속이 부글부글 끓으면서도 아나트는 한 가지만큼은 분명하게 깨달았다. 혼자 버려졌다고 공포에 사로잡힌 나머지 이렇게 헐레벌떡 뛰어 달아나지만 않았다면, 지금 분명 부대 내무반에서 쉬고 있으리라. 동료들이 언제가 되었든 다시 돌아와 아나트를 데려갔을 테니까. 이스라엘 군대는 아군을 절대 버리지 않는다.

"무슨 생각을 그렇게 해. 어쨌거나 이제 우리는 좀 걸어야만 해. 형은 들길로 올 거야. 여기 아래 있으면 형이 우리를 못 찾을걸."

"혹시 나를 보는 사람이 있지 않을까?"

"뭐 어때, 어차피 위장복을 입었잖아. 변장한 줄 알 거야."

"재밌네."

"걱정하지 마, 여기는 아무도 없어. 여기에는 이스라엘 광신도도 없으니까. 바로 그래서 나는 이곳을 즐겨 찾지."

아나트는 아무 말도 할 수 없었다. 카림은 먹고 남은 음식을 잘 싸서 배낭에 다시 넣고 구덩이에서 빠져나와 출발했다.

"그런데 지피에스(GPS, Global Positioning System) 같은 거 없어? 너희 사람들이 너를 찾아낼 수 있는 장비가 있을 거 아냐?" 어느 정도 걷다가 카림이 문득 물었다.

"아니." 아나트가 볼멘 목소리로 대답했다. "우리는 첨단을 달리는 군대이기는 하지만, 그렇다고 모든 군인에게 무슨 칩을 이식하지는 않아. 그리고 근무 중에 스마트폰은 금지 품목이라 부대에 따로 보관돼."

"그러니까 지금 너는 불쌍하게 억압받는 팔레스타인 사람의 도움이 없으면 아무것도 할 수 없는 독 안에 든 쥐네." 하고 카림은 말하며 혀를 날름했다. "우리가 모두 테러리스트가 아닌

걸 다행인 줄 알아."

"네 형이 말과 행동이 다르지 않다면 정말 다행이지."

"그거야 틀림없으니까 걱정하지 마. 적어도 작은형은 자기가 한 말은 꼭 지켜."

"작은형? 그게 무슨 말이야?"

"큰형은 친절하지 않아." 카림이 답했다.

"그럼 테러리스트?"

"아는 건 극단밖에 없어? 너희를 좋아하지 않으면 모두 테러리스트야?"

"미안, 하지만 너희 가운데 테러리스트가 많기는 하잖아. 그저께 무슨 일이 일어났는지 못 들었어? 텔 아민 지역은 여기서 멀지도 않아."

"그래…… 하지만 우리 대다수는 그런 걸 좋게 생각하지는 않아. 더 많은 죽은 사람이 나오는 건 우리가 원하는 게 아니야. 우리는 그저 너희가 우리를 그냥 살게 내버려 뒀으면 하는 거야."

"그럼 왜 너희는 우리를 그냥 내버려 두지 않는 거야. 너희 자살 테러범만 없다면 우리는 안전 장벽을 세울 필요가 없었을 거야. 테러리스트만 없다면 나도 2년이나 군대 생활을 하지 않아도 되고. 강력한 군대도 필요 없을 테니까."

"아빠는 너희가 우리를 괴롭히지 않고 끝없이 굴욕을 안기지만 않는다면 테러가 없을 거라고 말했어. 누군가 꼭지가 돌아 유대인을 찔러 죽인다 한들 그리 놀랄 일은 아니야."

"언제 어떻게 우리가 너희를 괴롭혔는데?" 아나트는 반문하기는 했지만, 카림이 무슨 말을 하는지 이미 알고도 남았다. 헤브론에서 벌였던 야간 불심검문은 누가 봐도 지나치게 폭력적이니까.

"지난주에 우리 난민촌에서 어떤 일이 벌어졌는지 알아? 시온주의자, 쏘리, 너희가 나와 같은 반 친구를 급습했어. 내 친구가 너희 방탄 차량에 돌을 던졌다나. 아무튼 내 친구가 무슨 엄청난 짓을 저질렀다는 거야. 그래서 군인들이 한밤중에 그의 집에 들이닥쳤어. 그리고 친구의 꼬마 여동생을 잔뜩 겁에 질리게 했지. 다행히도 친구는 그때 집에 없었어. 하지만 늘 이런 식이야. 너희는 아무 때나 불쑥 찾아와 우리를 잡아가고 일주일 또는 그보다 더 오래 붙잡아 놓지. 어디 갇혔는지, 왜 잡혔는지 우리는 전혀 알 수가 없어. 불과 몇 년 전에는 너희 저격수가 우리 난민촌의 어떤 소년을 쏘아 죽였지. 왜? 그냥. 그소년은 아무 짓도 안 했어. 나는 이런 살벌한 분위기 속에서 컸어, 알아? 끊임없이 누군가 잡혀가고 총에 맞아 죽어. 라말라에 올 때마다 나는 시간이 얼마나 걸릴지 몰라. 오는 도중 계속 검문을 받느라 몇 시간이고 무턱대고 기다려야 하니까. 그리고 나는 너희 그 장벽 때문에 정말 짜증나. 바로 내 방 앞에서 정면으로 그 장벽이 보이거든. 그 경비 탑도. 말해 봐, 너도 베들레헴으로 가는 길의 검문소에서 근무한 적 있지? 또는 아이다 난민촌의 경비 탑에서?"

"에, 그거야······." 하며 아나트는 대답을 길게 늘어뜨렸다. 그리고 천천히 기억을 떠올렸다. 어쩐지 카림이 낯설어 보이지 않더라.

"그래서, 탑에서 우리 침실을 훔쳐봤어? 아니야?"

카림의 물음에 아나트는 기억의 꼬리를 놓치고 말았다. "물론 망원경으로 보기는 하지." 하고 답하며 아나트는 변명거리를 찾았다. "망원경으로 봐도 창 유리가 있어서 선명하게 보이지는 않아."

"정말 안심이 되는 말이네." 카림은 비웃음이 가득한 표정으로 말했다.

그 사이 둘은 들길을 벗어나 모래로 이뤄진 길과 만났다. 들판의 돌을 쌓아 만든 방공호에서 멀리 떨어지지 않은 곳이다.

"여기서 기다리자." 카림이 말했다.

아나트는 방공호 안으로 들어가 바닥에 앉았다. 이곳이라면 길을 등지고 있어 누구라도 한눈에 아나트를 알아볼 수 없다. 게다가 아나트가 앉은 곳은 그늘이 졌다. 카림은 아나트에게 약간 거리를 두고 앉았다. 둘은 서로 아무 말도 하지 않았다. 지금까지 둘의 대화는 매끄럽게 이뤄지지 않았다. 대화는 너무 빨리 정치 문제로 튀는 바람에 서로 잘못했다고 비난하거나 변명하기에만 급급했다. 하지만 달리 무슨 말을 할까? 소년은 아마도 14살이나 15살쯤으로 보인다고 아나트는 짐작했다. 자신은 18살, 이제 곧 생일이니까 거의 19살이다. 19살 숙녀와 15살 소년. 여자는 이스라엘 사람, 소년은 팔레스타인 사람이다. 아나트는 카림의 땅을 점령한 군대에 소속된 군인이다. 그럼 카림은? 체념과 좌절에 물든 모습이 저런 게 아닐까? 좌절이야말로 테러를 감행하게 만드는 촉발제가 아닐까? 반대로 체념은 그 어떤 저항심도 삼켜 버리는 수렁이기도 하다.

그런데 소년은 웃음을 잃지 않는 유쾌한 성격으로 보인다. 어쨌거나 소년은 아나트를 도왔다. 서로 전혀 다른 인생, 서로 다투는 나라에 살면서도 둘은 친구가 될 수 있을까? 하, 소년이 조금만 더 나이가 많았던들 흔쾌히 친구하자고 할 텐데 하며 아나트는 속으로 웃었다.

카림은 불어오는 바람을 고스란히 맞으며 동쪽만 바라보았다. 그 앞에는 황량한 풍경이 끝없이 펼쳐진다. 갈색의 땅, 회색의 자갈, 잡목과 나무의 검푸른 점 같은 잎. 이 거룩한 땅에는 다른 것이 있을 수 없다는 듯 올리브나무들이 줄지어 늘어섰다. 그 중간중간 금잔화와 몇 개의 선인장이 보인다. 멀리서 언덕이 구불구불 이어지다가 요르단 계곡과 만나 툭 끊기는 곳이 세계의 끝인 것처럼 보인다. 거기서 땅은 짙은 해무 속으로 자취를 감춘다. 카림은 안개로 흐릿한 풍경을 바라보며 입가에 옅은 미소를 띠었다. 지구가 보여 주는 가장 인상적인 풍경에 온통 마음을 빼앗긴 소년의 미소는 아름다웠다.

분명 소년은 다른 풍경은 알지 못하리라고 아나트는 생각했다. 자신은 이미 유럽과 미국에 가 보았다. 두 눈으로 직접 본 그랜드캐니언은 정말 굉장했다! 압도적인 위엄을 자랑하는, 붉은빛의 암벽, 바닥을 모를 정도로 깊은 계곡, 바위에 부딪히며 하얀 물거품을 일으키는 강. '이스라엘의 그랜드캐니언'이라고 하는 미츠페 라몬은 비교의 대상도 되지 못한다. 더욱이 이곳의 사막과 올리브나무 숲을 장대한 그랜드캐니언과 어찌 비길까.

아나트는 풍경을 바라보는 카림을 한동안 감상했다.

하지만 시간이 흐를수록, 카림의 침묵이 깊어질수록, 아나트의 두려움은 그만큼 더 커졌다. 아나트는 카림의 형이 다른 샤바브를 몰고 나타나면 어쩌나 걱정이 앞서기 시작했다. 아나트는 라말라에서 벌어졌던 린치 살인 사건을, 텔 아민에서 살해당한 가족을 떠올렸다. 심장이 무섭게 뛰기 시작했다. 옆의 소년은 꼼짝도 하지 않고 눈앞에 펼쳐진 광경, 눈물과 피로 얼룩진 땅을 하염없이 바라보았다. 세상에 이보다 더 아름다운 곳은 없다는 듯. 수백 년, 아니 심지어 수천 년 동안 세계의 숱한 민족들이 싸움을 벌이느라 피로 물든 이 땅이 뭐가 그리도 아름다운가, 소년이여. 아나트는 두려움과 걱정으로 신경이 날카롭게 곤두섰다.

마침내 어떤 자동차가 다가오는 소리가 들렸다. 차의 전조등이 올리브나무 숲을 비추는 불빛이 환하게 느껴질 정도로 주위는 이미 어둑해졌다. 잠시 뒤 자동차는 그 작은 방공호 옆에 멈추었다.

자리에서 일어난 카림이 차에 다가갔다. 운전석을 살피던 카림이 갑자기 걸음을 멈추었다.

"누구세요?" 그가 아랍어로 물었다. "만 인테?" 그 정도 아랍어는 알아들은 아나트의 심장은 다시금 벌렁벌렁 뛰었다. 아니, 형한테 전화했잖아? 저기 온 사람이 형이 아닌 모양인데? 왜 카림은 그가 누구인지 모를까? 아나트는 방공호 벽에 등을 바짝 붙이며 긴장했다. 고개를 빼고 자동차 쪽을 바라볼 엄두가 나지 않았다. 제발 카림이 자신을 배신하지 않기만 아나트는 간절히 바랐다. 저기 저 자동차에서 내린 사람이 카림의 착한 형이 아니라면, 대체 누구일까?

"에레브 토브." 남자가 말했다. "안녕, 기분 좋은 저녁이야!" 히브리어로! 그때서야 비로소 아나트는 자신이 숨을 쉬지 않고 있음을 알아차렸다. 서늘한 저녁 공기를 깊이 들이마시고 등을 돌려 고개를 빼고 아나트는 모퉁이 뒤를 살폈다. 거기 선 남자는 확실하게 이스라엘 사람이다. 큰 키에 깡마른 체구, 검은 곱슬머리를 좀 길렀으며, 얼굴에 미소를 머금었다. 그때 조수석에서도 어떤 남자가 내렸다. 역시 검은 곱슬머리로 이스라엘 사람처럼 보이기는 하지만, 얼굴 윤곽이 좀 날카롭다. 각진 날카로운 얼굴은 아랍인인데. 그도 미소를 짓는다. 그러자 카림이 남자에게 달려갔다. 이들은 웃으며 아랍어로 대화를 나눴다. 남자가 손으로 카림의 머리를 헝클며 귀엽다는 표정을 지었다. 그리고 세 남자는 명령이라도 받은 것처럼 일제히 아나트 쪽을 바라보았다.

"이제 나와요." 하고 이스라엘 남자가 히브리어로 말하며 아나트에게 손짓했다.

아나트는 창피한 나머지 얼굴이 벌겋게 달아올랐다. 군복 입은 군인이 구덩이 안 흙바닥에 쪼그리고 숨은 모습은 너무도 부끄러웠다. 이게 〈자할〉의 군인으로 취할 모습인가. 게다가 총까지 가진 군인이. 아나트는 너무도 창피하고 혼란스러웠

다. 이 이스라엘 남자는 어디서 나타난 거야? 이스라엘 남자가
팔레스타인 형제와 서로 협력한다고? 내가 하필이면 이스라엘
사람과 내통하는 팔레스타인 형제를 만났다고?

아나트는 자리를 털고 일어나, 총을 고쳐 맨 다음, 바깥으로
나갔다.

몇 분 뒤 아나트는 작은 피아트의 뒷좌석에 올라탔다. 차는
라말라를 향해 달렸다. 비르 자이트 근처에 이르러 카림과 그
의 형은 내렸다. 아나트가 잘 가라고 손을 흔들며 얼른 조수석
으로 바꿔 타자 피아트는 다시 달렸다.

아나트는 전혀 예상하지 못한 이런 행운에 얼떨떨하기만 했
다. 운전대를 잡은 남자는 실제로 이스라엘 사람이다. 그는 카
림의 형 아드난의 친구라고 했다. 아드난의 전화를 받고 예루
살렘에서 차를 몰고 달려온 그는 아나트를 집으로 데려다주는
중이다. 요아브라는 이름의 남자……. 아나트는 곁눈질로 요아
브를 바라보았다.

요아브는 고개를 돌려 아나트를 보았다. "왜? 어째서 그렇게
노려봐요?" 그가 물으며 피식 웃었다. 괜찮다고, 힘내라고 격려
해 주는 미소이다.

"라말라에 자주 가나 봐요?" 아나트가 물었다.

"지금 취조하시나요, 군인 아가씨?"

"아니, 그게 아니라…… 그냥 궁금해서."

"네, 자주 가요. 아드난은 내 친구니까. 나는 동성애자요. 짐작조차 못 했나, 아닌가? 군대 있을 때 아드난을 알게 되었죠. 제대 후에도 인생은 계속되니까. 팔레스타인 사람이라고 해서 모두 적은 아니에요. 연인도 드물지 않아요." 요아브는 큰 소리로 웃었다. 마치 재미있는 농담을 했다고 여기는 모양이다. 아나트 역시 큰 소리로 짧게 웃었다. 아나트는 이 미친 하루의 긴장을 웃어서라도 털어 버리고 싶은 심정이었다. 물론 알론과 동료들, 더욱이 엄마와 얼굴을 마주할 만남이 생각만 해도 골치 아프기는 했지만.

까짓 거, 어떻게 되겠지.

"그래서 친구 만나러 라말라로 간다고요? 위험하지 않아요?"

"보다시피 아무 일도 일어나지 않았잖소? 심지어 당신은 군복까지 입었음에도! 팔레스타인이라고 무조건 위험하지는 않아요. 거기도 착한 사람은 많기만 하니까. 심지어 우리는 라말라로 놀러 가기도 하는데. 거기 클럽은 텔아비브 못지않고, 더욱이 술이 아주 싸요."

"거기서 손잡고 춤만 추는 건 아니죠?"

"에이, 무슨 소리야, 아랍인과 손잡고 춤추지 말라는 법도 없잖아요. 공공장소에서 키스만 하지 않으면 우리가 서로 사귄다고 아무도 생각하지 않아요." 요아브는 이렇게 말하며 다시 웃었다. 아나트는 요아브가 겉으로만 저처럼 명랑하게 꾸미는 게 아닐까 하는 의심을 지울 수 없었다. 하지만 그의 말을 못 믿을 이유도 없다. 라말라로 놀러 가서 이스라엘과 팔레스타인 사람이 서로 사귀지 말라는 법은 없으니까. 비르 자이트와 예루살렘이 그처럼 가까운 거리였구나 하는 생각이 새삼스레 머리를 스쳤다. 이처럼 간단한 일이 어쩌다가 이렇게 복잡해졌을까?

"예루살렘으로 들어가는 데 문제는 없어요? 점령지에서 오는 사람은 철저한 검문검색을 받아야 하잖아요?"

"곧 보겠지만 아무 문제 없어요. 지금 이 도로는 팔레스타인 사람만 이용할 수 있지만, 저 앞에서 방향을 꺾으면 오로지 이스라엘 번호판이 달린 차량만 다니는 도로가 나와요. 거기서부터 우리는 이미 이스라엘 땅에 들어서는 거죠. 검문소는 여권만 보여 주면 무사통과예요. 게다가 당신은 군복을 입었잖아요."

요아브가 시온 성문 앞에 차를 멈추고 아나트가 내렸을 때 달은 이미 예루살렘의 지붕들 위를 환하게 비추었다. 강한 바람이 불어와 도로에 먼지와 플라스틱 봉지를 휘날리게 한다.
아나트는 요아브에게 고맙다고 인사를 하고 숨을 깊이 들이마
셨다. 그리고 성문을 통과해 구도심의 바람 한 점 없는 골목길
로 접어들었다.

카림-현재

카림은 숨을 깊게 들이마셨다. 봄의 맑은 공기가 허파를 가득 채운다. 햇살을 받아 따뜻한 흙에서 금잔화와 재스민의 향기가 피어오른다. 그러나 오래가지 않아 이 공기는 매캐한 독성을 자랑하리라. 태양은 5월의 아침이라고 믿기 어려울 정도로 강하게 작열했다. 동시에 카림의 등 뒤에서 강한 바람이 분다.

좋은 조짐이라고 카림은 생각했다. 날씨도 도와주는구나. 해는 성벽 뒤의 군인 얼굴에 곧바로 내리쬔다. 바람은 저들이 시위대를 향해 쏘는 최루탄 가스를 고스란히 저들에게 되돌려주리라.

시위대는 100명가량의 사람들로, 〈샤바브〉가 주를 이룬다. 몇 명의 청년이 앞장서서 시위대를 이끈다. 뒤에서는 히잡을 쓴 여인들과 검고 흰 줄무늬가 들어간 쿠피야를 머리에 쓴 노인이 따라간다. 대오의 중간은 주로 젊은 남자들이며, 몇 명의 기자가 헬멧과 조끼를 입고 따른다. 조끼에는 '프레스'라는 큼지막한 글씨가 쓰여 있다. 그리고 카메라를 든 외국인도 심심 찮게 보인다. 자동차 한 대가 트렁크를 열어 놓고 두 개의 커다란 스피커로 아랍 음악을 틀고 시위대를 동행한다. "우나디쿰, 아슈두 알라 아야디쿰(너희를 소리쳐 부르니, 손들을 잡아라)!" 또 이런 외침도 이어진다. "자유, 자유로운 팔레스타인." "사막에서 바다까지, 팔레스타인이여, 자유로워라!" 시위대 가운데 몇 명은 방독면을 목에 걸었다. 팔레스타인 국기를 흔드는 사람도 보인다. 검은색과 녹색과 흰색의 줄무늬가 그려졌으며, 깃대 쪽에 빨강 삼각형을 그린 팔레스타인 국기, 빨간색은 팔레스타인 국민이 조국을 위해 흘릴 각오가 되어 있는 피를 상징한다.

카림은 영웅이 된 것처럼 비장한 기분을 느꼈다. 그는 한 손에 새총을, 다른 손에는 돌을 꼭 쥐었다. 붉고 흰 줄무늬가 들어간 쿠피야는 목에 감았다. 이제 본격적인 시위가 벌어지면 카림은 쿠피야로 다른 샤바브처럼 머리와 얼굴을 가릴 생각이다. 최루 가스를 막고, 이스라엘 군인이 촬영하는 사진에 찍히지 않으려는 대비책이다. 시위가 벌어진 뒤에 이스라엘 군인이 돌을 던진 청소년의 집에 찾아와 체포하는 일은 늘 되풀이된다. 잡혀간 샤바브는 대개 몇 주 또는 몇 달 구금형을 받고, 가족은 벌금을 내야만 한다. 갇혀 있는 동안 공부는 가르쳐 주지 않는다. 구타와 모욕 행위는 드물지 않게 일어난다. 어떤 경우든 카림은 감옥에 가고 싶지 않았다. 체포당하는 것이 최악은 아니다. 시위 도중 최루탄이나 고무 총알에 맞아 죽는 사람은 늘 나왔다. 이스라엘 군인이 가까운 거리에서 머리를 겨냥해 쏘는 총은 고무 총알일지라도 치명적이다.

시위를 마치 게임 하듯, 또는 운동경기 하듯 여기는 아이들이 없지 않았지만, 이 싸움은 애초부터 힘의 균형이 맞지 않는 무모한 싸움이고 순식간에 심각한 혈전으로 번질 위험이 큰 싸움이다.

아드난은 카림에게 시위에 가지 말라고 말렸다. 매주 금요일마다 벌이는 똑같은 시위는 무의미하다며. 하긴 팔레스타인 전체에서 금요일마다 성벽 또는 검문소로 행진하는 똑같은 시위가 벌어진다. 한쪽은 돌을 던지고, 다른 쪽은 최루탄을 쏘는 판박이 시위. 하지만 실상은 다르다. 한쪽은 실탄을 쏘고, 다른 쪽은 타이어를 불태운다.

그런데 아드난의 친구 한 명이 시위를 꼭 보고 싶다고 했다. 독일에서 온 요나스라는 친구다. 아드난이 하는 수 없이 양보

했다. 그는 어떤 친구에게 전화를 걸어 카림과 요나스를 빌린
까지 태워다 달라고 부탁했다. 그러나 아드난 자신은 가지 않
겠다고 했다. 장발에 요란하게 튀는 티셔츠를 입은 자신을 보
면 분명 마을의 노인들이 잔소리깨나 할 거라고 아드난은 말했
다. 특히 이슬람 회당에서 설교를 듣고 나오는 어른들은 호통
을 칠 거라며 어우 싫다고 손사래 쳤다.

　이렇게 해서 카림은 형 없이 시위가 벌어질 현장에 섰다. 다
른 샤바브와 함께. 카메라와 스마트폰을 높이 든 외국인들이
지켜보는 앞에서. 구호가 울려퍼지고 음악이 쿵쿵거리는 한복
판에서. 이제 시위대는 분리장벽에서 불과 십여 미터 정도 떨
어진 곳에 섰다. 장벽 뒤에 솟은 언덕 위의 마을은 이스라엘 정
착촌인 모디인이다. 장벽 바로 뒤에서 몇 개의 올리브색 헬멧이
움직이는 걸 카림은 확인했다. 군인들이 위치를 잡았다. 샤바
브도 위치를 잡았다. 카메라 렌즈가 햇빛을 받아 반짝거렸다.

　쾅. 쉭. 딱. 매캐한 하얀 연기와 함께 싸움이 막을 올렸다. 아
마도 앞쪽에서 몇몇 샤바브가 이미 돌을 던진 모양이다. 군인
은 최루탄으로 응답했다. 하지만 누가 먼저 공격했는지 하는
물음은 수십 년 동안 이어져 온 싸움에서 누구도 신경 쓰지 않
는 문제일 따름이다.

　바람은 최루 가스를 빠르게 날려 버렸다. 카림은 그저 코가

약간 간질거렸다. 카림은 쿠피야로 머리를 감싼 다음, 새총에 돌 하나를 장전했다. 금발의 짧은 단발머리 여자가 몇 미터 앞에서 스마트폰을 치켜들었다. 카림은 새총의 시위를 한껏 잡아 당기며 멋진 자세를 취했다. 여자는 신이 나서 사진을 찍었다. 그리고 카림은 새총을 쏘았다. 첫 몇 방은 기자와 몇몇 구경꾼을 위한 선물이었다. 몇 차례 쏘고 나니 카림은 본격적으로 투지가 용솟음쳤다. 다른 용감한 샤바브와 함께 카림은 성벽을 향해 달렸다. 최루탄을 쏘는 총의 사정거리 안에 들어갈 정도로 샤바브는 과감했다. 이에 맞서 최루탄은 커다란 굉음을 내며 허공을 가르면서 매캐한 가스의 긴 꼬리를 남겼다.

카림은 자신이 쏜 돌이 장벽 넘어 누구 또는 무엇을 맞췄는지 볼 수 없었다. 아마도 장벽 뒤의 군인들이 흥분하지 않고 차분하게 위치를 지켜 움직임이 없기 때문이리라. 군인은 그저 심드렁한 표정으로 최루탄이 높은 포물선을 그리도록 샤바브 쪽으로 쏘아 댔다. 하지만 외국인이나 노인이 맞을 정도로 멀리 쏘지는 않았다. 외국인과 노인은 어느 정도 거리를 두고 싸움을 지켜보며 '팔레스타인은 자유다' 하고 외쳐 댔다. 그리고 장벽에 바짝 붙을 정도로 다가와 돌을 쏘아 대는 샤바브를 군인은 직접 겨냥하지 않았다.

하지만 싸움이 갈수록 거칠어지면서 샤바브를 직접 겨냥해 쏘는 군인은 늘어났다. 그럴 때마다 샤바브는 재빨리 후퇴해 장벽의 다른 곳을 찾아 다시 공격했다.

싸움은 마치 한판의 춤을 보는 것 같았다. 최루탄이 포물선을 그리고 돌이 그에 맞서는 모습은 파도가 일렁이며 때리는 모양새다. 돌, 최루탄. 샤바브, 자할.

카림은 물결에 몸을 맡기고 능숙하게 파도를 탔다. 카림은 최고의 새총 저격수다. 그의 솜씨는 정말 뛰어나 12미터 떨어진 참새도 한 방에 맞추었다. 분명 그가 쏜 돌에 맞는 군인도 있으리라.

카림은 다시금 돌을 장전하고 쏘았다. 주변의 다른 샤바브 역시 새총을 쏘아 댔다. 쉭쉭쉭. 공기를 가르는 소리가 화음을 이루었다.

일단 조용해졌다.

다시 우당탕 쏘고 받는다.

장벽 뒤에서 성난 외침이 들려왔다. 히브리어로 고함이 울리더니 갑자기 최루탄을 쏘는 펑 하는 소리가 아니라, 탕탕탕 소리가 이어졌다. 바로 무자비할 정도로 빠른 고무 총알 쏘는 소리다. 고무 총알이라니 무슨 장난감인가 싶겠지만, 정통으로 맞는 고무 총알은 무릎을 꺾어 버리며, 머리를 맞히면 심지어 죽음까지 가져온다. 카림은 얼른 엄폐물을 찾아 몸을 숨겼다.

다른 청소년들도 마찬가지로 몸을 피했다. 곧이어 다시 최루탄이 비 오듯 쏟아졌다. 최루탄은 마치 팽이처럼 빙글빙글 돌며 그 매캐한 가스를 사방에 뿌려 댔다. 이번에는 너무 많은 나머지 바람도 그 가스를 날려 버리지 못했다.

"후퇴!" 뒷줄에 있던 어떤 남자가 다급하게 외쳤다. 무슨 일이 벌어진 게 틀림없다.

카림의 이마에서 흘러내린 땀이 눈으로 파고들었다. 카림은 손으로 눈을 닦고 싶은 걸 이를 악물고 참았다. 손으로 비볐다가는 최루 가스가 번져 엄청난 아픔을 피할 수 없다. 카림은 후퇴해야 좋을지 잘 몰라 잠시 고민에 빠졌다. 몇몇 샤바브는 집요하게 돌팔매를 계속했다. 그때 카림은 보았다.

분리장벽의 성문이 소리도 없이 열렸다. 그 문은 늘 닫혀 있었다. 빌린 출신의 샤바브 한 명이 카림에게 다급하게 조심하라고 외쳤다. 닫혔던 성문이 옆으로 열리면서 탱크가 나타났다. 이건 진짜 위험하다. 이제 남은 선택은 죽어라 뛰는 것이다.

카림은 새총을 손에 꼭 쥐고 등을 돌려 달리기 시작했다. 들판을 가로지르며 올리브나무 숲을 통과해 뛰면서 숨을 쉴 때마다 허파가 타는 아픔을 느꼈다. 최루 가스 속을 뛰느라 땀과 눈물이 범벅이 되어 아무것도 볼 수 없었다. 그저 쿠피야로 입을 가리고 되도록 숨을 참은 채 뛰었다. 뛴다기보다 허청거렸다. 넘어지지 않은 것이 다행이다.

　남자는 이미 오래전부터 카림만 노리고 쫓아왔다. 그는 카림의 목덜미를 움켜쥐고 발로 카림의 오금을 찼다. 그대로 쓰러진 카림을 남자는 다른 발로 어깨를 밟았다. 그리고 철모로 카림의 살과 뼈를 때렸다. 뼈를 울리는 아픔이 펄펄 끓는 주전자에서 쏟아지는 커피처럼 쓰라리게 퍼졌다. 카림은 비명을 질렀다. 군인은 그 넓적한 손으로 카림의 머리를 짓누르며 그의 팔을 뒤로 꺾었다. 흙바닥에 처박힌 카림의 얼굴은 진창으로 범벅이 되었다. 카림은 다시 한번 비명을 질렀다. "아얏! 찰라스(그만해)!" 이 아랍어는 이스라엘 군인도 익히 안다. 검문소나 불심검문에서 자주 쓰는 말이므로.

　"제발 멈춰요, 싸우지 않을 테니까." 카림은 영어로 말하며 사정했다. 비참한 기분이 들었다. 때리지 말라고 구걸하는 영웅? 하지만 아픔은 갈수록 커졌다. 카림은 자신의 어깨가 더는 압박을 견디지 못할 거 같아 무서웠다. 그때 두 번째 군인이 달려와 첫 번째와 함께 카림을 일으켜 세웠다. 그리고 카림의 손을 등 뒤로 묶고 그를 지프로 질질 끌고 갔다. 지프는 시동이 걸린 채로 대기하고 있었다. 군인들은 지프의 뒷좌석에 카림을 밀어 넣고 올라타 찍어 눌렀다. 뒷좌석에는 또 한 명의 샤바브가 잡혀 있었다.

아나트-현재

쿵!

아나트는 큰 소리가 나게 문을 닫았다. 이 답답한 방에서 또
하루를 보내야만 한다. 창문도, 에어컨도 없다. 컴퓨터 옆의 낡
디낡은 선풍기에서 나오는 약한 바람에 의존해 산처럼 쌓인 업
무를 처리해야만 한다. 아나트는 컴퓨터를 켰다. 잘 자고 있는
데 왜 깨우냐고 성질을 부리듯 컴퓨터가 윙 하고 짜증을 낸다.
2분이 걸려서야 낡은 모니터에 그림이 올라온다. 아나트는 워
드프로세서 프로그램과 오디오 데이터를 재생하는 프로그램
을 켜고, 책상 밑의 페달을 점검했다. 페달은 오디오 데이터의
재생과 중간 멈춤을 조종할 수 있는 장치다. 아나트는 첫 번째
데이터를 재생했다.

"이름?"

"오마르 이븐 샤디르."

"몇 살?"

"열여섯."

"주소는?"

조사의 첫 문답은 아랍어로 이루어졌다. 아나트는 짧은 대화를 알아듣고 머릿속에서 히브리어로 번역해 타이핑을 할 정도로 아랍어 실력을 키웠다. 신문을 맡은 군인은 이제 히브리어로 이야기하고, 뒤에서 누군가 아랍어로 통역해 준다. 오마르라는 이름의 소년을 상대로 이뤄진 신문은 다섯 번째인가 여섯 번째다. 신문은 판에 박은 것처럼 늘 똑같다. 모든 조사는 기록으로 남겨야 한다. 아나트가 하는 일은 녹음 파일을 듣고 내용을 기록하는 것이다. 아나트에게 주어지는 것은 오로지 녹음 파일뿐이다. 테러 혐의를 받는 피의자는 뭔가 고백하고 중요한 정보를 조사받으며 털어놓기는 한다. 그러나 대개는 침묵만 하는 통에 녹음 파일을 듣는 일은 따분하기 그지없다. 오마르의 경우 공격을 준비하려고 만난 몇몇 남자의 이름을 털어놓았다. 어디서 공격하려 했는지, 무슨 무기를 사용하려 했는지, 무기는 어떻게 마련하려 했는지 하는 물음에 오마르는 입을 꾹 닫고 아무 말도 하지 않았다.

아나트는 한숨만 나왔다. 이 군사 감옥에 오래 갇혀 있지 않고 되도록 빨리 집에 가고 싶어 다른 사람의 이름을 술술 털어놓으면서도 자신에게 위험한 이야기는 전혀 하지 않으려 하는 소년이 괘씸하면서도 다른 한편으로는 이해가 되었다. 저 어린 소년을 궁지에 몰아넣고 이게 대체 무슨 짓인가. 그런데도 이 모든 헛소리를 키보드 두들겨 가며 컴퓨터에 입력해야만 하다니, 아나트는 한숨만 나왔다.

"골방에서 그 일을 하면 적어도 길을 잃고 헤매지는 않을 거 아냐." 엄마는 이렇게만 말했다. 아나트는 다시금 얼굴이 화끈 달아올랐다. 라말라와 가까운 이 군사 감옥에는 돌을 던지며 시위를 벌인 모든 청소년, 점령국 이스라엘에 대항해 싸운 모든 투사가 갇힌다. 싸움이라고는 하지만 지루해 죽을 지경인 이스라엘 군인은 심심풀이 놀이로 여길 따름이다. 대다수 포로는 법원에 가서 재판받기까지 며칠 또는 몇 주를 이 감옥에 잡혀 있어야만 한다. 더욱이 출세 욕망에 불타는 이스라엘 군인은 포로에게 원하는 답을 얻어 내려 갖은 방법을 동원한다. 심지어 이 교도소에서는 이스라엘 정보부 〈신베트〉도 포로들을 신문한다. 그리고 이 감옥에서 아나트는 지루해 죽을 지경이다.

점심시간까지 아나트는 두 개의 녹음 파일을 끝냈다. 중간에는 끄덕끄덕 졸기도 했다. 부대 식당의 점심 메뉴로는 토마토 소스를 얹은 스파게티와 말라비틀어진 오이샐러드가 나왔다. 싸구려 식당이나 다를 바 없는 메뉴에 아나트는 헛웃음만 나왔다. 그래도 이 식당의 천장에는 커다란 선풍기가 달려 있고 창문을 열어 둔 덕에 그나마 약간은 봄기운이 느껴졌다. 잠깐이었지만 아나트는 봄의 따뜻한 햇살과 바람이 재스민과 금잔화의 향기를 선물해 주던 저 올리브나무 그늘 아래로 돌아간 것 같은 기분을 맛보았다. 거기에 불을 피우고 작은 새 한 마리를 굽던 소년의 모습이 떠올랐다. 새의 털을 뽑고 배를 갈라 내장을 꺼낸 다음 능숙한 솜씨로 굽던 깡마른 팔레스타인 소년은 똑 부러지는 말솜씨로 자기 생각을 분명하게 표현할 줄 알았다. 그런 소년이 무슨 거창한 말, 이를테면 구해 줄 테니 고마운 줄 알라거나, 위대한 팔레스타인은 관대해서 구해 준다는 따위의 거창한 말 한마디 하지 않고 아나트를 도와주었다.

혹시 그는 형이 동성애자라는 걸 알았을까? 팔레스타인 사람들이 동성애자를 그냥 둘까? 듣기로는 동성애자인 것이 들통나면 사람들에게 돌팔매를 당하고 심하면 목숨을 잃는다던데.

점심시간이 끝나고 아나트는 다음 녹음 파일을 열었다.

"이름은?"

"카림 무스타파 알 타미니."

"몇 살?"

"열다섯."

아나트는 소년의 목소리가 귀에 익었다.

"어디 살아?"

"베들레헴. 무하이엠 아이다, 아이다 난민촌."

덜컹. 아나트는 페달을 밟았던 발이 미끄러질 정도로 놀랐다. 재생이 멈추었다. 아나트의 얼굴은 화끈 달아올랐다가 다시 차가워졌다. 책상 위의 그 고물 선풍기 탓이 아니다. 아나트는 다시 페달을 밟았다. 늘 그렇듯 녹음 파일은 2초 전으로 돌아가 다시 재생되었다.

"베들레헴. 무하이엠 아이다."

그 아이다. 깡마른 팔레스타인 소년. 아나트를 구해 준 바로 그 소년. 그가 이 군사 감옥에 갇혀 있다. 틀림없이 무슨 일을 저질렀고, 자백한 모양이다. 그렇지 않고서야 이 녹음 파일이 컴퓨터에 들어 있을 리가 없지 않은가.

아나트는 크게 심호흡하고 녹음 파일을 계속 들었다. 이 파일은 짧았다. 카림이 별로 영리하게 굴지 않았거나, 〈자할〉 군인과 쥐와 고양이 놀이를 하고 싶지 않았던 모양이다.

"네가 무슨 잘못을 저질렀는지는 알지?"

"나는 너희 군인에게 돌을 던졌어. 방탄조끼와 헬멧으로 무장한 너희에게. 군인들은 우리에게 최루탄과 고무 총알을 쏘았어. 우리는 티셔츠와 쿠피야로 초라하게 무장했을 뿐인데도. 너희의 위대한 군대는 아이들을 공격하더라. 그리고 아이들을 붙잡고 가두었지. 너희는 정말 자부심을 가져도 좋아. 그래서 말인데 이제 엄마한테 전화하게 해 줘!"

아이고, 주둥이 닥쳐! 아나트는 끙하고 한숨을 쉬며 초조하게 눈알을 굴렸다. 고작 20초 정도의 신문으로 카림은 화를 자초하고 말았다. 도대체 이 꼬마가 무슨 생각으로 이렇게 뻗대는 거야? 카림은 변호사를 불러 달라고 요구하지도 않았다. 그리고 신문을 맡았던 군인은 이 엄청난 말솜씨의 팔레스타인 꼬마를 다룰 자신이 없었던 모양이다. 군인은 돌을 던진 장소, 날짜, 시간을 녹음하고 신문을 끝냈다.

컴퓨터는 종료 버튼을 눌렀음에도 아직 꺼지지 않았다. 아나트는 기다리지 않고 자리에서 일어나 배낭을 챙기고 상관을 만나러 갔다. 몸이 아프다며 병가를 신청할 생각이었다.

카림-현재

　카림은 속이 좋지 않았다. 거의 사흘째 아무것도 먹지 못했
다. 그러나 속이 안 좋은 진짜 이유는 아무에게도 전화할 수
없다는 점이다. 엄마가 걱정으로 애를 태울 텐데. 엄마 생각을
하면 카림은 속이 타들어 갔다. 엄마는 이미 알고 있을까. 아
드난 형은 카림이 곧 풀려날 줄 알고 잡혀갔다는 사실을 아직
숨기고 있을까? 지금은 일요일 저녁이다. 카림은 엄마에게 토
요일에 베들레헴으로 돌아가겠다고 약속했었다. 아마도 형은
엄마에게 카림이 아파서 한동안 비르 자이트에 머물러야만 한
다고 이야기하지 않았을까? 하지만 그랬다면 엄마는 펄펄 뛰
며 카림과 직접 통화해야만 한다고 고집했을 것이다. 그리고
틀림없이 엄마는 카림을 돌보러 곧장 미니버스를 타고 비르 자

이트로 출발했으리라. 아픈 아들을 돌보는 중요한 일을 엄마는 아드난에게 맡기지 않는다. 엄마가 오지 않았다는 것은 아드난 형이 사실대로 털어놓아서 그럴 수 있다. 카림과 요나스가 시위하러 갔다가 카림이 이스라엘 군인에게 끌려갔다고. 그럼 엄마와 아빠는 카림이 군사 감옥에 갇힌 걸 안다. 체포당한 팔레스타인 사람은 군사 감옥에 가니까. 부모님이 이곳에 전화했을까? 변호사를 구했을까? 주말이 지나면 학급에 빈자리가 보이곤 했다. 자리의 주인은 며칠, 심지어 몇 주 뒤에 다시 나타났다. 돌아온 친구는 대개 자랑스러운 얼굴로 영웅담을 뽐냈다. 몇 시간에 걸친 신문과 구타와 고문에 늠름하게 맞서 이스라엘 놈들을 가지고 놀았다고 자랑하곤 했다. 이때부터 친구는 더는 꼬마가 아니라 진짜 남자로 대접받았다. 다만 너무 빨리 풀려난 친구는 혹시 누군가를 배신하고 이름을 불어서 석방된 게 아니냐는 수군거림에 시달렸다. 혹시 이스라엘의 간첩이 된 게 아니냐는 의심 때문이다.

그러나 대개 영웅의 석방을 사람들은 두 손을 들어 반겼다. 갇혔던 시간이 길면 길수록 그만큼 더 축제의 분위기는 뜨거워졌다. 여인들은 감격의 눈물을 흘리며 춤을 추었다. 남자들은 스피커로 음악을 크게 틀고, 영웅을 목말 태워 동네를 한 바퀴 돌면서, 총을 허공에 대고 쏘며 자축했다.

카림은 물론 자신이 영웅이라고 생각하지 않았다. 카림의 허벅지에는 커다란 피멍이 들었다. 군인이 밟아서 생긴 멍이다. 비좁은 지프 안에 던져져 손을 뒤로 묶인 채 다른 소년들과 함께 웅크려야만 했던 기억을 떠올리며 카림은 치욕을 곱씹었다. 카림과 소년들이 묶인 채 바닥에 처박혀 있는 동안, 군인들은 웃고 떠들어 댔다.

교도소에 도착하자 군인은 카림을 감방에 집어넣었다. 그 감방에는 이미 다섯 명의 남자가 갇혀 있었다. 이층침대가 벽에 붙었고, 세면대와 화장실이 각각 하나씩 있는 감방이다. 군인은 카림의 손을 묶은 걸 풀어 주고 문을 쾅 닫았다.

다음 날은 사바트, 곧 유대인이 철저히 지키는 안식일이다. 이날은 아무 일 없이 지나갔다. 금요일 해가 지면서부터 토요일 밤하늘에 세 개의 별이 떠오를 때까지가 안식일이다. 일요일 아침에 카림은 끌려가서 신문을 받았다. 말이 신문이지 그것은 카림이 자기 자신과 벌이는 싸움이었다. 무엇을 모른다고 부정할까? 돌을 던진 것은 사실이다. 돌 던지는 것은 군인들이 보았다. 심지어 사진으로 찍기도 했으리라. 카림은 그저 빨리 너희 맘대로 심판해라, 하는 심정이었다. 그래야 얼마나 오래 이 안에 갇혀 있을지 확실하게 알 테니까. 하지만 재판은 언제 열릴지 몰랐다. 일주일 이상 걸릴 수 있다. 그리고 이스라엘 군인은 여전히 카림이 부모에게 전화하게 해 주지 않았다.

"얘 꼬마야, 너 너무 창백해 보여. 뭐 좀 먹어라." 카림에게 말을 건 남자의 이름은 다우드이다. 그는 카림이 이 감방에 온 뒤부터 늘 기분을 풀어 주려 노력했다. 하지만 카림은 대화를 나누고 싶지 않았다. 다우드는 첫날 저녁부터 카림이 던진 돌에 다친 사람이 없다면 곧 풀려날 거라고 말했다. 그러나 카림은 자신이 던진 돌이 장벽을 넘어가 누구를 때렸는지 알지 못했다. 카림이 알 수 있는 건 아무것도 없었다. 이틀째 감방에 갇혀 카림은 자신이 세상과 완전히 고립되었다고 느꼈다. 마치 거대한 바다에 혼자 둥둥 떠 있는 느낌이 그를 괴롭혔다. 시간은 무심하게 가기만 하는데 자신에게 중요한 모든 것은 손도 닿지 않을 정도로 멀리 떨어져 있다.

복도에서 육중한 발걸음이 들려왔다. 열쇠가 돌아가는 소리와 함께 철문이 열렸다. 군복을 입고 허리춤에 권총을 찬 경비원이 아랍어로 외쳤다. "알 타미니? 네 물건 챙겨라! 나와!"

"거 봐라, 내가 말했잖아, 너는 여기 오래 있지 않을 거라고." 다우드가 눈을 찡긋하며 손으로 카림의 어깨를 두들기고는 문 쪽으로 부드럽게 밀었다.

경비원은 카림을 데리고 어떤 작은 방으로 갔다. 중앙에 철제 책상과 두 개의 의자 그리고 조그만 창문에는 쇠창살이 달린 방이다. 이 방은 카림이 이미 알고 있는 취조실이다. 다만 이번에는 테이블 위에 카림이 빌린에서 시위할 때 입었던 옷가지가 놓여 있다. "갈아입어!" 경비원은 이렇게 명령하고 방을 나갔다. 카림은 땀과 흙으로 범벅이 된 더러운 옷을 입고, 죄수복을 개켜 의자 위에 놓았다. 얼마 뒤 문이 다시 열리자 어떤 여인이 서 있다. 갸름한 얼굴에 매서운 눈빛의 여인은 군복을 입었다. 다만 하의는 무릎까지 내려오는 치마다. 화가 난 사람처럼 여인의 미간은 잔뜩 주름살이 접혔다. 여인은 아랍어로 따라오라고 명령했다. 카림은 다른 감옥으로 옮겨지는 이감을 당하는 걸까, 두려운 마음이 들었다. 동시에 저 화가 난 여인이 자신을 법정으로 데려가 주었으면 하는 은근한 희망도 품었다. 법정의 방청석에 부모가 앉아 기다릴 수도 있지 않은가. 그렇다면 카림은 적어도 부모가 무사하다는 확인을 할 수 있다.

　여인은 카림을 교도소의 앞마당으로 데리고 나갔다. 차가운 밤공기를 훑듯 수감자들을 감시하는 조명등이 번쩍거린다. 여인은 카림의 등을 밀어 쥐색의 에스유비(SUV)에 다가가게 했다. 차는 덩치가 큰 게 작은 탱크 같았다. 뒷좌석 쪽 문을 여인이 열자, 안을 들여다본 카림의 입은 쩍 벌어지고 말았다.

아나트-현재

"아나트?" 팔레스타인 소년은 넋이 나간 표정으로 아나트를 바라보았다.

"하이, 카림." 아나트는 방긋 웃으며 카림의 놀란 모습을 즐겼다. 마치 깜짝 생일 파티를 열어 주고 놀라는 친구를 보며 좋아하는 아이처럼.

"뭐해, 빨리 타."

카림은 뒷좌석에 올라타 차문을 닫았다. 화가 난 여인은 운전석의 문을 열고 운전대 앞에 앉아 문을 닫고 시동을 걸었다.

"안전띠 매." 아나트가 말했다. "이스라엘에서는 차에 타면 항상 안전띠 매야 해."

그리고 카림이 무어라 한 마디도 하기 전에 아나트는 자신이 꼭 하고 싶었던 말을 했다. "자, 이제 비겼다!"

카림-현재

그제야 카림은 지금 무슨 일이 일어나고 있는지 이해했다.

"네가 나를 꺼내 준 거야?"

"아니, 내가 아니라 우리 엄마가!" 아나트는 턱으로 운전석의 화난 여인을 가리켰다. "엄마는……, 힘이 세. 엄마에게 네가 어떻게 나를 도와줬는지 얘기했어. 우리가 너에게 빚을 졌다고. 뭐 그렇다고 엄마가 기뻐한 건 아니야." 아나트는 엄마 쪽을 힐끔 보았다. "어쨌거나 덕분에 너는 나왔잖아. 이미 많이 늦은 시간이라 지금 베들레헴으로 갈 수는 없어. 검문소도 통과해야 하니까. 우리는 지금 집으로 갈 거야. 엄마가 너를 내일 아침에 베들레헴 근처로 데려다주기로 했어. 거기서 버스 타고 집에 가."

"아, 에, 음…… 일단 고마워." 카림은 여전히 믿기 힘들다는 표정을 지었다. "지금 어디로 간다고? 네 집에? 이스라엘로?"

"엉뚱한 생각일랑 하지 않는 게 좋을 거야!" 운전석의 여인이 끼어들었다. "우리 집의 손님 방은 열쇠가 아주 튼튼하니까. 그리고 내일 아침 되도록 빨리 유대의 버스 정류장에 너를 내려줄 테니까, 알아서 집에 가렴."

유대가 아니라 팔레스타인이죠, 하고 카림은 말하려다가 꿀꺽 삼켰다.

팔레스타인. 카림은 지금껏 조국 팔레스타인을 한 발짝도 벗어나 본 적이 없다. 이스라엘과 불과 몇 미터밖에 떨어지지 않은 곳에서 사는데도. 집의 지붕 위에 올라가서 보면 올리브 나무 숲 너머로 몇 채의 집과 알쿠드스로 이어지는 도로가 보인다. 하지만 그 앞으로 높은 콘크리트 장벽이 구불구불 이어진다. 분리장벽 앞이 아이다 난민촌이다. 베들레헴과 알쿠드스는 이 장벽으로 분리된다. 노동 허가서를 가졌거나, 경축일 또는 특별 의료 치료를 위한 허가증을 가진 팔레스타인 사람만 이스라엘로 입국할 수 있다.

그 가운데 어떤 것도 카림에게는 해당되지 않았다. 그런데 지금 이스라엘로 간다. 차는 잘 닦인 4차선 도로를 달렸다. 도로 중앙에 나란히 늘어선 가로등에는 두 개의 푸른 줄과 푸른 다윗의 별이 그려진 하얀 깃발이 휘날린다. 이스라엘 국기다. 도로의 양옆에는 장벽이 서 있다. 베들레헴을 둘러싼 장벽만큼 높지는 않지만, 돌이나 그보다 더 심한 것이 도로에 던져지는 것을 막을 만큼은 높다.

차를 타고 가는 동안 카림은 가로등 불빛 아래 아치형 창문과 발코니를 갖춘 모래색으로 빛나는 집들, 작은 정원, 야자수를 보았다. 라말라나 베들레헴과 별로 달라 보이지 않는 풍경이다. 도처에서 나부끼는 이스라엘 국기도 마찬가지다.

마침내 차량은 어떤 산으로 올라갔다. 그때 카림은 보았다. 카림 앞에 따뜻한 노란색의 조명을 받아 육중한 성벽, 수천년의 도시 알쿠드스를 둘러싼 성벽이 빛을 발했다. 이 구도심은 1제곱킬로미터마다 유대교와 기독교와 이슬람교라는 세 종교의 온갖 거룩한 성물을 가득 품었다. 이 구도심이라는 작은 지역에서 대대손손 살아온 조상을 생각하며 카림의 가슴은 뜨거워졌다. 태어나서 지금껏 단 한 번도 밟아보지 못한 땅에 들어서며 카림은 감격했다. 드디어 이곳에 왔다.

아나트의 엄마는 차를 성문 쪽으로 몰았다. 카림은 구불구불 이어진 좁은 골목을 달리는 이 커다란 차가 혹시 골목에 끼는 것은 아닐까 조마조마한 나머지 자기도 모르게 고개를 움츠렸다. 천년도 넘는 옛날에 저 옛날 당나귀가 끄는 수레를 생각하고 만든 길을 달리는 이 육중한 차 안에서 카림은 그야말로 만감이 교차했다.

차는 어떤 작은 주차장에 멈추었다. 아나트 엄마가 차에서 내린 카림의 팔을 붙들었다. 혹시라도 지켜볼 우연한 목격자를 염두에 두고 가까운 친척처럼 꾸며 보이려는 몸짓이다. 더욱이 카림은 어떤 경우에도 도망가서는 안 된다. 카림은 도망갈 생각따위 없지만. 지난 며칠 동안 불안에 떨며 신문에 시달린 카림은 그야말로 녹초였다. 하지만 호기심 덕에 그는 버텼다. 아나트의 집에 들어간다! 유대인 가족의 집에. 알쿠드스에 왔다! 유대인 가족은 얼마나 잘 살까? 큰형 모하메드가 늘 말한 것처럼 유대인 가족은 부자일까?

아나트-현재

쟤는 지금 무슨 생각을 할까?

아나트는 카림을 이끌고 가는 엄마의 뒤를 따르며 그 속내가 궁금했다. 엄마가 아나트에게 문을 열라고 했을 때, 아나트는 엄마를 앞서 거실에 먼저 들어갔다. 엄마가 카림을 곧바로 손님 방에 가둘까 걱정이었다.

냉장고에 음식이 많을 텐데 하고 아나트는 생각했다. 사바트에 준비했던 음식, 붉은 렌틸콩 수프, 고기와 콩과 감자를 불에 뭉근하게 푹 삶아 낸 쵿른트 그리고 신선도가 약간 떨어지기는 하지만 아직 먹을 만한 타불레(샐러드)로 음식은 충분하다. 카림은 분명 배가 무척 고플 거야. 그리고 아나트도 배가 고팠다.

"나 오늘 아무것도 못 먹었어." 아나트는 큰 소리로 말했다. 집에 온 손님에게 음식 대접은 해야지 하고 엄마에게 일깨워 주려는 듯. "먹을 걸 좀 가져올게." 이렇게 말하고 아나트는 거실의 반대편에 달린 작은 문으로 사라졌다.

카림-현재

"이제 자리에 앉아 꼼짝도 하지 마라." 아나트 엄마는 영어로 이렇게 말하며 긴 식탁의 의자에 카림을 앉혔다. 그리고 자신도 옆자리에 앉았다.

꼭 경비견 같네, 카림은 속으로 혀를 날름했다.

카림은 거실을 둘러보았다. 친구 조지의 집이 떠오를 정도로 거실 분위기는 비슷했다. 조지는 베들레헴의 예수 탄생 교회에서 멀지 않은, 족히 수백 년은 된 집에서 가족과 함께 산다. 어째 한 번 와 본 것 같은 느낌, 이른바 '기시감'은 바로 그래서 드는 모양이다. 조지의 집과 마찬가지로 이 집은 두꺼운 담장과 쇠로 만든 육중한 현관 그리고 정교하게 만든 쇠창살이 달린 작은 창문을 갖추었다. 널찍한 거실은 보는 것만으로도 편안한 느낌을 주었고, 흰색으로 칠한 벽은 천장과 맞닿은 부분이 꽃과 이파리 모양의 레이스로 장식되었다. 카림은 이런 거실이 화난 표정의 뚱한 아나트 엄마와는 전혀 어울리지 않는다고 생각했다. 벽 양쪽에 육중한 갈색 소파가 놓여 있다. 카림은 마음 같아서는 아주 편안해 보이는 소파에 벌렁 눕고 싶었다. 소파 위에는 사진이 가득 걸렸다. 가족사진, 웃는 사람들. 분명 아나트 사진도 걸려 있겠지. 저기 보이는 아기 사진과 어린이 사진이 아닐까. 남자는 13살, 여자는 12살에 치르는 유대인 성인 의례 바트 미츠바에 찍은 것으로 보이는 사진, 또는 학교 졸업장을 들고 찍은 사진도 보인다. 다만 거리가 멀어서 얼굴은 잘 알아볼 수 없다. 반대편 벽에는 몇 장의 커다란 그림이 걸렸다. 에펠탑을 그린 것, 유럽의 어떤 성을 흑백으로 그린 작품, 그리고 카림이 알지 못하는 건물들을 그린 그림이다. 잘 알지는 못하지만 그 위풍당당한 모양새로 보아 뭔가 대단히 중요한 건물인 모양이다. 특히 카림의 눈을 사로잡은 그림은 붉게 물든 저녁놀 아래 번쩍이는 바위의 돔이다. 두 소파 사이의 벽에는 천장까지 닿는 책장 세 개가 서 있다. 카림은 이처럼 많은 책은 처음 보았다. 카림은 책이 정말 좋았다. 하지만 이 책들은 히브리어로 쓰인 것이라 자신이 읽을 수는 없다. 몇몇 책은 손바닥을 펼친 크기 정도로 두껍다. 큰 활자로 찍힌 제목이

금박을 해서 번쩍거리는 것으로 미루어 성경인 모양이다. 이 가족은 정말 저 정도로 열심히 책을 읽을까? 아니면 지식인이라고 뽐내려고 장식용으로 꾸몄을까? 진짜 종교를 열심히 믿나? 아나트가 종교를 믿는다고? 아나트는 군인이고 바지를 입는데. 신앙심 깊은 유대인 여자는 절대 바지를 안 입는데. 오로지 치마만 입고 머리는 스카프로 가리는데. 심지어 가발을 쓰기도 하는데. 어쨌거나 엄마는 카림에게 그렇게 말했었다. 유대인이라고 해서 이슬람과 다를 바가 없다고 엄마는 설명하고 싶어 했다. 하지만 그때 아빠가 끼어들어 애한테 그게 무슨 소리냐며 화를 냈다. 어떻게 유대인이 이슬람과 같을 수 있냐며.

하긴 아빠 말이 맞기는 하네. 유대인은 우리 아랍인과 다르지. 아빠가 말한 뜻과는 반대라 그렇지. 유대인은 적어도 아무런 방해를 받지 않고 알쿠드스는 물론이고 심지어 하람 알샤리프(Haram al-Sharif, 성전산)도 갈 수 있잖아. 자신은 바위의 돔과 알아크사 모스크에서 불과 8킬로미터밖에 떨어지지 않은 곳에 살면서도 그곳을 단 한 번도 가 보지 못했다. 그것을 생각하며 카림은 한숨을 쉬었다.

화난 표정으로 뚱하게 있는 경비견 여인을 참기 어려웠던 카림은 먼저 입을 열었다. "저는 알쿠드스에 처음 와 봐요."

"알쿠드스가 아니라 예루샬라임이란다."

무뚝뚝하기만 한 줄 알았더니 오만하기까지 하네, 카림은 비위가 상했다. 그럴수록 머릿속에서는 화가 부글부글 끓어올랐다. 저들은 나를 때리고 짓밟고 손을 묶어 가두었어, 그리고 가족에게 전화도 하지 못하게 했지. 카림은 생각할수록 분통이 터졌다. 저들은 마치 세상의 주인이라도 되는 것처럼 오만하게 굴며 이래라저래라 명령이야. 알쿠드스를 알쿠드스라고 하는 게 뭐가 어때서?

거만하게 구는 여인에게 화가 나서 그랬을까? 주방에서 아나트가 접시를 달가닥거리며 음식 챙기는 소리 그리고 수프와 고기의 맛난 냄새가 안 그래도 고픈 배를 더욱 자극해 신경이 예민해져서일까? 아무튼 카림은 아나트 엄마에게 시비를 걸고 싶어졌다.

"아뇨, 알쿠드스예요." 카림이 천천히 또박또박 말했다.

여인은 고개를 돌려 요 녀석 봐라 하는 표정으로 카림을 보았다. 마치 말대꾸하는 당돌한 학생을 보는 선생처럼. "아니, 예루샬라임이야. 너희 아랍인이 이곳에 살기 훨씬 오래전부터 이곳은 예루샬라임이지." 여인이 단호한 목소리로 말했다.

"예, 예, 유대인이 먼저 있었죠. 그래서 유대인이 모든 걸 멋대로 정해도 되죠. 도시 이름이든, 누가 어디서 살아야 하는지도 모두 유대인이 정한다는 거잖아요. 예, 저도 알아요." 카림은 생각하기도 전에 튀어나오는 자기 말에 스스로 당황했다. 이거 내가 지금 무슨 말을 하는 거야, 카림은 멍청한 학생이 된 것만 같아 얼굴이 붉어졌다.

아나트 엄마는 그저 미소만 지었다. 그러나 따뜻한 미소는 아니었다.

카림은 다시 벽에 걸린 그림을 보았다. 특히 불타는 저녁놀에 번쩍이는 바위의 돔이 그려진 그림을 뜯어보았다. 그러자니 저 이글거리는 해 또는 알라가 '예루샬라임'에 불의 심판이라도 내렸으면 할 정도로 화가 부글부글 끓었다.

"유대인들은 항상 먼저 이 땅에 살았다고 말하죠. 그러나 대다수 유대인은 여기서 고작 한 세대, 길어야 두 세대 살고 있잖아요. 나와 내 가족, 우리는 수백 년을 이 땅에서 살았다고요. 유대인 군인이 우리를 쫓아내기 전에!"

"우리가 너희를 쫓아냈다고? 너희 대다수는 자발적으로 간 거야. 어딘가 안전한 곳에서 아랍의 군대들이 '유대인 문제'를 깨끗이 처리해서, '유대인이 없는 땅'에 다시 돌아올 날을 손꼽아 기다리려고." 아나트의 엄마 야엘이 훈계조로 말했다.

"유대인이 팔레스타인에 사는 것이 문제가 아니죠." 카림이 대답했다. "정작 문제는 유대인이 이 땅 전체를 차지하려 든다는 거죠! 유대인만을 위한 국가를! 이미 이 땅에 사는 모든 다른 사람들, 기독교인이든 이슬람교도든 전혀 배려하지 않고 오로지 유대인 국가를! 유대인은 기독교도 이슬람도 없는 오로지 유대교의 국가를 세우고 싶어 안달인 거죠!" 아나트 엄마가 큰 소리로 웃으며 무어라 말하려 했지만, 카림이 선수를 쳤다. "우리는 이 땅에서 대대손손 살아왔어요. 그런데 어느 날 갑자기 유대인이 떼로 몰려와 우리에게 테러를 저질렀죠. 그런데도 세상은 오로지 아랍인만 테러를 저지른다고 믿어요. 그리고 유대인은 영국이 우리 팔레스타인에게 약속해 준 땅까지도 모두 뺏으려 하죠!"

아나트 엄마는 깔깔깔 큰 소리로 웃었다. "너희에게 약속해 준 땅? 밸푸어 선언이라고 들어보기는 했니? 영국 아서 밸푸어 외무장관이 '위임 통치령 팔레스타인'에 유대인 국가의 건국을 해도 좋다고 인정했어!" 아나트 엄마에게 팔레스타인은 아예 없는 나라인 모양이다.

카림은 아나트 엄마의 도발을 무시했다.

"맥마흔과 후세인이 주고받은 편지 이야기는 들어보셨나요? 영국의 관리 헨리 맥마흔은 아랍의 지도자 알리 빈 후세인에게 보낸 편지에서 팔레스타인의 건국을 지원하겠다고 약속하지 않았나요? 영국 외교관 사이크스와 프랑스 외교관 피코가 맺은 '사이크스-피코 협정(Sykes-Picot Agreement)'은요? 영국은 모든 아랍인에게 국가 건설을 지원해 준다고 약속했죠. 유대인에게만 약속한 게 아니에요! 영국은 심지어 프랑스와 협정을 맺어 팔레스타인을 공동으로 관리하려고 했어요."

카림은 그 순간 아나트 엄마의 눈에서 반짝 감탄의 빛이 스치는 것을 보았다. 카림은 역사 공부를 아주 열심히 했다. 팔레스타인 학교도 역사를 가르치며, 인터넷도 쓸 수 있다. 카림은 팔레스타인 독립을 두고 세계적으로 뜨거운 논란이 벌어지고 있다는 말을 듣고 조국 역사에 커다란 관심을 가졌다.

"팔레스타인이라는 나라는 없어." 아나트 엄마는 카림의 말에 차분하게 반론을 내놓는 대신, 무뚝뚝하게 투덜거렸다. 여인은 백년은 묵은 정치적 약속 따위는 깨끗이 무시하기로 작정한 모양이다.

"무슨 말씀, 저는 팔레스타인에 살아요." 카림은 자신이 최대한 보여 줄 수 있는 만큼 잔뜩 빈정대는 목소리로 말했다.

"뭐라 부르든 그거야 너희 맘이지. 하지만 말이다." 아나트의 엄마가 말하며 소파에서 주방의 찬장까지 팔을 벌려 가리켰다. 분명 지중해와 요르단 사이의 땅을 의미하는 손짓이리라. "이 땅이 이스라엘이야. 그리고 이 땅은 우리 거야. 우리는 너희의 그 선지자라는 사람이 동굴에서 천사를 만나 이야기했다는 그때보다도 천년 전에 이미 이 땅에서 살았어."

카림은 한 대 맞은 것처럼 충격을 받았다. 이건 선을 넘어도 한참 넘었다. 종교에 특별한 관심을 가지지는 않았지만, 카림은 이슬람 선지자를 그저 동굴에서 천사와 이야기한 허풍쟁이로 모는 말에 모욕을 느꼈다!

카림은 다시 저 저녁놀에 불타는 바위의 돔 그림을 보았다. 배 속에서 화가 부글부글 끓는다. 그런데 저 그림 어디선가 본 그림인데?

아나트 엄마는 마호메트까지 끌어들인 자신의 표현이 지나쳤다는 걸 깨달았는지 이내 목소리를 누그러뜨려 달래는 투로 말했다. "어쨌거나 현실은 인정해야 해. 우리는 국가를 건설했고, 주변 국가들의 군대에 맞서 이 국가를 지킬 거야. 너희는 우리를 바다로 내쫓아 빠뜨릴 수 없어. 너희 〈하마스〉와 〈파타〉의 두목들이 늘 선동하듯."

마음 같아서는 소리를 지르고 싶은 걸 카림은 꾹 참았다. 무장 강경파인 〈하마스〉든 온건한 〈파타〉든, 카림은 정치가라면 질색할 정도로 싫어했다. 어른들이 이들 정치가를 두고 심지어 하나같이 부패한 '라말라의 돼지'라고 욕하는 것을 카림은 숱하게 들었다.

이런 속도 모르고 아나트 엄마는 계속 훈계조로 말하며 카림의 속을 후벼팠다. "이제 제발 희생양 놀이는 그만둬. 너희는 여전히 난민 운운하더라. 너도 그랬잖아, 난민촌에서 산다고. 그러나 어디서 피난 왔는데? 내 어머니의 아버지는 독일에서 피난했어. 내 아버지는 이란에서, 그렇지만 나는 내가 난민이라고는 안 해!"

"유대인들은 이 땅에서 자유롭게 살잖아요. 하지만 우리는 그렇지 못해요. 이스라엘이라는 국가가 세워지기 전에 내 할아버지는 알쿠드스의 집을 버리고 피난해야만 했어요. 물론 우리가 동굴이나 천막에 사는 건 아니지만, 그래도 비좁은 난민촌에서 사는 건 사실이죠. 일자리도 좀처럼 구할 수 없어서 돈도 거의 벌지 못해요. 나는 아마도 대학 공부를 할 수 없을 거예요, 한다 하더라도 팔레스타인에서만 가능해요. 우리에게 체류 허가를 내주는 나라는 거의 없으니까요. 대학 공부를 하고 취직해서 돈을 번다고 해도 가족을 위한 집은 절대 장만할 수 없을 거예요. 집이 없기도 하거니와 당신들이 새집을 짓는 걸 방해하니까."

"그래도 얼마든지 지을 수 있잖아……."

"오로지 A지역에서만! B도 C도 안 되잖아요. 유대인 군대가 통제하는 지역에 우리는 집을 지을 수가 없죠. 군인이 '안보'를 빌미 삼아 팔레스타인 집들을 허물잖아요. A지역은 우리 영토의 오분의 일에 지나지 않아요!"

아나트 엄마는 잠시 침묵하며 무슨 말을 해야 좋을지 숨을 고르는 모습이었다. 그러나 마침내 한 말은 카림의 예상을 전혀 벗어나지 못했다. "그럼, 우리가 안보를 걱정하지 않도록 너희가 구실을 주지 않으면 되잖아. 텔 아민 사건은 들어봤지? 벌건 대낮에 아랍인이 유대인 가족을 죽였어! 그건 뭐라고 할래? 그런 짓을 벌이고도 너희 팔레스타인은 축제를 벌이더라?"

그런 사람은 극히 일부라고 카림은 소리치고 싶은 마음이 굴뚝같았다. 하지만 꾹 참고 말했다. "몇몇 개인이 그런 일을 저질러도 유대인은 항상 우리 모두가 잘못한 거라고 비난하죠. 유대인은 모든 테러가 팔레스타인 사람이 저지른 거라고 고집해요! 그리고 그런 사건이 벌어진 직후 범인의 가족과 친척을 잡아가요. 범인 부모가 사는 집을 허물어 버리죠. 우리는 화가 난 나머지 분함을 풀려고 공격하고요! 그게 그렇게 놀라운 일인가요?"

"지금 공격이라고 했니?"

다시금 아나트 엄마가 카림의 말을 끊었다. "그게 바로 테러야!"

"너는 인티파다를 겪어 보지 못했을 거야, 나는 두 눈으로 보았지. 나는 바로 눈앞에서 테러가 벌어지는 걸 보았어. 비명과 살이 타는 냄새, 너는 상상도 할 수 없을걸. 나는 다행히 다치지는 않았지만, 너무 심한 충격을 받아 몇 주 동안 집을 나가지 못했어. 몇 년을 우리는 죽은 사람을 묻어 주기에 바빴지. 일상이 장례와 슬픔뿐이었어."

"우리는 그때나 지금이나 그렇게 살아요. 장례를 치르고, 결혼식에 가고, 다시 장례를 치르죠. 축제 한 번 치르고 나면 이내 비극이 뒤를 잇죠. 그리고 우리는 형제나 사촌을 면회하러 가요. 유대인이 모두, 나 같은 아이들까지 잡아 감옥에 가두었기 때문이죠."

"너 같은 아이? 너는 이미 애가 아니잖아. 너 같은 사람이 우리를 위험하게 만들지. 안전장벽은 바로 그래서 지은 거야. 장벽을 세운 뒤부터 우리는 장례식보다는 결혼식을 더 자주 갈 수 있게 되었지. 그래서 말이지만 이런 분리는 꼭 필요해. 우리와 떼어 놓지 않으면 너희는 계속 우리를 죽일 테니까."

"자유롭게 살아갈 수만 있다면, 우리가 유대인을 미워할 이유가 없죠. 어디 살든, 어디로 여행을 가든, 원하는 대로 할 수 있다면. 우리가 바라는 건 유대인과 똑같이 자유, 안전일 뿐이에요. 그리고 독립 국가!"

"그처럼 간단할 수만 있다면. 그런데 많은 아랍인은 이스라엘의 땅도 원하잖아. 그들은 하이파, 자파 또는 예루살렘을 내

놓으라고 성화를 부리잖아. 너희가 이런 곳에서 살면 행복해
질 수 있을까? 우리는 아무 문제 없이 잘살고 있는 것처럼 보
이지? 어쨌든 우리는 이스라엘 안에 아랍인이 필요하지 않아.
이 땅은 수천 년 전부터 우리의 조상이 살아온 곳이야. 주님이
우리에게 베풀어 준 약속의 땅이야. 이스라엘이라는 국가는
우리의 생명보험이야! 이 말이 무슨 뜻인지 알아? 이 땅은 우
리 유대인이 그나마 안전하게 살아갈 수 있는 세계에서 유일한
곳이라는 뜻이야. 우리 유대인이 수천 년 동안 어떤 어려움을
겪으며 살았는지 너는 아니? 전 세계 곳곳에서 우리는 박해당
했어. 쇼아라고 들어보았니? 너희 학교에서 그런 걸 가르치기
는 해?"

"나는 관련 자료를 읽어 보았어요. 유대인 학교에서는 나크
바를 가르치나요? 우리는 이스라엘이 건국되면서 벌어진 사건
을 나크바라 부르죠. 당시 수십만 명의 팔레스타인 사람들이
멀쩡히 살던 집에서 쫓겨나 다시 돌아오지 못하고 있어요. 내
할아버지가 바로 그랬죠."

"우리는 가까스로 세운 국가를 지켜야만 하니까. 너희는 역
사 수업에서 대체 뭘 배우니? 헤브론의 학살은 알고 있니? 도
시의 유대인 공동체 전체가 아랍인에게 거의 몰살당하다시
피 했지. 그때는 1929년이야. 유대인 국가는 아직 세워지지

도 않았을 때 이런 잔인한 학살이 벌어졌어. 당시 그런 포그롬 (pogroms 대 박해. 특정 민족집단을 겨냥해 벌어지는 학살과 약탈이 포함된 군중 폭동)은 전 세계 곳곳에서 벌어졌지. 지금 이슬람 국가들에서 자행되고 있는 학살은 그 판박이야. 유럽에서 우리가 어떤 험한 꼴을 당했는지는 너도 알겠지."

"험한 꼴을 당한 사람이 그 짓을 이 땅에서 고스란히 되풀이하나요? 30년 전 어떤 유대인 과격주의자 한 명이 헤브론의 이브라힘(히브리어로는 아브라함) 무덤에서 많은 이슬람교도를 죽이지 않았나요?"

"그거야 한 명의 광신자지! 그러나 그 사건이 벌어졌을 때 우리 유대인은 아랍인과의 평화를 외치며 거리를 행진했어. 우리의 수상 이츠하크 라빈은 심지어 평화 집회의 한복판에서 암살자가 쏜 총에 맞았어. 팔레스타인에 자결권을 주어야 한다고 주장했다는 이유로."

"그거야 유대인이 범인이잖아요!"

"그래 맞아, 유대인이야. 하지만 너희는 어디 있었지? 평화를 외치는 팔레스타인 시위를 나는 본 적이 없는데? 너희의 과격한 테러리스트에게 그래서는 안 된다고 말해 보기는 했어? 너희는 그냥 돌이나 던져 대지. 왜? 외국 기자가 찍는 사진에 멋있게 나오고 싶어서, 안 그래?"

카림은 무어라 할 말을 찾지 못했다. 왜 베들레헴과 라말라에는 폭력을 반대하고 이스라엘과의 평화를 주장하는 시위가 벌어지지 않을까?

"아마도 우리는 그냥 너무 화가 나서." 카림은 차분한 목소리로 말했다. "우리는 유대인에게 억압받으며 권리를 누리지 못하는 환경에서 컸어요. 부모가 유대인을 미워하라고 가르친 건 아니에요. 우리 자신이 직접 보고 겪었으니까요. 가자 지구의 거의 모든 아이는 폭탄이 터지는 걸 보았고 심각한 트라우마에 시달려요. 우리는 매일 검문소에서, 불심검문에서 몸수색을 당하며, 학교 가는 길에 유대인 군인에게 시달리죠. 우리는 늘 장례식을 치러야 해요. 유대인 군인과 광신도가 끊이지 않고 우리 가운데 누군가를 죽이니까요. 시위대를 향해 총을 쏘고, 요람 안의 아기를 죽이기도 하죠. 알리 다와브쉐가 그렇게 당했어요. 그 아이는 당시 고작 18개월밖에 안 된 아기였다고요. 사망자가 없더라도 팔레스타인 사람들은 정말 힘들게 살아요. 유대인이 우리 땅을 점령했으니까. 바다에서 40킬로미터 정도 떨어진 곳에서 사는데도 나는 단 한 번도 바다에 가보지 못했죠. 왜 갈 수 없는지 묻기를 포기했어요. 그 이야기만 하면 엄마가 눈물을 터뜨리며 야단을 치니까요. 이스라엘이 우리를 가둬 놓아서, 바다에 가려고 했다가는 군인에게 잡혀 끌려간다고요. 내 친구 압델은 벌써 6개월째 감옥에 있어요. 가족들이 면회도 못 하게 해요. 압델은 그저 장벽에 돌을 던졌을 뿐인데. 그 돌은 누구도 아프게 하지 않았는데!"

"하지만 그런 게 시작이야! 바로 그렇게 해서 너희는 화를 자초한다고. 우리를 공격하는 걸 멈추어야만 너희는 이스라엘에 살 수 있어. 적어도 내가 보기에는. 우리를 공격하지만 않는다면 뭐 독립 국가를 세워도 좋아. 그런데 말이다, 한번 주위를 돌아보렴. 이스라엘에 사는 아랍인 대다수는 팔레스타인 정부보다는 이스라엘에서 사는 것을 훨씬 더 좋아해."

"대다수 팔레스타인 사람은 그냥 자유롭게 살고 싶어 해요. 우리를 조용히 살게 내버려만 둔다면, 유대인은 팔레스타인에서 우리와 함께 살아도 좋아요. 적어도 내가 보기에는."

그때 갑자기 누군가 은은하게 웃는 소리가 문 너머로 들려왔다. 한 할머니가 방에서 거실로 나왔다. "지금 중동분쟁을 놓고 다투는 거냐?" 할머니가 물었다. 그리고 카림과 아나트를 차례로 보았다. "너희가 갈등을 풀어야지?"

당황한 카림이 고개를 돌려 소리난 쪽을 바라보았다. 카림은 대화에 열중하느라 언제 아나트가 거실에 들어왔는지 전혀 보지 못했다. 배 속에서 부글부글 끓던 화가 일순 차분하게 가라앉았다. 카림은 아담한 몸집의 할머니가 거실 문턱에 서 있

는 걸 보았다. 갸름한 얼굴의 할머니 이마에 새겨진 고운 주름
살이 인생을 살아오며 겪은 기쁨과 아픔을 고스란히 담았다.
부드러운 물결 모양의 백발이 온화한 느낌을 준다. 바닷물처럼
푸른 눈이 카림을 보고 친근하게 웃는다. 혹시 비웃음은 아니
겠지?

"나의 사브타, 할머니에게 인사드려." 아나트가 말했다.

할머니는 천천히 식탁으로 다가와 의자에 앉으며 그 맑은 눈
으로 다시금 카림과 아나트와 아나트 엄마 야엘을 차례로 보
았다. "너희들 배고프지 않아?" 할머니가 물었다. "오늘 너희
가 갈등을 풀기에는 틀린 것 같은데. 손들 씻고 오렴."

카림은 아직 화난 표정인 아나트 엄마가 할머니 말에 토를
달고, 말대꾸했다며 자신을 곧장 손님 방에 가두어 버릴 것이
라고 생각했다. 하지만 예상과 다르게 야엘은 카림을 거실 맞
은편 주방의 개수대로 데리고 가 물통에 물을 채워 히브리어
로 무어라 중얼거리며 처음에는 오른손, 다음에는 왼손 차례
로 씻었다. 그런 다음 카림을 개수대 앞에 세웠다. 카림은 잠깐
자신도 그 물통을 사용해야 하나 고민했다. 하지만 아무래도
그건 아니다 싶어 수도꼭지 아래 손을 대고 씻었다.

다시 식탁에 앉았을 때 카림은 누가 접시에 음식을 덜어 주
려나 궁금했다. 눈치만 보고 있는데 할머니가 자리에서 일어

나 어딘지 모르게 딱딱한 느낌이 나는 영어로 기도했다. "찬양받으소서, 영원한 주님, 세계의 왕이시여, 흙에서 빵을 빚어 베푸시는 은혜에 감사합니다." 기도를 끝낸 할머니는 카림을 보며 말했다. "네가 유대에서 길을 잃고 헤매는 내 손녀를 구해주었다며, 고맙구나. 어서 먹으렴, 해는 이미 오래전에 졌으니, 배가 고플 거야."

드디어 카림은 음식을 먹었다. 식사 도중 아나트와 엄마와 할머니는 히브리어로 몇 마디 대화를 나눴다. 하지만 카림은 더는 주변에 신경 쓰지 않았고, 빵과 후무스를 허겁지겁 입에 채워 넣었다. 자신도 익히 아는 음식이니까. 곧이어 흘른트에도 손이 갔다. 감자와 고기도 자신이 익히 아는 음식이니까.

이제 더 먹었다가는 배가 터질 것만 같았을 때 할머니의 푸른 눈이 다시금 카림을 보았다. "오늘 저녁을 네 가슴속에 간직해 두렴." 카림은 할머니가 아주 세심하게 단어를 골라 말한다는 느낌을 받았다. "내 손녀를 네 가슴속에 간직해 두렴. 우리는 모두 같은 인간이니까."

"어머니, 지금 무슨 말씀을 하시는 거예요?" 아나트 엄마가 당황한 목소리로 끼어들었다. 화와 놀라움이 동시에 느껴지는 말투였다. "저 애는 이슬람이에요! 그리고 아나트보다 한참 어린데! 아니, 이슬람 증손주라도 원하시는 거예요?"

"아이고, 야엘, 너무 나가는 거 아니니? 소녀와 소년이 우정을 나눈다고 해서 꼭 아이를 낳는 건 아니잖아. 우정어린 사랑이야말로 우리가 시급히 필요로 하는 것이야. 이 끝없는 분쟁도 언젠가는 끝나야 할 거 아니냐. 그리고 이제 나는 더는 다투는 소리를 듣고 싶지 않구나. 식탁은 내가 치울 테니 너희는 어서 잠자리에 들렴."

카림-현재

    침대는 짙은 갈색 원목으로 짠 더블베드이다. 두툼한 매트리스가 아주 편안하다. 침대의 기둥에는 장미꽃 무늬가 새겨졌다. 침대 머리맡 벽에는 풍성한 꽃다발 그림이 걸렸다. 작은 방을 침대가 거의 채우다시피 해서 창문 옆에 폭이 좁은 옷장이 간신히 자리를 잡았다. 옷장 역시 짙은 갈색 원목으로 짰으며, 꽃장식이 새겨졌다. 카림은 이 방이 진짜 손님을 위한 방일 뿐, 아나트가 썼던 방이 아니기를 바랐다. 자신의 취향에 비춰 꽃장식과 꽃 그림은 너무 심했다.

    카림은 신발을 벗고 맨발로 바닥에 덮인 부드러운 양탄자를 가로질러 창가로 갔다. 창문은 쇠창살로 막혔다. 원한다고 할지라도 도망은 불가능하다. 아나트 엄마는 카림을 방에 들여

보내고는 안쪽에 꽂혔던 열쇠를 뽑아 바깥에서 문을 잠갔다.

쇠창살을 통해 카림은 맞은편의 집 벽에 난 작고, 마찬가지로 쇠창살로 안전장치가 된 창문을 보았다. 마침 그 창문에서 불빛이 꺼졌다. 그리고 카림은 그 아래의 골목길을 내려다보았다. 골목길은 자동차가 지나갈 수 없을 정도로 좁다. 가로등의 오렌지색 노란 불빛이 골목길을 포장한 모래 빛의 마름돌을 비춘다. 카림은 베들레헴의 밤과 비교해 너무도 조용한 이곳 분위기가 기묘하게 느껴졌다. 베들레헴에서는 항상 자동차가 달리는 소리, 경적 소리가 끊이지 않고 들렸다. 한밤중에도 집으로 돌아오려 골목길을 덜컹거리며 달리는 자동차도 적지 않았다. 그러나 이곳은 이상할 정도로 조용하다. 팔레스타인에서 가장 큰 도시 알쿠드스가 이처럼 조용하다니, 카림은 믿기지 않았다.

이 유구한 역사를 자랑하는 도시가 세 종교 모두 소중히 여기는 성지라서 이처럼 조용할까? 이슬람과 기독교와 유대교가 아끼는 성물이 이 도시에 있어서?

아니면 차가 다닐 수 없을 정도로 길이 좁아서?

카림은 이 집의 창문에서 보면 바위의 돔이 어디쯤일까 궁금해졌다. 이 방에서 그냥 간단하게 걸어 나가 산책 삼아 걷는다면 거기까지 시간이 얼마나 걸릴까? 아나트와 엄마는 카림을 바위의 돔과 모스크가 있는 산에 내려주고 구경하게 해 줄까? 바위의 돔에는 이슬람교도만 들어가는 입구가 따로 있어서, 이 문을 이용하면 빠르게 돔으로 올라갈 수 있다고 예전에 할아버지가 이야기해 줬다. 그럼, 유대인이 기도를 올린다는 서쪽 벽에도 가 볼 수 있지 않을까? 그리고 기독교인이 줄지어 순례한다는 저 큰 교회, 금박을 입힌 조각상과 천장 벽화가 화려한 교회도 들어가 볼 수 있지 않을까? 혹시 구도시의 성문 앞에서 버스를 타면 텔아비브나 자파 또는 하이파까지 갈 수도 있지 않을까? 카림은 서글픔이 묵직한 돌처럼 가슴을 짓누르는 것을 느꼈다. 바다를 가 볼 수 있다고 생각하자 다시금 화가 치밀어 오를 것 같았다. 하지만 하마터면 흘릴 뻔한 눈물을 삼켜 버리고 검은 밤하늘에서 환히 빛나는 보름달을 올려다보았다. 보름달은 가로등의 희미한 빛을 그 환한 빛으로 푹 감싸 버리기라도 할 것처럼 밝게 웃었다.

마침내 침대에 누워 잠을 청하려던 카림은 창밖의 뭔가에 눈이 꽂혔다. 창문 바로 옆 외벽에 붙은 사다리다. 창문을 막은 쇠창살만 없다면 카림은 손을 뻗어 사다리를 타고 위로 올라가고 싶었다. 지붕 위에서 바라보면 전망이 정말 멋질 텐데. 지붕 위에서는 아마도 하람 알샤리프, 곧 성전산도 보이지 않을까? 아니, 저 동쪽의 요르단 계곡도 보일 거야. 몇 시간 뒤에 그 계곡에서는 이글이글 타는 시뻘건 동그라미가 떠오르겠지. 그 타는 불꽃이 거실에 걸린 그림처럼 바위의 돔에 벼락치듯 번쩍이지 않을까. 아무튼 카림은 그 그림이 어딘지 모르게 익숙하다는 느낌을 지울 수 없었다.

그러나 카림은 더는 생각을 따라갈 수 없었다. 하루에 겪은 사건들이 자신의 팔다리에 무겁게 걸려 몸은 축 늘어졌다. 눈이 저절로 감겼다. 꽃무늬 가득한 이불 아래서 카림은 깊은 잠에 빠졌다.

아나트-현재

아나트는 여전히 잠을 이루지 못하고 깨어 있었다. 가벼운 바람이 뒤뜰의 재스민 향기를 방 안으로 실어 나른다.

이 집에서 엄마와 말씨름을 벌이며 카림은 무슨 생각을 했을까? 누가 먼저 이 땅에 살았고, 누가 더 억울한지 다투는, 답이 나올 수 없는 토론이 대체 무슨 소용일까? 아나트는 중동의 정치 갈등을 둘러싼 이런 논쟁이 가슴 아프기만 했다. 사람들은 사정을 정확히 알든 모르든, 저마다 자기 의견을 가지고 한마디씩 거든다. 대다수 이스라엘 국민은 현재 상태 그대로 이스라엘이 유지되기를 바란다. 그것도 텔아비브가 아니라 예루살렘을 수도로 삼는 이스라엘을. 그래서 이들은 팔레스타인 지역을 서요르단이라고 불러야 한다고 고집한다. 되도록 정치적으로 중립성을 지켜야 한다고 강조한다. 그러나 이런 어정쩡한 태도 탓에 문제는 더욱 꼬인다. 팔레스타인에 아예 국가를 세우게 해 주자는 사람도 없는 것은 아니다. 점령지역에서 이스라엘 군대를 철수한다면 드디어 평화롭게 지낼 수 있지 않냐고 이 사람들은 주장한다. 신앙심 강한 유대인, 예를 들어 아나트 엄마는 팔레스타인 지역을 지금의 이스라엘과 함께 묶어 '에레츠 이스라엘', 곧 자기들 조상부터 대대로 살아온 '이스라엘의 땅'으로 만들어야 한다고 믿는다. 기독교인들은 돈과 정치 활동으로 유대인을 지원해 주어야 한다고도 한다. 약속의 땅을 지키는 것은 기독교의 의무니까. 그래서 점령지역을 모세 5경에 나오는 그대로 유대와 사마리아라고 불러야 한다나. 심지어 초정통파 유대인, 곧 고대의 율법을 그대로 지키며 살아가는, 극단적일 정도로 유대교 신앙이 철저한 유대인은 인간이 세운 국가는 말이 되지 않는다고 단호히 거부한다. 이스라엘은 하나님이 정해 준 땅이라면서.

이처럼 복잡한 상황에서 누군가는 전체를 종합적으로 살필 수 있어야 하지 않을까?

팔레스타인 사람들 역시 복잡하고 혼란스럽기는 마찬가지다. 아나트는 이게 얼마나 복잡한지 잘 알았다. 팔레스타인 사람들 가운데 팔레스타인 이스라엘 사람 또는 이스라엘 아랍인이라고 하는 사람도 적지 않다. 이들은 이스라엘 안에 살면서 주로 허드렛일로 먹고산다. 이들은 유대인 이스라엘 국민과 마찬가지로 물가가 너무 비싸며, 살 집이 턱없이 부족하다고 불평할 뿐, 국가니 정치니 하는 문제에 별로 관심이 없다. 그냥 간단하게 팔레스타인과 이스라엘의 관계가 분명했으면 좋겠다고 여기는 팔레스타인 사람이 있다. 다시 말해서 팔레스타인이라는 독립 국가를 세우고, 이스라엘 군대가 깨끗이 물러가는 그런 관계다. 더 나아가 이스라엘을 완전히 파괴하고 요르단과 지중해 사이의 땅에 대팔레스타인을 세우자고 주장하는 사람도 있다.

카림은 어떤 팔레스타인 사람일까? 카림은 아나트가 라말라 인근의 숲에서 헤맬 때 그 어떤 테러 조직에 알리지 않고 아나트를 구해 주었다. 그리고 그의 형은 심지어 이스라엘 남자를 친구로 사귄다. 카림은 형이 이스라엘 남자를 친구로 두었다는 것을 원래 알았을까? 올리브나무 숲의 한복판에서 길을 잃고 헤매던 날 저녁, 형뿐만 아니라 유대인 남자가 자동차에서 내렸을 때 카림도 놀란 표정을 지었다. 적어도 아나트는 그렇게 느꼈다.

이 모든 상황을 종합해 볼 때 카림은 대팔레스타인을 광적으로 지지하지 않는 것이 분명하다. 하지만 왜 그는 폭력 시위에 참여했을까? 어째서 그는 새총으로 돌을 쏘았을까? 정확히 조준해서 쏜 돌이 고무 총알 못지않게 치명적이라는 점을 몰랐을까? 아니면 위험한 모험을 즐기는 그저 그런 멍청한 청소년일까? 그러나 그런 모험은 목숨을 걸어야 하는 심각한 위험을 부른다. 군사훈련을 받으면서 아나트는 최루탄과 고무 총알을 머리 높이를 겨냥해 쏘아서는 절대 안 된다고 배웠다. 그러나 실전은 달랐다. 싸움으로 흥분한 나머지 화가 머리 꼭대기까지 나면 머리를 겨냥하는 군인이 적지 않았다. 본때를 보여 준다며 쏘고 나서 실수였다고 하면 대장은 알았다며 그냥 넘어가니까.

카림은 과연 어떤 사람일까? 아나트는 팔레스타인 청소년이라는 점 외에 카림을 알지 못한다고 생각했다. 이제 카림과 아나트는 서로 비겼을까? 카림은 아나트를, 아나트는 카림을 구해 주었다. 카림에게 빚을 졌다는 점을 엄마에게 이해시키느라 아나트는 엄마와 오랜 말씨름을 벌여야만 했다. 그런데 이제 카림은 복도 다른 쪽의 방에 있다. 15살에 불과하지만, 세상 모르는 철부지는 아니다. 올리브나무 숲에서 나눈 대화와, 엄마와 벌인 논쟁으로 미루어 카림은 나름대로 세상을 잘 알 뿐 아니라, 주관이 뚜렷한 소년이다. 그리고 이스라엘 국민에게 느끼는 화를 거침없이 드러내곤 했다. 아니, 화는 팔레스타인 사람으로 살아야 하는 운명에 느끼는 분노라고 해야 정확할까? 어른이 되면 카림은 어떤 인물이 될까? 더욱 심한 화와 분노로 이스라엘을 공격할까? 아니면, 깊은 이해심을 가지고 이 영원히 어려운 문제, 이러기도 저러기도 힘든 딜레마를 풀 해결책을 찾을 줄 아는 지혜로운 어른이 될까? 공격성이나 지혜보다 그저 포기하고 체념하는 남자가 되는 건 아닐까? 현실을 보면 포기하고 체념하는 어른이 대다수이니까. 이들은 그저 먹고사느라 바빠 무엇이 옳은지 따져 볼 마음의 여유가 없다면서, 그저 자신과 사랑하는 가족이 폭탄이나 최루탄에 다치거나 죽지 않기만 바란다.

아나트는 꼬리에 꼬리를 무는 생각으로 잠을 이루지 못하고 뒤척였다. 보름달이 집 모퉁이를 돌아 창문으로 그 차가운 빛을 비추었을 때 비로소 아나트는 잠에 빠졌다.

카림-현재, 이야르 5일

아나트 엄마 야엘이 문을 두드렸을 때 카림은 여전히 자고 있었다. 대답이 없자 야엘은 열쇠로 문을 땄다.

"옷을 벗고 자는 건 아니겠지?" 야엘은 이렇게 말하며 문틈으로 머리를 빼꼼 들이밀었다. "일어나라, 가자."

바깥의 하늘은 밝은 회색으로 반짝여서 새벽의 푸르름이 밝은 낮까지 이어질지는 알 수 없었다. 기도 시간을 알리는 아잔 소리를 들으며 카림은 새벽 6시인 것을 알았다. 집에 가고 싶다는 마음이 간절하기는 했지만, 이제 조금 뒤에 정말 집에 간다고 생각하자 카림은 이상하게 서글퍼졌다.

잠시 뒤 카림을 태운 자동차는 알쿠드스 시내를 달렸다. 도시가 잠에서 깨어나고 있다. 운전대는 아나트 엄마가 잡았고,

아나트는 다시 뒷좌석 카림 옆에 앉았다. 아마도 카림을 감시하려 옆자리에 앉은 모양이다. 차 문이 모두 잠겨 있는데, 그럴 필요가 있을까.

아나트는 카림 쪽으로 몸을 숙이고 말했다. "내가 아니라, 엄마가 너를 깨우게 해서 미안. 엄마는 속옷만 입고 자는 너를 내가 보는 걸 원하지 않았어."

"괜찮아, 나는 옷을 입고 잤어." 카림은 평소 속옷만 입고, 심지어 겨울에도 팬티만 입고 잔다는 말을 하고 싶지 않았다. 한동안 카림의 얼굴은 벌겋게 달아올라 식을 줄 몰랐다. 왜 아나트는 몸을 숙이고 은근히 말할 정도로 친밀하게 구는 거야?

카림은 차창으로 스쳐 지나가는 집들을 구경하는 척하며 아나트에게 어떻게 말을 걸어야 좋을까 궁리했다.

"유대인들은 정말 애국심이 강한가 봐. 국기가 안 걸린 곳이 없네. 꼭 저렇게 국기를 달아야만 해?" 카림은 이렇게 물으며 아나트를 바라보았다. "우리는 저처럼 많이 국기를 달지 않는데."

아나트는 놀란 표정으로 카림을 보았다. "오늘이 무슨 날인지 몰라? 내일도?"

"에…… 월요일?"

아나트는 기가 차는 듯 눈을 크게 떴다.

"내일은 이야르(Iyar, 유대인 캘린더의 두 번째 달, 우리의 4월과 5월에 해당한다 – 옮긴이) 5일이잖아. 욤 하아츠마우트, 우리의 독립기념일! 내일 우리는 건국을 기념하는 축제를 벌여. 그리고 오늘은 욤 하지카론, 전몰장병 추모일, 곧 현충일이야. 국가를 위해 목숨 바친 군인을 기리는 날이지. 물론 어…… 팔레스타인의 테러로 목숨을 잃은 군인을 추모하는 날이기도 하지."

이제는 카림이 놀란 입을 다물지 못했다.

"왜 그게 오늘이야? 아직 5월 14일이 아니잖아. 이스라엘은 5월 14일에 건국 선언을 했잖아. 5월 15일은 우리가 나크바를 기념하는 날이야. 우리의 현충일이지. 그날 우리는 팔레스타인을 위해 싸우다가 목숨을 잃은 사람을 애도해."

아나트는 카림의 말에 토를 달지는 않았다. 다만 이렇게 설명했다. "우리는 항상 이야르 5일을 기념해. 이야르는 유대인 캘린더야. 달의 주기에 맞춘 것이라 사람들이 흔히 쓰는 달력보다는 날짜가 적어."

"세계 표준은 그레고리력이잖아."

"후후, 똑똑하네. 넌 모르는 게 뭐야? 어쨌든 너희 캘린더도 달의 주기를 따르니까 너도 잘 알겠구나."

"무슨 말인지 알겠어. 달에 맞추느라 날짜가 태양력과 다르잖아. 너희는 그럼 오늘 애도하고 내일은 경축하는 거야?"

"축제 행사는 원래 오늘 시작해. 우리는 너희와 마찬가지로 해가 지면 새날이 시작된다고 보니까. 오늘 저녁 곳곳에서 기념행사가 열릴 거야. 나는 아마도 자파 성문 앞의 마밀라 몰에서 열리는 행사에 가게 될 거야. 거기는 예루살렘의 유일한 명품 상가가 몰려 있는 곳이라 무척 화려하거든. 내일은 우리 전투기들이 도시 상공을 누비며 에어쇼를 벌일 거야. 오후에는 미첼 파크라고 우리가 차를 타고 지나온 공원으로 소풍을 갈 거야."

"좋겠네."

카림은 다시 창밖을 내다보았다. 이곳에는 집이 거의 없다. 저 요르단 계곡까지 물결 모양으로 구불구불 이어진 언덕들이 환히 보인다. 마침 시뻘건 불덩이 같은 아침 해가 떠올랐다. 정말 아름다운 광경이다. 그의 속을 쓰리게 하는 슬픔만 아니면 이 아름다운 광경을 마음껏 즐기련만. 저들은 이곳에서 건국을 자축한다. 팔레스타인 사람들에게 혹독한 아픔을 안긴 유대인이 파티를 즐기는데, 이제 자신은 저 감옥 같은 난민촌으로 되돌아가야만 한다. 이 감옥에서 카림은 절대 벗어날 수 없는 것일까? 바다는 결코 볼 수 없을까. 티베리아스호수, 성경에 갈릴리호수라고 나오는 그곳에도 가 볼 수 없는 마당에, 이스라엘 남쪽 끝의 홍해는 엄두도 낼 수 없으리라. 카림을 비롯해 팔레스타인 사람들은 이스라엘 군대에 갇혔다. 이스라엘의 검문소에서 짙은 녹색 표지의 여권을 보여 줄 수 없다면, 팔레스타인 사람은 요르단조차 갈 수 없다. 전 세계 186개 국가를 마음대로 여행할 수 있는 미국의 짙은 청색 여권을 카림은 간절히 갖고 싶었다. 붉은 포도주 빛깔의 독일 여권은 심지어 190개 국가의 문을 활짝 열어 준다. 일본 여권은 193개 국가를 자유롭게 누빌 수 있게 해 준다. 그리고 세계에는 전부 195개 국가가 있을 뿐이다. 거의 모든 나라는 유엔 회원국이다. 바티칸은 아니다……, 그리고 팔레스타인도 가입하지 못했다. 카림은 절로 한숨이 나왔다.

"무슨 생각을 그렇게 골똘히 해?" 아나트가 물었다.

"아무것도 아냐." 카림이 중얼거렸다.

그때 카림은 문득 뭔가 이상하다는 것을 깨달았다. 자동차는 남동쪽으로 방향을 틀어 해가 지는 서쪽으로 달렸다. 알쿠드스의 남쪽 마을인 하르 호마를 지나갔다. 알쿠드스는 언덕 위에 솟은 성채처럼 보인다. 베들레헴의 동쪽 경계선인 베이트 사후르를 지나 자동차는 아이다 난민촌과는 갈수록 거리가 멀어졌다.

카림의 심장이 빠르게 뛰기 시작했다.

"나를 어디로 데려가는 거예요?" 카림은 물으면서 긴장한 기색을 들키지 않으려 태연한 척했다.

"베들레헴 외곽의 버스 정류장으로 갈 거야. 그 근처에 내려 줄 테니까, 버스를 타고 집에 가. 아니, 우리가 베들레헴으로 들어갈 줄 알았어? 무슨 생각을 하는 거야? 우리 엄마는 검문소에서 왜 팔레스타인 사람을 차에 태웠는지 설명하고 싶지 않을 거야."

"아랍인이지. 왜 아랍인을 태웠냐고 물으면 뭐라고 그래?" 아나트 엄마가 운전석에서 투덜댔다.

"너도 왜 이스라엘 사람이 차를 태워 줬는지 물어보는 게 싫잖아. 그 밖에도 우리는 그냥 간단하게 베들레헴으로 들어갈 수 없어. 거기는 A지역이니까."

"하지만 너희는 한밤중에 우리 집을 뒤지고 다니잖아?"

"또 시작이다." 이렇게 말하는 아나트의 목소리는 엄마와 똑 닮았다. "알잖아, 우리가 왜 이러는지. 물론 마음에 들지 않는다는 건 알아. 아무튼 복잡해."

카림은 아무 말도 하지 않고 다시 창밖을 내다보았다. 아랍인 마을의 집들은 마치 누군가 작은 주사위들을 흩뿌려 놓은 모양새다. 집마다 검은색 물탱크가 주사위에 찍힌 앙증맞은 점처럼 보인다. 반면, 이스라엘 마을은 집들이 열과 오를 맞추어 가지런하며 하얀색 물탱크를 지붕에 얹었다.

테코아라는 마을에 가까워졌을 때 아나트 엄마는 차를 멈추었다. 테코아는 비슷한 이름 투쿠라는 아랍인 마을과 경계를 이루는 곳이다.

"빨리 내려라. 학교 열심히 다니고, 숙제 잘하고, 다시는 돌을 잡지 마. 그럼 아마도 너는 어엿한 어른이 될 거야." 아나트 엄마는 이 몇 마디 말로 아랍 청소년을 예절 바른 사람으로 키우기라도 하려는 것처럼 근엄하게 타일렀다.

"이거 받아." 아나트는 속삭이듯 말하며 카림의 손에 지폐를 몇 장 쥐여 주었다. 베들레헴까지 갈 택시비로 쓰고도 남을 돈이다. 마지못해 돈을 받으면서도 카림은 속으로는 정말 다행이다 싶었다. 이 돈이면 버스를 기다리지 않아도 되니까.

"안녕, 카림." 아나트가 말했다.

카림은 차에서 내리며 "안녕, 아나트." 하고 인사하고 아나트 엄마는 무시한 채 문을 닫았다.

아나트-현재

쾅!

아나트는 카림이 필요 이상으로 문을 크게 닫자 움찔 놀랐다. 엄마는 차를 유턴해 속도를 높였다. 엄마는 예루샬라임으로 한시라도 빨리 돌아가고 싶은 모양이다.

"제발 이번이 마지막이면 좋겠구나, 다시는 아랍인과 어울리지 마라." 드디어 잔소리 시작이다. 아나트는 한동안 이어질 엄마의 설교를 각오하며 마음을 굳게 먹었다. "그 아이는 무슬림이야, 그리고 너무 어려. 단정한 유대인 숙녀가 그런 어린애와 친구가 되는 건 어울리지 않아. 게다가 아랍인이잖아! 네가 명령받은 위치에서 벗어난 것만 해도 군인으로서 얼굴에 먹칠을 한 거야. 더욱이 아랍인에게 빚을 지다니, 나 원 창피해서. 이

걸로 이제 문제는 정리된 거다. 경축일이 지나면 오로지 근무에만 집중하도록 해. 지금 맡은 일을 잘 처리해야만 군대에서 더 중요한 일을 맡을 기회가 열릴 거야. 범인 신문의 녹취를 잘 듣고, 뭔가 이상한 걸 찾아내면 혹시 아니, 큰 테러 조직의 꼬리를 잡을 수 있을지……."

아나트는 그저 창밖만 보며 엄마의 말을 한 귀로 듣고 다른 귀로 흘렸다.

엄마가 이야기하는 동안 이따금 고개를 끄덕이며, "알았어, 엄마." 하고 말하기는 했지만, 속으로 아나트는 전혀 다른 생각을 했다.

군 복무가 무슨 소용이람? 적을 상대로 조국을 지키라고? 아니, 무슨 적이 그래? 기껏해야 돌이나 던지는 적? 물론 테러를 저지르며 진짜 위험한 몇몇 팔레스타인 사람은 적이 분명하다. 그러나 모두 그런 건 분명 아니다. 지금 이대로 계속된다면, 세대에서 세대로 넘어가며 원한만 커져 서로 소통할 길은 영원히 막히지 않을까? 서로 왕래도 전혀 할 수 없는 세상은 너무 답답하지 않을까? 적어도 서로 왕래할 수 있다면 적이라도 언젠가는 가까워질 수 있지 않을까? 그냥 간단하게 베들레헴과 예루살렘을 자유롭게 오갈 수 있다면? 카림을 찾아가 만나고, 그의 동성애자 형도 보고, 그 과격하다는 큰형과도 이야기를 나누어 보면 좋지 않을까? 처음에야 혼란스럽겠지만 시간이 가면서 익숙해지면 우정을 나누는 일도 얼마든지 가능할 텐데. 과격한 형에 동성애자 형, 똘똘한 동생이라? 좀 뒤죽박죽이기는 하지만 그런 것이 평범한 가족이다. 그리고 이스라엘에도 그런 가족은 얼마든지 있다.

그리고 그 팔레스타인 꼬마를 다시 만나지 말라니, 왜 그래야 하지? 그 꼬마가 무슨 남자라고 참 나.

문득……, 카림은 지금껏 제대로 이야기를 나눠 본 유일한 팔레스타인 사람이라고 아나트는 생각했다. 검문소나 불심검문 때는 그저 짤막한 명령만 일방적으로 했으니까. 카림은 아나트가 아는 유일한 팔레스타인 사람이다. 그리고 그는 평소 아나트가 상상했던 팔레스타인 사람과는 완전히 달랐다. 당당하고 똑똑하며 나름 세상일에 밝다. 그리고 무엇보다도 생각이 깊다. 그는 이스라엘에 처음 와 봤다면서도, 아나트가 팔레스타인을 아는 것보다 훨씬 더 이스라엘을 잘 알았다. 아나트는 벌써 1년 가까이 군인으로 팔레스타인을 감시해 왔음에도 사실 별로 아는 것이 없었다.

솔직히 아나트는 카림을 다시 보고 싶었다.

카림-현재

다시 만난 재회는 감격의 도가니였다. 한동안 카림은 엄마가 울다 웃는 반김, 아말의 꺄악 하는 환호성, 아빠의 따뜻한 포옹, 큰형이 어깨를 툭툭 치는 환영으로 정신을 차릴 수 없었다. 호기심에 찾아온 이웃 사람들은 몸은 어떻냐, 빌린의 시위에서 참 멋졌다, 이스라엘 군인의 신문과 고문은 어떻게 버텼느냐 질문을 쏟아 냈다.

엄마가 끓여 내온 커피가 다 떨어지고 나서야 이웃들은 돌아갔다. 마침내 모두 돌아가고 나서야 카림은 숨을 돌릴 수 있었다. 이웃이 일하러, 학교로 간다고 한 말을 떠올리며 카림은 오늘이 월요일이구나 새삼 깨달았다.

형은 아말을 데리고 집에 갔으며, 아빠는 가게로, 엄마는 병원으로 각각 일하러 갔다. 엄마는 병원에서 환자와 면회객에게 레모네이드와 아이스크림을 팔았다. 카림은 드디어 홀로 남았다. 엄마는 내일부터 다시 학교에 가야 하니 오늘은 푹 쉬라고 몇 번이고 신신당부했다.

이제 카림은 거실에 홀로 우두커니 앉았다. 마치 몇 년 동안 집을 떠나 있었던 것만 같은 기분이 들었다. 소형버스를 타고 라말라로 아드난 형을 찾아가, 마침내 대규모 시위에서 자신의 새총 솜씨를 시험하다가 붙들려 간 것이 고작 나흘 전 일인데. 왜 이 나흘이 몇 년으로 느껴질까? 카림은 마치 처음 보는 것처럼 거실을 둘러보았다. 지금 앉은 소파는 낡아서 곳곳이 헤졌다. 아무튼 아나트 거실에서 보았던 소파처럼 크고 아름답지 않다. 벽은 얼룩이 진 게, 하얗게 칠한 아나트 거실 벽처럼 깨끗하지 않았다. 하지만 그 벽과 마찬가지로 이 벽에도 사진들이 나란히 걸렸다. 학교에 입학할 때 찍은 사진에서 카림은 자랑스럽게 웃는다. 어쩌자고 가방은 저렇게 큰 것을 맸을까. 큰형 모하메드의 결혼식 사진. 갓난아이 아말의 사진. 학교 졸업장을 손에 든 작은 형 아드난 사진. 부모의 결혼식 사진. 이 사진에는 할아버지와 할머니도 보인다. 증조부모님의 결혼식 사진도 있다. 그 아래 사진 한 장이 카림의 눈을 사로잡았다. 바위의 돔을 그린 그림을 찍은 사진이다. 배경의 하늘은 마치 갈라지는 것처럼 하얀빛을 잿빛의 하람 알샤리프-성전산에 내리꽂는다. 흰색과 잿빛, 색깔이 그런 것은 이 사진이 흑백이기 때문이다. 하지만 카림은 알았다. 사진의 그 빛은 붉은색이라는 걸. 불꽃처럼 이글거리는 붉은색.

카림은 아나트의 거실 벽에 걸렸던 그림이 이 사진 속 그림과 같음을 떠올렸다. 카림은 이게 어떻게 된 일인지 차츰 깨닫기 시작했다. 자신의 집에 걸린 사진은 그 그림을 찍은 것이다. 할아버지는 언젠가 그림 이야기를 했었다. 예전에 알쿠드스의 집에서 피난을 나오며 증조할머니, 곧 할아버지의 어머니가 그림을 가지고 나올 수 없었다고 했다. 알쿠드스의 그 집은 유대인이 기도를 올리는 통곡의 벽에서 멀지 않은 곳에 있는, 아치형 창문과 작은 뒤뜰을 갖춘 아름다운 집이었다고 했다. 봄마다 뒤뜰에서 재스민이 꽃을 피우는 집은 아나트가 사는 바로 그 집이 아닐까? 세상에 단 하나뿐인 그림이 걸린 집은 그 집일 수밖에 없다.

카림은 아나트의 전화번호를 모른다. 메일 주소도 모른다. 아무튼 연락해서 물어볼 방법은 없다. 하지만 카림은 저 비르자이트의 언덕에서 아나트와 만난 것이 단순한 우연 그 이상의 뭔가 있다는 확신을 지울 수 없었다. 그 만남, 자신을 구해 준 아나트의 도움, 그림. 카림은 아드난 형에게 전화를 걸었다. 하지만 휴대전화 카드에 돈이 남지 않아 카림은 몇 번 신호가 간 뒤에 바로 끊었다. 예상에 어긋나지 않게 형은 곧바로 전화를 걸어왔다. 형은 카림이 무사한 것을 알고 안도의 한숨을 쉬었다. 그리고 카림이 하는 말을 주의 깊게 들었다. 이야기가 끝나자, 형은 곧 다시 연락하겠다고 약속하고 전화를 끊었다.

다음 날 형은 카림이 말한 문제를 좀 더 자세히 듣고 싶다며 비르 자이트로 오라고 카림을 불렀다.

하지만 엄마는 카림에게 형을 찾아가는 것을 허락하지 않았다. 몇 번이고 다시는 시위에 참여하지 않겠다고 다짐을 듣고서야 며칠 뒤 엄마는 라말라로 가는 걸 허락했다.

아나트-현재

라말라. 사자의 굴. 하필이면 사자 굴로 가야만 한다. 〈자할〉
의 신병들은 라말라라는 이름만 들어도 무서워했다.

할 수 없지, 직접 라말라로 가지 말고 에움길로 돌아가자. 일
행은 60번 고속도로를 타고 빙 둘러 팔레스타인의 수도 라말
라로 가기로 했다. 60번 고속도로는 남쪽의 네게브사막 한가
운데의 도시 베르셰바에서 시작해 북쪽의 갈릴리 나사렛까지
이르는 도로이다.

요아브는 한참 달리다가 서쪽으로 방향을 틀어 팔레스타인
마을들을 차례로 지나쳐 소도시 비르 자이트의 북쪽 입구로
접어들었다.

해는 이미 졌으며, 지중해에 붉은색 띠만 한 줄 남겨 놓았

다. 수평선에는 해를 대신해 이미 기울기 시작한 둥그런 달이 얼굴을 내밀었다.

요아브는 도시 변두리의 주변 풍경을 굽어보는 것 같은 7층 짜리 건물 앞에 차를 세웠다.

조수석 문을 열고, 군인이 아니라 개인 신분으로 팔레스타인 땅을 처음 밟는 아나트의 심장은 벌렁벌렁 뛰었다. 안전을 이유로 이스라엘 시민이 팔레스타인 땅에 발을 들이지 못하게 하는 금지 때문에만 심장이 뛰는 것은 아니다. 이곳을 찾아온 걸 아는 사람은 요아브가 유일하다. 아나트는 엄마에게 여자 친구네 집에서 자고 온다고 거짓말을 했다.

덜커덩거리는 문과 금 간 거울이 달린 승강기를 타고 이들은 6층으로 올라갔다. 어떤 문 앞에서 요아브가 초인종을 누르는 데, 방에서는 쿵쿵 베이스 비트가 들려왔다.

문이 열리자, 음악은 더 큰 소리로 울려 퍼졌다. 아랍 노래인 모양인데, 곡이 빠르고 경쾌하다. 아나트는 음악은 잘 몰랐지만, 이스라엘 클럽, 이를테면 예루살렘의 노란 잠수함이나 텔아비브의 하오맨 17 클럽에서 듣던 음악과 비슷하다는 느낌을 받았다.

"야, 드디어 왔네." 문을 열어 준 남자는 요아브를 얼싸안았다. 긴 곱슬머리 덕에 그가 누구인지 알아보기는 어렵지 않다.

카림의 형 아드난이다. 아드난은 요아브가 손에 들었던 봉투를 낚아챘다. 요아브가 예루샬렘에서 들고 온 봉투에서 아드난은 보드카 한 병을 꺼냈다. "자식, 네가 마신 거 드디어 채워 놓는 거야!" 하고 아드난은 음악이 쿵쿵거리는 방으로 들어갔다.

"저 녀석이 내가 와서 좋은 거야, 보드카가 좋은 거야. 네가 보기엔 어때?" 요아브는 아나트에게 이렇게 물으며 씩 웃었다.

거실에는 소파가 벽에 붙어 있고 낮은 높이의 커다란 테이블이 가운데 놓였다. 그 위에는 맥주병, 주스 팩, 칩스와 견과류가 담긴 접시, 술과 음료가 반쯤 든 잔들 그리고 재떨이로 너저분했다. 방에 있던 사람들은 아나트에게 고개를 까딱해 보이며 인사했다. 미소를 지으며, "하이, 만나서 반가워!" 하고 먼저 말을 걸어 주는 사람도 있다. 요아브는 그들 모두와 친한 것처럼 보였다. 여인들은 그의 뺨에 오른쪽, 왼쪽 뽀뽀를 해 주었다. 두 명의 남자는 요아브를 잠시 얼싸안았다. 다른 남자들은 고개를 끄덕이거나, 잔을 들어 건배 하는 시늉을 했다. 카림은 보이지 않았다.

아나트는 소파로 가서 검은색 머리를 길게 기른 어떤 여자 옆에 앉았다. 그 역시 이스라엘 사람처럼 보였다. 그는 "하이, 나는 마르타야." 하고 자신을 소개했다. 아나트도 이름을 밝히며 화답했다. 그러나 아나트는 순간 아차 싶었다. 이름을 들으면 저들이 내가 이스라엘 사람인 걸 알잖아. 그런데 마르타는 개의치 않는 표정이었다. 그는 자신이 스페인에서 왔으며, 1년째 라말라에 살며, 팔레스타인 청소년의 건강을 돌보는 비정부기구(NGO, Non-Governmental Organization)에서 일한다고 했다. 참 세상에는 별의별 사람이 다 있구나 하고 아나트는 생각했다. 그때 요아브가 맥주 한 잔을 손에 들고 다시 나타났다.

"너, 18살은 넘은 거지?" 요아브가 물으며, 아나트에게 맥주를 줄까 말까, 장난스러운 표정을 지었다.

"에…… 그야 당연하지?"

"당연하다고? 너는 네가 몇 살인지도 확실히 몰라?"

지금 놀리는 건가? 그는 아나트가 군인이라는 걸 이미 알고 있는데.

"헤이, 그냥 농담이야." 요아브는 껄껄 큰 소리로 웃으면서, 맥주를 건넸다. 아나트도 실소를 머금었다. 아니, 이스라엘 시민을 몰래 팔레스타인에 데려오는 범죄는 저지르면서, 음주를 금지하는 나이 제한 같은 규칙은 지키려나 봐?

"여기 주방으로 와 봐!" 갑자기 카림의 형이 아나트에게 외쳤다. 그의 이름이 뭐랬더라? 아나트는 주방으로 갔다. "냉장고에 오늘 점심때 요리해 둔 음식이 있어. 배고프면 맘껏 먹어.

그리고 여기 이 친구는……." 그는 아나트를 주방 안으로 밀었다. "내 동생이야."

카림은 두 눈을 크게 뜨며 놀란 나머지 콜라 잔을 떨어뜨릴 뻔했다.

"지금 여기서 뭐 하는 거야?"

카림-현재

"지금 여기서 뭐 하는 거야?" 작은형 아드난이 어떤 젊은 남자, 척 봐도 이스라엘 사람이 분명한 청년과 주방으로 들어왔을 때 카림은 이렇게 물어보고 싶었다. 하지만 마침 주방에서 치즈 샌드위치를 만들던 두 명의 영국 남자가 이 이스라엘 청년과 인사를 나누며 포옹했고, 아드난 형은 이 유대인의 머리를 장난스럽게 만지는 통에 카림은 차마 물어볼 수가 없었다. 형의 장난으로 이 유대인의 머리는 헝클어져 삐죽삐죽 제멋대로 뻗었다. 머리 모양으로 미루어 군인은 분명 아니다. 이스라엘 군인은 머리를 짧게 잘라 단정하게 하니까. 검문소에서 본 군인은 대개 그랬다. 한밤중에 집에 쳐들어와 머리에 자동소총을 겨누던 군인도 마찬가지다. 아무튼 군인은 아닌 모양이라고 짐작하며 카림은 그 남자에게 인사의 뜻으로 미소를 지었다.

"너, 요아브 형 기억하지?" 아드난이 물었다. 그때야 카림은 기억이 떠올랐다. 그는 아나트를 데리러 온 자동차를 운전했던 유대인이다! 그래서 카림은 또 묻고 싶어졌다. "여기서 뭐 하세요?" 하지만 아드난은 이미 사라졌으며, 요아브는 냉장고에서 맥주 두 병을 꺼냈다.

카림은 콜라만 마셨다. 형이 마셔 보라고 권하기는 했지만, 아직 맥주를 마실 자신이 없었다. 그리고 또 카림은 음악이 쿵쿵거리는 거실, 젊은 남녀가 웃음꽃을 피우는 거실로 들어갈 엄두가 나지 않았다. 몇 살 차이 나지 않는다고 해도 저들은 이미 어른이다. 카림은 이미 숱한 파티를 겪어 보았다. 생일 파티, 할례, 결혼식 등 경사는 물론이고 장례식도 몇 차례 경험했다. 하지만 아랍인의 축제와 행사에서 남자와 여자는 엄격히 구분되었으며, 음악을 틀지 않았고, 술은 금물이었다. 알코올은 하람, 곧 범해서는 안 되는 금기이다. 몇몇 종류의 음악 역시 하람이다. 그런 음악은 서구 출신의 사람, 더욱이 아무런 종교를 믿지 않는 사람에게만 허락된다. 참된 이슬람교도는 모스크에 가서 기도를 올리고, 메카를 순례하며, 열 명의 자녀를 키워야 한다. 나는 참된 이슬람교도일까, 카림은 생각에 잠겼다. 진짜 이슬람교도는 금식한다. 올해는 기독교와 유대교와 이슬람교의 금식 기간이 같다. 기독교는 부활절 이전에 금식을 끝낸다. 유대교는 페사흐(유대 민족이 이집트에서 노예 생활을 하다가 탈출한 것을 기리는 유월절)가 지나고도 며칠 더 금식한다. 반면, 이슬람의 금식은 훨씬 더 오래 이어진다. 이른바 라마단은 한 달을 금식한다. 해가 떠서 해가 질 때까지 아무것도 마시거나 먹지 않는 금식은 타는 듯한 갈증과 고통을 이겨 내야만 하는 믿음의 시험이다. 하지만 아드난 형의 집에서 사람들은 먹고 마시고 떠들며 금식의 규칙을 거부한다. 그리고 아마도 팔레스타인의 다른 많은 집에서도 금식은 지켜지지 않을 게 분명하다.

카림은 종교와 현실 사이의 비밀을 깨우친 것 같은 느낌을 받았다. 이슬람교도라고 해서 모두 철저하게 규칙을 따를 정도로 믿음이 투철하지는 않다. 아빠와 큰형은 라마단 기간에도 마음대로 먹고 마신다. 믿음이 뛰어난 이슬람교도라고 해도 아무도 보지 않을 때 뭘 하는지 누가 알 수 있을까. 그리고 카림 자신은? 열두 번째 생일을 맞던 해에 카림은 라마단 동안 금식했다. 카림은 커다란 자부심과 함께 강한 힘을 느낄 것이라고 생각하고 금식을 감행하고 마침내 끝냈다. 그러나 진짜 속내는 달랐다. 그 타는 듯한 갈증과 배고픔이 너무도 힘들고 괴로운 나머지 카림은 누구에게 하는 것인지도 모르고 저주를 퍼부었다.

그로부터 3년이 지난 지금, 카림은 종교의 율법을 무시하면서도, 이래도 되나 부끄러움을 느끼곤 한다. 저 군대 감옥에 갇혔을 때 카림은 금식하는 마음가짐으로 버텼다. 그래서인지 배고픔은 몰랐다. 해가 지고 난 뒤, 감방의 동료가 권해 준 음식도 그는 먹지 않았다. 자신이 어디 있는지 몰라 애를 태울 가족을 생각하니 마음이 너무 무거웠기 때문이다. 아나트 집에 갔을 때 카림이 음식을 먹은 것은 이미 해가 졌기 때문이다. 라마단은 해가 뜨고 질 때까지만 금식할 뿐, 해가 진 뒤에는 먹어도 된다. 하지만 아드난 형의 집에서 카림은 아직 오후인데도 형이 오븐에서 꺼내 준 피자를 맛나게 먹었다. 금식의 규칙을 어긴 것이다. 그런데 아드난 형의 집에는 기독교인과 이슬람교도가 함께 산다. 게다가 이스라엘 사람까지 있다. 카림은 자신의 두 눈을 도무지 믿을 수 없었다. 그 이스라엘 사람은 이스라엘에 사는 아랍인이 아니다. 그는 유대인이다!

그런데 형은 또 한 명의 이스라엘 사람을 주방 안으로 데리고 왔다. 평소 비밀을 좋아하며 일을 꾸며 깜짝 놀라게 해 주는 걸 즐기는 형의 성격을 잘 알았지만, 그래도 카림은 이스라엘 여자를 보고 입이 떡 벌어지고 말았다.

아나트-현재, 5월 15일

아드난과 그 친구들은 콜라와 맥주, 나중에는 보드카에 석류 주스를 섞은 것을 마시며, 아랍과 서구의 팝송, 나중에는 아랍의 대중가요에 맞춰 춤을 추고, 모두 배가 아플 정도로 웃어 댔다.

카림도 시간이 갈수록 분위기에 적응해 긴장을 푸는 것 같았다. 카림은 파티에서 나이가 가장 어렸지만, 형은 그를 거실에서 벌어진 춤판으로 끌어들여 즐기게 하고 맥주도 홀짝이며 마시도록 자꾸 권했다. 하지만 카림은 거절했다.

아나트는 도무지 믿기지 않았다. 심지어 기분이 좋았다. 팔레스타인 도시 복판에서 이처럼 다양한 사람들과 어울리게 될 줄은 상상도 못 했다. 누가 어디 출신인지는 그 사람의 억양으로만 알 수 있을 뿐이다. 아나트는 말투만 다를 뿐 모두 같은 인간이구나 하고 새삼 깨달았다. 아나트와 요아브만 이스라엘 사람이고, 다른 이들은 아랍인이나 외국인이다. 미국인 한명, 스웨덴 여자 두 명, 독일 여자 한 명, 영국 남자 두 명 그리고 스페인에서 온 마르타로 파티는 정말 국제적이다. 그리고 언어의 차이는 아무 문제가 되지 않았다. 이들은 모두 영어로 말하며 웃고 떠들었다. 누가 어떤 국적을 가졌는지는, 영국인이 독일 여자에게 농담을 걸거나, 팔레스타인 사람 한 명이 요아브에게 장난삼아 때리는 시늉을 할 때 알아볼 수 있을 뿐이다. 요아브는 그 친구에게 반격하는 시늉을 하다가, 둘 다 깔깔 웃으면서 주스를 탄 보드카 잔을 들어 건배했다.

어느 새 음악 소리가 잦아들고 팔레스타인 남자 둘과 스웨덴 여자 둘이서 라말라의 나이트클럽에 가겠다며 작별 인사를 했다. 남은 사람들은 거실의 소파에 몸을 던지고 담배를 피워댔다.

그리고 마침내 이스라엘과 서안지구 그리고 다른 여러 나라 사람이 한곳에 모여 이야기를 나눌 때 피할 수 없이 벌어지는 일이 찾아왔다. 술을 마시다 보면 술기운에 긴장이 풀어져 피하고 싶은 이야기도 술술 하게 마련이다.

"깜빡 잊었네, 오늘이 너희 나크바잖아!" 요아브는 약간 혀가 꼬인 목소리로 이렇게 말하며, "르하임(건배)!" 하고 외쳤다. 그리고 아나트가 하필이면 팔레스타인 도시 한복판에서 이스라엘 사람이 이날을 기억하는 것이 적절한 행동이냐고 묻자, 방에 있던 모든 사람이 잔을 높이 들며, 일제히 "치어스(Cheers)", "사하(Saha)"를 외치며 요아브의 잔에 자신의 잔을 부딪치며 건배했다.

아나트는 멋쩍은 웃음을 지으며 이런 상황에 천천히 익숙해졌다. 하긴 여러 나라 사람이 한자리에 모인 터라, 이런 개방적인 분위기가 더 편하게 느껴졌다.

"그리고 또 언젠가는 서로 미워하는 국가도, 민족도 없는 세상, 국경이 완전히 없어진 세상을 위해 건배!" 아드난이 이렇게 외치며 손에 든 맥주병을 치켜들자 모두 그에게 건배했다. 카림도 다시 콜라를 채운 잔으로 건배했다.

국가도 국경도 없는 세상은 군대도 군 복무도 없겠지! 대단히 매력적이기는 하지만 동시에 말이 되지 않는 소리라고 아나트는 생각했다. 인간은 늘 종족, 민족, 집단을 먼저 생각하니까. 이렇게 편을 갈라 서로 미워하며 치고받으니까. 이런 싸움은 구약성경에 나오는 인류의 첫 자손인 카인과 아벨에게서 이미 시작되었다. 아무래도 우리 인간은 근본적으로 평화를 싫어하는 것일까, 아나트는 한숨이 절로 나왔다.

"아무튼 모두 우리만 미워해. 우리가 더 똑똑하다는 이유만으로. 하기야 우리는 언제나 가장 똑똑하기는 했지." 하고 요아브는 혀가 꼬인 소리로 말했다. 모두 큰소리로 웃었다. 아나트는 왜 갑자기 화제가 이렇게 바뀌었는지 몰라 어리벙벙했다. 술이 사람을 똑똑하게 만들지는 않는다는 점만큼은 분명하다. "진짜야, 내 말이 맞잖아." 요아브가 말을 이었다. "노벨상을 받은 사람 다섯 명 가운데 한 명이 유대인이야. 우리 유대인이 전부 몇 명인데? 우리는 세계 인구의 고작 0.2퍼센트밖에 안 돼! 원자폭탄을 누가 만들었는지 알아? 2차 세계대전을 끝낸 원자폭탄은 유대인이 발명했어! 우리는 전 세계의 모든 언어를 자유자재로 말하고 쓰며, 우리 집에는 책들이 가득해. 아이들은 세 살이면 알파벳을 깨우쳐. 수천 년 동안 정말 똑똑한 사람이 많이 나왔지. 우리는 이처럼 뛰어나, 그래서 모두 우리를 미워해. 우리가 더 잘나서." 요아브는 열변을 토했다.

"떠벌이지 마. 너희는 우리 아랍인이 만든 숫자로 계산하잖아. 아랍인은 의학, 천문학, 수학을 만들어 냈어." 아드난이 맞섰다.

"그래서 너희 그 예언자는 너희를 원시적인 신의 투사로 만들었구나."

아나트는 이러다 큰 싸움이 나는 건 아닌지 긴장해 숨이 멎는 것만 같았다. 즐겁게 마시고 춤추며 놀다가 어떻게 이처럼 갑자기 분위기가 돌변할 수 있을까? 아나트는 어려서 본 가족 모임을 떠올렸다. 술만 마셨다 하면 대화는 정치 이야기로 넘어가 숨 막히는 말다툼으로 변하곤 했다.

"예언자? 그럼 나도 너희 예언자를 두고 시비를 걸어 볼까?" 아드난이 말했다. 그는 지금 화를 내는 걸까? "너희 역사는 그 야말로 피로 얼룩졌지. 너희는 이 땅에 불쑥 나타나 도시 전체를 점령하고, 걸리적거리는 사람을 모두 죽였어. 아무래도 남의 나라를 점령하는 것이 너희 취미인가 봐. 내가 아는 너희의 성경, 기독교의 신약성경도 온통 남의 땅을 빼앗는 이야기로 가득하지."

아나트는 속으로 혀를 내둘렀다. 저런 말솜씨로 미루어 카림의 가족은 모두 머리가 좋은 게 틀림없다. 그럼에도 아나트는 이런 분위기가 너무 불편했다. 그러나 다른 사람들은 재미있다는 표정으로 요아브와 아드난의 토론을 지켜보았다.

"그래 알아." 아드난은 계속 말했다. "너희 성경에 너희보다 먼저 이 땅에 산 사람들이 있다고 쓰여 있기는 하지. 그런데 말이야, 사람이 살지 않았던 나라도 있나? 너희 시온주의자는 너무나 당연한 헛소리를 하는 거야. 그래, 여기 사람이 살았어. 그런데 그 사람이 꼭 유대인이라는 법이 어디 있어? 팔레스타인 사람이 아니라고 누가 말하는데? 이 땅에는 우리 선조가 살았다고!"

"이봐 내 말 들어봐. 팔레스타인이라는 나라는 애초에 없었어. 나라가 없는데 무슨 팔레스타인 사람이야. 그리고 저 먼 옛날 유대 민족은 이방인이라고는 아무도 살려 주지 않았어. 그러니까 이웃은 있을 수가 없지. 혹시 있다고 하더라도 분명 유대인과 피가 섞인 혼혈만 있었을 거야. 다시 말해서 너와 나는 당시 이곳에 살던 사람의 후손이라고."

"그럼 우리는 모두 형제이자 사촌이네!" 아드난이 이렇게 말하며 자신의 잔을 높이 들었다. 그러자 모두 환호성을 지르며 서로 잔을 부딪쳤다. 아나트도 잔을 들기는 했지만, 정치 문제라는 지뢰밭을 무사히 넘어갈 수 있을지, 이러다 폭발하는 건 아닌지, 조마조마하기만 했다.

"나는 형제보다 '사촌'이 좋네." 요아브가 씩 웃으며 말했다. "너와 내가 '형제'라면 정말 부적절하잖아."

요아브와 아드난은 서로 마주보며 의미심장한 미소를 지었다. 카림은 콜라가 든 자신의 잔만 뚫어져라 바라보며 대화에 거의 신경 쓰지 않는 모습이다. 아나트는 얼굴이 화끈 달아올랐다. 누가 누구를 사랑하든 그거야 아나트가 상관할 일은 아니다. 하지만 하필이면 이곳 아랍인 집에서 아랍 남자와 유대인 남자가 저처럼 노골적으로 서로 사랑하는 사이라고 드러내다니……. 서로 키스하지 않아서 다행이라고 해야 하나!

"앞으로 몇 세대를 거쳐야 너희가 형제 또는 사촌처럼 함께 평화롭게 살 수 있을까?" 스페인에서 온 마르타가 물었다.

"우리를 모범으로 삼아 봐, 그럼 한 세대도 안 걸릴 거야." 아드난이 이렇게 답했다. 그의 혀도 이제 심각하게 꼬인다. "팔레스타인과 이스라엘 사람들이 우리처럼 한자리에 모여 한잔하면서 서로 사랑을 나눈다면, 모든 문제가 깨끗이 사라질 거야. 장벽을 허물고 하이파와 자파 또는 유대와 사마리아를 아이들이 자유롭게 오가며 살 수 있다면, 아무 문제가 없잖아. 저마다 원하는 곳에서 행복하게 살면 되는 거야. 말하자면 대이스라에티나! 아니, 아냐, 좀 이상하다. 대팔레엘! 이건 더 괴상하네. 아, 이런 식으로는 안 되겠다. 결국 우리는 이름을 합의하지 못해 다시 치고받고 싸우겠어."

"그래, 내 사랑, 그런 식으로는 안 돼." 요아브가 다시 시작했다. 아나트는 저 둘이 취해서 하는 헛소리를 언제까지 듣고 있어야 하나, 한심한 생각이 들었다. "분리장벽은 허물면 안 돼. 장벽이 없으면 너희는 매주 금요일마다 텔아비브로 건너와 해변 자리를 차지할 거잖아! 안 돼, 그렇게 할 수는 없어. 차라리 너희 국가를 따로 만들어!" 요아브는 다시 주스를 섞은 보드카를 홀짝였다.

"야, 야, 그 망할 해변은 너나 가져! 우리는 그저 독립 국가를 원할 뿐이야. 집에서 아이들과 자고 있는데 군홧발로 쳐들어와 M16을 겨누는 그런 만행이나 저지르지 마." 아드난의 말을 들으며 아나트의 얼굴은 빨개졌다. 꼭 자신을 겨냥해 하는 말로 들렸기 때문이다. "그리고 만약 1947년 우리의 지도자가 좀 더 똑똑했다면, 그래서 유엔이 팔레스타인과 이스라엘을 나누자고 제안한 계획을 받아들였다면, 우리는 충분한 땅을 가지고 자유롭게 살았을 텐데, 참 아쉬워. 너희 도시와 우리 마을이 우리는 이용할 수도 없는 도로로 연결된 조각보 같은 이 모양 이 꼴이 아니라. 저 장벽도 없을 거고."

취해서 주거니 받거니 하던 농담은 다시금 언제 터질지 몰라 조마조마한 지뢰밭으로 변했다. 아나트는 슬슬 지겨웠다.

"우리도 답답한 건 마찬가지야. 왜 매번 이처럼 무의미한 싸움을 벌여야 하지? 나는 어쩔 수 없어서 2년 반이나 군대 생활을 해야 하지만, 너희 아이들에게 M16을 들이대는 일은 정말 싫어!"

"아무튼 우리 지도자는 똑똑하지 못했어. 너희 말이 맞아, 너희는 똑똑하게 땅을 차지했고, 우리는 어리석게도 제 손으로 땅을 팔았으니까. 그래서 우리는 지금 몇 개밖에 안 되는 도시로 만족해야만 하지. 우리 코 앞에 너희가 세운 장벽을 보고 한탄만 하면서. 그런데 지금 우리 정치가도 똑똑하지 않아."

"그럼 뽑지 않으면 되잖아."

아나트는 자리에서 일어나 주방으로 갔다. 떠들어봐야 아무 소용이 없는 말다툼을 듣느니 차라리 뭔가 먹고 싶었다. 혹시 카림이 따라와 주지 않을까 하고 아나트는 내심 기대했다. 대체 무슨 일로 꼭 이야기를 나누고 싶어 했는지 아나트는 카림에게 물어보고 싶었기 때문이다. 이틀 전 요아브는 아나트에게 문자 메시지를 보내 왔다. 금요일에 열리는 파티에 같이 가자는 내용의 메시지였다. 어디서 열린다는 것인지 밝히지 않아 아나트는 호기심을 누를 수 없었다. 길을 잃었을 당시 데리러 와 준 호의가 고마웠던 아나트는 좋다고 함께 가자고 했다. 차를 타고 서안지구로 가는 도중에야 비로소 요아브는 파티가 어디서 열리는지 알려 주었다. 그리고 곧장 아드난에게는 워낙 자주 가는 데다가, 파티에 외국인도 많아 걱정할 거 없다고 아나트를 안심시켰다. 그리고 슬쩍 카림이 뭔가 이야기를 하고 싶어 하던데 하고 귀띔해 주었다.

하지만 카림은 따라오지 않았다. 그는 이미 소파에서 잠이 들었다. 아마도 형이 자꾸 권하는 바람에 맥주를 홀짝거려 그런 모양이라고 아나트는 짐작했다.

거실로 돌아왔을 때, 요아브와 아드난은 벌써 말씨름을 끝내고 서로 부둥켜안은 채 춤을 추고 있었다.

"이것이 바로 중동의 웃픈 현실이지." 두 영국인 가운데 한 명이 웃으며 말했다. "대낮에는 돌을 던지고 최루탄을 쏘다가, 밤이면 아무 일도 없었다는 듯 함께 춤을 추잖아."

카림-현재

해가 이미 하늘 높이 떠오른 늦은 아침 아드난은 카림을 흔들어 깨웠다. "일어나, 어제 마신 콜라로 숙취에 시달리는 건 아니겠지? 나와라, 잠깐 발코니로 나가서 이야기 좀 하자, 우리는 시간이 많지 않아."

잠에서 덜 깨 어리둥절했던 카림은 무슨 큰일이 벌어졌나 싶어 덜컥 두려움에 사로잡혔다. 어제만 해도 흐느적거리며 춤췄던 형의 얼굴이 더없이 심각해 보인다. 카림은 허청거리는 걸음으로 형을 따라 발코니로 나갔다. 아침 공기가 시원하다. 형제는 낡은 플라스틱 의자에 앉았다. 아드난은 담배 한 대를 피워 물고, 한 모금 깊숙이 들이마셨다. 그리고 단호한 목소리로 빠르게 말했다. 마치 상처를 덮었던 반창고를 순식간에 떼어 내

딱지가 떨어져 나갈 것을 각오한 목소리였다. 아픔이 최대한 짧아지게 만들려는 의도일까.

"네가 감옥에서 그처럼 빨리 풀려나서 정말 다행이야. 아나트 엄마가 아니었다면 우리는 오랫동안 서로 못 볼 뻔했어. 나는 오늘 퀘벡으로 간다."

카림은 화들짝 놀라 누군가 그의 두 다리를 잡아 발코니 난간에 매달고 이불에서 먼지를 털듯 세차게 흔드는 것만 같은 충격을 받았다.

"어, 어디로 간다고?"

"퀘벡. 캐나다의 수도 퀘벡으로 간다고."

"캐나다 수도는 오타와인데. 물론 퀘벡도 캐나다 도시이기는 하지만." 카림이 형의 잘못된 지식을 바로잡아 주었다. 카림이 가장 좋아하는 과목은 역사와 지리이니까.

"알았다, 이 똑똑한 멍청이. 지금 그게 문제가 아냐. 나는 오늘 비행기를 탈 거야. 언제 돌아올지, 돌아오기는 할지 나도 몰라."

카림은 이게 무슨 소리인지 귀를 의심했다. 너무 엄청난 이야기라 카림은 도저히 믿을 수가 없었다. 생각 같아서는 못 들은 척하고 싶었다.

"어떻게 그럴 수가 있어? 캐나다로 간다고, 그건 너무 비싸잖아. 형은 비자를 어떻게 얻었는데? 비자 없이는 캐나다가 받아 주지 않을 텐데?"

"비자는 요아브가 해결했어. 그는 이미 캐나다에 집을 마련했고, 이틀 뒤에 따라올 거야. 카림, 너 아직도 눈치채지 못했어? 나는 동성애자야."

카림이 이게 무슨 상황인지 파악하기까지 좀 시간이 걸렸다. 카림은 충격과 슬픔과 경악을 동시에 느꼈다. 동성애. 그게 무엇을 뜻하는지 카림은 모르지 않았다. 그 말을 들으면 웩 하고 토가 나올 것만 같지 않았던가? 지금껏 동성애라는 말을 들으면, 그 말에는 항상 침을 뱉는 것만 같은 혐오가 묻어났다.

"남자가 좋아?" 카림은 하는 수 없이 이렇게 물었다. 달리 어떻게 물어봐야 좋을지 아무 생각이 떠오르지 않았다.

"그냥 남자가 아냐." 아드난이 말했다. "단 한 명의 남자. 요아브."

"이스라엘 남자가?"

"그게 중요해?"

아니, 그게 중요한 것은 아니지만. 카림은 말은 하지 않고 자기 손을 내려다보며 간신히 울음을 삼켰다. 형에게 우는 모습을 보이고 싶지는 않았다. 할 수만 있다면, 냉정하게 앞뒤를 가려보고 싶었다. 이제 뭘 어떻게 해야 좋을까? 형을 붙잡을까?

말린다고 형이 들을까? 종교가, 풍습이 동성애는 나쁘다고 하는데 동성애자인 형을 어떻게 받아들여야 할까?

"무슨 생각해?"

"엄마와 아빠도 알아?"

"당연히 모르지. 아빠는 곧장 나를 집에서 내쫓고 죽은 놈이라고 선언할 거야. 그리고 엄마가 걱정하는 모습은 정말 못 보겠어. 내가 남자와 함께 산다고 엄마가 안들 뭐가 달라지겠어? 엄마는 동성애가 하람이라며 속만 끓이겠지. 엄마가 아빠보다 훨씬 더 너그럽기는 하지만, 그래도 종교의 모든 율법은 지켜야 한다고 굳게 믿으니까. 그리고 큰형 모하메드는 아마도 당장 나를 죽이려 들걸."

카림은 뭐라 할 말을 찾지 못했다.

"아말이 정말 보고 싶을 거야. 물론 너도."

"왜 나한테는 말해 주는 거야?"

"가족 가운데 누구에겐가는 이야기해 주고 싶었어. 너는 종교나 그 어떤 낡은 풍습에 완전히 눈멀지는 않았으니까. 그리고 너에게 줄 선물이 있어. 이 선물은 꼭 너에게 직접 주고 싶었다."

카림은 갈수록 감당하기 힘들어지는 상황이 야속하기만 했다. 지금 그런 폭탄선언을 해놓고 선물은 또 무슨 선물인가. 카림은 머릿속이 어지럽기만 했다.

아드난은 카림에게 스마트폰을 건넸다. 자신이 쓰던 오래된 스마트폰이다.

"공장 초기화를 해놓았으니까, 네 마음대로 설정해도 돼. 너야 잘 다룰 수 있겠지. 내 번호는 저장해 두었어. 이렇게라도 연락하자, 문자와 사진을 주고받자고……. 물론 네가 원한다면."

이제 카림은 터지는 눈물을 참을 수가 없었다.

"당연히 연락할게." 카림이 중얼거렸다. "고마워."

"한결 마음이 놓이는구나. 슬퍼하지 마, 동생. 학교를 마치면 너를 데려갈 수도 있어. 그럼 너도 자유롭게 살아보는 거야."

"그런데 왜 하필 캐나다야?"

"거기서는 내가 요아브와 함께 살 수 있으니까. 캐나다 사람들은 우리가 어디서 왔든, 누가 누구를 사랑하든, 신경 쓰지 않아. 내가 원하는 것이 바로 그거고. 팔레스타인이든 서안지구든 유대와 사마리아든, 아무튼 이 커다란 감옥에서 나가고 싶어. 이 장벽과 군인을 더는 보고 싶지 않아. 매주 금요일마다 모스크로 달려가고, 하루에 다섯 번씩 기도 양탄자를 깔고 거기다 머리를 부딪치는 저 구제 불능의 콘크리트 대가리는 정말이지 다시 보고 싶지 않아. 그리고 언젠가 이슬람 광신도든 유대교 광신도든 무턱대고 쏘아 대는 총에 맞는 게 아닌가 싶어 두려움에 떠는 것도 너무너무 지겨워."

아드난은 눈물을 줄줄 흘리는 카림의 어깨를 팔로 감쌌다.

"항상 조심해, 알았지? 동생에게 무슨 일이 일어난 건 아닌지 두려워 떠는 것도 원하지 않으니까."

카림은 이제 목을 놓아 엉엉 울었다. 조금 전만 해도 소파에서 잠을 자는 아나트가 혹시 깨어 자신이 우는 걸 보는 건 아닌지 신경이 쓰였던 카림은 이제 그런 것 따위는 깨끗이 잊고 소리 내어 울었다. 카림은 작은형 아드난과 이야기하면 말이 통해서 좋았다. 물론 엄마도 좋기는 했지만, 형과 함께 있으면 뭔가 달랐다. 카림은 형에게 거리낌 없이 속내를 드러내며, 모든 일을 이야기할 수 있다. 카림은 형에게 지금 아나트가 살고 있는 알쿠드스의 집을 이야기했다. 전화로 집 이야기를 하며, 이제 무엇을 어떻게 해야 할지 형의 조언을 듣고 싶었다. 카림은 그 집이 할아버지의 집임을 확신했기 때문이다. 아나트의 거실 벽에 걸린 그림은 증조부모님의 결혼식 사진에 찍힌 바로 그 그림이 틀림없다.

"나는 사실 형과 그 집 이야기를 하고 싶었어. 아나트가 사는 집 말이야. 그 집은 확실히 할아버지의 집이야. 그러니까 바로 우리 집이라고! 우리가 그 집에서 살아야만 하는 거 아냐?
나는 아나트에게 무슨 악감정이 있는 건 아냐. 하지만 이스라
엘이 우리 집을 강제로 뺏은 거잖아!"

"카림, 허튼소리 하지 마. 할아버지가 당시 어떻게 베들레헴
으로 가게 되었는지 자세히 이야기해 주었잖아. 할아버지의 작
은아버지가 돈이 필요하다고 집을 이스라엘 사람에게 팔고서
는 안전한 베들레헴으로 가라고 했다잖아. 이스라엘이 그 집
을 뺏은 게 아니라고. 물론 이스라엘이 쫓아낸 아랍인도 많
기는 하지. 하지만 돈 받고 팔아넘긴 아랍인도 많아. 따지자면
끝도 없어." 형은 카림의 어깨를 다독였다. "너 스스로 결정해.
아빠와 형이 싸워 온 싸움을 계속할지. 단 한 번도 살아본 적
이 없는 알쿠드스 집으로 돌아가려고 네 목숨을 바칠 거야?
이미 몇십 년을 다른 가족이 살아온 집으로? 우리가 이미 오
래전에 진 싸움, 팔레스타인과 이스라엘 사이의 이 무의미한
싸움을 계속하느라 다치고 잡혀가며, 심지어 죽을 위험을 무
릅쓸 거야? 잘 생각해, 동생. 퀘벡에 도착하는 대로 소식 전할
게. 엄마에게 사랑한다고 전해 줘. 그리고 아빠에게는 아무 말
도 하지 마. 아빠도 결국은 내가 떠나 버렸다는 걸 이해하게 될
거야."

아나트-현재

아나트는 거실의 불편한 소파에서 잠이 깼을 때 마침 안으로 들어오는 카림을 보고 뭔가 안 좋은 일이 생겼구나, 곧장 알아차렸다. 아나트는 카림의 얼굴에서 눈물 흘린 흔적을 보았다. 아나트는 카림이 자신과 대체 무슨 이야기를 하고 싶어 했는지 지금 물어보는 게 좋을지 잠시 고민했다. 그러나 갑자기 모든 것이 순식간에 이루어졌다. 침실에서 뛰쳐나온 요아브는 늦잠을 잤네, 왜 안 깨웠냐, 이러다 비행기 놓친다, 어쩌고 해 가며 요란을 떨었다. 아드난은 서둘러 두 개의 가방과 배낭 하나를 요아브 자동차의 트렁크에 싣고, 친구들에게 작별 인사를 하고는 다시 한번 카림을 꼭 안아주고 뺨에 뽀뽀를 해주었다. 자동차는 곧장 출발했다. 요아브와 아드난이 앞에, 아나트가 뒷좌석에 탔다. 아나트는 비행기 시간에 맞춰야 하는 아드난 때문에 어쩔 수 없이 공항까지 가야만 했다. 공항에서 아드난을 보내고 요아브가 집까지 태워다 주기로 했기 때문이다. 여전히 아나트는 카림이 무슨 이야기를 하려던 것인지 알지 못했다. 차를 타고 가는 동안 아드난이 고개를 돌려 아나트를 보며 쪽지 한 장을 건네주었다. 쪽지에 적힌 것은 카림의 전화번호다. 해가 지고 난 뒤 아나트는 카림에게 이모티콘을 보냈다. 작은 새와 모닥불이 그려진 이모티콘이다. 메시지는 여전히 수신 미확인 상태다. 아직 메시지가 도착하지 않은 걸까?

이튿날 아침에도 메시지는 여전히 미확인 상태이다. 혹시 수신에 필요한 앱을 설치하지 않은 걸까? 인터넷을 쓸 수 없는 환경인가? 하지만 아나트는 궁금해할 시간이 없다. 일요일이라 부대로 복귀해야 하기 때문이다. 배낭을 꾸리고, 군복을 입은 아나트는 집을 나섰다. 엄마는 새벽에 출근했다. 아나트는 버스를 타야 한다. 아직 시간이 있어서 아나트는 좀 멀기는 하지만, 이슬람 동네를 지나가는 길을 택했다. 물론 위험한 길이다. 하지만 곳곳에서 동료들이 순찰한다. 그리고 비르 자이트에서 하룻밤을 보낸 뒤부터 아나트는 모든 이슬람교도가 적이라고 생각하지 않았다. 그저 저들 대다수는 평화롭게 살 수 있기를 바랄 뿐이라는 걸 안다.

아나트는 아직 사람이 그리 많지 않은 골목길을 따라 산책하듯 걸었다. 배낭을 메고 선글라스를 낀 관광객이 심심찮게 보인다. 거리의 양옆에는 상인들이 가게 문을 활짝 열어 놓았다. 올리브나무를 깎아 만든 목공예품, 형형색색의 도자기, 천연 진주와 인공 진주로 만든 각종 장식품 등은 보는 것만으로도 눈을 즐겁게 한다. 가게마다 화려한 스카프, 긴 치마, 다양한 무늬가 들어간 양탄자를 문 앞에 내걸었다. 반짝반짝 광이 나는 물담배, 촛대, 성배를 진열한 가게도 보인다. 모두 금속으로 만든 제품이다. 재미있는 문구가 적힌 티셔츠를 걸어놓은 가게도 있다. "Don't worry, be Jewish(걱정하지 마, 유대인이 돼)." "Guns'n'Moses(총과 모세, 폭력을 상징하는 총과 유대교 선지자 모세를 하나로 묶어 정반대의 모순을 비꼬는 표현. Guns'n'Roses 록그룹 이름의 패러디)" 그리고 "Google: Israel - Did you mean Palestine?(검색어: 이스라엘. 수정된 검색어에 대한 결과; 팔레스타인)" 같은 문구는 옷걸이에 걸린 중동분쟁이다.

문득 온갖 싸움과 갈등에도 이곳에서 사는 것이 자랑스럽다는 생각을 아나트는 했다. 군복을 입은 자신의 모습도 뿌듯했다. 어째서 그런지 콕 집어 말하기는 어려웠지만. 아나트는 자신을 훔쳐보는 남자들의 시선을 느꼈다. 대개 호기심을 드러낸 눈빛이었지만, 은근히 노려보는 눈길도 없지 않았다. 몸에 꼭 끼는 군복을 입고, 길고 검은 머리를 말총처럼 묶었으며, 고개를 꼿꼿하게 들고 자신감에 넘쳐 걷는 아나트의 모습은 이 아침에 사람들의 시선을 사로잡기에 충분했다. 더욱이 주말에 라말라에서 금지된 파티에 참여했던 기억은 아나트에게 세상을 보는 더 넓고 밝은 시야를 갖게 해 주었다. 이런 기억은 싸우지 않아도 얼마든지 평화롭게 살아갈 수 있다는 깨달음을 주었다.

가까운 거리에서 유황과 몰약 냄새 그리고 피자 냄새가 코를 간지럽힌다. 가게 앞에 의자를 내놓고 앉은 점원이 커피를 마시며 카드놀이를 하면서 관광객에게 영어로 수작을 건다. "Welcome, want to look at my shop?(어서 와요, 가게 구경 좀 하실래요?)" 귀밑머리를 길게 기른 초정통파 유대인은 검은색 외투를 입고 머리에는 커다란 모자를 쓰고서 눈길을 아래로 깔고 되도록 건물 벽에 바짝 붙어 걸었다. 지나다니는 여인을 바라보는 것을 초정통파 유대교는 죄를 짓는 행위로 본다. 갈색의 수도복을 입고 밝은색 허리끈을 동여맨 가톨릭 수도사는 이 유서 깊은 거리를 음미라도 하듯 느릿느릿 걷는다. 무릎길이의 치마를 입은 유대인 소녀들이 골목길을, 아랍 소년들은 포장도로 위를 달려간다. 아마도 학교에 지각한 모양이다. 머리에 스카프를 두른 젊은 처녀 둘이 서로 팔짱을 끼고 명품 상가가 즐비한 번화가로 가는 길모퉁이를 돌아간다. 그리고 중간중간 관광객이 끊이지 않고 나타난다. 관광객은 머리 색깔과 호기심 어린 눈빛으로 쉽게 알아볼 수 있다.

예루살렘은 아무튼 다채로운 색채를 자랑하는 도시다. 물론 뒤집어 이야기하면 그만큼 복잡한 도시다.

그때 아나트의 스마트폰이 울렸다. 문자 메시지 수신을 알리는 신호음이다.

"하이 A, 나 K야."

엄청나게 비밀스러운 문자다. 그러나 이렇게 하는 것이 맞다. 누군가 스마트폰을 해킹해 들여다본다면, 이스라엘 여군과 통신하는 팔레스타인 청소년은 의심을 사기 딱 좋은 먹이니까.

나중에 답신을 주기로 아나트는 마음먹었다. 때마침 기독교 동네로 접어들었다. 이곳은 분위기가 차분하고 조용하다. 이슬람 동네에 비해 상점이 적기 때문이다. 몇 분 뒤 아나트는 성문을 통과했다. 곧장 시끄러운 소리가 들려온다. 마치 누군가 커다란 스피커를 틀어 놓은 것만 같은 소음이다. 자동차들이 어지럽게 달렸으며, 도로 위의 전차가 딸랑딸랑 방울을 울린다. 좁은 인도 위로 사람들이 바삐 오간다. 출근하는 직장인과 등교하는 학생이다. 아나트는 자파 거리를 따라 전철 정거장이 있는 곳까지 걸었다. 전철을 타고 버스 터미널로 가서 점령지역으로 가는 버스를 타야 한다. 승객으로 가득 찬 버스를 생각하니 아나트는 벌써 구도심의 시원한 골목길과 평온함이 그리워졌다.

아무튼 밖에서 보면, 예루살렘은 세계 여느 대도시와 다를 바가 하나도 없는 사람 사는 냄새 풍기는 도시일 따름이다.

카림-현재

베들레헴은 지저분하고 냄새 고약한 도시다. 자동차 한 대가 뿜어 대는 매연이 카림의 숨통을 막는다. 발에 빈 페트병이 채인다.

카림은 계획을 하나 세웠다. 알쿠드스로 가야만 한다. 아나트에게. 카림은 이 기막힌 우연이 정말 사실인지 꼭 확인하고 싶었다. 하룻밤을 지낸 그 집이 할아버지가 늘 이야기하던 바로 그 집일까? 할아버지는 그 집을 이야기할 때마다 눈가가 촉촉이 젖으셨다. 그리고 쇠로 만든 검은 열쇠를 끈에 달아 침대 기둥에 달아놓았다. 언젠가 다시 그 집 문을 열고 들어갈 수 있으리라는 희망의 상징으로. 잃어버리고 만 희망의 상징으로. 할아버지는 어렸을 때 지붕 위에 올라가 밤하늘을 올려다보곤 했다고 말씀하셨다. 아나트의 집이 정말 그 집이 맞는다면, 쇠로 만든 묵직한 열쇠는 이제는 전혀 맞지 않으리라. 아나트가 현관을 열 때 쓴 열쇠는 작고 가느다란 것이었으니까.

그래도 카림은 정말 그 집이 할아버지 집이 맞는지 꼭 확인하고 싶었다. 카림의 계획이 성공하려면, 할아버지의 확인이 꼭 필요했다. 그리고 친구 아흐메드의 큰형 도움도 있어야 했다.

카림의 할아버지는 두께가 병 바닥 유리만큼이나 두툼한 렌즈가 달린 안경을 썼다. 안경 쓴 할아버지를 볼 때마다 카림은 밤도깨비가 있다면 저런 모습이 아닐까, 가슴이 조마조마해지곤 했다. 렌즈를 통해 눈알이 튀어나올 것만 같았고, 주름살이 가득한 이마에서 머리카락이 나기 시작하는 부분에 생긴 하얀 흉터가 이마를 찡그릴 때마다 춤을 추었다. 할아버지는 카림의 스마트폰으로 알쿠드스의 위성사진을 보고 그 흉터가 어지러운 춤을 추게 하면서 외쳤다. "마 샤 알라(Ma Sha Allah, 알라의 뜻대로 될지어다)! 요새 세상에는 정말 없는 것이 없구나!" 해상도가 떨어지는 흐릿한 사진을 열심히 살핀 끝에 드디어 할아버지는 옛집이 있는 골목을 찾아냈다. 그 집에는 분명 지붕으로 올라가는 사다리가 달려 있다.

카림은 '스크린샷'을 만들어 저장한 뒤에 집의 위치와 어디서부터 어떻게 접근해야 하는지 표시했다. 비록 할아버지처럼 "마 샤 알라!"를 외치지는 않았지만, 카림 역시 할아버지와 마찬가지로 스마트폰의 놀라운 기능에 열광했다.

예를 들어 아나트와 소식을 주고받는 것은 이제 정말 간단해졌다. 문자 메시지를 주고받는 것만으로 카림은 아나트가 녹취를 기록으로 바꾸는 일이 지루해 미칠 지경이라는 것, 그리고 유대인의 안식일인 토요일에는 집에서 쉰다는 것을 알았다.

"도대체 왜 거기를 가겠다는 거야? 집에서 엄마하고 있지, 그럼 아무 일도 안 일어나잖아." 아흐메드의 형은 도무지 이해할 수 없다는 표정으로 툴툴거렸다.

"그건 형이 불안하고 안심이 안 되서 그런 거야, 이해해 줘, 카림." 나중에 아흐메드는 카림에게 이렇게 말했다. "네가 며칠 동안 감옥에 갇혀 있다가 나왔는데, 갑자기 장벽 너머 저쪽에 관심을 가지니까, 형은 혹시 네가 간첩이 된 건가, 의심한 거야. 이스라엘 군대가 감옥에서 너를 위협해 스파이로 만들었다는 거지. 하지만 내가 절대 그런 거 아니니까 너를 믿으라고 말했어!"

아흐메드의 형은 불법적으로 이스라엘을 넘나들었다. 그곳

공사 현장에서 일해 돈을 벌기 위해서다. 카림은 형을 따라 예루살렘으로 들어갈 통로를 뚫고 싶었다. 그러나 형이 저처럼 반대하는 바람에 카림은 다른 길을 찾아야만 한다.

다시금 도움의 손길을 베푼 사람은 작은형 아드난이다. 아드난은 카림에게 라말라에서 멀지 않은 작은 마을 칼리마에 사는 친구 아리프를 찾아가 보라고 알려 왔다. 칼리마는 이스라엘이 바로 보일 정도로 이스라엘과 가까운 마을이다. 토요일 아침 해가 언덕 위로 떠오르자마자 카림은 아리프에게 전화를 걸었다. 이내 만난 두 사람은 곧장 출발했다. 야트막한 나무들이 줄지어 있는 비탈길을 올라가 나무 뒤에 몸을 숨기고 살피자 저 멀리서 하얀 미니버스가 털털거리며 달려오는 것이 보였다. 그 중간 지점에 철조망을 두른 울타리가 서 있다. 이스라엘은 이 경계 전체에 장벽을 세우기 힘들자 이곳에는 저 울타리를 세운 모양이다.

마치 신호처럼 아리프는 전력을 다해 달리기 시작했다. 카림은 헐레벌떡 그 뒤를 따랐다. 가시넝쿨이 무성한 잡목 숲을 지나 메마르고 돌이 가득한 땅을 한참 달려 두 사람은 울타리 철조망에 구멍이 난 부분에 도착했다. 구멍을 통해 울타리를 통과한 둘은 계속해서 미니버스를 향해 달렸다. 미니버스는 시동을 걸어 놓은 채로 두 사람을 기다렸다. 버스 문은 열려 있었고, 그 안에는 이미 두 명의 남자가 타고 있었다. 카림과 아리프는 얼른 버스에 올라탔다. 아리프가 문을 닫자, 버스는 달리기 시작했다. 카림은 가쁜 숨을 몰아쉬었다. 다른 남자들은 창밖을 바라보거나 휴대전화를 들여다볼 뿐, 아무 말도 하지 않았다. 아리프도 숨을 헐떡였지만, 이내 자신의 스마트폰을 꺼내 들여다보았다. 아리프에게 불법적으로 국경을 넘는 일은 늘상 있는 일이다.

머리가 희끗희끗한 운전사 옆자리에는 좀 나이 들어 보이는 여인이 히잡을 쓰고 앉았다. 아마도 운전기사의 아내 또는 친척인 모양이다. 차에 여인이 탄 덕에 밀입국자를 태웠다는 수상함은 한결 줄어들었다. 뒷자리에 앉은 젊은 남자 네 명이 아들처럼 보이기 때문이다. 가족이 소풍을 나온 모양새랄까. 카림은 여전히 가쁜 숨을 몰아쉬었다. 심장이 갈빗대라는 새장 안에 갇힌 새처럼 파닥거린다.

알쿠드스의 북쪽에 있는 마을 밥 알아무드에 도착해 버스에서 내려서야 비로소 카림은 다시 고른 숨을 쉬었다. 그러나 심장은 여전히 빠르게 뛴다. 손바닥은 차가운데 땀으로 흠씬 젖었다.

주변에서 축축하게 젖은 풀냄새가 진동한다. 오랫동안 비라고는 한 방울도 내리지 않았는데, 왜 그럴까? 아마도 성벽 앞에 펼쳐진 초원을 관리하느라 물을 충분히 뿌려 줘 이처럼 풀냄새가 진동하리라. 아무튼 풀은 기이할 정도로 푸르렀다. 커다란 선글라스를 낀 관광객들이 풀숲 사이로 고개를 내민 모습이 꼭 주변을 살피는 미어캣처럼 보인다. 몇백 미터쯤 걷자, 카림은 커다란 계단 앞에 도착했다. 그 앞의 반원형 광장은 커다란 원형극장 같은 모양새다. 카림은 주변에서 아랍어로 대화하는 소리를 들었다. 콧수염을 기르고 입에 담배를 문 남자가 카림 곁을 지나간다. 머리에 히잡을 쓰고 어린 아들의 손을 잡은 여인이 남자의 뒤를 따른다. 카림은 자신이 여전히 베들레헴에 있나 하는 생각을 했다. 성문 양옆의 낮은 탑만 아니라면 이곳의 풍경은 베들레헴과 다를 바가 없다. 탑에 난 커다란 창문의 유리창 뒤에서는 이스라엘 군인들이 자동소총으로 무장하고 오가는 사람들을 감시한다.

저들의 눈에 띄는 행동만 하지 말자고 카림은 다짐했다. 그는 지금 자신이 베들레헴의 구유 광장에 서 있다고 생각하기로 마음먹었다. 노점상이 커피와 삶은 옥수수를 종이컵에 담아 팔며, 천방지축 뛰노는 아이들이 다칠세라 그 뒤를 졸졸 따르는 엄마들 그리고 관광객이 사진 찍기 바쁜 그 광장이라면, 카림은 평소처럼 태연하게 행동할 수 있기 때문이다. 그래도 여전히 심장은 두근거렸지만, 애써 태연한 걸음걸이로 카림은 거대한 성벽의 성문으로 내려갔다.

성문은 문이라기보다 터널처럼 보일 정도로 크고 길었다. 입구에서부터 이미 노점상이 늘어섰다. 장신구, 휴대전화와 유심카드 그리고 장난감 등을 파는 노점상이다. 드디어 터널을 지나 반대편으로 나가자, 아랍인 동네가 나타났다. 카림은 이곳이 고향처럼 느껴졌다. 분주하게 오가는 사람들, 상점, 소음, 냄새 등 모든 것이 베들레헴과 똑같다. 다만 등 뒤의 유서 깊은 성벽은 베들레헴의 장벽보다 훨씬 더 크고 위압적이었다. 심지어 팔레스타인과 이스라엘을 갈라놓은 이른바 '아파르트헤이트 장벽'보다도 더 컸다.

구도심의 위성사진을 찍은 스크린샷을 살펴 가며 카림은 무슬림 동네에서 통곡의 벽, 유대인이 '코텔'이라 부르는 벽까지 가는 길을 찾았다. 통곡의 벽으로 가는 교차로 직전에 그는 어떤 작은 골목으로 접어들었다가, 길을 잃고 헤맨 끝에 다시 카페와 기념품 상점이 즐비한 넓은 길로 나왔다. 거기서 다시 몇 개의 골목을 지나 마침내 스크린샷에 표시해 둔 길을 발견했다. 드디어 시드나오마르 모스크에 도착한 카림은 그 옆에 붙은 계단을 올라가 집 두 개를 지나친 다음, 사진에서 본 사다리를 타고 지붕 위로 올라갔다. 마침내 카림은 한숨 돌렸다. 이 광경이야말로 자신이 찾으려 한 전망이다. 바위의 돔, 금박을 입힌 둥그런 지붕이 한낮의 햇빛을 받아 번쩍이는 모습은 과감하고도 단호한 용기로 이곳까지 찾아온 카림에게 상을 주는 것만 같았다. 할아버지는 카림에게 어린 시절 집의 지붕 위에 올라가 이 전망을 즐겼다고 기회가 있을 때마다 이야기하곤 했다. 햇살을 받아 반짝이는 바위의 돔을 떠올리는 할아버지의 눈가는 촉촉이 젖곤 했다. 다만 차이가 있다면 당시는 바위의 돔 지붕이 검은색 납을 씌웠다는 점이다. 할아버지는 지붕 위에 함께 앉아 서로의 고민과 아픔을 이야기했던 소녀가 있었다는 말도 했다. 사랑하는 사이는 아니었다고, 그냥 옆집 소녀로 굳이 말하자면 친구라 할 수 있다고 할아버지는 회상했다. 혹시 그 소녀가 유대인이라고 할아버지가 말했던가? 카림은 그런 말을 들은 기억은 떠올릴 수 없었다. 아니, 어떻게 그런 중요한 정보를 잊을 수 있을까? 물론 유대인이 아니었을 수도 있다. 아니, 아무래도 친구 그 이상이 아니었을까? 하지만 지금 할아버지가 앞에 있어도 카림은 그런 걸 물어볼 엄두가 나지는 않으리라.

카림은 바위의 돔 전망에서 눈을 떼고 지붕 위를 살폈다. 지붕 가장자리에 사람이 앉을 수 있는 좁다란 자리가 눈에 들어왔다. 이곳이 할아버지 집의 지붕이라니, 카림은 가슴이 벅차올랐다. 할아버지는 어쩌다 이 집을 빼앗겼을까? 시온주의자가 빼앗아서? 아니면 할아버지 작은아버지의 돈 욕심 때문에?

카림은 아까 찾아 뒀던 자리에 앉아 스마트폰에 문자 메시지를 입력했다.

아나트-현재

"나야 K. 지붕 위로 올라와."

마침 아나트는 전날 남은 음식을 저녁으로 먹으려 자리를 잡고 앉은 참이었다. 그때 스마트폰에 문자 메시지 알람이 울렸다. 카림이 보낸 메시지다. 아나트가 이 메시지를 읽은 것은 카림에게는 큰 행운이다. 본래 유대인은 안식일에 전자제품을 전혀 쓰지 않기 때문이다. 그러나 아나트는 언제 비상을 알리는 메시지가 들어올지 몰라 스마트폰을 항상 켜둠으로 설정해 놓았다. 메시지가 들어오면 읽어야만 하기 때문이다. 하지만 답장은 쓸 수 없다. 모세 5경은 안식일에 뭔가 만드는 일을 하지 말라고 금지하므로. 글을 쓰는 것, 메시지 작성은 허용되지 않는다. 반대로 읽는 것은 허락된다. 아나트는 카림이 보낸 메시지를 읽었다.

이 메시지가 대체 무얼 뜻하는지 해석하느라 아나트는 한동안 골치를 앓았다. 혹시 다른 사람과 채팅하다가 잘못 보냈나? 그냥 놀리려고 장난치나? 무슨 암호일까? 풀어 보라고 시험 삼아 보낸?

지붕이라니, 대체 무슨 지붕? 아나트는 집의 뒤뜰에 지붕으로 올라가는 사다리가 있다는 것은 알았다. 명절이라 집에 친척들로 가득해서 좀 조용히 있고 싶을 때 아나트는 그 사다리를 타고 올라가기도 했다. 그러나 카림이 말하는 지붕이 이 지붕일 수야 없지 않은가? 설혹 이 지붕이라 하더라도, 그가 여기를 어떻게 왔을까? 젊은 팔레스타인 사람, 더욱이 청소년이 이스라엘 입국 비자를 받는 일은 대단히 어렵다. 게다가 카림은 아직 학생이다. 학생이 노동 허가서를 받아 들어올 수도 없다. 심지어 그는 한 번 체포당한 적도 있지 않은가.

한동안 고민하던 아나트는 바바 간누즈(구운 가지를 으깨 올리브유을 섞어 만든 소스)를 바른 빵을 입에 물고 뒤뜰로 나가 사다리를 타고 빵을 씹으면서 지붕으로 올라갔다.

처음에 아나트는 지붕에 아무도 없는 줄 알았다. 그러다가 그를 보았다. 카림은 등을 둥근 지붕에 기대고 몇 조각의 구름이 흘러가는 푸른 하늘을 바라보고 있었다.

아나트가 옆으로 다가가자 카림은 움찔했다. 아나트가 이렇게 빨리 올라오리라고는 예상하지 못한 탓이다.

"안녕, 여기서 대체 뭐하는 거야?" 아나트가 물었다.

카림은 허리를 똑바로 펴고 앉았다. "너를 봐야만 해서."

"왜? 나한테 반하기라도 한 거야, 뭐야?" 아나트가 카림 옆에 앉았다.

"으, 무슨 말도 안 되는 소리를. 내 말은 그런 뜻이 아냐! 내 말은 너한테 물어볼 게 있다고."

"전화로는 못 물어보는 거야?"

카림은 한동안 어이없다는 표정을 지었다.

"그거야, 물론 전화로 물어봐도 되지. 하지만 나는 여기서 하고 싶었어. 내 말은 여기서 너에게 물어보고 싶었다고."

"여기 지붕 위에서? 무슨 프로포즈라도 하려는 건 아니겠지, 지붕 위가 낭만적인 거 같아?"

"와, 미치겠네, 그만 좀 하지! 착각이 너무 심한 거 아냐?"

아나트는 깔깔 웃었다. 발끈하는 이 팔레스타인 꼬마를 놀리는 게 아나트는 재미있었다. 몇 주 전 올리브나무 숲에서 정색하고 논쟁을 벌이던 그 의젓한 녀석이 발끈하는 게 귀여웠다. 하지만 더 자극해서 실제로 다투는 상황까지 가는 건 물론 안 될 일이다.

"대체 어떻게 여기까지 온 거야?" 아나트가 물었다.

"너희 그 안전 장벽인지 뭔지, 아무튼 너희가 어떻게 부르는지는 몰라도 그 장벽에 구멍이 숭숭 났어."

"나도 알아. 우리가 장벽 전체를 24시간 감시할 수는 없으니까."

"덕분에 불법으로 넘어오는 값싼 노동력을 너희는 이용하잖아. 얼마나 좋아, 연금 보험, 의료 보험, 산재 보험 같은 까다로운 요구도 안 하고."

"뭐 어쩌겠어. 우리라고 모든 것이 완벽한 건 아냐."

"하지만 장벽이 샌다는 걸 알면서, 그런 장벽을 왜 세우는데? 왜 장벽을 세우는지 내가 말해 볼까. 우리 땅을 빼앗으려고. 너희는 원래 팔레스타인과 이스라엘의 경계선인 이른바 '그린벨트' 위에 장벽을 세운 게 아냐. 우리 쪽으로 야금야금 파고들어 와서 장벽을 세웠지. 만약 어떤 집주인이 자기 집 정원 울타리를 이웃집 정원을 침범해서 세우면 무슨 일이 벌어질까? 그런 도발을 하면 싸움은 피할 수 없는 거 아냐?"

"카림, 지금 무슨 소리를 하는 거야? 나하고 정치 토론하자고 여기까지 온 거야?"

"아니, 물어볼 게 있다고 했잖아. 하지만 지금 내가 너무 기분이 나빠. 여기까지 오느라 몇 시간을 달렸는지 너는 모를 거야. 아드난 형이 내가 불법으로 장벽을 넘게 해 주느라 그 친구에게 돈을 얼마나 줬는지도 나는 몰라. 나는 알쿠드스에서 고작 8킬로미터밖에 떨어지지 않은 곳에 사는데도. 버스를 타면 10쉐켈이면 충분한 거리를 오는 게 왜 이렇게 힘들어?”

“그래, 무슨 말인지 알아. 하지만 저 안전 장벽이 없으면 우리는 위험해. 장벽이 세워지고 난 뒤부터 이스라엘에 테러가 줄어든 걸 생각해 봐.”

“테러가 줄어든 건 우리 투사들이 이스라엘에서 자폭 테러를 벌여야 아무 소용이 없다는 걸 깨달았으니까. 자폭 테러는 팔레스타인의 이미지만 나쁘게 만들 뿐이라는 걸. 더 나아가 독립 국가 건설은 평화로운 수단으로 이루어져야 한다는 것도 우리는 깨달았으니까.”

“물론 그래서 테러가 줄어들었을 수 있지, 장벽 때문인지 너희의 그 깨달음 때문인지 정확한 거야 알 수 없지. 나는 그저 테러로 단 한 명이라도 희생당하는 목숨이 없기만 바랄 뿐이야. 내가 초등학교 다닐 때 내 친구는 부모와 함께 카페에서 아이스크림을 먹다가 너희가 투사라 부르는 사람의 자폭 테러로 목숨을 잃었어. 단 하나의 테러만 막을 수 있더라도 장벽을 세우는 것은 좋은 결정이야. 평화로운 해결책이 찾아진다면 장벽이야 다시 허물면 되지.”

"바로 그래서 너희가 진정 평화를 원한다는 자세를 보여야만 해! 우리한테는 억울하게 죽은 피해자가 없다고 말하려는 건 아니지? 나는 거의 매 학기 친구의 장례를 치러야 했어. 너희가 쏜 총에 희생당한 친구들이지. 이스라엘 군대가 팔레스타인에서 철수해야만 해! 우리는 이 땅에서 자유롭게 살고 싶어! 우리는 전 세계가 인정해 주는 여권을 원해! 그래야 여행도 자유롭게 할 수 있으니까. 나는 알쿠드스나 하이파뿐만 아니라 다른 나라, 이를테면 독일이나 미국으로 여행을 가고 싶어!"

"무슨 말인지 알아, 카림. 하지만 내가 바꿀 수 있는 일이 아니잖아. 그런데 대체 여기는 왜 온 거야? 정말 위험하다고!"

카림은 아무 답도 하지 않았다.

아나트는 지금 무슨 일이 일어나고 있는 것인지 도통 이해할 수 없었다. 국경을 넘다가 붙잡혔다면, 카림은 다시 감옥에 가야만 한다. 그리고 아무리 아나트 엄마라도 다시 그를 꺼내 줄 수 없다. 팔레스타인과 이스라엘, 어느 쪽이 더 잘못했는지 따지자고 그가 이런 위험을 감행했을 리는 없다. 물론 아나트도 이스라엘과 팔레스타인 사이의 비무장지대 그린벨트를 장벽이 비틀어 놓았다는 점은 잘 안다. 아나트가 보기에도 그건 잘못된 일이다. 그러나 아나트는 엄마가 들려주던 2차 인티파다가 지금도 귓전에 생생했다. 폭탄 테러로 물들었던 일상, 공격과 테러가 끊이지 않던 일상은 듣는 것만으로도 끔찍하기만 했다. 폭탄으로 산산조각이 난 시체와 고통으로 울부짖는 부상자 사이에서 엄마는 아무것도 못 하고 두려워 떨었다고 했다. 당시 사람들은 교통사고 현장에 달려가는 구급차의 경광등 소리만 들어도 곧장 또 테러가 일어났냐고 물었다고 한다. 아나트 자신도 가자 지구에서 쏜 미사일이 허공을 어지럽게 날아다닐 때 텔아비브에서 울리던 공습경보에 떨었던 기억이 있다. 그리고 예루살렘 한복판에서 팔레스타인 사람이 유대인을 칼이나 드라이버로 찔렀다는 뉴스가 끊이지 않았다. 경비 근무를 설 때 돌을 던지던 팔레스타인 청소년을 보며 아나트는 얼마나 속을 끓였던가. 이 돌은 치명적 위험을 부를 수 있다. 예를 들어 돌이 운행 중인 자동차에 맞으면 그 안에 탄 사람의 생명을 위협한다.

아나트는 이런 상황이 지긋지긋하기만 했다. 죽음의 악순환, 공격과 반격, 보복과 응징이 끝없이 맞물려 돌아가는 악순환은 때로는 빠르게, 때로는 완만하게, 하지만 집요하게 모든 것을 죽음의 구렁텅이로 집어삼켰다. 이 지옥과도 같은 싸움은 끝을 모르고 이어진다.

카림-현재

　이것은 성전, 거룩한 싸움이다. 어쨌거나 이스라엘을 상대로 하는 싸움을 아빠와 큰형은 이렇게 불렀다. 조국의 해방을 위해, 팔레스타인의 모든 동포가 자유를 누릴 수 있도록 벌이는 싸움은 거룩한 성전이다.

　그 어떤 것에도 얽매이지 않고 자유롭게 사는 인생, 카림은 이런 인생을 원했다. 베들레헴과 예루살렘 사이를 산책하듯 넘나드는 저 외국인 관광객처럼. 간단하게 텔아비브로 가서 비행기에 올라타 유럽, 미국, 중국 또는 호주로 날아갈 수 있는 인생. 이 작은 팔레스타인을 벗어나 훨씬 더 큰 세계를 발견하는 인생. 하지만 카림의 여권에 적힌 글씨는 자유를 가로막았다. "알 술타 알 필라스티니아(팔레스타인 자치기구)"

자신의 처지가 한심하고, 이스라엘에 품는 분노가 크기는 했지만, 카림은 아나트에게 너무 조급하게 화부터 낸 것이 미안하고 부끄럽다는 생각이 들었다. 카림이 자유를 누리지 못하는 것이 아나트 탓은 아니니까. 물론 아나트는 이스라엘 군인이기는 하다. 하지만 아나트도 자발적으로 군인이 된 건 아니지 않은가. 이렇게 보면 자유를 누리지 못하는 것은 아나트도 마찬가지다.

　둘 사이에는 무거운 침묵만 흘렀다. 카림은 자신을 바라보는 아나트의 시선을 느꼈다. 천천히 카림의 화가 가라앉았다. 다시 차분해진 마음으로 카림은 왜 지금 이곳에 왔는지 그 본래 목적을 떠올렸다. 카림은 긴 검은 생머리와 바다처럼 푸른 눈의 아나트보다는 아나트의 할머니와 만나고 싶어 이곳까지 오는 모험을 감행했다.

　심호흡하고 난 뒤 카림은 이렇게 물었다. "할머니, 너의 사브타는 이 집에 함께 사시는 거야? 할머니는 원래 이 집에서 계속 사셨어? 아니면 혹시 이 집은 할아버지 집인가?"

　만약 지금 아나트가 할머니 또는 할아버지가 이 집에서 태어나 살았으며, 가족이 몇 세대에 걸쳐 이 집에서 살아왔다고 말한다면? 그때는 뭐라고 하지? 이 집이 내 할아버지의 집이었다는 내 짐작이 틀렸다면? 그럼 그냥 실망한 채 돌아서야 하나? 할아버지의 집이 어디인지 알아냈다는 생각은 그동안 카림에게 엄청난 부담을 주었다. 그러나 이 집이 아니라면 할아버지 집을 찾아야 한다는 부담은 계속 남을 텐데 어떻게 해야 좋을까? 찾을 수 없는 집, 어디 있는지 몰라 가 볼 수 없는 집을 두고 계속 그리워해야 하나?

"그참 희한한 질문이네." 아나트가 말했다. "네가 왜 우리 할머니에게 관심을 가져?"

"그냥 대답해 줘."

"그게 너하고 무슨 상관인데? 아무튼 물어보니까 답하자면, 아니, 할머니는 이 집에서 태어나 계속 사신 게 아니야. 1948년 이스라엘 건국 직후 요르단 군대가 예루살라임의 동쪽 지역을 점령했었어. 그때 구도심도 요르단 군대가 장악했지. 그들은 당시 모든 유대인을 추방했어. 내 사브타도 그때 쫓겨났지."

"하지만 지금은 이 집에서 사시잖아?"

"그래 맞아. 우리는 이 집의 소유권을 확인할 수 있는 등기서류와 이 집을 살 때 쓴 매매계약서를 가지고 있어. 1967년 6일 전쟁 때 우리 군대가 아랍이 점령한 지역을 탈환해서 우리 유대인이 구도심으로 돌아올 수 있었어. 나의 증조부가 이 집을 1947년에 사들였다는 매매계약서를 보여 주고 이 집을 되돌려 받았지."

"1947년? 그때 이 집을 샀다고? 확실해? 누구에게 샀는지 알아?"

카림의 질문에 아나트는 두 눈을 동그랗게 뜨며 한동안 말을 하지 못했다.

아나트-현재

　이제야 아나트는 카림이 무얼 묻고 있는지 알아들었다. 하지만 왜? 왜 카림은 아나트의 증조부, 그러니까 할머니의 아버지가 20세기 초에 아랍인들에게서 집과 땅을 사들인 유대인 가운데 한 명인 것을 무조건 알아야만 한다는 거지? 도무지 이해가 되지 않아 아나트는 어리둥절하기만 했다. 정말 카림은 그게 알고 싶어 체포당할 위험까지 무릅쓰며 불법으로 장벽을 넘어온 걸까?

　"누구에게 샀대?" 카림이 조바심을 냈다.

　"뭐 꼭 알아야만 한다면, 어떤 아랍인에게."

　"혹시 그 사람 이름 알아?"

　"내가 그걸 어떻게 알아? 내가 계약서를 읽어 볼 이유는 없잖아."

"그럼 너네 할머니가 당시 지붕에서 어떤 소년과 앉아 이야기를 나누곤 했다는 말씀을 하신 적 있어? 정확히 지금, 여기에서? 당시, 1947년인가 1948년에?"

아나트는 카림의 얼굴을 물끄러미 바라보았다. 그래 맞다, 할머니가 그런 이야기를 한 적이 있다. 어릴 때, 다섯 살인가 여섯 살 때 아나트는 할머니의 무릎에 앉아 귀여움을 독차지했다. 당시 할머니는 색이 분명한 금발을 유지했으며, 자신과 똑같은 금발인 아나트를 무척 예뻐했다. 재스민 향기가 피어오르는 시원한 뒤뜰에서 자기 무릎에 앉은 아나트에게 할머니는 많은 이야기를 들려주었다. 옛날에 독일에서 아빠를 찾아 배를 타고 떠난 모험, 영국의 해상봉쇄를 뚫고 어떻게 이스라엘까지 왔는지 그 과정을 할머니는 아나트에게 들려주었다. 이야기를 들으며 아나트는 커다란 돛을 단 배의 뱃머리에 칼을 치켜들고 서서 얼굴에 바람과 포말을 맞으며 당황한 영국군 전함 사이를 돌파해 하이파 항구로 돌진하는 할머니의 젊은 시절을 상상했다. 마치 영화에 나오는 해적선의 여자 두목처럼 위풍당당하게! 배가 드디어 항구에 도착하자 해적 여자 두목은 폴짝 땅으로 뛰어내려 이 거룩한 땅 이스라엘에서 딸을 기다리던 아빠의 품에 왈칵 안겼다. 좀 더 나이를 먹고서야 아나트는 나하리자 해변의 상륙이 실제로 어떻게 이루어졌는지 이해할 수 있었다. 그리고 당시 할머니가 경험한 건국을 둘러싸고 불안했던 상황과 구도심의 이 집에 아빠와 이사를 오게 된 과정을 자세히 들었다. 할머니는 당시 어떤 아랍 소년을 알게 되었다는 이야기도 해 주었다. 유대인 소녀와 아랍인 소년이 집의 지붕 위에 앉아 예루살렘의 지붕들을 함께 바라보며, 서로 근심과 걱정을 나누었다고 했다. 나중에 유대인 동네가 아랍인의 손에 들어갔을 때 소년은 소녀에게 닭고기와 빵과 같은 먹을 것을 가져다주는 온정을 베풀었다. 이 이야기를 들려주며 할머니는 서로 미워하지 않는 것이 얼마나 중요한지 누누이 강조하곤 했다.

"할머니는 소년을 모라고 부르던데."

"정확한 이름은 모하메드야."

"그럴 거라고 짐작했어."

"그리고 그분은 우리 할아버지, 나의 '시도(Sido)'야."

"그건…… 몰랐어."

"이 집은 할아버지 집이야, 정확히는 할아버지의 아버지."

"하지만 우리 증조할아버지가 이 집을 샀다던데, 그럼 이 집을 판 사람이 너네 증조할아버지야?"

"아니, 증조할아버지가 판 게 아니야. 증조할아버지는 1946

년 킹 다윗 호텔에서 벌어진 테러로 돌아가셨어. 이 집을 판 사람은 증조할아버지의 동생이야. 그리고 나의 시도는 여전히 이 집을 그리워하고 계셔. 할아버지는 알쿠드스로 돌아올 날만 손꼽아 기다리셔."

"너네 할아버지는 지금 베들레헴에 사셔?"

"응, 난민촌에. 우리 고모와 함께 사셔."

이 무슨 기막힌 우연일까, 아나트는 가슴에서 뜨거운 뭔가가 울컥 치미는 느낌을 받았다.

"너는 어떻게 하필 우리 집이 그 집인 걸 알게 된 거야?"

"너희 거실 벽에 걸린 바위의 돔 그림. 바로 그 그림이 증조부모 결혼식 사진에 찍혀 있더라. 정확히 그 그림이야."

"무슨 말인지 알겠어. 엄마가 그 그림을 언젠가 떼어 내려 했지. 이슬람 성지를 그린 그림을 왜 거실에 걸어 두고 늘 봐야만 하냐면서. 하지만 사브타가 그대로 두라고 말씀하셨어. 그 그림은 구도심 출신의 유명한 화가가 그린 원본 작품이라며. 아무튼 할머니가 그 비슷한 말을 했어."

"아마도 할머니는 그림을 보며 우리 할아버지를 추억한 모양이네."

"그럴 수 있겠네."

그래서 어쩌라고? 혼란한 가운데 집 주인이 바뀐 걸 사과라도 해 달라고? 아니면, 집을 돌려달라고? 그런 요구는 완전히 말도 되지 않는다. 카림네 가족이 이 집을 돌려받는다 한들, 그의 가족은 이 집에서 살 수 없다. 카림네 가족은 오로지 팔레스타인 여권만 가졌을 뿐, 이스라엘 체류 허가를 받을 수 없기 때문이다.

"그래서, 정말 이걸 물어보려고 여기까지 온 거야?"

카림-현재

카림은 부끄러운 나머지 얼굴이 화끈 달아올랐다. 마치 칭얼대며 무리한 요구를 한 꼬마가 된 기분이다. 정말이지 여기까지 찾아와 이런 질문을 한 것은 전혀 영리하다고 보기 힘든 선택이다. 물론 이 집이 할아버지의 옛집이었다는 답은 들었다. 하지만 그걸 안들 상황이 바뀔까?

"그래 정말 알고 싶었어." 카림은 아나트의 물음에 답했다. 얼굴은 더욱 화끈거렸다.

아마도 카림은 아나트가 자신의 심정을 이해해 주기를 바랐을 수 있다.

"우리 할아버지는 당시 모든 걸 잃었어, 알아?" 카림은 이렇게 말했다. "아버지를, 다음에는 집을. 할아버지는 어머니와 어린 동생을 돌보기 위해 학교도 다니지 못했어. 할아버지는 평생 정육점 점원으로 일했고, 난민촌을 단 한 번도 벗어나 본 적이 없어. 내가 아직 어렸을 때 할아버지는 저기 저 아래 골목에서 이슬람과 기독교와 유대교 아이들이 함께 공을 차며 놀았다고 말씀하셨지. 그리고 이 집의 지붕 위에서 어떤 소녀와 함께 앉아 이야기를 나누었다고도 했어. 하지만 할아버지는 그 소녀가 유대인이라는 말은 하지 않았어."

"우리 할머니도 당시 모든 걸 잃으셨어." 아나트가 대답했다. "할머니의 어머니와 어린 남동생은 독일에서 나치에게 살해당했어. 할머니는 완전히 혼자 힘으로 여기까지 오셨어. 천신만고 끝에 할머니는 아버지를 다시 만났고, 처음에는 수도원의 야전병원에서, 나중에는 하다싸 병원에서 일하셨지. 할머니는 평생 구슬땀을 흘리며 삶의 터전을 닦으셨지. 할머니 아버지가 하필이면 이 집을 산 걸 할머니가 어쩌시겠어? 너의 그 증조부 삼촌이 이 집을 판 걸 어쩌라고. 그리고 이 문제는 내가 뭐 어떻게 할 수 있는 게 아니잖아."

"알아……, 나는 그저 당시 어른들이 서로 머리를 맞대고 갈등을 해결했다면 좋지 않았을까 아쉬운 거야. 그랬다면 우리가 여전히 같은 문제로 괴롭지는 않을 거잖아."

"나도 그렇게 생각해."

둘은 한동안 침묵했다. 그러다가 돌연 아나트가 환한 미소를 지으며 카림의 얼굴을 똑바로 보았다.

"두 분을 만나게 하면 어떨까?"

"누구를 말하는 거야?" 카림은 이미 알면서도 아나트의 입으로 직접 듣고 싶어 물었다. 두 분을 만나게 하자는 아나트의 제안은 귀를 의심할 정도로 파격적이었기 때문이다.

"누군 누구야? 너네 할아버지와 우리 할머니!"

"간단하네! 네가 할머니를 모시고 베들레헴으로 온다고? 그거 좋네. 우리 엄마는 고기와 채소를 볶다가 쌀을 얹어 끓여 내는 마끌루바를 요리해 줄 거야. 식후에는 내가 최고의 아랍 커피를 끓여 줄게. 지금껏 마셔본 커피와는 비교할 수조차 없을 거야!"

"그거 터키 커피라고 하잖아." 아나트는 어딘지 모르게 딱딱하게 말했다. 잠깐 동안 카림은 아나트가 자기가 비꼬느라고 한 말을 못알아들었나 걱정했다. "우리는 베들레헴에 갈 수 없어." 아나트가 불쑥 말했다. "A지역은 이스라엘 사람에게 금지된 곳이니까."

"아 그렇지. 그럼 어디서?"

"여기."

카림이 이번에는 헛웃음을 터뜨렸다. 당황한 나머지 자기도 모르게 터진 웃음이다.

"그러니까 지금 나보고 내가 한 것처럼 우리 시도를 몰래 국경을 넘게 하라고? 어떻게? 버스 짐칸에 숨으라고 할까? 말도 안 돼, 내가 여기까지 온 길을 할아버지는 절대 소화할 수 없어. 할아버지는 잘 걷지도 못하셔. 네 말은 고맙지만, 그건 너희 말대로 메슈게! 미친 짓이야."

"농담 아니야, 난 진지하게 하는 말인데. 할아버지 연세가 몇이신데, 90 이상? 이스라엘은 고령의 노인을 더는 위험한 인물로 보지 않아. 이제 곧 라마단이 끝나니까, 그리고 너희는 아이드 알피트르, 곧 금식을 끝냈다는 축제를 벌이잖아! 이 축제를 위해 50세 이상의 팔레스타인 사람은 성전산에 올라도 좋다는 허락을 받을 수 있어. 네 할아버지도 입국 허가를 신청하면 되잖아?"

"그건 몇 주 전에 신청해야만 하잖아."

"우리 엄마가 빨리 허가받게 해 줄 수 있어."

"좋아, 그렇다면야. 그럼 바로 내려가서 네 엄마에게 물어볼까?"

"장난하지 마. 그 문제는 내가 알아서 할 거야."

아나트-현재

"안 돼!" 아나트 엄마는 거의 소리치다시피 말했다.

"90세가 넘었대. 성전산에는 갈 수 있잖아."

"그 아랍인 얘기는 더 듣고 싶지 않아! 너를 구해 준 빚을 갚느라고 감옥에서 꺼내 줬잖아, 뭘 더 어떻게 하라고!"

"지금 걔 얘기를 하는 게 아니잖아, 사브타와 카림의 할아버지를 서로 만나게 해 주자고! 할머니는 그 할아버지를 알아, 이스라엘이라는 나라가 없었을 때 두 분은 서로 알았다니까."

"그 얘기는 벌써 했잖아, 하지만 그런 우연은 있을 수 없어. 그건 말도 안 되는 이야기라고!"

"아니, 그건 아나트 말이 맞아." 언제 나타났는지 테사가 차분한 목소리로 말했다. 언제나 고무 밑창을 댄 실내화를 신고 조용히 다니는 할머니다. 그 통에 아나트는 할머니가 거실로 들어오는 소리를 전혀 듣지 못했다.

"이마, 아이드 알피트르는 이제 닷새밖에 안 남았어요. 허가서는 그렇게 빨리 나오지 않아요."

"너라면 할 수 있을 거야."

카림-현재

"저기 와요." 카림이 외쳤다.

카림은 도저히 믿을 수가 없었다. 지금 카림은 국경 검문소 앞에 서 있다. 이곳만 통과하면 이스라엘이다. 칼리마 마을로 빙 돌아가지 않고, 국경 울타리의 구멍을 지나지도 않고, 작은 하얀 버스를 기다릴 필요도 없이, 이제 저 문만 통과하면 된다. 관광객이 그 포도주처럼 붉은색 표지의 여권과 짙푸른 표지의 여권만 보여 주면 간단하게 넘어가는 이곳, 입국 허가서를 가진 팔레스타인 사람만 넘어갈 수 있는 이곳을 카림과 할아버지는 처음으로 통과한다. 택시를 타고 이곳까지 온 할아버지는 구부정한 허리로 천천히 내렸다. 카림은 끝이 날 것 같지 않은 300번 검문소로 올라가는 비스듬한 경사로를 할아버지를 부축해서 올랐다. 카림은 배낭과 무거운 가방을 검문소의 컨베이어벨트 위에 올려 놓았다. 배낭과 가방은 위험한 물건을 탐지하는 스캐너를 통과했다. 카림은 할아버지를 도와 금속탐지기가 달린 회전문 앞에 섰다. 할아버지의 여권을 스캐너 위에 올려놓는데 입이 마르고 심장이 뛰는 것을 카림은 애써 무시했다.

삐삐삐~삐~.

스캐너가 여권과 입국 허가서를 인식하고 그 어딘가의 이스라엘 서버에 저장된 정보와 비교하고 통과해도 좋다고 울리는 삐 소리가 카림은 구원처럼 느껴졌다. 이제 카림과 할아버지는 반대편으로 넘어왔다.

거리에는 택시가 늘어서서 손님을 부른다. 카림은 택시 기사의 호객을 몇 번이나 거절했다. 아나트가 데리러 오기로 했기 때문이다. 카림은 초조한 마음에 발을 동동거리며 아나트가 정말 데리러 올까 자문했다. 동시에 카림은 젊은 이스라엘 여성이 운전하는 차를 타면, 아랍인 택시 기사들이 저것 봐라, 이상하다 어쩌고 외쳐 댈까 두려웠다.

마침내 아나트가 도착했다. 이번에는 아나트가 차를 몰고 혼자 왔다. 카림은 할아버지를 부축해 조수석에 앉혔다. 택시 기사들은 다른 손님을 찾느라 바빠서 카림에게는 전혀 관심을 보이지 않았다. 카림은 뒷좌석에 올라탔다.

검문소에서 구도심까지는 차로 한 시간 걸린다. 금요일 오후 이른 시간임에도 거리는 차들로 붐빈다. 안식일을 지키는 유대인은 지금 장을 봐야만 하기 때문이다. 안식일을 지키는 유대인은 금요일 해지고 나서부터 토요일 저녁까지 자동차를 몰아서는 안 된다. 자동차는 휘발유나 경유를 태워야 가는 것이고, 안식일에 불을 피우는 일은 금지 사항이다.

차를 타고 가는 동안 모는 아무 말 없이 창밖만 바라보았다. 카림은 할아버지가 고층 건물과 수많은 자동차 그리고 거리를 바삐 오가는 사람들을 보며, 낮은 집과 자동차라고는 구경조차 하기 힘들었던 옛날, 사람들이 통행금지 시작 전에 집에 가거나, 거리에서 시위가 벌어질 때 안전한 곳을 찾으려 달음박질을 하던 옛 시절을 회상한다고 느꼈다.

테사와 모-현재

　모든 것이 달라 보였다. 거리는 휙휙 스쳐 지나감에도 익숙한 느낌을 주었다. 아니, 거리가 아니라, 그 너머의 옆길, 정원, 뒤뜰이 익숙하다는 느낌을 주었다. 하지만 모는 거리와 집은 거의 알아볼 수 없었다. 대개 새로 지은 집이 분명하다. 전면을 유리로 장식했거나, 매끈하고 밝은 대리석에 기묘할 정도로 작은 창문이 달렸다. 그토록 그리워했던 도시, 익숙하면서도 낯선 이 도시를 보며 모는 야릇한 두려움을 느꼈다.

　그러나 젊은 여인이 운전하는 차가 구도심으로 접어들었을 때, 모는 비로소 안도감을 느꼈다. 소리 없이 흐르는 눈물이 그의 얼굴을 적셨다.

　이곳은 자신의 고향이다.

카림의 부축을 받아 차에서 내렸을 때, 모는 신발을 벗어 던지고 싶은 충동을 느꼈다. 하늘의 해가 뜨거운 빛을 쏟아붓는데도 거리에 깔린 보도블록은 서늘하다. 저 옛날 아버지가 사고를 당했다는 소식에 정신없이 뛰어가던 때 느꼈던 발바닥의 서늘함처럼.

둘러보니 주변은 옛날 그대로다. 지금 지나가는 골목, 집들의 작은 창문, 진열장을 갖춘 가게들은 오랜 세월에도 변함이 없다. 다만 문의 열쇠 구멍은 옛날처럼 크지 않다. 난민촌의 침대기둥에 걸어 둔 열쇠는 더는 맞지 않을 게 분명하다. 무어라 말하기 힘든 슬픔이 가슴에 퍼지기 전에 문이 열렸다.

"아이고, 아주 멋지게 늙으셨네." 테사가 모에게 말했다.

"이야, 하나도 안 변했네." 모가 테사에게 말했다.

그런 다음 두 사람은 조심스럽게 얼싸안았다. 두 사람이 서로 알게 된 뒤 처음 하는 포옹이다. 쑥스러움도 부끄러움도 없다. 이제 두 사람은 늙을 만큼 늙었는데, 유대교도와 이슬람교도, 아랍 사람과 이스라엘 사람, 소년과 소녀가 서로 친구가 될 수 없다고 누가 감히 막을까?

두 사람은 아무 말도 하지 않고 오랫동안 끌어안고 있었다.

이윽고 모는 카림에게 무겁게 지고 온 가방을 열라고 했다. "정말 오래 걸리기는 했지만, 약속한 대로 먹을 것 좀 챙겨 왔

461

어요." 모는 이렇게 말하며 빙그레 웃었다. 카림은 식탁 위에 차가운 닭고기, 신선한 플랫브레드, 할아버지가 직접 만든 후무스와 피스타치오를 듬뿍 넣고 꿀에 절인 바클라바 부스러진 것을 올려놓았다. "우리 이모가 맛있게 만들던 건데……" 모는 겸연쩍은 듯 웃었다. "이건 내가 직접 만들어 본 거요. 숟가락으로 먹어야 될 거요."

테사는 환하게 웃으며 다시금 모를 포옹했다.

아나트와 카림은 할머니를 도와 식탁에 하얀 식탁보를 깔고 가져온 음식을 가지런히 놓았다. 그리고 식탁의 윗자리에 촛대 두 개를 놓았다.

바깥에는 이미 해가 져 어둑하다. 모두 손을 씻은 다음, 아나트는 초대한 집안의 딸로서 식탁에 세워 둔 촛대에 초를 꽂고 불을 붙였다. 그리고 두 손을 불꽃 위에서 몇 차례 흔든 뒤에 자신의 두 눈을 가렸다. 그리고 히브리어로 몇 마디 한 다음 기도를 하듯이 잠시 침묵했다. 기도가 끝나자 아나트는 두 손을 내리고 말했다. "아이드 무바라크, 그리고 샤바트 샬롬(축복받은 축제를, 그리고 평화로운 안식일을)!" 라마단을 끝낸 이슬람 인사말과 안식일을 맞이하는 유대인 인사이다.

카림도 두 인사말로 화답했다. 그러자 테사와 모도 인사를 주고받았다.

그때 문 쪽에서 "샤바트 샬롬" 하고 약간 머뭇거리는 목소리가 들려왔다. 아나트 엄마는 식탁으로 와서 딸 옆에 앉았다.

독실한 유대교인인 아나트 엄마는 모가 가져온 음식에는 손도 대지 않았다. 엄격한 코셔 율법에 따라 조리된 음식이 아니기 때문이다.

테사는 딸의 그런 태도를 신경 쓰지 않았다. 그 옛날 테사는 모가 가져다준 고기와 빵을 먹지 않았던가? 배고픔이 유대의 코셔 율법을 무시하게 만들어서 였을까? 아나트는 못마땅해 하는 엄마의 시선을 무시하며 할머니처럼 음식을 맛나게 먹었다.

카림이 후무스를 자기 접시 위에 덜며 "이거 맛있네."라고 말하더니 아나트를 보고 "그런데 우리 엄마가 만든 것이 더 맛있어." 하며 씩 웃었다.

"어이, 그 후무스 내가 만든 거다." 할아버지가 정색하며 말했다.

아나트가 깔깔 웃었고, 카림도 결국 웃음을 터뜨렸다. 그런 다음 두 사람은 처음 만났을 때 이야기를 할머니와 할아버지에게 들려주었다. 올리브나무 숲에서 작은 새를 잡아 구워 먹은 이야기, 까다로운 정치 논쟁을 벌이지 않으려 안간힘을 쓰던 이야기, 그러나 심지어 후무스를 놓고도 정치 논쟁을 벌였던 이야기를.

매우 즐겁고 평화로운 식사였다. 카림도 아나트도, 테사도 모도 나중에 어떻게 해서 정치 이야기를 하지 않았는지 기억하지 못했다.

식사가 끝나고 테사는 카림을 보고 말했다. "우리 손녀가 그러던데, 너는 지붕 위로 올라가는 다른 길을 안다지? 나는 이제 사다리를 타고 올라가기는 어렵구나. 나에게 그 다른 길을 보여 다오."

그 길은 멀지 않았다. 카림은 테사를, 아나트는 모를 각각 부축하고 골목길 모퉁이를 돌아가자, 아치 모양 입구로 들어가는 안뜰이 나타났다. 그 끝에 집 벽에 붙은 계단이 나왔다.

아나트는 카림의 할아버지 모를, 카림은 아나트의 할머니 테사를 부축하고 천천히 계단을 올라갔다.

둥그런 보름달 빛을 받은 벽돌집 지붕이 환하다. 이렇게 해서 아랍인 가족과 유대인 가족은 구도심의 지붕 위에 올랐다. 한 가족의 고향이자, 또 다른 가족의 고향인 예루살렘의 지붕 위로.

이들은 보름달이 환한 온화한 봄밤에 오래도록 그곳에 앉아 있었다. 아무 말도 하지 않고 예루살렘의 지붕들을 지켜보면서.

이야기를 끝내며

테사와 모, 카림과 아나트는 현실에는 없는 인물이다. 하지만 이들이 겪은 일은 대부분 실제 비슷하게 일어났다.

1945년 4월 15일 영국군이 강제수용소 베르겐벨젠(Bergen-Belsen)을 해방해 주었을 때, 즐비하게 널린 시체 가운데 아직 살아 있는 소녀가 한 명 있었다. 당시 아홉 살이던 레나 퀸트(Rena Quint)는 그야말로 해골이나 다름없을 정도로 말랐으며, 살아 있는 게 신기할 정도로 위중한 상태였고, 세상에서 완전히 홀몸이었다. 부모와 어린 동생은 나치에게 살해당했다. 레나가 살아남을 수 있었던 것은 끊임없이 누군가의 도움을 받아서이다. 수용소에서, 이후에도 자신의 목숨을 구해 준 여인들과 자신의 인생 이야기를 레나는 여기자 바바라 소퍼 (Barbara Sofer)와 함께 쓴 책 《엄마가 많은 딸—그의 끔찍한 어린 시절과 기적과도 같은 인생(A Daughter of Many Mothers: Her Horrific Childhood and Wonderful Life)》에 담아 냈다. 나는 몇 년 전 레나를 예루살렘에서 알게 되었으며, 이후 기회가 있을 때마다 만나고 있다.

테사의 이야기는 레나의 인생에서 영감을 얻었다. 그리고 이 이야기는 유대인에게 독립 국가 외에 다른 선택지는 없음을 보여 준다.

물론 레나는 전쟁이 끝나고 미국의 어떤 가족에게 입양되었으며, 어른이 되어서야 비로소 이스라엘로 건너갔다. 테사는 다른 길을 걸었다. 알리야호를 타고 나하리자 해변에 목숨을 걸고 상륙해, 흰색 버스를 타고 가까운 키부츠로 달린 사건도 얼마든지 실제 일어났을 수 있는 모험이다. 다만 알리야라는 배 이름은 유대인이 이스라엘로 이주한 것을 뜻하는 alija(상승을 의미함)를 생각해서 붙였음을 밝혀 둔다. 그런데 1930년대와 1940년대에 〈청소년 알리야〉라고 하는 이름의 단체가 실제 있었다. 이 단체는 많은 유대인 아이와 청소년을 독일에서 팔레스타인으로 데려다 주는 활동을 했다. 테사가 새로운 고향을 찾아가는 이야기는 이 단체를 염두에 두었다.

반면, 테사가 부엉이 여인에게 말해 준 수감 번호는 실제로 존재하지 않는다. 아우슈비츠에서 수감자의 팔뚝에 새겨진 마지막 번호는 '202499'이다. 나는 테사에게 바로 그 다음 번호, 곧 실재한 적이 절대 없는 번호를 붙였다. 나는 아우슈비츠에서 살해당한 사람이 실제로 팔뚝에 새겼던 번호를 쓰고 싶지 않았다.

모는 실제 모델 없이 지어 낸 캐릭터이다. 그러나 모 아버지의 끔찍한 죽음은 실제로 벌어졌던 역사적 사건이다. '킹 다윗 호텔'을 겨누었던 테러는 시오니즘 군사 조직이 영국 점령군에 대항해 본격적인 투쟁을 벌이는 전환점이 된 사건이다.

유엔 결의안으로 촉발된 아랍 국민의 분노, 유대인 상점을 상대로 벌어진 약탈, 격렬한 싸움이 벌어진 지역에서 아랍인 가족들이 황망히 떠난 피난, 예루살렘 유대인 동네의 봉쇄, 다른 아랍 국가의 군대, 굶주림, 폭력 그리고 출신을 따지지 않고 부상한 사람을 돌봐 준 야전병원 등, 이 모든 일은 실제로 있었다.

물론 테사의 아빠가 킹 다윗 호텔 테러에 참여한 것, 그리고 하필이면 테사가 희생자 아들 모와 친구가 된 것은 우연이라고밖에 설명되지 않는 일, 곧 책에만 있는 허구이다.

마찬가지로 카림과 아나트가 서로 만나게 된 것 역시 우연이다. 하지만 이들이 이 이야기에서 겪은 일은 나 자신도 일부 경험했다. 나는 일 년 동안 프리랜서 기자로 베들레헴에서 살며 이스라엘과 서안지구 곳곳을 다녀 보았다.

베들레헴에서 살기 시작했을 때 나의 주거지는 '아이다 난민촌'이었다. 창밖으로 이스라엘 경비 탑과 장벽이 보이는 곳이다. 저녁이면 나는 탑의 군인이 내 방을 들여다 보는 게 아닐까, 의심하곤 했다.

이 시기 동안 나는 중동에서 정치 얘기를 하지 않는 것이 얼마나 어려운지 깨달았다. 심지어 그냥 즐겁게 놀고 싶어 모인 파티에서조차 빠르든 늦든 결국 목소리를 높이는 언쟁이 벌어졌다. 정말 불편하고 힘든 상황이었다. 다만, 좋은 점이 없지는 않았다. 그때 우리는 정말 다양한 나라에서 이 위기로 신음하는 지역에 호기심을 가지고 이곳을 찾은 사람들이었다. 이 땅에서 사는 사람들, 이들을 괴롭히는 분쟁에 우리는 관심을 가지고 이 딜레마를 풀 해결책은 없을까, 활발하게 의견을 나누었다. 우리는 다투지 않았으며, 서로 의견을 나누고 지혜를 모으는 시간을 가졌다. 그 가운데는 이스라엘과 팔레스타인 친구도 많았다. 이처럼 우리는 다양했기에 매우 즐겁고 보람된 시간을 보낼 수 있었다. 서로 다름을 인정하고 받아들이면 이처럼 평화롭고 즐거울 수 있었다. 우리는 출신 국가별 문화의 차이와 특성을 경험하면서, 중동분쟁이 어느 한쪽만 고집해서 벌어지는 어처구니없는 싸움임을 깨달았다.

내가 텔아비브에 살던 시기에 친구가 라말라에서 개최한 파티에서 나는 어떤 이스라엘 남자를 알게 되었다. 그 이스라엘 남자는 파티가 끝난 뒤 나에게 차를 태워 주겠다고 했다. 한밤중이라 버스가 없어 택시를 타야만 했던 나는 그의 친절을 고맙게 받았다. 차를 타고 가는 동안 그는 자신의 이야기를 들려주었다. 동성애자였던 그는 팔레스타인 남자와 함께 살며, 외국에서 몰래 결혼식을 올렸고, 곧 이민 갈 거라고 했다.

장벽의 어느 한쪽에만 오래 살다 보면, 항상 똑같은 이야기만 듣는다. 서안지구에서 두 주 사는 동안 나는 이스라엘 점령군에게 시달려야만 하는 팔레스타인 사람의 고통이 얼마나 큰지 아느냐는 이야기를 귀에 못이 박히게 들었다. 그런 이야기를 듣다 보면 자연스레 이스라엘에 반감이 커지게 마련이다. 그래서 나는 전 세계 어느 국경이든 자유롭게 갈 수 있는 내 여권, 포도주 색으로 표지가 붉은 독일 여권을 가지고 이스라엘로 가 보았다. 거리에서 차를 얻어 타는 히치하이킹과 숱한 민박을 하며 나는 많은 이스라엘 사람과 만났다. 이들은 한결같이 무섭고 두렵다며 불안을 호소했다. 그리고 내가 팔레스타인 쪽에 산다고 하면, 돌아오는 반응은 똑같았다. "정말? 위험하지 않아요?" 라말라의 파티와 베들레헴의 내 친구들 이야기를 해 주면, 그들은 놀란 입을 다물지 못했다. "그렇게 평화로워요?" 실제 위험을 느낀 적이 없는 걸 어쩌랴. 하지만 팔레스타인 사람은 실제로 위험하고 어려운 삶을 산다. 여행 한 번 하기 힘든 인생을 그들은 살아야만 한다. 우리 평범한 사람은 짐작조차 할 수 없는 힘든 삶이다.

화가 쌓인 나머지 위험을 감수하는 팔레스타인 사람이 많다. 나는 처음에는 호기심에서, 나중에는 기사를 쓰려고 팔레스타인 사람이 이스라엘 군대를 상대로 벌이는 시위 현장을 찾아갔다. 〈샤바브〉의 싸움을, 허공을 날아다니는 최루탄을 지켜보며 최루 가스로 눈이 벌게지기도 했다. 그때 내 옆에 있던 어떤 중년 남자가 고무 총알에 다리를 맞았다. 남자는 극심한 고통으로 울부짖었다. 그 얼마 전에 벌어진 시위에서는 어떤 청년이 최루탄에 맞는 것을 나는 두 눈으로 똑똑히 보았다.
기사를 쓰려고 나는 몇 명의 팔레스타인 청소년과 인터뷰했다. 이들은 이스라엘 감옥에서 풀려난 지 얼마 안 된 아이들이었다. 미성년자가 어떤 고통을 당하는지는 아동 인권보호단체 〈아동을 보호하라(Defence for Children)〉의 보고

서가 잘 보여 준다. 돌을 던졌다고 붙들려 간 팔레스타인 아동과 청소년은 군사법에 따른 재판을 받는다. 체포되는 과정에서 무시무시한 폭력에 시달리며, 감옥에 갇혀 학교에 가지 못하고 가족을 볼 수도 없다. 반대로 똑같이 돌을 던진 이스라엘 청소년은 대개 훈방되며, 고작해야 민사재판을 받고 풀려난다.

팔레스타인 사람은 일상도 위험하기만 하다. 베들레헴에서 집을 얻었을 때 집주인은 이웃집 소년의 이야기를 들려주었다. 열두 살 정도였던 소년은 훨씬 더 어린 동생들과 발코니에서 장난감 총을 가지고 놀았다. 소년은 경비 탑에서 이스라엘 군인이 쏜 총에 맞아 즉사했다. 물탱크를 보려고 지붕 위에 올라갔다가 추락해 죽은 소년의 이야기, 이후 순교자로 떠받들어지는 소년의 이야기는 내가 베들레헴에서 치러진 그의 장례식에서 들은 것이다.

물론 진짜 그랬는지 진위를 확인할 수 없는 이야기도 많았다. 하지만 이런 이야기도 입에서 입으로 전해지며 부풀려진다. 이런 식으로 이스라엘과 그 군대를 향한 두려움과 증오는 계속 커진다.

하지만 이스라엘 국민도 다른 지역의 평범한 사람보다는 훨씬 더 큰 위험에 시달리며 산다. 이 글을 쓰는 동안 나는 예루살렘에 사는 내 친구 모이라(Moira)가 전해 준 소식을 들었다.

도시의 유대인 구역에서 버스 정류장 두 곳이 폭탄에 날아갔다. 모이라 자신은 이슬람이었지만, 유대인들과 함께 일한다. 모이라는 자신의 동료 가운데 폭탄으로 희생된 사람은 없는지 진심으로 걱정했다. 내 편 네 편을 떠나 모두 인간이거늘.

내가 예루살렘에서 취재하고 있을 때 한동안 휴대전화 신호가 잡히지 않은 적이 있다. 그때 도시의 반대편 끝에서 폭탄이 터지는 사건이 일어났다. 독일에서 내 남편은 걱정이 되어 한 시간 동안 나에게 전화를 걸려고 시도하다가 결국 울음을 터뜨리고 말았다.

집에서 잠을 자다가 칼에 찔린 유대인 가족 사건은 실제 일어났던 일이다. 2011년 포겔(Fogel) 가족의 부모와 여섯 명 아이는 잠을 자다가 살해당했다.

건국 이후 75년이 넘는 동안 이스라엘 국민은 아랍 이웃 국가들과 여덟 번의 전쟁, 두 번의 '인티파다' 그리고 헤아릴 수도 없이 많은 테러를 겪었다. 이렇게 볼 때 이스라엘 군대를 어디서나 볼 수 있는 일상은 전혀 놀라운 일이 아니다. 남자든 여자든 최소 2년의 의무 복무를 해야 한다. 아나트가 서안지구에서 동료들의 분노와 심술로 홀로 버려진 일은 실제로는 일어나지 않은 일이다. 하지만 이스라엘 군대에서 여성은 성차별에 시달리며, 실력을 인정받기 위해 특별히 노력해야만 한다. 이는 이스라엘의 인권 단체 〈침묵을 깨라(BtS, Breaking the Silence)〉의 보고서가 확인해 주는 사실이다. 보고서는 제대한 군인이 군대의 비리와 폐해를 증언하는 내용이다. 이 보고서는 무엇보다도 이스라엘 군대가 팔레스타인 민간인을 상대로 벌이는 만행을 고발한다. 한밤중에 불심검문을 하고 팔레스타인 집을 부수는 만행을 보며 괴로워하는 아나트 이야기는 〈BtS〉 보고서를 토대로 꾸며 본 것이다.

양쪽 이야기를 모두 공평하게 들어보려 노력했지만, 그래도 양쪽을 같은 피해자와 가해자로 보기는 어려운 노릇이다. 이스라엘은 비교가 안 될 정도로 강한 군대를 가졌으며, 팔레스타인 지역을 1967년 이후 확실하게 점령하고 계속 영토를 확장하면서 팔레스타인 국민을 지배한다. 폭력을 일삼는 이스라엘 강경파는 시위와 폭행과 테러로 계속해서 팔레스타인 사람을 죽음으로 몰아넣는다.

팔레스타인 테러범은 계속해서 이스라엘 사람을 죽인다.

그리고 정치가들은 유권자의 두려움을 악용해 갈등을 더욱 키우면서 표만 얻어 내려 혈안이다. 정치는 해결책을 찾기보다 오히려 방해하는 무책임한 행태를 보인다.

어떻게 해야 이 갈등이 해결될까? 하나의 국가? 두 개의 국가? 아예 어떤 국가도 인정하지 않는 것? 이 문제를 다룬 연구와 논문 그리고 책은 많기만 하다. 그동안 무수한 협상이 벌어졌고, 수많은 협약이 맺어졌다. 하나의 땅을 저마다 자기 것이라 주장하는 두 민족 사이에서 어떻게 해야 평화를 이룰 수 있을지 방법을 찾으려는 노력은 끊이지 않았다. 누구에게 소유권을 인정할지 숱한 분석이 이루어졌다. 이 땅에서 더 오래 산쪽에? 다른 곳에서 박해받아 이 땅을 선택할 수밖에 없는 쪽에? 신의 뜻대로? 모두 만족할 수 있는 해결책은 아직도 찾아지지 않았다.

소설이 중동분쟁을 해결할 수 있다면, 이 분쟁은 오래전에 풀렸으리라. 하지만 소설을 읽고 함께 머리를 맞댄다면, 그 해결책을 찾을 수 있다.

이 자리에서 나는 친구 모이라의 이야기를 전하고 싶다. 나는 베들레헴에서 살던 시절에 모이라를 알게 되었다. 미국 여성인 모이라는 예루살렘에서 살며, 이스라엘을 증오하고도 남을 지독한 아픔을 겪었다. 세 딸과 함께 바다로 놀러 가기로 했던 모이라는 남편에게 장 좀 봐 달라고 했다. 차를 타고 장을 보러 갔던 남편 지아드(Ziad)는 돌아오는 길에 어쩌다가 팔레스타인 시위대 한복판에 갇히고 말았다. 차를 돌리려 안간힘을 쓰던 지아드는 이스라엘 군인이 쏜 총에 맞아 즉사했다. 군인이 차 안에 테러범이 탔다고 오인했기 때문이다. 억누르기 힘든 아픔과 분노에도 모이라는 〈부모 서클(Parent's Circle)〉이라는 단체에 가입해 활동한다. 이 단체는 사랑하는 가족을 분쟁 탓에 잃은 사람들을 회원으로 받아 용서와 화해를 호소한다. 팔레스타인과 이스라엘 회원이 두루 속한 이 단체가 개최하는 강연회에서 모이라는 자신의 이야기를 들려준다.

이런 활동은 정말 쉽지 않은 일이다. 증오는 좀체 깨지지 않는 단단함을 자랑한다. 그리고 분노는 폭력을 일으킨다. 증오와 분노는 다른 사람의 입장을 가려보지 못하게 만든다. 하지만 증오와 분노를 극복해야만 갈등에서 빠져나올 길이 열린다. 사람들이 서로 만나 이야기를 나누며 공감대를 키울 때만 갈등은 해결될 수 있다.

중동분쟁처럼 심각하고 지속적인 갈등이라 할지라도.

레나와 바바라와 모이라에게 감사를 전한다. 그들은 이 책을 쓸 수 있게 자신의 이야기를 들려주며 영감을 주고 격려를 아끼지 않았다.

그 밖에도 감사를 전하고 싶은 사람은 많기만 하다.

구유 거리의 '베두인 스토어(Bedouin Store)'는 작은 기념품 상점이지만, 나처럼 지역을 잘 알지 못하는 이방인에게 정말 고마운 도움을 많이 베풀었다. 항상 친절하게 정보를 알려 주고 안내해 준 주인 마즈디 아타 암로(Majdi Ata Amro)에게 감사를 전한다.

분쟁의 평화적 해결을 위해 노력하며, 비폭력 시위에 앞장서는 마르완 파라르예(Marwan Fararjeh)는 팔레스타인의 관점에서 나에게 많은 이야기를 들려주었다.

리손 슈바르츠(Lison Schwartz)는 테사와 아나트가 등장하는 이야기를 꼼꼼하게 읽어 가며 유대인 생활 풍습과 관련해 많은 것을 알려주었다.

예루살렘의 '교육 서점(Educational Bookshop)'에서 일하는 마흐무드 무나(Mahmoud Muna)는 역사적 사실을 확인하기 위해 내가 어떤 자료를 보아야 하는지 친절하게 알려 주었다.

아이다 난민촌의 사지다 알란(Sajida Allan)은 먼 옛날 예루살렘의 구도심에서 집을 두고 피난 가야만 했던 자기 할머니 이야기와 함께, 테러범을 잡겠다며 한밤중에 침실에 들어와 총을 겨눈 이스라엘 군인 이야기를 들려주었다.

용어 풀이

아치|achi – 내 형제(아랍어와 히브리어가 같음.)

아잔azän – 이슬람교에서 예배 시간을 알리는 소리

알리야alija – 상승, 유대인이 이스라엘로 돌아오거나 이주하
    는 것을 상징함.

하비비habibi – 사랑하는 사람을 부르는 애칭

이브니ibni – 내 아들(아랍어)

이마ima – 엄마(히브리어)

인티파다Intifada – 저항/항거(아랍어) 서요르단 점령에 맞선
    팔레스타인 저항

마샤알라Ma Sha Allah – 알라의 뜻대로(놀라움이나 감탄의
    표현)

사브타savta – 할머니(히브리어)

샤바브shabaab – 청소년/청년(아랍어)

시도sido – 할아버지(아랍어 사투리.

슈크란schukran – 감사(아랍어)

토다todah – 감사(히브리어)

야바yaba – 아빠(아랍어 사투리)

얄라yalla – 서둘러(아랍어 사투리)

얌마yamma – 엄마(아랍어 사투리)

야ya – 아랍어에서 사람을 부를 때 이름 앞에 붙이는 말

자할zahal – 이스라엘 군대(이스라엘방위군 Zva ha-
    Hagannah le-Jisra´el 약칭)

한국 독자에게

친애하는 독자 여러분,

아마 여러분은 저와 마찬가지로 2023년 10월 7일 뉴스나 '소셜미디어'를 통해 가자 지구 변두리에서 무슨 일이 일어났는지 듣고 보았으리라 믿습니다. 팔레스타인 무장단체 '하마스'는 한창 축제를 즐기던 사람들을 공격하고 이스라엘 마을에 침입해 천 명이 넘는 사람을 죽이거나 납치하거나 상처를 입히거나 강간하고 폭행했습니다. 아직도 수십 명의 이스라엘 국민이 포로로 잡혀 있습니다. 이후 이스라엘과 하마스는 계속 전쟁을 벌입니다. 이스라엘 군대는 가자 지구를 폭격했으며, 텔아비브에는 시도 때도 없이 미사일 경보가 울립니다. 폭탄을 맞고 부서진 집들의 폐허에 시체가 즐비해, 양쪽 사람들은 저마다 죽음의 공포에 시달립니다.(이스라엘군에 따르면 10월 7일 공격 이후 사망한 이스라엘군은 약 600명이며, 이중 10월 말 가자지구에서의 지상전 개시 이후 사망자는 최소 256명에 이른다. 'UN 인도주의업무조정국(OCHA)'에 따르면 전쟁 발생 이후 지난달(2024년 3월 29일)까지 175일 동안 팔레스타인 측은 최소 3만 2623명이 사망하고, 7만 5092명 이상이 부상을 당했다._편집자)

이 모든 일은 우리 안전한 국가의 평온한 집에서 아주 멀리 떨어진 것처럼 보입니다. 하지만 독일과 한국은 물론이고 전 세계 사람들은 중동의 이 싸움을 걱정스럽게 바라봅니다. 하지만 무엇 때문에 이처럼 싸움이 끊이지 않는지 사람들은 저마다 의견이 다릅니다. 대개 어느 한쪽 편에 서서 다른 쪽을 미워하거나 비난합니다. 왜 전 세계의 사람들이 중동분쟁에 이처럼 커다란 관심을 가질까요?

저는 이 책으로 물음의 답을 찾아보려 노력했습니다. 물론 답은 나의 의견입니다. 이 싸움은 서로 다른 종교를 가진 국가 사이의 다툼 그 이상의 것입니다. 전 세계 곳곳에서 사람들 사이에 무엇인가 어그러졌다는, 그래서 서로 상처를 주고받으며 원망하고 저주하며 싸우는 모습을 중동분쟁은 압축해서 보여줍니다. 싸움은 실제 전쟁으로 번지거나, 학교 또는 집에서 벌이는 말다툼으로 벌어지기도 합니다. 중동분쟁에서 나타나는 다양한 입장의 차이를 알고, 입장마다 그럴 수밖에 없는 사정과 정당한 근거가 있다는 점을 헤아릴 줄 아는 사람은 그만큼 확 트인 시야로 더 깊고 넓은 이해력과 지혜를 얻습니다.

하마스의 잔혹한 폭행을 이해하자거나 군대를 앞세운 이스라엘 정부의 보복을 인정해 주자는 이야기가 아닙니다. 핵심은 양쪽 사람의 이야기를 잘 새겨듣고 그들이 어떤 처지인지 헤아려 보는 자세입니다. 분쟁의 해결책은 오로지 자기 입장만 고집하지 않고 상대편이 가진 아픔과 희망과 소원을 이해할 때만 찾아지기 때문입니다. 아마도, 아니 이렇게 해야만 평화가 이뤄질 수 있습니다.

이 소설은 중동분쟁 속에서 신음하는 사람들의 처지를 헤아리고 그들의 관점에서 생각해 볼 수 있도록 여러분을 도와줄 겁니다. 저는 이 책에서 네 명의 청소년이 겪은 일을 이야기했습니다. 테사와 모는 75년도 넘은 옛날에, 이스라엘이라는 국가가 세워지던 격변기에 살았습니다. 아나트와 카림은 저 10월 7일의 끔찍한 사건이 일어나기 전의 봄에 서로 만났습니다. 테사와 모, 아나트와 카림은 처음 만났을 때 서로 두려워했지만, 이 두려움을 이겨내고 결국 우정을 키웁니다.

이 소설을 읽은 청소년 독자는 중동분쟁이 어떻게 해서 생겨났는지, 이스라엘이라는 나라가 세워지고 난 뒤 몇십 년이 지나도록 어째서 계속 심해지는지, 모든 당사자가 만족할 좋은 해결책을 찾기가 왜 그토록 어려운지, 알 수 있게 될 겁니다. 그리고 이 소설을 읽은 덕분에 여러분이 친구와 다투는 일이 있더라도 상대의 마음을 헤아려 평화로운 해결책을 찾아낼 수 있다면, 고맙게도 이 책은 원했던 목표를, 모두는 아닐지라도 하나만큼은 이루게 됩니다.

독자 여러분이 이 소설을 흥미롭게 읽고, 무엇보다도 많은 깨달음을 얻었으면 하는 것이 저의 간절한 바람입니다.

안냐 로임슈셀
2024년 10월, 발트해에서

옮기고 나서

지구상에서 벌어지는 일은 시간과 장소에 따라 저마다 달라 보이지만, 그 뿌리를 찾아 들어가면 놀라울 정도로 닮아 있다. 제2차 세계대전은 1945년 독일의 항복으로 끝났지만, 이후 발생한 많은 분쟁의 원인을 제공했다. 거의 80년에 가까운 세월이 흐른 지금에도 이 분쟁은 여전히 현재 진행형이다. 우리의 조국이 남한과 북한으로 분단된 아픔의 역사 역시 80여 년에 이르도록 해결의 실마리를 찾지 못하고 있다.

또 하나의 대표적 사례는 팔레스타인과 이스라엘이 벌이는 싸움이다. 세계 곳곳에 흩어져 살던 유대인들은 이른바 '안티세미티즘', 반유대주의에 시달리며 더없이 가혹한 인생을 살아야만 했다. 유럽에서 극심했던 유대인 혐오의 정점을 찍은 사건은 '홀로코스트'이다. 유대인 대학살로 목숨을 잃은 사람만 300만 명이 넘는다. 유대인은 왜 그렇게 미움을 받았을까?

여러 가지 복잡다단한 사정이 있지만, 인종차별의 뿌리인 '안티세미티즘'의 핵심은 간단하다. 너희는 우리가 아니야! 어디를 가나 소수 민족이었던 유대인은 독일을 비롯한 서유럽 국가와 동유럽 국가 그리고 러시아에서 각 사회의 '우리'가 단결하고 일체감을 맛보기 위해 바쳐진 제물이다. 부정과 부패, 불경기로 힘들 때마다 '우리'는 저들을 손가락질하고 모든 게 쟤들 때문이야 하고 소리를 질러 댔다. 힘없는 사람과 집단을 희생양 삼아 국민의 불만을 달래고 진짜 문제를 덮어 온 수법은 세계 어디라 할 거 없이 아주 오래된 정치 전통이다. 고대 로마제국의 총독 빌라도는 약자의 편에 선 예수를 십자가에 매다는 잔인함으로 권력을 과시했다.

나쁜 권력은 항상 내 편 네 편으로 편을 가른다. 누가 적인지 보여줄 때 권력의 밑천이 마련되니까. 고대에서 오늘에 이르기까지 인류는 항상 자기편과 상대편을 가르고 이 싸움에 불쏘시개로 쓸 희생양을 찾았다. 그리고 항상 이런 터무니없는 권력이 죽음을 부른다.

더욱 기가 막힌 사실은 그 아픔을 겪은 유대인이 팔레스타인을 상대로 벌이는 만행이다. 오늘도 팔레스타인에서는 이스라엘 군대의 막강한 화력으로 숱한 아이들이 목숨을 잃는다. 도대체 왜 역사는 이런 악순환만 거듭할까? 박해와 폭력의 몸서리치는 무서움을 누구보다도 더 잘 아는 유대인이 어째서 똑같은 짓을 서슴지 않을까?

나는 독일 유학 시절 팔레스타인과 이스라엘 친구를 사귀었다. 같은 기숙사에서 살았던 터라 서로 허물없이 지낼 정도로 가까웠던 친구들이다. 더욱이 팔레스타인 친구와 이스라엘 친구는 서로 형제라 여길 정도로 친밀했다. 도대체 이해할 수가 없다며, 너희는 그렇게 친한데도 왜 팔레스타인과 이스라엘은 그처럼 싸우냐는 나의 물음에 두 친구는 입을 모아 말했다. "그놈의 정치가 문제야!"

사람은 감정의 동물이다. 그리고 사람은 내가 너보다 더 뛰어나다는 감정을 맛보려 안간힘을 쓴다. 그러나 사실 이 감정의 바탕은 내가 너보다 못하면 어쩌나 하는 불안함이다. 정치, 특히 극단주의 정치는 이 두 감정을 교묘히 가지고 논다. 한편으로 우리는 쟤네와 달라 하고 우월감을 부추기며, 다른 한편으로는 저들이 우리를 위협한다고 불안을 강조한다. 현재 이스라엘 집권당 리쿠드의 총리 베냐민 네타냐후는 이런 수법으로 2000년대 이후에만 여섯 번이나 집권에 성공했다. 그는 지금도 총리로 일하지만, 그 오랜 세월 집권하는 동안 온갖 부정과 부패를 저지르고, 특히 가자 지구에서 수많은 팔레스타인 사람을 가혹하게 죽음으로 몰아넣은 전범의 죄를 물어 국제형사재판소가 발부한 체포영장으로 수배자 명단에 이름을 올렸다.

개인의 이득과 권력욕을 위해서라면 이처럼 뻔뻔하고 추악한 짓을 서슴지 않는 정치를 우리는 대체 어찌해야 좋을까? 어쩌면 먼 나라 이스라엘이 아니라 우리 주변에서 익히 보고 듣는 일이 아닐까. 그저 이리저리 우우 하고 몰려다니는 사람은 정치의 이 더러운 속내를 읽지 못한다. 무슨 일인지 정확히 가려보기도 전에 '극우'니 '좌좀'이니 욕설만 난무하는 댓글을 보라.

눈과 귀를 크게 뜨고 혹시 내가 잘못 안 것은 없는지, 좀 더 자세히 알기 위해서는 무얼 어떻게 해야 하는지 이 책은 조곤조곤 일러주는 좋은 친구이다. 그것도 가슴 뭉클한 감동을 주는 아름다운 이야기와 함께. 독일의 강제수용소에서 고통받던 어린 소녀 테사가 고래 배 속과도 같은 배를 타고 팔레스타인으로 건너가 아랍인 소년 모와 만나 우정을 키운다. 엄마를 잃은 테사와 아빠를 잃은 모는 함께 아픔을 나누며 공감을 키운다. 폭력이 난무하고 툭하면 폭탄이 터지는 현실 속에서 서로 걱정하며 챙겨 주려는 테사와 모의 아름다운 마음가짐이라면 세상은 훨씬 더 살기 좋은 곳이지 않을까.

미국 철학자 존 롤스는 진리를 알아보는 방법으로 '블라인드 테스트'라는 방법을 제안한다. 눈을 가리고 무엇이 진리인지 고르라면 누구든 똑같은 답을 한다고 롤스는 설명한다. 쉽게 말해서 어린이의 맑은 눈은 이미 진리가 무엇인지 익히 안다. 그러나 온갖 욕심으로 눈이 어두워진 어른은 세상을 비틀고 왜곡하기만 한다.

이 책은 물론 소설, 곧 지어 낸 이야기이다. 테사와 모, 아나트와 카림으로 이어지는 세대를 아우르는 이야기는 세대마다 어른과 청소년을 대비하는 그림을 그려 낸다. 힘들고 엄혹한 현실이지만 그래도 세상이 앞으로 나아갈 수 있는 것은 젊음의 맑고 밝은 눈 덕분이라고 작가는 우리 귀에 속삭인다. 나는 특히 마지막 장면에서 깊은 감동을 맛보았다. 오랜 세월 끝에 가까스로 테사와 다시 만난 모는 이렇게 말한다. "정말 오래 걸리기는 했지만, 약속한 대로 먹을 것 좀 챙겨 왔어요." 끼니를 거르는 것은 아닌지 걱정하고, 잘 지내기를 기도해 주는 마음, 이것이 사람답

게 사는 세상을 만들어 갈 비결이리라.

　좋은 책을 작업할 기회를 준 현북스에 감사를 전한다. 이 아름다운 소설을 부디 많은 친구가 읽었으면 하는 마음 간절하다.

2024년 10월 옮긴이 김희상